Mary Ellen Taylor
Das Haus an der Bucht

W0288019

TINTE & FEDER

Das Buch

Ein bewegender Roman über drei willensstarke Frauen, ein altes Herrenhaus und ein ganzes Jahrhundert voller Mut, Verrat und Leidenschaft.

Die junge, mutige Lucy Kincaid macht sich auf den Weg nach Cape Hudson, einem Küstenort in Virginia, um dort die Asche ihrer Mutter zu bestatten. Hier erbt sie ein altes Haus von einer Frau, deren Namen sie nie zuvor gehört hat. Lucy hofft, dass das geheimnisvolle Erbe das Rätsel um die Vergangenheit ihrer Mutter lösen kann.

Während Lucy in die Geschichte des Hauses eintaucht und den dunklen Geheimnissen der früheren Besitzerin auf die Spur kommt, erscheint ein ebenso gutaussehender wie undurchschaubarer Fremder, der Anspruch auf das Anwesen erhebt. Kann die freiheitsliebende Lucy zulassen, dass sie in Cape Hudson das findet, was sie nie hatte: ein Zuhause?

Die Autorin

Mary Ellen Taylor wurde in den Südstaaten der USA geboren und schreibt zeitgenössische Unterhaltungsromane, in denen starke Frauen die Hauptrolle spielen. Ihre Geschichten sind ebenso fest in der geheimnisvollen Vergangenheit verankert wie in der heutigen Zeit.

Wenn sie nicht gerade schreibt, ist sie beim Kochen und Backen kreativ tätig. Die Autorin lebt mit ihrem Mann und drei Zwergdackeln in Virginia.

Unter dem Namen Mary Burton schreibt sie auch romantische Krimis.

MARY ELLEN
TAYLOR

Das Haus an der Bucht

Roman

Aus dem Amerikanischen
von Astrid Becker

TINTE
&
FEDER

Die amerikanische Ausgabe erschien 2018 unter dem Titel »Winter Cottage«
bei Montlake Romance, Seattle.

Deutsche Erstveröffentlichung bei
Tinte & Feder, Amazon Media EU S.à r.l.
38, avenue John F. Kennedy, L-1855 Luxembourg
Februar 2019
Copyright © der Originalausgabe 2018
By Mary Ellen Taylor
All rights reserved.
Copyright © der deutschsprachigen Ausgabe 2019
By Astrid Becker

Die Übersetzung dieses Buches wurde durch AmazonCrossing ermöglicht.

Umschlaggestaltung: zero-media.net, München
Umschlagmotiv: © tomertu / Shutterstock; © Preto Perola / Shutterstock;
© Evgeny Karandaev / Shutterstock; © Sk_Advance studio / Shutterstock
Lektorat: Cathérine Fischer
Korrektorat: Manuela Tiller/DRSVS
Gedruckt durch:
Amazon Distribution GmbH, Amazonstraße 1, 04347 Leipzig /
Canon Deutschland Business Services GmbH, Ferdinand-Jühlke-Str. 7,
99095 Erfurt /
CPI books GmbH, Birkstraße 10, 25917 Leck

ISBN: 978-2-91980-474-0

www.tinte-feder.de

Kapitel 1

MRS CATHERINE BUCHANAN

2. Mai 1988

Ein warmer Frühlingstag an der Küste von Virginia. Mrs Catherine Buchanan lässt ihre müden Knochen auf den Sessel sinken und streicht das grüne Strickkleid mit ihren vom Alter gezeichneten Fingern glatt. Sie ist dem Anlass entsprechend gekleidet und hat sich sorgfältig zurechtgemacht, doch die verwegene Schönheit des ihr gegenübersitzenden Mädchens stellt all ihre Bemühungen in den Schatten.

Das Mädchen hat hellwache blaue Augen und glatte blonde Haare, die die alte Frau daran erinnern, dass ihr dünnes weißes Haar einst eine Kaskade unbändiger roter Locken war, die ihr über die gebräunten Schultern auf die vollen, hohen Brüste herabfiel. Damals war sie voller Hoffnungen und Träume gewesen, und auch sie hatte die sinnlichen Berührungen eines Mannes genossen. Sie war zwar nicht so atemberaubend schön gewesen wie dieses Mädchen, aber auch nach ihr hatten sich viele Männer umgedreht.

Das Mädchen heißt Elizabeth Kincaid Jessup – ihre Freunde nennen sie Beth. Sie hat sich mit der Bitte an Mrs Buchanan gewandt, ihr ihre Lebensgeschichte zu erzählen. Und ob Beth sie dabei mit dem Videorekorder filmen dürfe? Es sei für das Schulprojekt »Lebendige Geschichte«, erklärte sie und schob gleich erfrischend nach, sie brauche die volle Punktzahl, also solle Mrs Buchanan mit den spannenden Geschichten nicht hinter dem Berg halten.

Vorsichtig wickelt Beth das Mikrofonkabel ab. Sie hat ein schelmisches Lächeln, das die alte Frau an ein anderes Mädchen erinnert, das vor langer Zeit hier lebte. Über jenes Mädchen kursierten damals Gerüchte wie heute über Beth: Sie treibe sich mit einer zwielichtigen Clique herum, trinke und sei im Ort mit Männern gesehen worden, die keinen vertrauenerweckenden Eindruck machten.

Mädchen wie Beth glauben, sie hätten die Rebellion für sich gepachtet. Sie halten sich für die Ersten, die sich über Regeln hinwegsetzen, dabei erfinden sie doch nur das Rad neu, das schon seit Hunderten von Generationen rollt.

»Darf ich Ihnen das Mikro an den Kragen klemmen?«, fragt Beth. »Dann wird der Ton besser.«

»Selbstverständlich.«

Beths Blick schweift über den Kronleuchter auf das Porträt einer jungen Frau im Brautkleid. Das Gemälde hängt über einem französischen Marmorkamin mit verspielten Blüten, Blättern und geschwungenen Ornamenten.

Mrs Buchanan braucht keinen Blick auf das Gemälde zu werfen, um es vor Augen zu haben. Es porträtiert sie in einem weißen Satinkleid mit perlenbesetztem Mieder, über das ein Spitzenvolant fällt. In ihre roten Locken sind Perlenstränge gewoben, und der Schleier aus Tüll ergießt sich wie ein Wasserfall hinter ihr auf den Boden. Das Bild ist hier in diesem Raum entstanden.

»Erinnern Sie sich noch an den Tag, an dem es gemalt wurde?«, fragt Beth.

Die alte Frau muss lächeln, als sie an den Mann denkt, den sie geliebt hat. »Ja, ganz genau.«

Das Mädchen blickt durch das Objektiv, stellt die Schärfe ein und lässt sich mühelos in den Schneidersitz nieder. »Sie leben seit fast hundert Jahren an der Bucht.«

»Fast mein ganzes Leben.«

Beth grinst. »Ich habe gehört, Sie wüssten, wo die Leichen begraben sind.«

»Die Leichen?«

Beth zuckt die Achseln. »Das war nicht wörtlich gemeint. Ich meinte, dass Sie alle Skandalgeschichten kennen.«

Mrs Buchanan setzt sich gerade auf und sieht Beth ausdruckslos an. »Ich könnte Ihnen Geschichten erzählen, in denen auch ein oder zwei Leichen vorkommen.«

»Wirklich?«

Geheimnisse steigen wie Luftbläschen an die Oberfläche, wenn die Zeit Verbindungen löst. Es gibt niemanden mehr, den es zu beschützen gälte. »Fangen wir an?«

Das Mädchen räuspert sich und drückt auf den Aufnahmeknopf. »Ich heiße Beth Jessup und bin im letzten Jahr der Cape Hudson Highschool. Dies ist mein Abschlussprojekt in Geschichte bei Mrs Reynolds. Ich lebe an der Ostküste der Chesapeake Bay in Virginia. Heute interviewe ich Mrs Catherine Buchanan, die 1888 in Cape Hudson geboren wurde. Mrs Buchanan, können Sie mir etwas über Ihre Familie erzählen?«

Der Sessel knarzt, als Mrs Buchanan sich vorbeugt. »Meine Mutter hieß Addie Smith und mein Vater Isaac Hedrick. Wenn mein Vater nicht als Zimmermann arbeitete, heuerte er bei der Handelsmarine an. Ich bin die Älteste von sieben Kindern. Meine Mutter ist im Kindbett gestorben, als ich zwölf war.«

Das Mädchen blickt auf, und in ihren blauen Augen steht der Schmerz um den Tod der eigenen Mutter. Auf den ersten Blick sind die beiden ein merkwürdiges Paar, doch Geld und Alter beiseitegelassen, sind beide verwaiste Mädchen, die sich nach mütterlicher Liebe sehnen.

»Was ist geschehen, nachdem Ihre Mutter gestorben ist?«

»Mein Vater konnte nicht zur See fahren und sich gleichzeitig um sieben Kinder kümmern. Also gab er uns weg. Die Jungen schickte er zu den Jessups, einem kinderlosen Paar aus dem Ort. Meine Schwestern kamen zu Familien auf dem Festland, und ich ging bei den Buchanans in Dienst.«

»Das muss schrecklich gewesen sein.«

Den Schmerz darüber hat Mrs Buchanan schon vor langer Zeit verdrängt. Sie ist nicht erpicht darauf, ihn wieder hochkommen zu lassen. Doch als sie sich auf dieses Interview eingelassen hat, hat sie sich geschworen, die Wahrheit nicht mit ins Grab zu nehmen. »Die Buchanans nahmen mich mit nach New York. Ich hatte entsetzliches Heimweh. Die Stadt war lärmend und grell, sodass ich monatelang kaum geschlafen habe. Irgendwann habe ich mich schließlich akklimatisiert.«

»Haben Sie Ihre Geschwister je wiedergesehen?«

»Ja. Aber erst sehr viel später.« Die Worte klingen eine Weile nach.

Beth räuspert sich. »Welche Aufgaben hatten Sie bei den Buchanans?«

»Ich war Miss Victorias Zofe und Schneiderin.«

»Wer war Victoria?«

Die Vorhänge aus Seidentaft bewegen sich im aufkommenden Wind. Mrs Buchanan spürt den Sog der Geister, der in den letzten Monaten stärker geworden ist. Die alten Schmerzen wippen wie Bojen in der Ferne.

»Mr Buchanans Tochter und meine spätere Schwägerin. Sie erinnern mich an Victoria. Sie war ebenso ruhelos wie Sie.«

Beth lächelt verschmitzt. »Was ist aus ihr geworden?«

Das Gesicht der alten Frau hellt sich auf. Ihr gefällt die aufrichtige Neugier des Mädchens. »Vielleicht erzähle ich es Ihnen bei unserem nächsten Treffen.«

»Aber Sie haben heute so gut wie nichts gesagt.«

»Wenn Sie mehr wissen wollen, müssen Sie noch mal kommen. Ich bin alt. Ich ermüde schnell.« Das ist ein Vorwand, denn sie möchte das Mädchen wiedersehen. Sie unterhält sich gern mit ihr.

»Nachmittags arbeite ich in einem Restaurant. Ich kann es mir nicht leisten wiederzukommen.«

»Dann bezahle ich Sie. Sehen Sie die Interviews als Ihren neuen Job an.«

Die offensichtliche Skepsis des Mädchens erinnert Mrs Buchanan an den wilden Fuchs, der ihrem Vater vor langer Zeit in eine Falle mit Fischködern gegangen ist. »Ich bin eine gute Kellnerin und bekomme viel Trinkgeld.« Beth nennt ihren Preis und scheint zu erwarten, dass Mrs Buchanan sie runterhandeln will.

»Einverstanden.«

Beth macht große Augen. »Im Ernst? Ich muss nur aufnehmen, was Sie sagen?«

»Ja, genau. Und Sie müssen pünktlich sein.«

Beth wartet auf den Haken an der Sache. Doch als nichts kommt, sagt sie: »Gut, dann nehme ich den Job an. Aber Sie müssen mich jedes Mal auszahlen.«

»Selbstverständlich. Können Sie am Freitag?«

»Gern.« Das Mädchen blickt wieder auf das Porträt. »War es Liebe auf den ersten Blick?«

Mrs Buchanan ist eine ganze Weile still. Ihre Geheimnisse pulsieren in der Luft. »Ja, aber die Liebe galt nicht meinem Ehemann.«

Beth sieht sie gewieft an. Wie ein Fuchs, der frischen Fisch in der Falle wittert, schießt es Mrs Buchanan in den Kopf. »Wem dann?«

»Bis Freitag, Beth.«

Kapitel 2

LUCY

15. Januar 2018

Ein Wirbelsturm war Lucy Kincaid dicht auf den Fersen. Der schneidend kalte Nordoststurm hatte längst all die vertrauten Gerüche weggefegt – Tennessee Whiskey, verrauchte Spelunken, Donuts mit Zuckerglasur und Puddingfüllung, Hamburger auf fettverkrusteten Grillrosten. Und den widerlichen, süßlichen Geruch des Todes.

Die eisigen Finger des Sturmtiefs strichen ihr über die Wangen und weckten sie nach ein paar Stunden unruhigen Schlafs. Dunst lag über dem hohen Schilf am Ufersaum des strudelnden Wassers der Chesapeake Bay. Lucy hatte den Jeep in den frühen Morgenstunden am Ufer geparkt. Neben ihr schlief Dolly Parton, der zweijährige Schäferhund ihrer Mutter, friedlich eingerollt unter der Decke. Auf den Rücksitzen befand sich ihr ganzes Hab und Gut: ein Seesack mit Klamotten, Zeichenblöcke, die Gitarre ihrer Mutter, ein Schlafsack, eine Plastiktüte mit Softdrinks, Erdnussbutter und Bagel. Zwischen den Sitzen steckte ein verschrammter Baseballschläger und die Metallurne mit der Asche ihrer Mutter.

Um zwei Uhr morgens hatte sie den endlos langen Bay Bridge-Tunnel zum Ostufer der Bucht überquert. Die starken Windstöße peitschten die Wellen auf und zwangen sie, im Schleichtempo und mit Warnblinklicht zu fahren. In der Mitte der Brücke – unter sich nur Wasser und über sich der unermessliche Sternenhimmel – war es ihr vorgekommen, als fordere das Universum sie zur Umkehr auf. Doch wenn Lucy eine Eigenschaft hatte, dann war es Hartnäckigkeit. Vor Hindernissen schreckte sie nicht zurück.

Am Ostufer angekommen, war es längst zu spät gewesen, den Mann aufzusuchen, der ihr geschrieben hatte. Und für ein Motelzimmer fehlte ihr das Geld. Also hatte sie am Wegesrand neben einer Scheune geparkt und den Motor abgestellt, um das letzte Benzin nicht zu vergeuden. Im Jeep wurde es sofort kalt.

Das Licht des Vollmonds war auf die aufgewühlte Bucht gefallen. Sie hatte Dolly und sich mit der großen alten Flickendecke ihrer Mutter zugedeckt und war schließlich zum Geräusch der böigen Regenschauer, die gegen die Autofenster prasselten, eingeschlafen.

Lucy fröstelte, zog die Decke enger um sich und blickte auf den orangeroten Sonnenaufgang über der Bucht, die sich bis zum Horizont erstreckte. Es hatte aufgehört zu regnen, und die Luft war klar. Die Sonnenstrahlen tanzten auf den Spitzen der vereisten Schilfhalme, und der Wind spielte mit den schaumgekrönten Wellen.

»Na, wie sieht's aus, Dolly?«

Dolly hob den Kopf, schnaubte und rollte sich wieder unter der Decke zusammen.

»Uns bleibt nichts übrig, als uns mit diesem Ort abzufinden. Was anderes haben wir erst mal nicht.« Die Kosten für die Ärzte und die Medikamente ihrer Mutter hatten Lucys Ersparnisse auf hundert Dollar schrumpfen lassen. Der Tank war fast leer, und die besten Jobchancen lagen tausendsechshundert Kilometer hinter ihr in Nashville. Alle Brücken abzubrechen und neu anzufangen, das war verrückt. Selbst wenn es nicht endgültig war. Selbst wenn ihre Mutter es oft genug getan hatte.

Sie warf einen Blick auf die angelaufene Urne, die ihr der Bestattungsunternehmer secondhand verkauft hatte und die bei einem Streit zwischen zwei Ehefrauen über ihren toten Ehemann mehrere Schrammen abbekommen hatte. Die dramatische Geschichte der Urne hätte ihrer Mutter gefallen, und der Preis hatte gestimmt.

Ihre Mutter war vor zwei Wochen an einem Hirntumor gestorben. Sie war nie in ihrem Leben krank gewesen, weswegen sie ihren ersten Migräneanfall auf die halbe Flasche Rye Whiskey vom Vorabend zurückgeführt hatte. Den nächsten hatte sie sich mit Schlafmangel erklärt. Aber nachdem der dritte sie tagelang gelähmt hatte, hatte sie schließlich ihre Tochter angerufen. Lucy arbeitete als Managerin einer Bar auf dem Lower Broadway in Nashville. In der Notaufnahme wurde ein MRT gemacht, das sie sich eigentlich nicht leisten konnten. Die Diagnose war niederschmetternd. Ihre Mutter hatte einen bösartigen und inoperablen Tumor.

Im November hatte Lucy ihre Wohnung aufgegeben und war in die winzige Unterkunft ihrer Mutter gezogen. Sie gab ihr Schmerzmittel, tröstete sie und wartete mit ihr auf das Ende. An ihrem letzten Tag öffnete Beth noch einmal die Augen und sah Lucy an.

»Bitte sorg für Dolly.«

»Ja, du kennst mich doch.« Der Hund schmiegte sich an den abgemagerten Körper ihrer Mutter. Als der Tod näher kam, wuchs die Sorge ihrer Mutter über den Hund. Von Lucy abgesehen war Dolly ihre beste Freundin.

»Sie hasst es, alleine gelassen zu werden.«

Ihre Mutter zuckte zusammen vor Schmerz und holte mühsam Luft. Ein paar Tropfen Morphium, die Lucy ihr auf die

Zunge gab, linderten die aufsteigende Panik, als ihr Organismus den Kampf aufgab.

Ihre Mutter seufzte tief. »Ich möchte, dass ihr meine Asche nach Virginia bringt, Dolly und du.«

Lucy und ihre Mutter hatten sich oft gestritten, aber sie hatten keine Geheimnisse voreinander. Deswegen führte Lucy die Bitte auf das Morphium zurück. Ihre Mutter hatte den Staat noch nie erwähnt. »Mom, du warst doch nie in Virginia.«

Ihre Mutter bekam kaum Luft. »Vor einem Monat ist ein Brief angekommen.«

»Was für ein Brief?«

»Er liegt unter der Matratze. Sieh nach.«

Lucy hob die Matratze an. Neben einer zerknüllten Zigarettenschachtel und dem Einwickelpapier einer Tortilla lag ein großer brauner Umschlag. Die Zeiten, in der sie ihrer Mutter Vorträge über gesunde Ernährung und das Nichtrauchen gehalten hatte, waren lange vorbei. Sie zog den Umschlag unter der Matratze hervor. Der Brief stammte von einem gewissen Henry Garrison aus Cape Hudson in Virginia.

»Was ist das, Mom?«

Ihre Mutter fuhr sich mit der Zunge über die blassen Lippen. »Ich habe ein Haus geerbt, das jetzt an dich fällt. Es könnte ein echtes Zuhause werden. Das hast du dir doch immer gewünscht, als du klein warst.«

Ein echtes Zuhause. Mit neunundzwanzig hatte sie nicht die geringste Ahnung, was zum Teufel das sein sollte.

Sie versuchte, ihre angespannten Nackenmuskeln zu lockern, indem sie den Kopf von einer Seite zur anderen rollte, zog ein Gummiband vom Handgelenk und band die Haare zum Pferdeschwanz. Warum hatte ihre Mutter ihr nie etwas von Virginia erzählt? Wo sie doch so stolz auf ihre geradezu brutale Ehrlichkeit gewesen war, die Dinge immer beim Namen genannt hatte.

»Warum hat sie mir das bloß verheimlicht?« Lucy umklammerte das Lenkrad und wünschte sich, ihr wären an ihrem letzten Tag ein paar Minuten länger mit ihrer Mutter vergönnt gewesen.

Ihr war kalt, sie hatte Hunger und musste dringend pinkeln. Sie ließ den Blick über das Schilf schweifen, das vor dem Wasser wuchs. Als sie die Autotür öffnete, schnitt ihr der eisige Wind ins Gesicht.

»Komm schon, Dolly. Du musst doch auch«, redete sie dem Hund zu. Dolly ließ die Ohren hängen. »Lass das. Du hast es viel leichter als ich.«

Der Hund kam langsam hoch und stakste mit steifen Beinen über den Steuerknüppel. Dann sprang er aus dem Auto.

»Fang bloß nicht an, irgendein Tier zu jagen! Du frierst dir den Arsch ab, wenn du dich verläufst. Und ich mir meinen, wenn ich dich suchen muss.«

Sie trotteten zum Schilf hinunter. Lucys türkis-braune Cowboystiefel sanken bei jedem Schritt in die feuchte Erde ein. Sie bemühte sich, mit dem herumtollenden Hund mitzuhalten, der sich das erste Mal seit Wochen richtig austoben konnte.

Dolly senkte die Hinterbeine und schnupperte in Windrichtung. Dann schnaubte sie und rannte am Schilf entlang.

»Denk dran, was ich dir gesagt habe«, murmelte Lucy und zog den Reißverschluss ihrer Hose hinunter. Der Wind war so kalt an ihrem nackten Hintern, dass sie sich beeilte, fertig zu werden. Als sie die Hose wieder hochzog, war Dolly verschwunden.

»Hey, wir hatten abgemacht, dass wir uns nicht aus den Augen lassen! Komm schon, Mädchen, es ist eisig!«

Dolly schoss kurz vorm Ufersaum durchs Schilf. All die Wochen, die sie in der kleinen Wohnung eingezwängt gewesen und nur kurz an die Luft gelassen worden war – und jetzt war sie frei, verfolgte eine Fährte und war ganz in ihrem Element.

Lucy überkreuzte die Arme und trat von einem Bein aufs andere. »Dolly, tu mir das jetzt nicht an! Wir müssen zurück ins warme Auto. Ich verspreche dir, dass du dich später richtig austoben darfst.«

Laut bellend stöberte der Hund einen Wasservogel im Schilf auf. »Leckerli!«, rief Lucy. »Dolly, willst du ein Leckerli?«

Die Halme, die sich eben noch auf Dollys wilder Jagd gebogen hatten, standen still. Dolly steckte den Kopf aus dem Schilf. Klares Indiz, dass sie bestechlich war. Kurz darauf kam sie schwanzwedelnd angerannt und sprang in den Jeep. Sie machte es sich auf der Decke auf dem Beifahrersitz bequem und sah Lucy erwartungsvoll an.

»Sieht ziemlich mau aus mit den Leckerlis«, sagte Lucy und fischte zwei pappige Pommes frites aus einer Fast-Food-Tüte, die Dolly sofort verschlang.

Sie kraulte den Hund hinter den Ohren und suchte dann nach den Feuchttüchern aus Beths Wohnung. Während sie sich die Hände daran abwischte und der dezente Geruch in der Luft lag, erinnerte sie sich daran, wie Beth ihr früher immer die Hände gesäubert hatte. Sie mochten vielleicht in einer Einzimmerwohnung in East Nashville gelebt haben, aber Lucys Hände waren immer sauber gewesen.

Sie warf das Tuch vor den Beifahrersitz und drehte den Zündschlüssel um. Der Motor stöhnte nur einmal kurz auf. Beim zweiten Versuch spuckte und hustete er. Sie tauschte einen Blick mit Dolly, die zu erwarten schien, dass Lucy es schon in Ordnung bringen würde.

Beherzt umfasste sie das Lenkrad und hoffte, den Motor durch ihre Willenskraft zum Leben zu erwecken. »Komm schon, Jeep, lass uns nicht hängen!« Sie drehte den Zündschlüssel. Diesmal gab der Motor gar keinen Ton von sich. Das Universum hatte ihr in den letzten Wochen Pech genug geschickt, und Lucy fand, es wäre jetzt an der Zeit für eine Glückssträhne. Ein sicherer Hafen wartete auf sie, und sie hatte nicht vor, den Kurs zu ändern.

Beim vierten Versuch setzte sich der Motor ratternd in Gang. Lucy hielt die Luft an. Als er schließlich rundlief, stellte Lucy die Heizung an und legte den Rückwärtsgang ein. »Auf geht's!«

Dolly spitzte die Ohren und begann mit dem Schwanz zu wedeln.

Lucy kam an die große Landstraße der Halbinsel, die Route 13, und wandte sich Richtung Norden. Nach einer Weile tauchten erste Anzeichen der Zivilisation auf, ein Motel mit zehn kleinen Hütten und einer rot blinkenden ZIMMER-FREI-Leuchtreklame. Auf einem Brachgrundstück standen rostige Traktoren mit Schildern, auf denen ZU VERKAUFEN zu lesen war. Der erste Mensch, den sie hier zu Gesicht bekam, war ein alter Mann in einem Camouflage-Outfit, der seine Zeitung aus dem Briefkasten an der Straße herausnahm. Dann fuhr sie an einem kleinen Einkaufszentrum mit geschlossenen Läden vorbei.

Als sie den Wegweiser CAPE HUDSON sah, ging sie vom Gas. Im Internet hatte sie gelesen, dass die Kleinstadt im späten 19. Jahrhundert um ein Eisenbahndepot für Norfolk und den Nordosten entstanden war. Doch bereits unter George I. hatte es große Landschenkungen in der Gegend gegeben, und ab Mitte des 17. Jahrhunderts heuerten die Plantagenbesitzer in der Kolonie Virginia europäische Arbeitskräfte in Schuldknechtschaft an. Ruinen ihrer einst herrschaftlichen Häuser und Jagdclubs an der Chesapeake Bay zeugten von dieser Vergangenheit.

Im Sommer war hier einiges los, doch für einen richtig großen Ferienort gab es zu wenige Hotels und Ferienhäuser. Jedes Jahr schwoll die Kleinstadt mit ihren rund zehntausend Einwohnern während des fünftägigen Austernfestes Ende

November um zwanzigtausend Besucher an. »Im Januar ist Totentanz«, hatte Lucy in einem Blog gelesen. Es sei »eine Gegend mit unerschlossenem Potenzial«.

Lucy bog von der Route 13 ab und folgte den Hinweisschildern ins Zentrum. Nach dem Stadtplan auf ihrem Handy musste es jeweils zwei Straßen von Osten nach Westen und von Norden nach Süden geben. Die ein- bis zweistöckigen Backsteingebäude stammten aus einer Zeit, in der der Ort eine gewisse Bedeutung als Eisenbahndepot sowie als Reiseziel für Jäger hatte.

In den Schaufenstern der Touristengeschäfte hingen Schilder, auf denen BIS MÄRZ GESCHLOSSEN zu lesen war. Über einem Diner am Ende der Hauptstraße prangte der Name ARLENE'S. Ein paar Autos standen davor, und Lucy parkte den Jeep neben ihnen.

Zwei Frühaufsteher gingen an ihrem hellgelben Jeep vorbei, warfen erst einen Blick auf sie und dann auf die Nummernschilder, bevor sie im Diner verschwanden. »Warte hier, Mädchen. Ich hole uns was zum Mitnehmen.«

Helle Glöckchen klingelten, als sie die Tür öffnete. Warme Luft mit dem Geruch von Pfannkuchen und Speck schlug ihr entgegen. Roch das gut!

Hinter dem Tresen stand eine Frau Ende vierzig. Sie hatte feuerrote Haare und trug ein weites T-Shirt mit dem Aufdruck AUSTERNFESTIVAL. Auf ihrem Namensschild stand ARLENE. Sie sah Lucy aufmerksam entgegen.

»Guten Morgen, kann ich etwas zum Mitnehmen bekommen? Mein Hund ist im Auto, und der Tank ist nicht mehr voll genug, um die Heizung anzulassen.«

Die Frau starrte sie ein paar Sekunden an, dann lächelte sie und sagte: »Schätzchen, holen Sie Ihren Liebling ruhig rein. Die Saison ist vorbei. Heute sind nur Stammgäste da.«

»Ganz sicher? Mein Hund ist ziemlich groß.«

»Leute, ihr habt doch nichts dagegen, wenn dieses Mädel hier ihr Schoßhündchen reinbringt?«

Fast gleichzeitig hoben die Gäste ihre Kaffeebecher, um ihre Zustimmung zu signalisieren. Arlene zog die Kaffeekanne aus der Maschine und nahm einen Becher vom Regal. »Ich schenke Ihnen schon mal Kaffee ein. Also, holen Sie den Hund.«

Dolly blickte ihr mit herabhängenden Ohren so traurig vom Fahrersitz entgegen, als hätte Lucy sie in eine Gummizelle gesperrt.

»Dolly, du darfst mit reinkommen. Wir können an einem richtigen Tisch sitzen und bekommen ein richtiges Frühstück.« Sie befestigte die Leine an Dollys Halsband. Der Hund sprang aus dem Jeep.

»Wie wär's mit einer knusprigen Scheibe Speck?«

Dolly wedelte begeistert mit dem Schwanz.

Wieder klingelten die Glöckchen, wieder schlug Lucy der warme Frühstücksgeruch entgegen. Auf einmal merkte sie, wie viel Appetit sie auf etwas anderes als trockene Donuts, pappige Hamburger und zu lange warm gehaltene Spiegeleier hatte. Und wie sehr sie einen Kaffee brauchte.

Sie hielt Dolly an der kurzen Leine und sah ihren Platz sofort – auf dem Tisch in der Ecke stand ein Kaffeebecher und darunter eine Schüssel Wasser. Sie setzte sich, nahm den warmen Becher in beide Hände und trank einen Schluck von dem starken Kaffee, der ihre Lebensgeister weckte. Dolly schlabberte das ganze Wasser aus.

Das Restaurant war lang und schmal. An der einen Wand zog sich eine Edelstahltheke mit Barhockern entlang, an der anderen Tische und Bänke. Die gerahmten Schwarz-Weiß-Fotos zeigten Szenen von hiesigen Schauplätzen aus den letzten Jahrzehnten.

Arlene schenkte ihr Kaffee nach. »Ganz schön weit aus Tennessee, stimmt's?«

»Ich habe vierzehn Stunden gebraucht.«

Arlene bückte sich und streichelte Dolly über den Kopf. »Was bringt euch beide hierher? Wenn es die Austern sind, seid ihr zu spät dran. Oder viel zu früh, je nachdem, wie man's nimmt. Und wie Entenjäger seht ihr auch nicht gerade aus.«

»Ich bin hergekommen, um mit Henry Garrison zu sprechen.«

Arlene warf einen Blick auf das Backsteingebäude auf der anderen Straßenseite. »Da ist noch alles dunkel. Kein Grund zur Eile. Und übrigens, alle nennen ihn Hank.«

»Ich habe mir schon gedacht, dass es noch zu früh ist. Aber wir haben Hunger.«

»Die Karte steckt im Halter. Geben Sie mir Bescheid, wenn Sie wissen, was Sie wollen, okay?«

Lucy hob den Kopf und strahlte zum ersten Mal seit Wochen. »Danke.«

Die Frau legte den Kopf fragend zur Seite. »Sie kommen mir irgendwie bekannt vor.«

»Unwahrscheinlich. Ich bin noch nie hier gewesen.«

Arlene betrachtete Lucy nachdenklich, als spüre sie einer Erinnerung nach. »Trotzdem kommt es mir vor, als hätte ich Sie schon mal gesehen.«

»Ich bin Lucy Kincaid, und das ist Dolly. Meine Mutter hat mir erzählt, dass sie von hier stammt.« Vielleicht wusste Arlene etwas, das die lange Fahrt lohnenswert machte.

Arlene schüttelte den Kopf. »Der Name Kincaid ist mir noch nie untergekommen. Gibt es noch einen anderen, mit dem ich etwas anfangen könnte?«

»Was ist mit Jessup?«

Arlene lachte erleichtert auf. Es war ja so offensichtlich. »Ihre Mutter ist Beth Jessup, stimmt's?«

Lucy trommelte nervös auf den Tisch. »Ja, genau.«

»Als Sie reingekommen sind, musste ich sofort an Beth denken«, sagte Arlene und sah Lucy wie eine alte Freundin an. »Wir sind zusammen zur Schule gegangen und haben dieses Nest ganz schön aufgemischt.« Ihre braunen Augen hatten einen jugendlichen Glanz angenommen. »Mein Gott, wie habe ich sie vermisst! Was treibt sie zurzeit denn so?«

Lucy ließ den Kaffeebecher wieder sinken. »Sie ist vor zwei Wochen gestorben.«

Arlenes Lächeln erlosch. »O nein! Das tut mir entsetzlich leid, Schätzchen.«

Lucy richtete sich auf. »An einem Hirntumor.« Die Worte hörten sich noch fremd an. »Und sie hat Dolly und mich gebeten, ihre Asche hier zu bestatten.«

Arlene räusperte sich. »Sie Ärmste. Mein Gott, für mich ist Beth noch immer ein wilder Teenager. Und jetzt ist sie tot. Es tut mir wirklich wahnsinnig leid.«

»Danke«, sagte Lucy traurig.

Arlene runzelte die Stirn. »Ich nehme an, es geht um das Cottage?«

Nachrichten verbreiteten sich schnell. »Ja, Mr Garrison hat am Telefon etwas von einer Hütte gesagt. Wo ist sie denn?«

»Ein Stück außerhalb vom Ort, am Leuchtturm.«

»Ich habe überhaupt keine Ahnung, was mich erwartet.«

Arlene machte eine wegwerfende Geste. »Keine Sorge. Hank wird sich um Sie kümmern. Und wenn Sie mit Ihrem Frühstück fertig sind, sitzt er bestimmt schon an seinem Schreibtisch. Er ist Frühaufsteher. Also, was kann ich Ihnen bringen?«

»Ich nehme die Pfannkuchen. Und für Dolly etwas Speck.«

»Alles klar. Ist schon so gut wie fertig.«

»Danke.«

Die Frau lächelte sie mit echter Wärme an. »Wenn Sie wüssten, wie schön es ist, dass Sie uns besuchen kommen. Beths Tochter!«

Als Beth Lucy zur Welt gebracht hatte, war sie noch ein Teenager gewesen. Sie hatte Cape Hudson Lucy gegenüber bis kurz vor ihrem Tod nie erwähnt. Vielleicht konnten die Leute hier trotzdem etwas Licht auf das Leben ihrer Mutter werfen, bevor sie nach Nashville gezogen war.

Während Lucy auf ihr Essen wartete, trudelten mehr Leute ein. Ein paar Männer saßen jetzt an der Bar und unterhielten sich. Ein älteres Paar setzte sich in die Nische vor ihrer. Und alle warfen Lucy neugierige Blicke zu.

Arlene brachte das Frühstück. Bevor Lucy selbst etwas aß, gab sie Dolly zwei Streifen Speck. Die Pfannkuchen waren weich und schmeckten nach Butter. Es war lange her, dass sie sich zum Essen an einen Tisch gesetzt hatte. Bei Beth hatte sie meist in der Küche im Stehen gegessen, allein schon, weil es keinen Tisch gab – ihre Mutter zog es vor, im Schneidersitz auf dem Boden zu essen.

Jedes Mal, wenn die Tür aufging, wehte kalte Luft herein, und mittlerweile waren fast alle Plätze besetzt.

Arlene kam mit einem kleinen weißen Behälter. »Macht Freude, euch Mädels mit Appetit essen zu sehen. Da ist noch ein bisschen Speck drin. Und übrigens, die Rechnung ist schon bezahlt.«

»Von wem?«

»Ein kleiner Willkommensgruß vom Haus.«

Wieder schenkte Arlene ihr dieses warme Lächeln. Sie hatte Beth gekannt. Deswegen fragte Lucy: »Meine Mutter hat mir früher nie etwas von Cape Hudson erzählt. Wissen Sie vielleicht, warum sie weggegangen ist?«

»Das weiß keiner. Sie verschwand von einem Tag auf den anderen. Und dann auch noch einen Tag vor der Entlassung aus der Highschool. Ich war sicher, dass sie zurückkommen würde. Jeden Freitag nach den Football-Spielen haben wir am Strand ein Bier getrunken, und ich habe mir die Freitage bestimmt ein Jahr lang frei gehalten, bis mir endlich klar wurde, dass sie nicht zurückkam.« Ein Kunde rief nach Arlene. Sie schüttelte den Kopf. »Mann, was habe ich sie vermisst!«

Arlene ging zu dem Gast hinüber. Während sie sich leise unterhielten, warf er ab und zu einen Blick in Lucys Richtung.

»Wir sind hier das Stadtgespräch«, flüsterte Lucy Dolly zu.

Die beiden nahmen sich Zeit beim Essen. Für jeden Bissen, den sie selber nahm, gab sie Dolly zwei. Schließlich steckte sie ein paar Dollarscheine für Arlene unter die Salz- und Pfefferstreuer.

Beim Hinausgehen fiel ihr wieder auf, dass sie von allen angestarrt wurde. Da noch kein Licht in Mr Garrisons Büro brannte, schlug sie den Kragen hoch, ging die Hauptstraße hinunter und über die Dünen zum Strand. Rein theoretisch war ein Spaziergang am Strand eine gute Idee, aber der kalte Wind, der vom Wasser her wehte, drang ihr durch die Jacke bis in die Knochen.

Als sie zurückkam, waren ein paar Fenster in dem roten Backsteinbau erhellt. »Jetzt oder nie.«

Kapitel 3

Lucy und Dolly stiegen die drei Stufen zum Eingang des zweistöckigen Gebäudes gegenüber vom Diner hoch. Sie warf einen Blick auf das Schild GARRISON & PARTNER, klingelte und ging hinein.

Auf dem Flur lag ein großer Orientteppich, die Wände waren in einem dunklen Jägergrün gestrichen und vier große Gemälde zeigten die Bucht im Wechsel der Jahreszeiten. Der Vorzimmerschreibtisch wirkte unbenutzt. Lucy rieb den Sand von Dollys Pfoten und trat sich die Stiefel an der Matte ab.

»Hallo?« Lucy zog die Tür hinter sich zu. Als sie keine Antwort bekam, ging sie an die Treppe und rief nach oben: »Mr Garrison?«

Im oberen Stock hörte sie Schritte. Gleich darauf erschien ein schlanker Mann auf der Treppe. Er war Anfang dreißig und deutlich über eins achtzig. Seine kurzen dunklen Haare waren noch feucht vom Duschen. Er hatte nüchterne, kantige Gesichtszüge. Er trug ein gestärktes weißes Hemd, das bis zu den Ellenbogen hochgekrempelt war. Die Bügelfalte der Khakihose war so scharf wie sein Blick. Beth hätte seine Aufmachung als altmodisch bezeichnet.

Er sah Lucy wie eine exotische Erscheinung an: das Singvogel-Tattoo an ihrem Handgelenk, die blauen Strähnen in ihren blonden Haaren und das rot-blaue Glasperlen-Armband am anderen Handgelenk. »Sie sind Lucy Kincaid.«

»Hat Arlene Sie also schon angerufen?«

»Ja. Mein Name ist Hank Garrison. Willkommen in Cape Hudson. Wann sind Sie aus Nashville eingetroffen?«

»Gestern Nacht.«

»Und wo haben Sie übernachtet?« Dolly lief auf ihn zu, und er streckte eine Hand nach ihr aus und ließ sich beschnuppern.

»In meinem Jeep.«

»Aber dazu war es doch viel zu kalt«, sagte er stirnrunzelnd. Dolly leckte an seinen Fingern, dann ließ sie sich auf dem teuren Teppich nieder.

»Das stimmt allerdings. Macht es Ihnen etwas aus, dass ich den Hund reingebracht habe? Es ist zu kalt draußen.«

»Nein, das geht schon in Ordnung.« Er holte tief Luft und musterte sie aufmerksam. Dann sagte er mit aufrichtiger Anteilnahme. »Es tut mir sehr leid um Ihren Verlust.«

Aus irgendeinem Grund machte diese einfache Beileidsbekundung alles nur noch schlimmer.

»Wie kommen Sie damit zurecht?«

»Ich habe meine Trauer letzte Nacht vom Bay Bridge-Tunnel ins Wasser geworfen.« Beth hätte nicht gewollt, dass Lucy lange trauerte. Und Dolly brauchte endlich mal wieder positive Energie. Lucy musste nur noch einen Weg finden, sich wirklich freizukämpfen.

Garrison räusperte sich. »Haben Sie die benötigten Papiere dabei?«

Am Telefon hatte er ihr zu verstehen gegeben, dass er nur mit ihr sprechen könne, wenn sie sich zweifelsfrei auswies. Da sie keine Geburtsurkunde hatte finden können, ließ sie sich eine ausstellen, als sie den Totenschein ihrer Mutter abholte. Auf ihrer Urkunde stand: Mutter – *Elizabeth Kincaid Jessup*. Vater – *unbekannt*.

Lucy kramte einen Stapel Papiere aus ihrer Umhängetasche hervor. »Hier. Meine Geburtsurkunde und Ihre Briefe.«

»Sehr gut. Ich habe mich gefragt, ob Sie mich ebenso ignorieren würden, wie Ihre Mutter es jahrelang getan hat.« Er prüfte die Unterlagen.

»Meine Mutter hat Cape Hudson nie auch nur mit einer einzigen Silbe erwähnt, geschweige denn Sie. Vielleicht können Sie mich ja aufklären. Und wenn wir schon dabei sind: Wissen Sie etwas mehr über das Wörtchen *unbekannt* auf meiner Geburtsurkunde?«

»Bitte folgen Sie mir ins Büro.« Sie gingen durch den kleinen Flur in das dahinter gelegene Arbeitszimmer. Er knipste die Lichter an und bat Lucy, sich zu setzen, bevor er sich hinter dem Schreibtisch niederließ. Dolly streckte sich gähnend neben Lucy aus.

Der Raum war geschmackvoll eingerichtet. Der Mahagonischreibtisch war alt, ebenso wie der Ledersessel dahinter und die beiden Besucherstühle. An der Wand hing eine Abschlussurkunde in Politik von der Universität Richmond sowie ein Foto von Garrison mit drei etwa gleichaltrigen Männern in Uniform.

»Sie waren in der Marine?«

»Ja.«

»Man kann nicht hinter einer Kneipentheke in Nashville stehen, ohne die Truppengattungen zu kennen. Gibt viel mehr Trinkgeld, wenn man das richtige Lied draufhat. Wenn Sie wollen, stimme ich die Marinehymne an. Vielleicht würde das ja das Eis brechen?«

»Danke, nicht notwendig«, antwortete er mit einem winzigen Lächeln.

»Schade eigentlich. Ich kann ganz passabel singen.«

Es war noch nicht lange her, dass sie in einem ähnlichen Büro gesessen und sich mit Beths Vermieter herumgeschlagen hatte, der ein halbes Jahr Mietrückstand von ihr forderte. Als Erbin war sie haftbar, und so musste sie ihre letzten Ersparnisse zusammenkratzen, um einen Prozess zu vermeiden.

»Also, was die Identität Ihres Vaters angeht ... Hat Ihre Mutter Ihnen nie etwas von Mrs Catherine Buchanans Testament erzählt?«

»Das erste Mal, dass meine Mutter Cape Hudson erwähnt hat, war ein paar Tage vor ihrem Tod. Ich hätte gern mehr erfahren, aber sie ist ins Koma gefallen.«

»Ich will zurück nach Hause, Lucy. Nach Virginia.«

»Virginia? Nashville ist dein Zuhause.«

»Nein. Virginia.«

Das Gewicht dieser Worte hatte die ersten Dominosteinchen umgeworfen und sie schließlich hierhergeführt.

»Beth hat davor immer behauptet, in Nashville geboren zu sein. Mit Haut und Haar aus Tennessee, sagte sie immer. Und ganz ehrlich, ich bin noch nicht davon überzeugt, dass Sie die richtige Beth Kincaid gefunden haben.«

»Jessup«, korrigierte er wie aus der Pistole geschossen.

»Den Namen hat sie nie erwähnt. Sie hat sich immer Beth Kincaid genannt.«

»Außer auf Ihrer Geburtsurkunde, Lucy.«

»Sie wissen mehr als ich, Mr Garrison. Und das verunsichert mich ziemlich.«

Wieder musterte er sie mit diesem ernsten, forschenden Blick. »Elizabeth Kincaid Jessup ist in Cape Hudson aufgewachsen. Ihr Vater hat in den letzten Jahren seines Lebens in der Nähe vom Cottage gewohnt.«

»Ihr Vater?«

»Samuel Jessup, der 1968 Ihre Großmutter, Donna Kincaid, geheiratet hat.«

Sie lehnte sich zurück und ließ das alles auf sich wirken.

»Ihr Großvater ist letztes Jahr verstorben, und das hat mich veranlasst, Ihre Mutter zu kontaktieren.«

Es versetzte ihr einen Stich ins Herz, von Großeltern zu hören, die ihr völlig unbekannt waren. Sie fuhr sich nachdenklich mit den Fingern durch die Haare. Sollte sie nun dankbar sein, dass sich diese Teile im Puzzle ihres Lebens angefunden hatten, oder sollte sie ihrer Mutter böse sein, weil sie ihr das vorenthalten hatte? Sie entschied sich für Letzteres. Es tat weniger weh, wütend als traurig zu sein. »Hatte meine Mutter Geschwister?«

»Ihre Großeltern hatten vor Ihrer Mutter einen kleinen Jungen, aber er wurde nur zwei Monate alt. Donna Kincaid Jessup starb 1984, als Ihre Mutter ungefähr vierzehn Jahre alt war.«

»Hatten meine Großeltern Geschwister? Habe ich wenigstens Cousins zweiten Grades?«

»Ihr Großvater stammte aus einer Familie mit fünf Kindern. Ja, Sie haben eine Reihe Cousins und Cousinen zweiten Grades.«

»Und wo sind die jetzt?«

»Ein paar von ihnen leben hier in der Gegend, aber die meisten sind weggezogen.«

In der dritten Klasse hatte Lucys Lehrerin den Schülern aufgetragen, mit ihren Eltern einen Stammbaum zu erstellen. Beth hatte ihr damals versichert, dass es nur sie beide gebe. Also hatte Lucy einen Stamm mit einem einzigen Ast gezeichnet. Sie hatte nichts Besonderes daran gefunden, bis sie die weitverzweigten Bäume auf den Zeichnungen ihrer Mitschüler sah. »Wenn ich Sie richtig verstanden habe, geht es darum, dass ich eine Art Jagdhütte geerbt habe«, sagte sie schließlich.

»Genau. Die Erblasserin ist Mrs Catherine Hedrick Buchanan.« Er sah sie mit seinen grünen Augen durchdringend an und wartete anscheinend darauf, ob sie den Namen schon einmal gehört hatte.

»Falls Sie auf eine Reaktion warten, muss ich Sie enttäuschen. Ich tappe im Dunkeln. Sie müssen am Anfang beginnen.«

»Mrs Buchanan war die Eigentümerin des Cottage und hat es Ihrem Großvater vererbt – und damit Ihrer Mutter beziehungsweise Ihnen.«

»Was für eine Beziehung hatte Mrs Buchanan zu meinem Großvater?«

»Das weiß ich nicht genau. Ihr Großvater war in der Handelsmarine. Er fuhr noch bis 1996 zur See, als er achtzig wurde. Einer Familienlegende zufolge hat Mrs Buchanan ihm angeboten, seine Collegegebühren zu zahlen, aber das hat er abgelehnt. Dasselbe hat sich bei Ihrer Mutter wiederholt.«

»Dann war diese Frau so eine Art Schutzengel für die Jessups?«

Wie oft hatte ihre Mutter behauptet, dass das College, und vor allem die Kunsthochschule, nichts als Geldverschwendung sei? Lucy hatte das immer darauf zurückgeführt, dass sie nicht genug Geld zum Studieren gehabt hatte. Was offensichtlich nicht stimmte.

Lucys Lehrer hatten immer gesagt, sie habe Potenzial, aber als es darauf ankam, waren ihre Noten nicht gut genug für ein Stipendium gewesen. In den ersten Jahren nach der Highschool hatte Lucy noch versucht, fürs College zu sparen, aber immer, wenn sich etwas Geld auf dem Konto angesammelt hatte, lief irgendetwas schief. Das Getriebe ihres Autos gab den Geist auf. Eine Blinddarmentzündung ohne gültige Krankenversicherung. Oder Beth konnte die Miete mal wieder nicht aufbringen. Mit Anfang zwanzig hatte sie sich am Nashville Strip bereits einen soliden Ruf als Barkeeperin erarbeitet. Das Leben ging weiter, und sie holte den Skizzenblock raus, wenn sie Zeit hatte. Die Kunsthochschule geriet in Vergessenheit.

»Wann ist Mrs Buchanan gestorben?«

»Im März 1990, im Alter von hunderteins.«

»Etwa ein Jahr nach meiner Geburt.«

»Ja.«

»Wann haben Sie sich das erste Mal an meine Mutter gewandt?«

»Im letzten Jahr, gleich nach dem Tod Ihres Großvaters. Sie reagierte nicht auf meine Briefe, also habe ich sie vor vier Monaten angerufen. Sie meinte, vielleicht hätten Sie ja Interesse an Mrs Buchanans Angebot – wie auch immer das aussehen mochte. Und sie bat mich, meine Briefe an Sie zu adressieren, Lucy.«

»Ich hatte ja keine Ahnung.« Lucy war eher verletzt als überrascht. »Das ist jetzt ziemlich viel auf einmal, Mr Garrison«, sagte sie und kraulte Dolly den Kopf.

»Ich weiß.«

Sie dachte an die Blicke im Restaurant. »Beth muss einen ziemlichen Eindruck gemacht haben, so wie die Leute mich heute Morgen bei Arlene angesehen haben.«

»Ihre Mutter zu vergessen, war nahezu unmöglich. Meine Eltern sind mit ihr zur Schule gegangen und erinnern sich noch sehr gut an sie.«

»Haben Sie sie nach ihr gefragt?«

»Mein Vater sagt, jeder hat eine Geschichte über sie parat.«

Lucy hatte anscheinend die ersten Folgen der Serie *Dies ist dein Leben* verpasst. »Und? Wie geht seine Geschichte?«

»In der zehnten Klasse hat sie ein paar Mitschüler überredet, die Schule zu schwänzen. Sie sind nach Norfolk an den Strand gefahren. An der Brücke stoppte ein Sheriff sie mit Sirene und Blaulicht, und sie mussten rechts ranfahren. Alle hatten Angst, nur Beth nicht. Als der Sheriff ihnen eine Standpauke hielt, lachte sie ihm ins Gesicht. Er nahm sie mit und steckte sie ein paar Stunden in eine Zelle. Natürlich fanden die anderen Kids das cool.«

»In der Geschichte findet sich meine ganze Kindheit wieder. Beth hat sich nie an Regeln gehalten. Arlene hat mir erzählt, dass sie am Tag vor der Entlassung von der Schule abgegangen ist. Ich kann eins und eins zusammenrechnen. Sie war mit mir schwanger.«

»Stimmt.«

»Wissen Sie, wer mein Vater ist?«

Ohne mit der Wimper zu zucken, sagte er: »Nein, das weiß ich nicht.«

Sie versuchte, seine Gedanken zu lesen. »Können Sie mir mehr über dieses Cottage erzählen?«

»Mr George Buchanan, Mrs Bs Schwiegervater, ließ es zwischen 1900 und 1902 für Elizabeth Lawrence bauen. Beide liebten die Entenjagd. Sie war lange Jahre seine Geliebte, bis sie 1916 heirateten.«

»Eine Jagdhütte. Ich sehe Bärenfelle, Geweihe und dunkle Wandvertäfelungen vor mir.«

»Das trifft es nicht unbedingt. Sie werden staunen, Lucy. Zu dem Haus gehört ein Grundbesitz von einhundertzwanzig Hektar unmittelbar an der Bucht. Meine Familie ist seit vierzig Jahren Pächter von dreißig Hektar. Wir betreiben das Weingut Beacon.«

»Grundbesitz und ein Cottage – das punktet gegen einen Jeep und die letzten hundert Dollar, die ich in der Tasche habe.«

Mr Garrison presste die Hände zusammen, als wäre ihm unangenehm, was er jetzt zu sagen hatte. »Das Erbe ist an Bedingungen geknüpft.«

»Versteht sich von selbst. Was für Bedingungen?«

»Die finanziellen Mittel, die mit dem Erbe einhergehen, dürfen ausschließlich zur Renovierung und Deckung der laufenden Kosten eingesetzt werden. Und Sie können diese Mittel erst abrufen, nachdem Sie dreißig Tage im Cottage gewohnt haben.«

»Hat mein Großvater dort gewohnt?«

»Dreißig Tage. Dann ist er ins Gästehaus umgezogen. Er hat sich gut um das Cottage gekümmert, aber er hat nie größere Renovierungen in Angriff genommen, außer das Dach decken zu lassen.«

»Irgendetwas scheint mit diesem Jagdhaus nicht zu stimmen. Warum wollten meine Mutter und mein Großvater es nicht?«

»Es ist alt und zugig. So ein Haus ist eine große Verpflichtung.«

»Und wenn ich mich gegen das Haus entscheide, bekomme ich nichts. Richtig?«

»Richtig. Dann fällt alles an die Erben von Victoria, der Tochter von George Buchanan. Auch das ist ungewöhnlich, denn damals ging das Erbe normalerweise an die Söhne und nicht an die Töchter über.«

»Was ist mit Mrs Buchanan? Hatte sie keine eigenen Kinder?«

»Sie hatte einen Sohn, der 1974 verstorben ist. Aber ihre Erben wurden im Testament nicht bedacht.«

»Warum nicht?«

»Das kann ich Ihnen auch nicht sagen.«

Beth hatte immer gesagt, Besitz zöge einen nur runter, und Lucy dämmerte allmählich, dass da etwas dran war. »Das ergibt alles keinen Sinn.«

»Das stimmt.«

»Wer erbt, wenn ich die Jagdhütte ausschlage?«

»Ich.«

»Sie?«

»Victoria war meine Urgroßmutter.«

Wie frustrierend! »Also noch mal. Wenn ich dreißig Tage in einem hundert Jahre alten Cottage wohne, habe ich das Privileg, es renovieren zu dürfen.«

»So ist es.«

»Kann ich es verkaufen?«

»Nein.«

»Wie viel Geld steht für die Renovierung zur Verfügung?«

»Fünfzehn Millionen. Aber denken Sie daran: Das Geld ist ans Jagdhaus gebunden.«

Sie sah ihn ungläubig an. »In Ziffern: eine Eins und eine Fünf? Für ein Cottage?«

»Korrekt.«

»Verdammt!« Lucy hatte das Gefühl, sich übergeben zu müssen.

Garrison pochte mit seinem Füller auf die Schreibtischunterlage. »Ich bin bereit, Ihnen ein Angebot zu machen, wenn Sie das Erbe ausschlagen.«

»Sie wollen dieses Jagdhaus?«

»Und den Grundbesitz.«

»Aber Sie müssten das Geld für das Haus ausgeben.«

»Ja, wie gesagt, die fünfzehn Millionen sind an das Haus gebunden.«

»Und wie viel bieten Sie mir an?«

»Fünfzigtausend Dollar.«

So viel Geld hatte sie noch nie auf einem Haufen gesehen. Es juckte ihr zwar in den Fingern, das Geld zu nehmen und sich aus dem Staub zu machen, aber sie hatte in Music City genug Kungeleien mit angehört, um zu wissen, dass das erste Angebot selten das beste war. »Kann ich mir diese Jagdhütte mal ansehen?«

»Ich kann es Ihnen jetzt gleich zeigen. Wir nehmen mein Auto.«

»Ich folge Ihnen lieber in meinem. Dolly haart ziemlich.«

»Gut. Mein Auto steht vor der Tür.«

»Ich fahre einen gelben Jeep.«

»Weiß ich. Arlene hat es mir schon gesagt.«

In den Stunden seit ihrer Ankunft hatte sie mehr über ihre Herkunft erfahren, als Beth je preisgegeben hatte. Diesen vergrabenen Schatz zu bergen, beunruhigte sie mit einem Mal. Sie brauchte frische Luft.

Sie wartete mit Dolly vor der Tür, während er die Lichter löschte und abschloss. Die kalte Brise kühlte ihre erhitzten Wangen, als sie zum Jeep eilte. Dolly hatte spitzbekommen, dass etwas Spannendes passierte. Ihr entging wenig.

Garrison setzte sich hinter das Steuer eines alten Pick-ups, fuhr zurück und wartete am Straßenrand auf sie. Sie legte den ersten Gang ein und drehte den Zündschlüssel herum. Der Motor spuckte und stöhnte.

»Bitte nicht schon wieder!« Sie beugte sich über das Lenkrad und hoffte, die Metall- und Gummiteile würden sich durch ihre Bitten erweichen lassen. »Bitte, sei lieb. Nur noch ein paar Kilometer.«

Der Motor schwieg.

Dolly fing an zu bellen, und Lucy sah Mr Garrison mit großen Schritten auf sie zueilen. Sie ließ das Fenster hinunter. »Es gleicht schon einem Wunder, dass wir es so weit geschafft haben. Scheint, als hätte die gute alte Seele ihren Geist aufgegeben.«

»Sie können mit mir fahren. Und machen Sie sich keine Sorgen wegen der Hundehaare.«

»Danke.« Lucy kletterte in die Fahrerkabine. »Macht es Ihnen etwas aus, wenn ich Beth mitnehme?«

»Nein, absolut nicht.«

Sein Wagen war innen pieksauber. Das passte zu ihm. »Seit wann sind Sie wieder hier?«

»Seit einem halben Jahr.«

»Bloß nicht mit allem auf einmal rausplatzen oder wie?« Sie stellte die Urne zwischen ihre Füße.

Ein feines Lächeln umspielte seine Mundwinkel. »Genau.«

»Ist mir auch recht.«

Er fuhr durch den Ort und von dort Richtung Norden auf die Bundesstraße. Sie machte einen weiteren Versuch, sich mit ihm zu unterhalten, aber er ging nicht darauf ein.

Als sie an den ebenen Feldern vorbeifuhren, fragte sie sich, was so schlimm an diesem Ort gewesen sein mochte. Beth hatte sich doch auch in der Musikszene mit allen möglichen halbseidenen Typen herumgeschlagen. Warum hatte sie dieser Ort dann in die Flucht getrieben?

Die Landschaft wurde karger, und Lucy wurde auf einmal bewusst, dass sie ihren Fahrer überhaupt nicht kannte. Auf seinem Pick-up klebten keine Sticker, in seinem Büro lagen keine Papiere herum. Sie hatte nicht die geringste Ahnung, mit wem sie unterwegs war. Es wäre wirklich zu schade, wenn sie die ganze Fahrt auf sich genommen haben sollte, nur um dann von einem Serienmörder umgebracht zu werden. Ein Motiv hätte er auf jeden Fall.

Ja, Extremszenarien waren ihr Ding. Sie hatte den Großteil ihrer Kindheit damit verbracht, sie zu durchdenken und aufzulösen. Diese Strategie hatte sich als Kind der mehr als spontanen Beth Kincaid alias Beth Jessup ausgezahlt.

Sie streichelte Dolly über den Kopf, die freudig zu ihr aufsah. Wenigstens schien der Hund keine schlechten Schwingungen von Garrison zu spüren.

Der ging jetzt mitten in der Walachei vom Gas und bog in eine teils asphaltierte, teils mit Schotter ausgebesserte Straße ein. In ihrer Umhängetasche musste irgendwo ein altes Pfefferspray sein, aber bevor sie es gefunden hätte, wäre sie längst tot. Wenn er versuchte, sie umzubringen, würde sie schreien und Dolly befehlen wegzulaufen.

Dolly gähnte.

Garrison schaltete noch einen Gang runter. »Vor rund fünfzig Jahren hat hier ein Hurrikan gewütet«, sagte er. »Durch die entwurzelten Bäume wurde die Straße so beschädigt, dass es fast ein Jahr gedauert hat, sie zu reparieren. Die Jagdhütte wurde damals nur noch *Das Cottage an der kaputten Straße* genannt.«

Seine Sätze wurden länger, er war ja schon fast geschwätzig. Jetzt bog er in eine unbefestigte Piste ein, die sich durch hohe Bäume zog. Sie fuhren immer tiefer in den Wald hinein.

Dann öffnete er sich und gab den Blick auf ein Grundstück frei, das sich wohl anderthalb Kilometer bis zur Bucht erstreckte und auf dem endlose Reihen beschnittener Weinstöcke standen, die sich an Pfählen hochrankten.

»Ich hätte nicht gedacht, dass man hier Wein anbauen kann.«

»Wein gedeiht gut unter harten Bedingungen.«

Hinter ihnen zog sich eine Staubwolke her, als er auf ein zweistöckiges weißes Gebäude zufuhr, das von windschiefen Bäumen umgeben war. Das Gras war gemäht, aber ansonsten gab es nichts, was man Landschaftsgestaltung nennen konnte.

An der Front zog sich eine breite Veranda vor Fenstern voller Salzschlieren entlang. Das rote Blechdach war verbeult und verwittert. Ein einsamer, im Laufe der Zeit ergrauter Schaukelstuhl schwang in der Brise vor und zurück.

Garrison fuhr vorbei.

»Wie? Ist das nicht das Cottage?«

»Nein, das ist das alte Verwalterhaus, in dem Mr Jessup gewohnt hat. Im letzten Jahr hat es dort gebrannt, seitdem ist es nicht mehr bewohnbar. Die Jagdhütte ist noch ein Stück weiter.«

»Mr Garrison, das macht mir langsam richtig Angst.«

Er runzelte die Stirn. »Warum?«

»Keine Ahnung. Mitten in der Walachei. Mit einem Fremden. Stichwort Serienmörder. Es gibt wenigstens sieben oder acht weitere Gründe.«

»Ich bin kein Serienmörder.«

»Das sagen sie alle.«

Ihre Angst und Nervosität schienen ihn zu überraschen. Er parkte das Auto mitten auf dem Weg und wandte sich ihr zu. »Zur Jagdhütte sind es noch hundert Meter. Sie liegt hinter der Biegung direkt an der Bucht.«

»Hinfahren geht nicht? Ach so, ja, *Das Cottage an der kaputten Straße.*«

Er ging nicht darauf ein. »Die Straße hat sich mit dem Dauerregen der letzten Monate vollgesogen. Wir mussten mit der Reparatur warten. Und deswegen müssen wir zu Fuß gehen.«

»Klar.« Da sie nicht sicher war, wie sich der Hund in der fremden Umgebung verhalten würde, leinte Lucy ihn an. Sie nahm die Urne an sich. Der Wind war so kalt, dass sie ihn in den Knochen spürte.

»Das Haus bedeutet Verantwortung«, sagte Garrison.

»Und ich sehe nicht so aus, als könnte ich damit umgehen?«

»Das habe ich nicht gesagt.«

»Aber gedacht.«

Er zog einen schweren Schlüsselbund aus der Tasche und ging ihr voraus, um die tiefen Furchen herum.

»Wie hat der Weinberg den Sturm überstanden?«

»Ganz gut. Wir haben sogar Pläne, mehr Weinstöcke anzubauen, aber wir konnten noch keinen langfristigen Pachtvertrag abschließen.«

»Worauf haben Sie denn gewartet?«

»Auf Sie.«

Sie musste sich immer wieder gegen die vom Land wehenden Böen anstemmen. Sie bildete sich ein, dass die windgepeitschten Gräser ihr etwas zuraunten. Flüsterte Beth ihr etwas zu? Konnte sie ihr eine Antwort geben? Lucy presste die Urne an sich. Aber nichts geschah. Typisch Beth.

Dolly blieb immer wieder schnuppernd zurück. All die unbekannten Gerüche!

Schließlich wurde der Weg ebener. Die Bäume streckten die Äste wie Händchen haltende Liebende über den Weg. Vor sich hörte Lucy die Brandung.

Als sie um die letzte Kurve bogen, tauchte eine riesige zweistöckige Villa im französischen Landhausstil vor ihnen auf. Sie war blassgelb gestrichen und von schlichter Eleganz. Mindestens zwanzig bodentiefe Fenster zogen sich zu beiden Seiten der massiven Holztür an der vorderen Fassade entlang. Überall standen Schilder mit der Aufschrift KEIN DURCHGANG.

»Wo ist die Jagdhütte?«

»Sie stehen davor.«

»Das Haus muss ja mindestens dreitausend Quadratmeter groß sein.«

»Fünftausend.«

Sie zog die Jacke enger um sich. »Wer ist bloß auf den Gedanken gekommen, das ein Cottage zu nennen?«

»Für die Buchanans war es so etwas wie ein Cottage. Ihre Häuser in New York und Newport in Rhode Island sind sehr viel größer.«

Lucy versuchte vergeblich, sich Beth hier vorzustellen. Ihre Mutter hatte alte Dolly-Parton-Songs auf den Bühnen verrauchter Kneipen gesungen oder an einem Tischchen auf dem Lower Broadway gesessen und den Touristen aus Tarotkarten gelesen. Mit Beth verband sie Trubel und grelle Neonlichter – das Gegenteil von diesem stillen, kalten Haus, das wie für die Ewigkeit geschaffen schien.

Garrison ging auf die Eingangstür zu und steckte einen Schlüssel in das alte Schloss. Er drehte ihn hin und her, bis das Schloss mit einem Klick aufsprang.

Er stemmte sich gegen die schwere Tür. Die Eingangshalle zog sich einmal quer durchs Haus und gab den Blick durch die bodentiefen Fenster auf die Bucht frei. Über schaumgekrönten Wellen zogen dunkle Regenwolken langsam Richtung Nordwesten. Der Blick war dennoch großartig. An schönen Tagen wäre er atemberaubend.

Als sie auf die Fensterfront zuging, hallten ihre Schritte von den hohen Wänden. Schaudernd stellte sie die Urne auf einem Tisch ab. Dolly hatte die Ohren angelegt.

Gedankenverloren spielte sie mit den Glasperlen am Armband ihrer Mutter. Wenn Beth ihr jetzt aus den Karten lesen könnte, würde sie den Turm herausziehen. Zerstörung. Aufruhr. Umbruch. Genau das hatte ihr der Tag gebracht.

Die abgestandene Luft war muffig, und in den Lichtstrahlen tanzte der Staub. Zu Lucys Rechten befand sich eine massive, freischwingende Treppe, zu ihrer Linken ein repräsentativer Speisesaal. Die Möbel waren mit weißen Laken abgedeckt, aber von den Bildern, die hier einmal gehangen haben mussten, zeugten nur noch die blassen Umrisse an den Tapeten.

Das Haus war wie aus der Zeit gefallen. In der Nähe gab es keine Restaurants. Man konnte sich nicht eben mal einen Kaffee holen oder sich von einer Kneipe in die nächste treiben lassen, um sich die angesagten Countrymusik-Sänger anzuhören. Die Zeit war schlicht und einfach stehen geblieben. Es war surreal.

»Sind Sie jetzt bereit, über mein Angebot zu sprechen?«, fragte Garrison.

Kapitel 4

BETH

6. Mai 1988

Beth sieht Mrs B ruhig beim Teetrinken zu. Sie hat ihren Job im Restaurant gekündigt und Arlenes Warnungen, bloß keinen guten Job aufzugeben, in den Wind geschlagen. Arlene hat die letzte Schicht für sie übernommen, nur für den Fall, dass Beth es sich anders überlegt. Aber Beth ist sich sicher.

Sie trinkt den Tee mit Milch und Zucker aus einer feinen, mit Kolibris bemalten Porzellantasse. Sie fasst kaum mehr als zwei Schlucke, die nach wässrigem Kaffee schmecken. Doch die alte Dame ist der Boss, also trinkt sie ihn, ohne sich zu beklagen.

Mrs B hat sich wieder in Schale geworfen. Heute trägt sie ein rotes Kostüm von Chanel mit einer Rüschenbluse aus Seide und wieder die zierliche Brosche aus Elfenbein. Das Schmuckstück ist alt und genau von der Art, die Touristen suchen, weil es Lokalkolorit hat.

»Ich habe meiner Lehrerin erzählt, dass wir weitermachen. Sie fährt voll drauf ab.«

Mrs B setzt die Tasse ab. »Wie bitte?«

»Na ja, sie findet es super. Sie ist neugierig auf Sie und auf das Cottage. Alle wissen irgendwas über Sie, aber niemand kennt Sie wirklich.«

Mrs B mustert Beth so aufmerksam, als wolle sie ihre Gedanken lesen. »Können Sie sich vorstellen, in so einem Haus zu leben?«

Beth stellt ihre Tasse klirrend auf dem Unterteller ab. »Ich? Ganz bestimmt nicht. Wenn ich hier wohnen würde, käme ich ja nie raus aus diesem Nest.«

»Und das wäre schlecht?«

»Ja, klar. Ich bin sechzehn und habe noch nichts von der Welt gesehen. Sie sind viel gereist. Mein weitester Ausflug ging in den Zoo von Washington.«

»Wenn Sie gereist sind, nach Nashville oder wohin auch immer, vielleicht kommen Sie dann nach Cape Hudson zurück.«

Beth nimmt sich einen Keks. Erst schmeckt er nach nichts, doch dann entfaltet sich sein feines Aroma. »Woher wissen Sie das mit Nashville?«

»Sie haben den Ort beim letzten Mal erwähnt. Ich mag alt sein, aber ich bin nicht vergesslich.« Sie nippt an ihrem Tee. »Mir ist einiges über Sie zu Ohren gekommen, Beth.«

Statt sich darüber zu ärgern, weckt es Beths Interesse. Also lebt Mrs B gar nicht so zurückgezogen, wie es scheint. »Ich wette, Sie mussten sich ganz schön was anhören. Also, was war's?«

»Sie waren im Cheerleader-Team der Footballmannschaft, aber Sie sind rausgeworfen worden. Es hatte etwas mit Hühnern zu tun, die plötzlich bei einem Heimspiel auf dem Feld rumliefen.«

Beth grinst. »Tja, wenn man sich mit mir anlegt …«

»Sie gehen mit einem Footballspieler aus, aber Sie haben ein Auge auf meinen Großneffen geworfen.«

»Na ja, vor einer Weile war ich mit Eddie zusammen, jetzt mit Brian. Und Ihr Großneffe heißt Noah, oder? Er sieht richtig gut aus, und ich hätte nichts dagegen, ihn besser kennenzulernen.«

»Wenn du einem Jungen hinterherläufst, verlierst du deine Macht über ihn. Ich darf doch du sagen?«

»Klar. Meine Macht?«

»Sex, Mädchen. Nur weil dich ein Junge anlächelt, heißt das noch lange nicht, dass du mit ihm Sex haben solltest.«

Beth bricht in schallendes Gelächter aus. »Glauben Sie mir, ich hab immer meinen Spaß. Aber kein Typ wird mich davon abhalten, nach Nashville zu gehen. Oder wohin auch immer.«

Mrs B mustert Beth über den Rand der hauchdünnen Tasse hinweg. »Ich habe schon Mädchen wie dich kennengelernt, Beth. Ihr wollt dauernd etwas Aufregendes erleben. Ihr fliegt darauf wie Motten aufs Licht. Hüte dich.«

»Wovor?«

Mrs B setzt die Tasse ab. »Wollen wir anfangen?«

»Gut. Aber womit?«

»Mit Claire.«

»Wer ist Claire?«

»Das wirst du gleich erfahren.«

Beth lässt die Kamera laufen.

* * *

CLAIRE

3. Oktober 1904

Beim ersten Mal, als Jimmy Latimer Claire Hedrick das Leben rettete, war sie sechzehn.

Claire freute sich, endlich wieder zu Hause zu sein. Wie hatte sie die Chesapeake Bay vermisst! Ihr Schützling Victoria war auf einer Schule in der Schweiz, und in der Zeit sollte Claire Mrs Lawrence als Zofe dienen, die allerdings in der Jagdsaison meistens in Reithosen herumlief.

Es war ein schwüler Nachmittag. Claire wollte ihre freien Stunden so wie früher auf dem Wasser verbringen. Hinter ihr lagen vier Jahre voller Heimweh, in denen sie sich um die verwöhnte Victoria gekümmert und endlose Stunden mit Nähen verbracht hatte. Auf dem Wasser zu sein, bedeutete Freiheit, und die lockte sie so sehr, dass sie nicht darauf achtete, wie sich dunkle Wolken am Himmel zusammenbrauten und es in der Ferne zu grummeln begann. Claire wollte sich endlich wieder einmal lebendig fühlen.

Sie zog das Ruderboot vom Strand und genoss den Sonnenschein und die salzigen Böen, die mit ihren kupferfarbenen Locken spielten.

»Mädchen, das ist leichtsinnig!«, rief ihr ein junger Mann zu.

Die Warnung kam von Jimmy, dem Sohn der Haushälterin. Er war auf einem mehrwöchigen Urlaub von der Handelsmarine. Seine Mutter, Mrs Latimer, war sehr stolz auf ihn. In einer Tour sagte sie Sachen wie: »Eines Tages wird er Kapitän. Er sieht besser aus, als ihm lieb sein kann. Das Mädchen, das ihn abbekommt, kann sich glücklich schätzen.« Und selbst Mr Buchanan war voll des Lobes. Jimmy sei der beste Jagdführer im ganzen Land, hatte er gerade wieder verkündet.

Jimmy war der geliebte Sohn. Sie war die vergessene Tochter.

Als Claire ihm in die eisblauen Augen sah, überkam sie plötzlich ein überwältigendes Verlangen. Trotzdem war sie wild entschlossen, ihn nicht zu mögen. Sie zog das Boot über den glatten Sand ins Wasser. Seine missbilligende Miene trieb sie nur dazu an, ihm zu beweisen, dass er sich täuschte. Sie wollte dem gut aussehenden jungen Mann zeigen, dass sie kein Feigling war.

Ohne darauf zu achten, dass ihre Stiefel und der Saum ihres Kleides nass geworden waren, sprang sie ins Boot und ruderte selbstzufrieden in die offene Bucht hinaus. In der Ferne war Donnergrollen zu hören. Jimmy war mittlerweile ans Ufer hinuntergekommen und sah ihr mit tadelnden Blicken nach. Jetzt umzukehren, käme einem Scheitern gleich, und deswegen ruderte sie weiter in die Bucht hinein. Dabei schien selbst die Strömung sie ans Ufer ziehen zu wollen.

Sie erinnerte sich nicht daran, dass die Ruder so schwer gewesen waren, und sie geriet schnell außer Atem. Schweißperlen liefen ihr den Rücken hinunter. Doch weil Jimmy sie immer noch beobachtete, ruderte sie weiter. Bald hatte sie sich so weit vom Ufer entfernt, dass Jimmys Gesicht verschwamm. Und genau in dem Moment merkte sie, dass sie einen Fehler gemacht hatte.

Das Wetter war umgeschlagen. Ein kalter Wind war aufgekommen und hatte die fernen, dunklen Wolken herangetrieben. Dicke Regentropfen fielen auf sie herab. Blitze zuckten über das Wasser.

Das Boot begann gefährlich zu schaukeln, die Gischt spritzte ihr ins Gesicht und durchweichte sie bis auf die Knochen. Sie musste sofort umkehren. Es gelang ihr zwar, das Boot zu wenden, doch die Strömung war bei Gewittern launisch und unbeständig und zog sie jetzt immer weiter vom Ufer weg. Sie war völlig außer Atem, und ihre Muskeln brannten. So sehr sie sich auch in die Ruder legte, die aufgepeitschten Wellen trugen sie immer weiter hinaus.

Die Welle, die das Boot zum Kentern brachte, kam wie aus dem Nichts. Und auf Claires ersten Schock folgte helle Panik.

Eine Welle schlug über ihr zusammen, und sie ruderte wild mit den Armen, um den Kopf über Wasser zu halten und das kieloben treibende Boot zu erreichen. Ihr Kleid und ihre Stiefel klebten tonnenschwer an ihr. Sie konnte die Arme und Beine kaum noch bewegen und schluckte immer mehr Wasser, während sie sich verzweifelt an der Oberfläche zu halten versuchte. Schon begannen Erschöpfung und Kälte, den Adrenalinschub zu verdrängen. Ihre Lungen schrien nach Sauerstoff. Und dann schlossen sich die Wellen über dem dunklen Himmel. Sie war so leichtsinnig gewesen, und es würde sie das Leben kosten.

Doch einen Moment später wurde sie am Kragen gepackt, wie eine Lumpenpuppe in die Luft geschleudert und auf den Boden eines Fischerbootes geworfen. Sie spuckte Wasser und rang keuchend nach Luft.

Sie hob den Kopf und blickte in das schönste Gesicht, das sie je gesehen hatte. Jimmy packte die Ruder mit seinen sonnengebräunten Händen, und seine Muskeln pulsierten, als er sich in die Riemen legte. Er schwieg, bis sie das Ufer erreicht hatten.

»Das war unglaublich dumm von dir«, sagte er zwischen zusammengebissenen Zähnen.

Sie strich sich hustend die klatschnassen Haare aus dem Gesicht, fuhr sich mit der Zunge über die salzigen Lippen und setzte sich gerade auf, um einen letzten Rest Würde zu wahren. Ihr war entsetzlich kalt.

Er deutete auf eine blaue Wolljacke auf der Ruderbank. »Hast du meine Warnung denn nicht gehört?«

»Doch.« Zitternd zog sie die warme Jacke an, die seinen Geruch verströmte.

»Mir ist schon zu Ohren gekommen, dass du dickköpfig bist. Dein Glück, dass ich dich beobachtet habe!«

»Und warum haben Sie mich beobachtet?«

Er grummelte etwas vor sich hin und warf den Kopf in den Nacken, um eine helle blonde Strähne aus der Stirn zu schleudern. Was hatte er für ein schönes Gesicht! Und was für einen muskulösen Körper!

Mrs Latimer eilte mit einer Decke unter dem Arm auf den Steg zu. Sie machte ein riesiges Theater, half Claire aus dem Boot und wickelte sie in die Decke. »Was hast du dir bloß dabei gedacht, Mädchen?«

Jimmy antwortete, als wäre sie zu einfältig dazu. »Du hattest recht, Ma, furchtlos ist sie. Aber sie ist nicht so schlau, wie du behauptet hast.«

Sie mussten über sie gesprochen haben.

»Wie konntest du nur so leichtsinnig sein, Kind!« Mrs Latimer war völlig erhitzt und schimpfte immer weiter.

Aber Claire brachte nichts heraus. Als Mrs Latimer sie unterhakte und zum Haus führte, drehte sie sich noch einmal um. Jimmy sah ihnen nach. Feuchte Haare, volle Lippen und ein ratloser Blick in seinen blauen Augen.

Er hatte ihr das Leben gerettet. Stolz hin oder her, sie war ihm unendlich dankbar. Aus einem Impuls heraus machte sie sich von Mrs Latimer los, rannte zu ihm und schlang ihm die Arme um den Hals. Ein paar Sekunden vergingen, bevor er ihr sanft auf den Rücken klopfte und sich aus ihrer Umarmung löste.

»Danke, Mr Latimer!«

»Einfach nur Jimmy«, sagte er, und jetzt lächelte er sogar. Und das war's: Sie war verliebt.

* * *

10. Januar 1916

Es sollte zwölf Jahre dauern, bevor Claire Jimmy wiedersah. Zu sagen, dass sie immerzu an ihn dachte, wäre gelogen, aber sie tat es sehr oft. Sie schrieb regelmäßig mit Mrs Latimer und erkundigte sich immer nach Jimmy, wobei sie allerdings darauf achtete, dass es wie eine höfliche Nachfrage klang. *Wie ergeht es Ihrem Sohn? Welche Länder hat er in diesem Jahr bereist?* Und dann speicherte sie jedes noch so kleine Detail ab.

In diesen Jahren hatte sich viel für Claire getan. Sie hatte sich einen Ruf als äußerst talentierte Schneiderin erarbeitet und mehrere Angebote von gehobenen Schneidereien sowie von Damen der Gesellschaft erhalten. Doch sie schlug alle aus und blieb bei den Buchanans, die in vielerlei Hinsicht ihre Ersatzfamilie waren.

Und jetzt war sie endlich wieder in Cape Hudson. Nachdem die erste Mrs Buchanan in ihrer Pariser Wohnung verstorben war, konnte Mr Buchanan doch noch seine Mätresse Elizabeth Lawrence heiraten. Claire arbeitete seit Monaten an der Aussteuer und an dem Hochzeitskleid, einem eigenen Entwurf.

Die Verärgerung über die launische Victoria, mit der sie die lange Zugfahrt von New York unternommen hatte, und selbst die Gedanken an die dringenden Änderungen am Brautkleid verflogen, als sie Jimmy vor dem Bahnhof gegen einen auf Hochglanz polierten Wagen gelehnt entdeckte.

Er trug die dunkle Jacke eines Seemanns, nicht die eines Chauffeurs, und blickte ihnen ernst entgegen. Er sah umwerfend gut aus. Größer, als sie ihn in Erinnerung hatte, und ebenso kräftig gebaut wie früher. Aber seine Gestalt hatte alles Jungenhafte verloren, und in seine Augenwinkel hatten sich die ersten Falten geschlichen.

Mittlerweile war er seit fünfzehn Jahren bei der Handelsmarine und hatte sich hochgearbeitet. Seine Mutter behauptete, er bekäme bald ein eigenes Schiff, doch fürs Erste hatte er Landurlaub und half wie immer bei den Buchanans aus.

Dass er hier war, musste ein gutes Omen sein. Und es trug zu ihrer unbändigen Freude bei, endlich wieder in der Heimat zu sein, wo eine frische, salzige Brise wehte und man bis zum

Horizont über das Land und die Bucht blicken konnte. Keine Hochhäuser, kein Geratter von Straßenbahnen, kein Gedränge.

Es war einfach alles so, wie es sein sollte.

Hinter sich hörte Claire das alberne Kichern von Victoria Buchanan, die einen Kofferträger aufzog, weil er etwas hatte fallen lassen. Kein Wunder, denn der arme junge Mann war wie geblendet von ihrer Schönheit. Mit ihren einundzwanzig Jahren hatte Victoria schon vielen Männern den Kopf verdreht und ebenso viele vor Eifersucht fast um den Verstand gebracht.

Lockige blonde Haare so hell wie Sommersand rahmten Victorias ovales Gesicht mit den hohen Wangenknochen und hellen, ausdrucksstarken Augen ein. Das marineblaue Reisekleid aus Samt und Wolle betonte ihre perfekten Rundungen und ihre unwahrscheinlich schmale Taille. Für Schneiderinnen war Victoria ein Traum, wenn sie sich selbst auch oft über ihren großen Busen beklagen und weniger ausgeprägte Kurven wünschen mochte. Sie träumte von einer Figur wie Irene Castle, die am Broadway angesagt war und knabenhafte Silhouetten in Mode gebracht hatte.

Claire war schlank, aber bei Weitem nicht so grazil wie Irene Castle. Ihre eigene Mutter hatte sie als robust bezeichnet, doch Claire war alles andere als unattraktiv und wusste genau, wie sie ihr Kleid zu schneidern hatte, um ihre Taille schmaler erscheinen zu lassen. Auch ihr warfen die Männer bewundernde Blicke zu.

Sie hatte das Kleid für die Heimkehr sorgfältig ausgesucht und sich schließlich für ein jadegrünes Wollkleid mit Reifrock und engem Oberteil entschieden. Das Mieder hatte eine Knopfleiste aus Perlen und lief etwas unterhalb der Taille spitz zu. Victoria hatte das Kleid aussortiert, aber zum Wegwerfen war es viel zu kostbar. Claire hatte es mit einem Fellkragen von einem anderen Ensemble versehen und für sich zurechtgeschneidert.

Victoria hob eine behandschuhte Hand an den Mund und gähnte. Eigentlich hätte sie schon vor zwei Wochen mit ihrem Vater und ihrer zukünftigen Stiefmutter nach Cape Hudson reisen sollen, doch sie hatte so lange gebettelt und geschmollt, bis sie Mrs Lawrence schließlich bei der letzten Anprobe des Brautkleides erweicht hatte. »Bitte, bitte lass mich hierbleiben! Wenn du Papa fragst, wird er es nicht abschlagen!« Den Ausschlag hatte dann der Hinweis auf Claire als Anstandsdame gegeben.

Dabei wäre Claire so gern in Cape Hudson gewesen, bevor das Schiff ihres Vaters auslief. Aber da Mrs Lawrence nichts gegen zwei Wochen alleine mit ihrem Verlobten einzuwenden hatte, bekam Victoria ihren Willen. Und nun war Claires Vater nicht mehr da.

»Hier ist es genauso öde, wie ich es in Erinnerung hatte«, sagte Victoria.

»Mir gefällt es hier sehr gut.«

»Wie kannst du so etwas sagen, nach all den Orten, die du gesehen hast?«

Claire strich sich eine Locke aus der Stirn und dachte an Jimmy. Würde er sich an sie erinnern? »Weil es die Wahrheit ist.«

Victoria schenkte Claire ein Lächeln, das aber eigentlich dem jungen Kofferträger galt, der sich noch in der Nähe herumdrückte. »In deiner Familie fahren die Männer zur See.«

»Oder sie sind Fischer.«

Victoria zwinkerte dem Jungen zu. Das Spielchen langweilte sie schon. »Ich frage mich, ob es Daddy viel ausmachen würde, wenn ich mich einfach wieder in den nächsten Zug nach New York setze«, sagte sie. »Ich bin sicher, es wird ihm bei der Hochzeit kaum auffallen.«

»Allerdings wird es ihm auffallen.« Wenn ein Mann ein kleines Vermögen für seinen Anzug ausgab, so wie Mr Buchanan es für die Hochzeit getan hatte, dann wollte er auch seine Damen zur Schau stellen.

Victoria hielt sich ein Spitzentüchlein an die Lippen. »Bäh! Aber du hast recht. Er will, dass Robert und ich seine Braut mit strahlendem Lächeln in der Familie willkommen heißen.« Wieder hob sie das Taschentuch vor den Mund. »Ich glaube, ich muss mich übergeben.«

»Ist dir immer noch so übel?«

»Der Mix von Brandy und Whiskey ist von der Liste meiner alkoholischen Getränke gestrichen. Aber gestern konnten wir nach der *Big Show* mit Anna Pawlowa im Hippodrom alle nicht genug kriegen.«

In der letzten Nacht war Victoria erst um zwei Uhr in Begleitung von Edward Garrison nach Hause gekommen, einem Cousin dritten Grades. Claire hatte sich gerade in der Küche eine Tasse Tee gemacht, als sie das Klopfen an der Haustür hörte. Jetzt hoffte sie, das dumme Ding würde sich für den Rest der Woche übergeben müssen.

»Sicherlich gibt es hier irgendwo Toiletten. Aber wenn dir flau ist, wird es da bestimmt noch schlimmer. Ich würde dir dringend raten zu warten, bis wir im Cottage sind.« Die Beziehung zwischen einer Zofe und ihrer Dame war von einer besonderen Art. Es gab eine Linie, die nicht überschritten werden durfte, aber es gab auch eine gewisse Vertrautheit. Claire war immer über alles auf dem Laufenden, was Victoria anstellte, und manchmal kam das dem Übertreten der Linie schon sehr nah.

»Wie lange dauert das?«

»Weniger als eine Stunde.«

Victoria steckte das Tuch in ihren linken Ärmel. »Bäh! Papa hat gesagt, dass es jetzt wenigstens Toiletten mit Wasserspülung gibt. Was für ein Segen! Ich kann mir kaum vorstellen, primitiver zu wohnen. Und wie kommen wir da jetzt hin?«

Claire machte eine Kopfbewegung zu Jimmy hinüber. »Ich nehme an, dass er geschickt wurde. Niemand sonst hat hier das Geld für ein Automobil mit einem Chauffeur.«

Victoria betrachtete Jimmy und begann zu grinsen. »Der ist ja süß. So kernig und stark.«

»Das ist James Latimer.«

»Du kennst ihn?«

»Ja, aber ich bezweifele, dass er sich an mich erinnert. Seine Mutter ist Haushälterin im Cottage.«

Victoria streifte den rechten Ärmel hoch und entblößte ihr zartes weißes Handgelenk. »Ich muss mich trotzdem irgendwo frisch machen. Und wenn ich wiederkomme, stellst du mich ihm bitte vor, ja?«

»Selbstverständlich.« Während Victoria im Bahnhofsgebäude verschwand, ging Claire auf Jimmy zu. Ihr war ganz anders zumute. Seit dem Tag, an dem er sie dabei beobachtet hatte, wie sie das Ruderboot ins Wasser schob, hatte sie sich nicht mehr so gefühlt.

Sie näherte sich ihm mit erhobenem Kopf. Vielleicht würde er sie ja doch mit Namen ansprechen. Er musterte sie, doch er ließ sich nicht anmerken, ob er sie erkannte. »Ich bin Claire Hedrick.«

»Hedrick?«, wiederholte er nachdenklich. »Ich kenne einen Isaac Hedrick. Er ist vor ein paar Tagen in See gestochen.«

»Das ist mein Vater. Also habe ich ihn wirklich verpasst?«

»Ja.« Er sagte es mit aufrichtigem Bedauern. Auch deswegen tat es ihr leid, dass es ihr wenig ausmachte. In all den Jahren, in denen sie weggewesen war, hatte er ihr nicht einmal geschrieben. »Und welche der vier Hedrick-Schwestern sind Sie? Die Älteste? Die Jüngste?«

»Die Älteste.« Sie ärgerte sich über die Frage. »Es ist mehr als zehn Jahre her, dass ich das letzte Mal in Cape Hudson war. Ich habe in New York, Newport und in Europa gelebt.«

»Feine Orte, würde ich sagen, so wie Sie aussehen. Ihre Schwestern kenne ich nicht, aber ab und an sehe ich Ihre Brüder im Ort. Die Jessups kümmern sich sehr gut um sie.«

Claire hatte wöchentlich an Sally Jessup geschrieben und in all den Jahren viele Briefe über die »kleinen Jungen« bekommen. Auch wenn sie jetzt mit fünfzehn, sechzehn und siebzehn kaum noch klein zu nennen waren. »Ich freue mich sehr auf sie.«

»Stanley möchte zur See gehen wie sein Vater.«

»Besucht mein Vater die Jungen manchmal?«

»Sooft er kann.«

Also hielt ihr Vater den Kontakt zu seinen Söhnen. Es freute sie für ihre Brüder, aber es irritierte sie ihretwegen sehr. In gereiztem Ton fragte sie ihn: »Sind Sie mein Chauffeur?«

Er hob eine Augenbraue. »Ich bin hier, um Miss Victoria Buchanan abzuholen.«

»Das bin ich«, rief Victoria fröhlich hinter Claire.

Er sah Victoria über Claires Schulter hinweg an. Augenblicklich breitete sich auf seinem Gesicht dieses dümmliche Grinsen aus, das alle Männer hatten, wenn sie sie zum ersten Mal sahen. Er war vernünftig genug, seine Reaktion nicht allzu offensichtlich zu zeigen. Er nahm die Mütze ab. »Sehr erfreut, Sie kennenzulernen, Miss Buchanan. Ich bin Jimmy Latimer.«

Victoria sah ihn vergnügt an, aber sie lächelte nicht wirklich. Ein Lächeln musste er sich erarbeiten. »Ganz meinerseits, James.«

»Bitte nicht James«, sagte er. »Das ist zu förmlich. Einfach nur Jimmy.« Sein Blick wanderte zu ihrem Busen. Er räusperte sich und nuschelte dann etwas über das Verladen des Gepäcks.

Als Mann war er machtlos gegen Victorias Reize. Claire kannte den Effekt. Sie hatte ihn bei Männern jeden Alters beobachtet, seien sie nun acht oder achtzig. Aber dieses Mal verspürte sie eine Eifersucht, auf die sie kein Anrecht hatte. Er hatte ihr das Leben gerettet. Aber wenn sie den Briefen seiner Mutter Glauben schenkte, war sie nicht die Einzige gewesen.

»Ich kümmere mich um Ihr Gepäck.« Er hatte seine Stimme wiedergefunden. »Wo ist es?«

Claire hatte einen Kloß im Hals. »Wir haben mehrere große Schrankkoffer, die später abgeholt werden müssen. Unsere Reisetaschen stehen noch am Gleis, die müssen jetzt mit.«

»Keine Bange, Miss.«

Sie war keine Miss. Sie war Claire. Und er sollte ihren Namen gefälligst mit derselben Bewunderung aussprechen wie Victorias.

Jimmy lud die beiden Reisetaschen in den Kofferraum, öffnete Victoria die Tür und half ihr in den Fond. Victoria hielt seine Hand beim Einsteigen einen Moment länger, als nötig gewesen wäre.

Claire wartete auf der anderen Seite des Wagens und musste erst hüsteln, bevor er sich von Victoria abwandte, sich erinnerte, dass auch Claire wartete, und ihr den Verschlag aufhielt.

»Tut mir leid, Miss.«

So gern sie ihm auch bewiesen hätte, dass sie imstande war, ohne Hilfe einzusteigen, so sehr wollte sie ihn berühren. Also streckte sie ihm die Hand hin. Sein Händedruck war noch kräftiger, als sie ihn in Erinnerung hatte. Sie spürte seine unbändige Energie. Ihre Verärgerung löste sich in nichts auf, als sie sich setzte und ihr Kleid über dem Reifrock drapierte. Wäre sie wie Victoria gewesen, wäre sie in Versuchung gewesen zu kichern. Aber Claire kicherte nicht, sie flirtete nicht mit ihm und sie lächelte ihn auch nicht an. Dazu war sie zu nüchtern und zu stolz.

Er schlug die Autotür zu und ging mit entschlossenen Schritten um den Wagen herum. Dann knöpfte er seine Jacke auf, als habe sie ihn eingezwängt, und gab den Blick auf seinen harten, schlanken Oberkörper frei.

»Schutzbrillen liegen für Sie bereit«, sagte er knapp.

»Jimmy«, begann Victoria und griff nach einer Brille, »ich weiß jetzt schon, dass Sie mein Lichtblick in diesem langen, kalten Winter sein werden. Sagen Sie mir bitte, dass es irgendetwas für junge Leute zu tun gibt.«

»Sicherlich, Miss. Allerdings weiß ich nicht, ob Sie Interesse daran haben.«

Victoria streifte die Brille über, ohne ihre Frisur zu ruinieren. »Vielleicht ja doch. Grund genug hätte ich. In Cape Hudson erwarten mich nur geschwätzige alte Damen und ebenso alte Herren, die Zigarren rauchen und sich über Politik unterhalten.«

Die Vorstellung, sich mit dieser Brille zu verunstalten, widerstrebte Claire. Aber sie wusste, dass er recht hatte, und deswegen setzte sie sie vorsichtig auf.

Jimmy winkte den jungen Kofferträger heran.

»Du musst mir helfen, Claire. Ein attraktiver junger Mann wie er muss doch wissen, wo sich die jungen Leute treffen«, sagte Victoria.

»Ach, ich weiß nicht.«

»Aber du kannst es herausfinden. Ihr Bediensteten redet doch anders untereinander als mit uns.«

»Wahrscheinlich schon«, sagte Claire.

Mittlerweile hatte Jimmy die Kurbel in den Motor gesteckt und sich hinters Steuer gesetzt. Er hob den Daumen, und der Junge begann zu kurbeln. Jimmy drückte auf den Anlasser. Der Motor setzte sich ratternd in Bewegung. Und dann ging er wieder aus.

Claire war noch immer verärgert und wollte ihm heimzahlen, dass er sich nicht an sie erinnerte. »Der Junge vergisst auch nicht, dass wir zwölf Gepäckstücke haben? Es ist wirklich wichtig.«

Jimmys Kiefermuskeln arbeiteten. »Ich habe ihm genaue Anweisung erteilt, Miss. Er wird es nicht vergessen.«

Miss. Ich heiße Claire. Erinnere dich an mich.

Jimmy drückte noch einmal auf den Anlasser, und diesmal hatte er mehr Erfolg.

»Zwölf Gepäckstücke.«

»So ist es.«

»Mach dir keine Sorgen, Claire«, sagte Victoria. »Ich hatte sofort den Eindruck, dass man sich auf Jimmy verlassen kann.«

Victoria machte sich nie Sorgen. Später im Leben sollte sie Kummer genug haben, aber noch war sie die verwöhnte Tochter eines wohlhabenden Mannes, der sie vor allem beschützte. Während sich Claire von Kindesbeinen an sorgen musste. Jedes Mal, wenn sich der Bauch ihrer Mutter wölbte, hatte sie schreckliche Angst gehabt. Die Schreie ihrer Mutter unter den Wehen und dann die des Babys – und dazu die Berge von Hausarbeit.

Der Wagen machte einen Satz vorwärts, und der Junge brachte sich gerade noch rechtzeitig mit einem Hechtsprung in Sicherheit. Wieder drosselte Jimmy den Motor ab.

Victoria kicherte, Jimmy brachte eine Entschuldigung hervor und winkte den Jungen heran. Dieses Mal klappte es, Jimmy ließ sich die Kurbel aushändigen, und sie fuhren langsam vom Bahnhofsvorplatz.

Victoria klatschte. »Gut gemacht, Jimmy.«

Das schien ihn aufzurichten. Männer ließen sich gern loben.

Claire vergaß ihre Verstimmung, als sie durch Cape Hudson fuhren. Es hatte sich in der Zwischenzeit kaum verändert.

Vor dreißig Jahren war der Ort um den Bahnhof herum entstanden. Im Zentrum hatten sich ein paar Läden angesiedelt, die Claire allerdings kleiner als früher vorkamen. Die anderen Straßen wurden von zweckmäßigen niedrigen Häusern gesäumt.

Kurz darauf waren sie auf der Küstenstraße nördlich von Cape Hudson. Jimmy fuhr schnell – sicherlich mehr als dreißig Stundenkilometer –, und trotz des Motorgeratters und der Auspuffgase vergaß Claire ihre Müdigkeit. Sie dachte auch nicht mehr an ihre Frisur oder daran, wie Victoria Jimmy bezirzt hatte.

Die einst vertraute Landschaft übte einen großen Zauber auf sie aus. Sie liebte die Weite, den hellen blauen Himmel, die schaumgekrönten Wellen der Bucht mit dem Gänseschwarm, der mit dem Wind gen Süden flog.

»Vater muss im Paradies sein«, bemerkte Victoria, während sie den Seidenschal enger um den Hals knüpfte. »Nichts geht ihm über die Jagd auf Vögel, die dieses grässlich kalte Wetter ebenso lieben wie er. Deswegen kommt er so gut mit Mrs Lawrence zurecht, weil sie wie ein Jagdhund durch Wind und Wetter trottet. Aber ich schwöre, du wirst mich nie und nimmer vor Sonnenaufgang auf einem Hochstand antreffen.« Sie zupfte an ihren zierlichen Handschuhen. »Das hätte ich Vater auch gesagt, wenn ich ihn nicht gut genug kennen würde. Dann hätte er nämlich die Hochzeit vor Sonnenaufgang auf einem Hochstand abgehalten, nur um mir eine Lektion zu erteilen. Vater und seine Lektionen. Ich habe jedenfalls gelernt, mich nicht mit ihm zu streiten. Wollen wir hoffen, dass Robert es auch langsam kapiert hat.«

Mrs Lawrence war Mitte vierzig, verwitwet und hatte keine Kinder. Mr Buchanan und sie hatten sich vor rund fünfzehn Jahren bei einem gesellschaftlichen Anlass in Philadelphia kennengelernt. Sie hatten sich sofort zueinander hingezogen gefühlt, und als Mr Buchanan dann auch noch bemerkte, wie sehr sie die Jagd liebte, wurden die beiden unzertrennlich. Sie reisten viel an der Chesapeake Bucht, doch natürlich war Mrs Lawrence als Frau in seinen Jagdclubs nicht willkommen. Also ließ er schließlich seinen eigenen Stützpunkt für die Jagd nördlich von Cape Hudson bauen, das Haus, das Mrs Lawrence das Cottage nannte. Nur drei Monate nach Mrs Buchanans Tod in Paris gaben die beiden ihre Verlobung bekannt.

Je weiter sie sich vom Ort entfernten, desto flacher und eintöniger wurde das Land. Sie fuhren an abgeernteten Maisfeldern entlang, die sich zwischen der Chesapeake Bay und den Wäldern am Atlantik hinzogen. Nun eröffnete sich ihnen die Aussicht auf die weite Bucht mit einer ungezähmten Schönheit, der Claire noch nie hatte widerstehen können.

Victoria seufzte, ließ sich tiefer in den Sitz sinken und schloss die Augen. »Ich könnte eine ganze Woche schlafen.«

Jimmy warf einen Blick über die Schulter.

»Wann werden die Koffer angeliefert?«, fragte Claire.

»So bald wie möglich.«

»Ich muss die Damen zum Dinner umkleiden. Ist das Gepäck ein paar Stunden vorher da?«

»Ich nehme es an.«

»Das ist keine Antwort auf meine Frage.« Claire sprach in dem hochnäsigen Ton der Damen weit über ihrem Stand.

Er legte die Hände fester ums Steuer. »Die Fahrt dauert etwa eine Stunde. Je nach Wetterlage.«

»Und wie lautet Ihre Schätzung bei der heutigen Lage?«

»Eine Stunde«, sagte er seufzend.

»Sehen Sie, Jimmy, so schwer war das doch nicht«, neckte sie ihn.

Seine Kiefermuskeln pulsierten wieder. »Sie sind aber ziemlich eingebildet, Miss.«

Nie hätte er so etwas zu Victoria gesagt. Doch sie gehörte zu den Bediensteten, da konnte er sagen, was er dachte.

»Das könnte ich auch über Sie sagen.«

»Ich habe mir das Recht auf eine gewisse Arroganz hart erarbeitet. Was haben Sie getan, abgesehen davon, dass Sie verwöhnte Damen zum Dinner ankleiden?«

Claire vergaß ihre scharfe Erwiderung, als sie das Blinken aus der Fresnellinse von der Spitze des roten Leuchtturms bemerkte. Alle, die an der Küste lebten, schuldeten den Männern der Küstenwache für die Rettung von Schiffbrüchigen Dank.

Wenn man den Leuchtturm sehen konnte, war das Jagdhaus nicht mehr weit. Es war in seinem Schatten gebaut worden und lag unmittelbar hinter den Bäumen.

Jimmy ging vom Gas. Zwischen zwei Säulen spannte sich ein Bogen mit dem Wappen der Buchanans über die Straße, in die er jetzt einbog. Claire war gespannt auf das Jagdhaus, das sie länger als ein Jahrzehnt nicht gesehen hatte.

Als es auftauchte, ging Jimmy vom Gas, und sie konnte das ganze Haus in Augenschein nehmen. Auf eine unpassendere Bezeichnung als »Cottage« hätte man kaum kommen können. Die leuchtend gelbe Villa im französischen Landhausstil machte den noblen Residenzen im Umland von Philadelphia und Paris Konkurrenz. Sie war alles andere als eine urige Hütte. Das hohe Satteldach war mit Schiefer gedeckt und schimmerte in der Sonne. Zwanzig Fenster zogen sich an der vorderen Fassade entlang, die auf einen gepflegten Rasen hinaussahen.

Sie stupste Victoria an. Es würde keinen guten Eindruck machen, wenn Daddys kleines Mädchen schlafend einträfe.

»Wir sind da.«

Victoria seufzte mit geschlossenen Augen und rieb sich den Nacken. »Ich habe von Paris geträumt. Sehnst du dich etwa nicht nach Paris, Claire?«

»Eigentlich nicht.«

»Warum nicht? Es ist so eine aufregende Stadt!«

Für die Reichen mochte es eine Stadt voller Lichter und Schönheit sein. Für alle anderen war sie es nicht. Claire hatte für Victoria und Mrs Lawrence die schönsten Seidenkleider geschneidert und sie mit Perlen und Bändern verziert. Sie hatte kaum etwas von der Stadt mitbekommen. Ihre Erinnerung an Paris bestand aus einem winzigen Dachzimmer, das ihr zugeteilt worden war, und der engen Nähstube. Die Damen machten großes Getue um ihre Kleider, und Claire hatte wegen ihrer Änderungswünsche oft genug Nachtschichten eingelegt.

Wenn sie sich Träume gestattete, dann träumte sie manchmal von Jimmy, immer aber von diesem Haus. Ihre Antwort auf Victorias Frage ging im Motorgeräusch unter. Jimmy fuhr in die geschwungene Kieseinfahrt und hielt vor der massiven Eingangstür.

Victoria gähnte. »Nein. Das ist wirklich nicht Paris.«

»Es ist wunderschön«, sagte Claire.

Jimmy warf Claire einen prüfenden Blick zu. »Was gefällt Ihnen denn an diesem Haus?«

Für sie war es weniger ein Haus aus Backsteinen und Mörtel als vielmehr ein Geflecht von Erinnerungen. Sie dachte daran, wie sie mit ihrer Mutter zugesehen hatte, wie die ersten Baustoffe von den Eisenbahnwaggons verladen wurden. In fast allen Briefen aus Cape Hudson wurde das Jagdhaus erwähnt – für die Menschen in der Gegend war es eine Lebensader. Es verschaffte ihnen Arbeitsplätze, und sie waren stolz darauf.

»Daddy sagt, das Cottage ist komfortabler geworden, seit wir das letzte Mal hier waren«, sagte Victoria. »Er findet es jetzt ganz passabel.«

»Passabel?« Claire schüttelte verärgert den Kopf. Wie konnte man nur so schrecklich verwöhnt sein?

Victoria zuckte mit den Achseln. »Er hat es in der Zwischenzeit luxuriöser ausgestattet, um mich für all das Gerede über Wasservögel und Politik zu entschädigen.«

Jimmy zog die Handbremse an und stieg aus. Nachdem er die verrußte Brille abgenommen hatte, öffnete er Victoria den Verschlag.

Sie nahm seine Hand und schenkte ihm ein strahlendes Lächeln. »Sie sind eine Freude, Jimmy. Ich hoffe, dass Sie unser Jagdführer sind.«

Er grinste breit. »Ja, Madam, das bin ich.«

Claire wusste genau, dass Victoria nie so früh aufstehen würde, nicht einmal für Jimmy. Victoria bekam alles in den Schoß gelegt, ohne sich im Geringsten anstrengen zu müssen.

Mrs Lawrence erschien in ihren geliebten Reithosen und begrüßte Victoria mit einer kräftigen Umarmung. »Willkommen, Liebes. Dein Vater ist noch in den Sümpfen und kümmert sich um einen Hochstand. Er erwartet dich zum Abendessen.«

Victoria gähnte. »Ich brauche etwas Schlaf.«

»Nach der langen Reise kein Wunder, Liebes«, sagte Mrs Lawrence. »Hast du Claire gestern lange wach gehalten?«

»Claire ist aus härterem Holz geschnitzt als ich.«

Mrs Lawrence sah Claire an. »Vielen Dank, dass Sie das Kind heil abgeliefert haben.«

Claire nickte. »Selbstverständlich.«

»Ohne Sie könnten wir nicht überleben, meine Liebe«, fügte Mrs Lawrence hinzu.

Die beiden verschwanden im Haus, und Claire nutzte die Zeit, in der Jimmy hinter Victoria hergaffte, um ihre Haare zu arrangieren. Er musste sie noch zum Dienstboteneingang bringen, und so würde sie ihn ein paar Minuten für sich alleine haben.

Er stieg wieder ein, fuhr zum Seiteneingang und parkte den Wagen mit der Kühlerhaube zur Bucht. Dann ließ er die Schultern kreisen und schüttelte die Förmlichkeit ab, die er in Victorias Anwesenheit gewahrt hatte. Er hatte wieder den wiegenden Gang angenommen, an den sie sich erinnerte, öffnete ihr die Wagentür und sagte: »Willkommen zu Hause, Claire.«

Sie konnte sich gut vorstellen, wie sich die Frauen nach seinem sonnengebräunten, markanten Gesicht umdrehten. »Ist Ihnen jetzt doch noch eingefallen, wer ich bin?«

»Ich erinnere mich noch sehr genau an ein klatschnasses Mädchen mit roten Haaren, das mehr Wagemut hatte, als gut für es war. Aber die Frau, die mir hier in ihren feinen Kleidern und ihrer Großstadtart gegenübersteht, ist mir vollkommen fremd.«

Ausgelassenheit und Flirts waren Victorias Sache. Sie hatte so ungezwungen mit Jimmy gesprochen, als würden sie sich schon ihr ganzes Leben kennen. Claire dagegen hatte sich wie eine Harpyie benommen. »Dieses Mädchen hat gelernt, vorsichtig zu sein.«

Er sah sie von oben bis unten an. »Sie hat mehr als das gelernt.«

»Ja, dass der äußere Eindruck zählt.«

Er beugte sich zu ihr hinunter, bis sein Gesicht nur noch ein paar Zentimeter von ihrem entfernt war. »Das draufgängerische Mädchen, das im Gewitter auf die Bucht hinausgerudert ist, hat mehr Eindruck auf mich gemacht, als es ein feines Kleid je könnte.«

Sein Atem streifte ihre Lippen, und sie wünschte sich, dass der Mann, von dem sie so lange geträumt hatte, sie küsste.

»Ich dachte, mein Kleid würde Ihnen gefallen.«

»Es ist hübsch. Aber jeder Affe kann sich rausputzen.«

Enttäuschung, Frustration und Ärger schossen in ihr hoch.

Er zwinkerte ihr zu und hielt ihr die Tür auf. Sie raffte die Röcke und stieg so elegant wie möglich aus. Als sie nach ihrer Tasche griff, streifte sie Jimmys Hand. Sofort stieg ihr die Hitze zu Gesicht.

»Ich nehme Ihre Tasche, Claire.«

»Das ist nicht nötig.« Sie war verärgert.

»Doch. Ich habe die Aufgabe, Sie abzuliefern, und das tue ich auch.«

Sie wandte sich abrupt ab, betrat das Haus und wurde vom Geruch frisch gebackenen Brotes empfangen.

»Ma!«, rief er. »Du wirst nicht glauben, was für ein hübscher Singvogel uns vom Festland zugeflogen ist.«

»Ich bin kein Vogel«, murmelte sie.

»Aber Ihre Federn sind so fein, Singvögelchen«, sagte er so leise, dass nur sie es hören konnte.

Mrs Latimer stand in der Küche am Schlachterblock und knetete Teig. Sie war so klein und stämmig, wie Claire sie in Erinnerung hatte, aber ihr Haar war grauer geworden, und die Falten um Mund und Augen hatten sich tiefer eingegraben.

Mrs Latimer klopfte die bemehlten Hände an der Schürze ab und eilte auf Claire zu. Auf ihrem ernsten Gesicht breitete sich ein strahlendes Lächeln aus. »Jimmy, du Teufelskerl, wo hast du denn so lange gesteckt? Ich hätte bald einen Suchtrupp nach dir ausgeschickt. Und wen haben wir denn hier? Das soll unsere kleine Claire sein?«

Jimmy küsste seine Mutter auf die Wange. »So ist es, und wie du siehst, ist sie zu einer feinen Dame herangewachsen. Keine Spur mehr von dem wilden Mädchen, das einem Gewitter die Stirn geboten hat.«

»Meine Güte, davon habe ich immer noch Albträume. Keine Bootsabenteuer, während du hier bist, versprochen?« Und damit breitete sie die Arme aus.

Claire umarmte sie und atmete ihren Geruch nach Zimt und Muskat tief ein. »Eins ist genug fürs ganze Leben.«

Jimmy setzte Claires Tasche ab. Sie spürte, dass er sich noch etwas herumdrücken und sie beobachten wollte. »Hoffentlich hast du mir etwas Süßes aufgehoben, Ma.«

Obwohl Mrs Latimer die Stirn runzelte, funkelten ihre Augen. »Und warum hätte ich das tun sollen?«

»Weil du mich liebst.« Jimmy stibitzte einen Muffin aus einem Korb auf dem gusseisernen Herd.

Mrs Latimer scheuchte ihn beiseite. Er biss grinsend in den Muffin und zwinkerte ihnen zu. Mrs Latimers Verärgerung verflog, und Claire kam sich albern vor, weil ihr ein einfaches Zwinkern zu Kopf stieg.

»Frisch aus dem Ofen«, sagte er und roch genüsslich daran.

»Miss Victoria liebt Gebäck aller Art, und da habe ich mir gedacht, dass ich ihr die Ankunft versüße. Ist sie gut angekommen, Claire? Mr Buchanan hat mich seit dem Frühstück mindestens ein Dutzend Mal nach ihr gefragt.«

»Heil und unversehrt.« Claire streifte die Handschuhe ab.

»Sie ist hübsch«, schaltete Jimmy sich ein. »Sie könnte deine Schwester sein, Ma.«

»Musst du mich denn immer auf den Arm nehmen?«

»Sie ist in ihr Zimmer gegangen und ruht sich aus«, sagte Claire. »Letzte Nacht hat sie nicht gut geschlafen.«

»Na, hoffentlich war sie nicht allzu wild, allein in New York.«

Claire antwortete nicht. Je weniger sie darüber sagte, desto besser.

Martha Latimer sah Claire aufmerksam an, ließ das Kleid auf sich wirken und strich vorsichtig über den weichen Samt. »Es ist zum Heulen, wie ähnlich du deiner Mutter bist. Wenn sie dich doch nur sehen könnte! Sie wäre stolz auf dich. So eine feine Dame. Ich vermisse sie schrecklich.«

»Ja, ich auch«, sagte Claire leise.

Die alte Frau blinzelte und rieb sich ein paar Tränen aus den Augenwinkeln. »Weißt du eigentlich schon, dass Jimmy deinem Bruder einen Job auf seiner nächsten Fahrt vermittelt hat?«

»Mir war gar nicht klar, dass Stanley schon alt genug für die Seefahrt ist.«

Jimmy zuckte die Achseln. »Siebzehn ist ein gutes Alter. Am Anfang wird er auch nur zum Reinigen von Gerätschaften eingesetzt. Er arbeitet hart, wenn er nicht gerade irgendeinen Unfug anrichtet.«

Claires Ärger verflüchtigte sich, als sie Jimmy so über ihren Bruder sprechen hörte. »Macht er sich denn gut?«, erkundigte sie sich.

»Er wird ein guter Seemann. Er ist ein ernsthafter junger Mann, und ich wette, eines Tages wird er Kapitän.«

»Und bis dahin passen Sie gut auf ihn auf?«

Jimmy nickte. »Versprochen.«

Sie sah ihn dankbar an. »Vielen Dank. Das bedeutet mir mehr, als ich Ihnen sagen kann.«

Er betrachtete sie so aufmerksam, als nehme er sie jetzt erst richtig wahr. Dann räusperte er sich und vergrub die Hände in den Taschen. »So, ich muss los. Solange Sie meiner Mutter in der Küche nicht in die Quere kommen, haben Sie hier eine echte Chance.«

»Ich habe den Laden im Griff, und es stimmt schon, ich mache keinen Hehl daraus. Was mich daran erinnert: Um Punkt fünf gibt es Abendessen fürs Personal. Wenn du Hunger hast, Jimmy, dann weißt du ja, wo's was gibt.«

Er küsste seine Mutter auf die Wange. »Ein andermal. Ich treffe mich mit ein paar Jungs aus dem Ort.«

»Claire? Du musst hungrig sein.«

»Um fünf habe ich bestimmt Appetit. Wo ist mein Zimmer?«

Mrs Latimer wickelte einen frischen Muffin in eine Serviette und drückte ihn Claire in die Hand. »Im zweiten Stock, die letzte Tür auf der linken Seite.«

Jimmy nahm sich noch einen Muffin. »Wenn ich schon da bin, sage ich auch nicht Nein. Deine Muffins sind einfach zu gut, Ma.«

Seine Mutter zwickte ihn in den Oberarm. »Bei allen guten Geistern, du isst so viel, wie du auf die Waage bringst!«

»Nur wenn es aus deiner Küche kommt.« Er zwinkerte Claire zu. »Bis bald, feiner Singvogel.«

Kapitel 5

Claire nahm ihre Reisetasche, lief an einer großen Treppe vorbei und stieg eine engere nach oben in den ersten Stock. Von dem breiten Flur führten Türen zu beiden Seiten in die großen Zimmer der Familie. Sie nahm die Stufen in den zweiten Stock und stand schließlich vor ihrem Zimmer. Es war ganz in Beige gehalten und mit einem großen Bett, einer Kommode, einem Waschtisch und einem Rohrstuhl ausgestattet. Als sie das letzte Mal im Jagdhaus gewesen war, hatte sie sich ein Zimmer mit einem Mädchen geteilt, das den Wind nicht vertrug, schnarchte und schreckliches Heimweh nach New York und ihrer italienischen Großfamilie hatte. Dass man ihr diesmal ein eigenes Zimmer zugeteilt hatte, deutete auf ihre höhere Stellung im Haushalt der Buchanans hin.

Sie stellte die Tasche neben das Bett und legte den Muffin auf die Kommode. Dann schloss sie die Tür und hängte den Mantel an den Haken. Sie packte einen silbernen Fotorahmen aus, den sie sorgfältig in Musselin eingeschlagen hatte. Es zeigte sie mit ihrer Mutter und ihren drei Schwestern. Die Mädchen hatten sich um die sitzende Mutter gruppiert, deren Bauch sich mit dem fünften Kind wölbte – mit Stanley, dem ersten Sohn der Hedricks und dem Liebling ihres Vaters. Auf ihn folgten 1899 Joseph und 1900 Michael.

Das Foto war ein Luxus gewesen. Damals befuhr ihr Vater die sieben Meere und verdiente gut, sodass ihre Mutter das Geld mit vollen Händen ausgeben konnte. Claire war auf dem Foto zehn, Jemma neun, Sarah acht und Diane sieben. Sie erinnerte sich noch daran, wie intensiv der Fotograf nach Motorenöl und Aftershave gerochen und wie er Diane immer wieder aufgefordert hatte, still neben der gepolsterten Bank zu stehen, auf der ihre Mutter saß. Claire hatte er angewiesen, die Hand auf die Schulter ihrer Mutter zu legen, und ihre Mutter hatte ihre Hand instinktiv auf ihre gelegt. Genau in diesem Augenblick schoss er das Foto.

Claire drückte einen Kuss auf ihre Fingerspitzen und legte sie auf das schwarz-weiße Abbild ihrer Mutter. »Hab dich lieb, Mama.«

Sie stellte den Bilderrahmen auf die Kommode und legte Bürste, Kamm und ihre anderen Utensilien daneben. Sie richtete diese Gegenstände immer gleich aus, wo sie auch unterkam. Dann zog sie Jackett und Bluse aus.

Draußen bellte ein Hund. Sie ging zum Fenster und sah durch die frisch geputzten Scheiben auf die Rückseite des Grundstücks, das sich bis zur Bucht hinunterzog. Ein breitschultriger Mann lief über den Sand auf den Leuchtturm zu – und es konnte keinen Zweifel geben, dass es Jimmy mit seinem wiegenden Gang war.

Sie zeichnete seinen Umriss auf der Fensterscheibe nach. Sie hatte gehofft, ihn auf dieser Reise wiederzusehen, und als er lässig an das Model T gelehnt am Bahnhof gestanden hatte, war sie viel begeisterter gewesen, als ihr recht war.

Als hätte er ihren Blick bemerkt, hielt er an und sah suchend zu den Dachfenstern hinauf. Als sich ihre Blicke trafen, tippte er sich grüßend mit zwei Finger an die Schläfe. Im selben Moment fiel Claire ein, dass sie im Unterhemd dastand. Mit klopfendem Herzen und geröteten Wangen zog sie sich ins

Zimmer zurück. Es hätte ihr peinlich sein sollen, war es aber nicht. Sie war glücklich, dass er sich an sie erinnerte.

Die Fensterscheiben klapperten im Wind. Sie wollte ihm nachsehen, brauchte aber einen Moment, um sich ein Herz zu fassen und wieder ans Fenster zu treten. Doch dann war er verschwunden.

Enttäuscht fragte sie sich, warum sie nicht so leichthin mit ihm flirten konnte wie Victoria. Ihre Schwester Diane hatte schon im Alter von zehn Jahren den Mut aufgebracht, Erwachsene anzusprechen und mit Jungs herumzualbern. »Du bist eben die, auf die Mama sich immer verlassen kann«, hatte Diane einmal halb im Scherz zu ihr gesagt.

Und das stimmte. Claire war die Tochter, die das Feuer in den Kaminen nicht ausgehen ließ, sich um die kleinen Geschwister und nach den Geburten um ihre Mutter kümmerte. Sie begleitete die Schwestern auf dem drei Kilometer langen Schulweg. Wie gern wäre sie so sorglos und vergnügt gewesen wie Diane! Sie hätte auch gern so viel gelesen wie Jemma oder so viel geträumt wie Sarah.

»Solange ich weg bin, bist du die kleine Mutter.« Mit diesen Worten hatte sich ihr Vater immer vor seinen weiten Reisen von ihr verabschiedet. Das erwartete man von der ältesten Tochter, ebenso wie man später von ihr erwartete, dass sie sich um Victoria kümmerte. Und sie hatte sich kein einziges Mal vor der Verantwortung gedrückt.

Sie zog ihren wadenlangen schwarzen Rock, eine weiße Bluse und ihre praktischen schwarzen Stiefeletten an. Sie strich den Rock glatt, warf einen Blick in den Spiegel und steckte eine Locke zurück, bevor sie sich auf den Weg zum Essen machte.

Auf dem Flur herrschte absolute Ruhe. In der Stadt liefen immer Dienstboten im großen Haus der Buchanans umher, von den Straßen drang ein ewiges Knattern und Rumpeln herein, oder sie war dem monotonen Rattern der Nähmaschine ausgeliefert. Immer Lärm.

Das erste Zimmer auf der rechten Seite des Flurs im zweiten Stock war hellblau tapeziert. Auf dem schlichten Himmelbett lag ein gesteppter Überwurf in dem blauen Farbton von Rotkehlcheneiern. Neben dem Bett standen feine, auf Hochglanz polierte Herrenschuhe, und an der Garderobe hing ein ebenso feines Abendjackett. Sie ging darauf zu und prüfte den Stoff. Der Schnitt war nach der neuesten Mode – also musste dies wohl das Zimmer des jungen Mr Buchanan sein. Er liebte feine Kleidung ebenso wie sein Vater. Auf der Kommode stand eine Flasche Eau de Cologne, daneben lag ein silbernes Frisierset. In der Bürste waren dicke, dunkle Haare. Sie stellte sich vor, wie Jimmy sich über solche vornehmen Gegenstände totlachen würde.

Die Dielen hinter ihr knarzten. »Claire, Sie haben den Weg zu uns gefunden.«

Sie wandte sich schnell um. Robert Buchanan stand auf der Schwelle. Er war groß und schlank, trug einen gut sitzenden Anzug und hatte die dichten dunklen Haare zurückgekämmt. Sein blasses Gesicht mit den feinen Zügen ähnelte Victorias.

Claire eilte auf die Tür zu. Sie war beim Herumschnüffeln erwischt worden. »Wie schön, Sie wiederzusehen, Mr Buchanan.«

Er sah sie amüsiert an, gab den Weg aber nicht frei. »Bitte, ich habe es Ihnen schon so oft gesagt, ich heiße Robert. Wenn Sie da sind, heißt das, dass meine Schwester auch da ist.« Er spitzte die Ohren. »Aber ich höre weder das Grammophon noch ihr Gelächter. Sind Sie sicher, dass Sie Victoria nicht vergessen haben?«

»Sie ist hier. Aber ich glaube, sie schläft.«

»Ah, eine wilde Nacht! Sie war wieder mit Cousin Edward unterwegs. Der Junge betet sie an, obwohl sie ihn wie ein

Möbelstück behandelt. Sagen Sie mir, was hat sie denn in den letzten beiden Wochen so getrieben?«

»Nichts anderes als sonst.« Auch wenn Robert charmant sein konnte, vergaß Claire nie ihre Stellung.

Er schüttelte einen Finger. »Sie sind eine weise Frau, dass Sie nie schlecht von Ihrer Dienstherrin sprechen.«

»Ja, Sir.«

»Um Gottes willen«, sagte er lachend. »Bitte nennen Sie mich nicht Sir. Ich bin ja nicht viel älter, und Sie sind zu hübsch, um mich wie einen alten Mann zu behandeln.«

Sie hatte nicht mit einem Kompliment gerechnet und musste unwillkürlich lächeln. »Ja, Mr Robert.«

»Auch nicht Mister. Einfach nur Robert, das langt.«

»Ja, Sir. Robert.«

Er seufzte wie ein Mann, der akzeptieren muss, dass auch das herannahende moderne Zeitalter die Klassenunterschiede nicht abgeschafft hatte. »Na, das ist ja schon mal ein Fortschritt. Wohin wollen Sie?«

»Ich will nach dem Gepäck mit den Kleidern für die nächsten zwei Wochen sehen – zu all den festlichen Anlässen.«

»Wie immer die fleißige Arbeitsbiene. Sie sind die vernünftigste Frau, die ich kenne, Claire. Es ist erfrischend, eine Frau um sich zu haben, die ihren Verstand zusammenhat, während sie sich um die Frauen meines Vaters kümmert.«

»Ich mache meine Arbeit gern.«

»Selbstverständlich. Sie sind ja auch kein verwöhntes Dummerchen wie Victoria oder Mrs Lawrence. Sie wissen zu schätzen, was man Ihnen gibt.« Er sah ihr ins Gesicht, dann fiel sein Blick auf ihren Busen. Er räusperte sich und glättete sein Revers. »Mrs Lawrence sollte bald wieder hereinkommen. Sie stapft durchs Schilf und inspiziert die Hochstände mit meinem Vater.«

»Sie ist so gern hier.«

»Sie sagt, dass sie die Jagd liebt, aber sie hat mich nie davon überzeugt. Ich persönlich glaube, dass etwas dran ist an den Gerüchten. Sie ist eine hervorragende Schauspielerin, und der mysteriöse Geschäftsmann Mr Daniel Lawrence ist nur ein Produkt ihrer Fantasie.«

»Darüber würde ich mir nie ein Urteil erlauben.« Es war unter den Dienstboten bekannt, dass Robert und sein Vater dauernd aneinandergerieten. Als er noch zur Schule ging, brachte Robert schlechte Noten mit nach Hause. Jetzt, wo er im Finanzgeschäft seines Vaters tätig war, kam er oft zu spät ins Büro, und seine wechselnden weiblichen Begleiterinnen waren allesamt nicht als heiratsfähig zu bezeichnen. Die Köchin im New Yorker Haus sagte immer, er käme nach seiner Mutter Julia, die ihren Mann und die beiden Kinder verlassen hatte, um nach Paris zu gehen, als Victoria ein Baby war. Robert wünschte sich alle Annehmlichkeiten, ohne Verantwortung übernehmen zu wollen.

»Und wenn Sie es wüssten, würden Sie es nicht sagen.« Er lächelte. »Wahrscheinlich sollte ich Sie nicht von der Arbeit abhalten.«

Sie ging auf die Tür zu. Er machte ihr so wenig Platz, dass sie ihn beim Vorübergehen mit der Schulter streifte. Er roch nach Sandelholz, Tabak und Brandy.

»Es ist schön, Sie wiederzusehen, Claire.«

Kapitel 6

LUCY

15. Januar 2018

Lucys Schritte hallten durch das Haus, als sie sich von der Fensterfront abwandte. Am Himmel brauten sich wieder dunkle Wolken zusammen.

»Ihre Mutter hat Ihnen wirklich nie etwas über ihre Kindheit erzählt?« Hanks Ungeduld übertrug sich auf sie.

»Einmal hat sie behauptet, sie stamme von herumreisenden Zirkusleuten ab. Ein andermal, ihre Eltern seien Rockstars alias russische Spione gewesen. Ich habe ihr die Geschichten etwa ab dem Alter nicht mehr geglaubt, in dem sich der Weihnachtsmann als Fiktion herausstellte. Bis ich acht oder neun war, habe ich ihr kaum Fragen über unsere Familie gestellt, doch dann hat Beth mich endlich eingeschult, und mir fiel auf, dass andere Kinder Väter und Großeltern, Onkel und Tanten hatten. Die wechselnden Geschichten über meinen Vater kamen mir anfangs immer plausibel vor. Erst als ich dreizehn war, fragte ich ihr Löcher in den Bauch. Zu der Zeit erzählte sie mir, mein Vater sei ein Roadie namens Charlie gewesen, der bei einem Autounfall ums Leben kam. Damals hinterfragte ich das nicht. Jetzt gehe ich davon aus, dass auch Charlie ein Phantom war.«

»Kam es Ihnen denn nicht merkwürdig vor, dass Ihre Mutter selbst den grundsätzlichsten Fragen über Ihre Familie aus dem Weg ging?«

»Wenn Sie Beth gekannt hätten, wäre es Ihnen auch nicht merkwürdig vorgekommen. Sie hatte ein Herz aus Gold, aber Fakten waren nicht ihr Ding. Sie war eben ein freier Geist.«

»Das Gegenteil trifft auf Ihre Großeltern zu. Ihre Familien waren seit dem Bürgerkrieg in der Gegend ansässig.«

»Was für Menschen waren meine Großeltern?«

»Donna, Ihre Großmutter, ist vor vierzig Jahren mit Mitte dreißig an Krebs gestorben. Ihr Großvater Samuel Jessup ist letzten September einen Tag vor seinem hundertsten Geburtstag gestorben.«

»Gut zu wissen, dass in meinen Genen auch Langlebigkeit verankert ist.« Sie seufzte, während sie all die Informationen verarbeitete. »Aber wo ist die Verbindung zu den Buchanans?«

»Ich habe nicht die geringste Ahnung. Und ich habe mich umgehört, aber niemand konnte mir auf die Sprünge helfen.«

»Und ich kann jetzt einfach so hier einziehen?«

»Ja.«

»Was für ein Haus!« Der Wind fegte über die hohen Gräser am Ufer und blies kalte Luft durch die zugigen Fenster.

»Repräsentativ. Und so solide, dass es die stärksten Unwetter übersteht.«

»Wahrscheinlich spukt es auch.«

Das brachte ihn doch zum Lächeln. »In den letzten Jahren gab es tatsächlich Gerüchte darüber.«

Sie zog eine Augenbraue hoch. »Seit Mrs Buchanans Tod?«

»Schon davor. Sie hat immer gesagt, sie hätte genug Gesellschaft. Dabei hat sie hier alleine gelebt.«

Lucy lachte. »Sie haben die Gerüchte nicht zufällig in die Welt gesetzt, damit Sie mir das Haus abkaufen können?«

»So fantasievoll bin ich nicht. Wäre aber eine gute Idee gewesen.« Sein Lächeln verflog. »Für den Fall, dass Ihnen dieses Haus nicht geheuer ist – im Ort gibt es eine nette Pension. Und da keine Saison ist, sind die Preise niedrig.«

Doch selbst Nebensaisonpreise sprengten ihr Budget. »Glauben Sie mir, ich bin schon an schlimmeren Orten untergekommen. Solange es Schlösser an den Türen gibt, werden Dolly und ich mit ein paar Geistern fertig.« Sie steckte die Hände in die Hosentaschen. »Beth wollte auf dem Familienfriedhof bestattet werden. Wissen Sie, wo der ist?«

»Er liegt auf der anderen Seite des Leuchtturms, etwa anderthalb Kilometer von hier. Die Jessups dienen seit Generationen in der Handelsmarine, selbst heute noch. Heute Nachmittag habe ich Termine, aber morgen kann ich Ihnen den Friedhof zeigen.«

»Wissen Sie, ob es bei der Bestattung etwas zu beachten gibt?«

»Wenn Sie möchten, finde ich es für Sie heraus.«

»Ja, sehr gern.« Sie schüttelte den Kopf. »Wenn ich mir Beths Ruhestätte vorgestellt hätte, wäre dies der letzte Ort gewesen, auf den ich gekommen wäre.«

»Hat Ihre Mutter Ihnen denn nicht verraten, warum ihre Asche hier begraben werden sollte? Sie hatte sich ihrer Familie doch völlig entfremdet.«

»Eine einfache Erklärung würde Beth nicht entsprechen. Wenn sie auch viele Fragen beantworten würde. Muss ich etwas unterschreiben, bevor ich dieses Haus in Besitz nehme?«

Er runzelte die Stirn. »Ich war mir so gut wie sicher, dass Sie sich nach einem Blick auf das Haus aus dem Staub machen würden.«

»Ich weiß nicht, wohin, Mr Garrison.«

»Bitte nennen Sie mich Hank.« Er ging zu dem Aktenkoffer, den er an der Eingangstür abgestellt hatte, und nahm ein

Dokument und einen teuren Füllfederhalter heraus. »Wenn Sie dies unterschreiben, können Sie auf der Stelle einziehen.«

Sie las die beiden Absätze der Erklärung durch. Sie war einfach und schnörkellos. Sie musste mindestens dreißig Tage im Haus wohnen, bevor die Gelder für Renovierung und Unterhalt fließen würden. Mit jedem weiteren Monat stand ihr mehr Geld aus dem Fonds zu, bis sie am Ende des Jahres allein über das Geld entscheiden könnte, soweit sie alles ins Haus investierte.

»Und wenn ich vor Ablauf des Jahres ausziehe?«

»Dann übernehme ich das Haus und zahle Ihnen keinen Cent.«

»Allem Anschein nach wollte Mrs Buchanan einen Jessup in diesem Haus haben.« Die alte Dame hatte weder ihren Großvater noch ihre Mutter in das Haus locken können, doch Lucy hatte keine Bedenken, ein Weilchen zu bleiben. Sie unterschrieb. »So, jetzt bin ich die offizielle Bewohnerin für die nächsten dreißig Tage.«

Er steckte das Dokument wieder ein. »Außer wenn Sie sich entschließen, vorher abzureisen.«

»Sie haben kein Vertrauen in mich, Hank?«

»Es ist nicht ohne, hier zu leben. In Bezug aufs Nachtleben bietet Ihnen Cape Hudson gar nichts.«

»Sprechen Sie aus Erfahrung?«

»Na ja. Ich war als Kind oft im Sommer hier. Und im Moment bin ich dabei, mich hier wieder einzuleben.«

»Seit wann sind Sie zurück?«

»Seit sechs Monaten.«

»Ziehen Sie vielleicht auch wieder weg?«

»Nein, ich bleibe für immer.«

Sein Ton war so ernst, dass sie sich die nächste geistreiche Bemerkung verkniff. Ihr lag absolut nicht daran, einen Mann zu verunsichern, der nach einer Lösung für ein Dilemma suchte. »Alles klar.«

»Wasser und Strom werden aus dem Fonds gezahlt. Außerdem bekommen Sie Lebensmittel im Laden vor Ort gratis. In der Garage stehen zwei Autos in einwandfreiem Zustand.«

»Sie haben ja wirklich an alles gedacht.«

»Ich nicht, das war Mrs Buchanan. Sie hat die Bedingungen so gestaltet, dass Ihr Großvater beziehungsweise Ihre Mutter beziehungsweise Sie allen Grund zum Bleiben haben. Sie hat das Haus geliebt und gehofft, einem von Ihnen würde es ebenso gehen.«

»Bisher hat mein Team noch nicht so viele Punkte gesammelt.«

»So könnte man das sagen.«

»Und welche Rolle spielen Sie?«

»Ihr Großvater hat meinem Vater und mir eine Generalvollmacht erteilt.«

»Wenn Mrs Buchanan so großes Interesse hatte, dass wir hierherkommen, warum hat sie dann keinen Kontakt mit uns aufgenommen?«

»Sie stand mit Ihrer Mutter in Verbindung, starb aber kurze Zeit, nachdem Sie geboren wurden.«

Noch mehr Geheimnisse. Sie hatte immer geglaubt, Beth sei zwar eigensinnig gewesen, hätte aber immer nur ihr Bestes im Sinn gehabt.

»Als Mrs Buchanan erkrankte, hat sie meinen Vater beauftragt, Ihre Mutter zu fragen, ob sie zurückkehren möchte. Aber sie wollte nicht.«

»Ihr Vater hat mit Beth gesprochen? Wann?«

»Da müssen Sie etwas über ein Jahr alt gewesen sein.«

»Hat Beth das bestätigt?«

»Ja. Ich habe im letzten September nach Mr Jessups Tod mit ihr gesprochen. Sie hat gesagt, ich hörte mich genau wie mein Vater an. Und in dem Zusammenhang hat sie die Unterhaltung von vor Jahren erwähnt.«

»Warum haben Sie sie angerufen?«

»Ich wollte ihr ein Angebot machen, aber sie weigerte sich, es sich auch nur anzuhören. Sie wollte auch nicht zu Mr Jessups Bestattung kommen.«

»Ich verstehe einfach nicht, warum sie mir gegenüber nie ein Sterbenswörtchen darüber verloren hat.«

»Aber sie muss darüber nachgedacht haben, denn sie hat mich ein paar Wochen später zurückgerufen und wollte wissen, ob mein Angebot noch gelten würde. Das habe ich bejaht. Doch dann musste sie auflegen, weil sie sich plötzlich schlecht fühlte.«

»Im September schon? Mir hat sie erst Anfang November gesagt, dass sie krank sei.« War Lucys Beziehung zu ihrer Mutter so oberflächlich gewesen? »Hat Mr Jessup Ihnen gesagt, warum die beiden sich entfremdet hatten?«

»Nein.« Hank starrte auf das aufgewühlte Wasser der Bucht, als könne er die Antwort dort finden. »Er war in der Handelsmarine und ist erst mit Ende siebzig in Rente gegangen. Mein Vater sagt, er sei nicht oft zu Hause gewesen, selbst als Ihre Mutter noch klein war. Wahrscheinlich hatten sie nie eine enge Beziehung.«

Es schwang etwas wie Missbilligung in seinen Worten, und sie hatte das Bedürfnis, Beth zu verteidigen. »Bitte denken Sie nicht schlecht von Beth. Sie war eine gute Mutter. Sie hat mich geliebt. Und wenn sie mir nichts von diesem Haus erzählt hat, wird sie ihre Gründe dafür gehabt haben.«

»Natürlich.«

Ihr Blick fiel auf die Deckenlampen aus Tiffany-Glas, auf denen verschiedene Singvögel zu sehen waren. Auf den zweiten Blick war das Haus eigentlich nicht repräsentativ, auch wenn die Korkböden, die getäfelten Wände und die mit Schablonen aufgebrachten Wandmuster von ausgesuchter Qualität waren. »Die Baukosten müssen ein Vermögen verschlungen haben.«

»Zu seiner Zeit war es absolut modern.«

Links vom Eingang befand sich ein großes Speisezimmer. Die lange Tafel, die hochlehnigen Stühle und die Anrichte waren mit weißen Laken bedeckt. Der Kamin aus Marmor wirkte, als sei er seit Jahrzehnten unbenutzt, und die Tapeten waren vergilbt.

Rechts zog sich eine freischwebende Treppe auf Mahagonipfosten bis in den ersten Stock. Die Treppengeländer unter den geschwungenen Handläufen waren mit diamantförmigen Schnitzereien verziert. Jenseits der Treppe führte ein holzverkleideter Flur zu einem Salon mit ebenfalls abgedeckten Möbeln und einem Marmorkamin. Auch hier waren die Bilder abgenommen worden.

»Die Schlafzimmer sind oben«, sagte Hank. »Ich habe das rosafarbene Zimmer mit dem dazugehörigen Bad reinigen lassen. Das Bett ist frisch bezogen. Es ist das größte Zimmer und wurde immer von der Dame des Hauses bewohnt.«

»Sie dachten also doch, dass ich bleiben würde?«

»Nein. Aber ich bin immer auf alles vorbereitet.«

»Gut zu wissen.«

»Die Armaturen sind alt, aber sie funktionieren. Hier entlang geht's zur Küche.«

Sie folgte ihm einen anderen Flur hinunter. In der Küche fühlte sie sich an den Anfang des 20. Jahrhunderts versetzt. Die Arbeitsflächen waren aus Marmor, und unter dem Fenster war ein großes Spülbecken aus Porzellan. Die Fenster gingen auf das ausgedehnte rückwärtige Grundstück hinaus, das sich an der schilfgesäumten Bucht entlangzog. Der weiße Herd aus Emaille hatte zwei Öfen.

»Funktioniert der?«

»Ja, ich habe die Gasleitungen vor Kurzem überprüfen lassen.«

Die einzige Erneuerung bestand in einem olivfarbenen Kühlschrank aus den Achtzigerjahren. In der Mitte des Raumes befand sich eine große Kochinsel aus schimmerndem weißen Marmor, über der ein Eisengestell mit kupfernen Töpfen und Pfannen von der Decke hing.

»Mrs Buchanan hielt nichts von Renovierungen, oder?«

»Mein Vater sagte, Mrs Buchanan fand die Küche modern genug. Sie mochte es, wenn die Dinge sie an früher erinnerten.«

»Traurig, wenn man bedenkt, wie weit ihre guten Zeiten zurückgelegen haben mochten.«

Lucy drehte den Heißwasserhahn auf. In den Rohren rüttelte und ratterte es, aber dann schoss klares, kaltes und schließlich auch heißes Wasser heraus.

»Die Heizungsanlage ist relativ modern. Sie wurde in den Neunzigerjahren installiert. Wenn es nicht richtig warm wird oder wenn Sie irgendwelche Probleme haben, lassen Sie es mich wissen.«

Sie ließ die Finger über die Arbeitsfläche gleiten, die unzählige Einkerbungen von Messern und anderen Gerätschaften aufwies. »Warum haben Sie Beth ein Angebot für das Haus gemacht?«

»Mir geht es nicht um das Haus, sondern um das Land. Es hat den für mich unschätzbaren Vorteil, unmittelbar am Wasser zu liegen, und ist ein erstklassiges Grundstück für ein Bauprojekt, das das Weingut sehr gut ergänzen würde. Wir wollen das Weingut Beacon Richtung Osten erweitern, weil der Boden dort noch fruchtbarer ist. Irgendwann würde ich auch dieses Haus renovieren, aber das hat nicht die höchste Priorität.«

»Ich dachte immer, der Weinanbau sei etwas für reiche Leute.«

»Mich interessieren vor allem die Arbeitsplätze, die ich für die Stadt und meine Männer schaffen könnte.«

»Für Ihre Männer?«

»Mit denen ich in der Marine gedient habe. Dieses Land braucht Pflege, und es ist klar, dass der Ort wachsen muss oder zugrunde geht. Meine Kameraden brauchen gute Jobs, wenn sie aus dem aktiven Dienst ausscheiden.«

»Und all das wäre viel leichter gewesen, wenn ich nicht aufgetaucht wäre und Ihr Angebot angenommen hätte?«

»Ja.«

»Der Ort hat auf mich verlassen gewirkt, aber ich dachte, es liegt an der Nebensaison.«

»Selbst in der Saison kommen die Leute hier kaum über die Runden.«

»Wenn Sie so viele Vorteile von meiner Abreise hätten, warum helfen Sie mir dann? Sie könnten mir meinen Aufenthalt auch vermiesen.«

»Ich bin kein Betrüger. Ehre ist für mich kein leeres Wort. Außerdem wette ich, dass Sie spätestens in ein oder zwei Wochen mit Ihrem Hund über alle Berge sind.«

Sie überspielte ihre Irritation darüber, dass er sich so schnell ein Urteil über sie gebildet hatte. »Sie unterschätzen, wie eigensinnig ich sein kann«, sagte sie.

»In der Hinsicht kann ich Sie mit Sicherheit um Längen schlagen.«

»Warten wir's ab!«, bluffte sie zurück. »Sie haben von Autos in der Garage gesprochen. Meinen Jeep muss ich aus dem Verkehr ziehen, bis ich das Geld für die Reparatur aufbringe. Ich brauche ein Auto, damit ich mich bei der Werkstatt erkundigen und Lebensmittel einkaufen kann.«

Er durchquerte die Küche. An einer Steckplatte hingen mehrere Schlüssel. »Dies sind die Autoschlüssel. Der eine gehört zu Mrs Buchanans 1972er Dodge Charger, der andere zu einem 81er Chevy. Wie gesagt, beide Wagen sind gut instand gehalten. Die Garage steht auf der anderen Seite der unterspülten Einfahrt.«

»Und die anderen drei Schlüsselbunde? Wozu gehören die?«

»Gute Frage. Das habe ich auch noch nicht herausgefunden. Sie hingen im Bootsschuppen.«

»Vielleicht weiß es Ihr Vater.«

»Meine Eltern sind im Urlaub. Sie kommen morgen zurück. Und da es keine Eile hat, wollte ich sie damit nicht behelligen.«

»Klar. Vielen Dank für Ihre Hilfe, Hank. Wenn es Ihnen nichts ausmacht, würde ich jetzt gern das Haus erkunden. Falls mich die Gespenster, die ratternden Rohre und die Einsamkeit nicht in die Flucht schlagen, laufen wir uns bestimmt irgendwann im Ort über den Weg.«

»Ich bin morgen früh mit den Bauarbeitern wieder vor Ort. Sehr früh. Die Einfahrt muss repariert werden, bevor das Wetter noch schlechter wird.«

»Und mit früh meinen Sie vorm Morgengrauen?«

»Acht Uhr.«

In ihren Barkeeperzeiten war Tagesanbruch gegen elf gewesen, aber als sie Beth gepflegt hatte, hatte sie auch deutlich früher aufstehen müssen. »Ich bin dann auch zur Stelle.«

»Sie brauchen nicht dabei zu sein.«

»Doch, allerdings. Das Haus gehört mir, jedenfalls fürs Erste.«

Er runzelte die Stirn. »Na gut.«

Als sie ihn zur Tür brachte, fragte sie: »Gibt es Nachbarn?«

»Brian Willard und seine Tochter Natasha. Sie wohnen ungefähr drei Kilometer nördlich. Er wird sich nicht besonders nachbarschaftlich verhalten. Er ist gerade wieder im Knast wegen Ruhestörung und Trunkenheit in der Öffentlichkeit.«

Sie hatte genug Erfahrung mit Betrunkenen. »Dann weiß ich Bescheid.«

Er reichte ihr seine Visitenkarte. »Rufen Sie mich an, wenn Sie irgendetwas brauchen. Meine Handynummer steht auf der Rückseite.«

Sie ließ die Karte durch die Finger schnipsen. »Okay, mache ich.«

Er hatte den schnellen Schritt und die aufrechte Haltung eines Mannes, der weiß, was er will. Gut für ihn. Sie hatte nicht den leisesten Schimmer. Sie seufzte und schloss die Tür.

Dolly folgte ihr, als sie wieder zur großen Fensterfront zurückging. Sie sah auf das aufgewühlte Wasser hinaus und kraulte Dolly den Kopf. »Irgendetwas Liebenswertes wird es an diesem Haus bestimmt geben.«

Der Hund bellte.

»Ja, ich weiß. Du darfst herumrennen und im Schilf spielen und Enten jagen. Ich darf in einem großen gruseligen Kasten wohnen, in dem es wahrscheinlich spukt.« Sie fuhr sich durch die Haare. »Aber man kann's ja auch so sehen: Es ist *mein* großer gruseliger Kasten, und das spricht doch schon mal dafür.«

Der Wind rüttelte an den Fenstern. Irgendwo weit entfernt meinte sie, Schritte zu hören. Doch dieses Haus war eine Bleibe, die ihr niemand nehmen konnte. Und der Ort war der Schlüssel zu all den Fragen, die sie sich über ihre Familie stellte. Sie hatte noch nie so etwas wie Dauerhaftigkeit erlebt – und die Aussicht darauf begeisterte und erschreckte sie zu gleichen Teilen.

Das Haus stöhnte leise. Dolly spitzte die Ohren. »Bitte, Haus, heute keine Gespenster. Und auch keine Serienmörder.«

Kapitel 7

Mit der Urne in der Hand stieg Lucy die Treppe hoch. Dolly lief freudig voraus und blieb schnuppernd auf dem Treppenabsatz stehen. Oben angekommen, drückte Lucy auf einen kleinen schwarzen Schalter. Im schwachen Licht der Deckenlampe sah Lucy in einen breiten Flur mit sechs Türen, drei auf jeder Seite. Im ersten Zimmer standen zwei Betten und eine Kommode, auch sie mit Laken abgedeckt. Das Zimmer hatte das Blau von Rotkehlcheneiern.

»Nicht das Zimmer, nach dem wir suchen.«

Im nächsten stand ein Doppelbett, und nach heutigen Maßstäben war es klein und vollgestellt. Die Wände waren gelb. Hank hatte von einem rosa Zimmer gesprochen.

Nachdem sie den Kopf durch zwei weitere Türen in blaue, unmöblierte Zimmer gesteckt hatte, fand sie das rosafarbene Schlafzimmer. Es roch nach frischer Bettwäsche und war sauber.

»Unser neues Zuhause, Dolly.« Der Hund fegte ins Zimmer hinein und um das große Doppelbett herum. Seine Krallen kratzten hörbar auf den Dielen.

Seit Lucy bei ihrer Mutter eingezogen war, hatte sie mehr schlecht als recht mit Dolly auf dem Ausziehsofa geschlafen. Sie freute sich auf ein richtiges Bett ohne Pfoten, die sich in ihre Wirbelsäule bohrten.

Sie stellte die Urne auf die Kommode, nahm den Rucksack ab und setzte sich auf die Bettkante. Die Federn quietschten zwar etwas, aber die Matratze war weich und die Laken dufteten frisch. »Dolly, der Plan für heute: einkaufen und den Ort erkunden.«

Dolly sprang aufs Bett und zerwühlte den rosafarbenen Überwurf. Dann rollte sie sich zufrieden ein.

Das angrenzende Bad war blassrosa und weiß gekachelt. Mitten im Raum stand eine große Wanne mit Löwenfüßen und Armaturen mit Kristallknäufen. An einer Wand befand sich ein Sockelwaschbecken und eine altmodische Toilette mit einer Eisenkette am hohen Spülkasten.

Auf dem Waschbecken stand ein kleiner Beutel mit Seife und einem Shampoo, das nach Jasmin roch. »Hank hat aber auch wirklich an alles gedacht.«

Sie drehte die Wasserhähne auf. Die Rohre klapperten und ratterten. Lucy fühlte sich an die Einzimmerwohnung erinnert, in der sie kurze Zeit mit Beth in East Nashville gelebt hatte. Wenn ihre Mutter die Toilette spülte, während sie unter der Dusche stand, kam das Wasser brühend heiß aus der Leitung. Jetzt tröpfelte das Wasser aus dem Hahn, doch nach einer Minute sprudelte es warm heraus. Beim Spülen der Toilette blieb die Temperatur konstant. Fortschritt.

Sie blickte in den Spiegel über dem Waschbecken. An den Rändern war er silbern beschlagen, doch er spiegelte ihre schlaff herabhängenden blonden Haare mit den blauen Strähnen. Ihre Wangen waren hohl, die Wimperntusche war verwischt. Sie sah wie ein Waschbär aus. »Hank muss mich für einen ziemlichen Freak halten.«

Dolly wälzte sich mit heraushängender Zunge auf dem Bett und reckte die Pfoten in die Luft. Wenigstens eine von ihnen fühlte sich wie zu Hause.

Als Lucy Nashville vor zwei Tagen verlassen hatte, wollte sie nur ihr Versprechen an Beth einlösen und dabei etwas über ihre Familie erfahren. Sie kannte sich selbst gut genug, um zu wissen, dass sie rastlos werden würde, wenn sie beides erledigt hätte. Verdammt noch mal, sie sollte einfach Hanks Geld nehmen und weiterziehen.

* * *

Hank schob sich durch die Tür von Arlene's und setzte sich auf seinen Stammplatz an die Theke. Er musste nicht lange warten, bis Arlene ihm ungefragt einen ungesüßten Eistee servierte.

»Ich habe dich kommen sehen und deinen Burger schon auf den Grill gelegt«, sagte sie. »Medium, keine Zwiebeln und extra Senf. Wie immer.«

»Danke, Arlene.«

Es war Mittag, und der Laden war halb voll, besser als an den meisten Tagen in der Nebensaison. Er trank den Tee und schlug die Akte auf. Er wollte sich in die Kreditunterlagen einarbeiten.

Anstatt ihn seinen Gedanken zu überlassen, wischte Arlene den bereits fleckenlos sauberen Tresen vor ihm ab. Als er nichts sagte, polierte sie den Serviettenhalter, die Salz- und Pfefferstreuer, den Süßstoff- und Zuckerbehälter. Dabei fixierte sie Hank, als wollte sie ihm ein Loch in den Kopf brennen.

»Na los, raus damit, Arlene.«

Arlene tat überrascht.

Sie zuckte mit den Achseln und beugte sich verschwörerisch zu ihm hinüber. Was überflüssig war, denn alle wussten, was sie von ihm hören wollte. »Also, was hat sie gesagt?«, flüsterte sie. »Halb Cape Hudson ist heute Morgen zum Frühstück hereingekommen und hat nach ihr gefragt. Ich sollte ihr dankbar für das gute Geschäft in der Nebensaison sein.«

»Ich kann dir nicht folgen, Arlene.«

Sie warf den Lappen auf den Tresen. »Stell dich nicht dümmer, als du bist, Hank Garrison. Wohnt Lucy Kincaid jetzt im Jagdhaus oder nicht?«

Er strich mit einem Finger an seinem beschlagenen Glas entlang. »Im Moment schon.«

»Was soll das heißen?«

»Ich weiß es auch nicht so genau.«

Arlene hob eine ihrer sorgfältig gezupften Augenbrauen. »Und wenn du wetten müsstest, ob sie bleibt?«

»Ich wette nie.«

Sie stöhnte. »Du steckst doch mitten drin in der größten Wette deines Lebens. Wie viel Geld steht bei deinem Projekt auf dem Spiel? Und außerdem: Ob es dir nun gefällt oder nicht, dein Schicksal hängt von der Entscheidung dieses Mädchens ab.«

»Den blauen Haaren und Cowboystiefeln nach zu urteilen, würde ich sagen, sie bleibt keine Woche.«

Arlene legte eine Serviette und Besteck vor ihn hin. »Und was hält sie von dem Haus?«

»Sie war überwältigt. So wie alle, die es zum ersten Mal sehen.«

»Hast du ihr das Fluchtgeld angeboten?«

Er schloss den Aktenordner. »Arlene, wovon redest du?«

»Ich habe das Gespräch zwischen Rick und dir zufällig mitbekommen. Er hat es letzte Woche ›Fluchtgeld‹ genannt.«

Rick Markham und Hank hatten zusammen in der Marine gedient. Vor einem halben Jahr hatte Rick den Job als Sheriff angenommen, angeblich, um Hank zu unterstützen. Aber das nahm Hank ihm nicht ab. Rick hatte seine eigene Agenda, die sich zufälligerweise zum Teil mit Hanks deckte.

»Du hättest es erben müssen. Warum sie Beth Jessups Tochter als Erbin eingesetzt hat, wird mir immer ein Rätsel bleiben.«

»Arlene, warst du nicht eng befreundet mit Beth?«

»Doch, schon. Mann, was haben wir für einen Mist gebaut! Wir haben uns totgelacht, als sie die Hühner auf den Footballplatz gescheucht hat.« Sie lachte. »Und wenn ich gewusst hätte, dass sie krank ist, wäre ich sofort nach Nashville gefahren.«

Aus der Küche hörten sie lautes Klirren von Geschirr. Hank zuckte zusammen.

»Verdammt. Das kann ich mir bald nicht mehr leisten.« Arlene wischte sich eine Träne aus dem Augenwinkel. »Natasha! Was ist denn jetzt schon wieder los?«

Sekunden später schaute ein Mädchen durch die Schwingtüren, die in die Küche führten. Natasha Willard war zwölf Jahre alt. Ihr dunkles, lockiges Haar hatte sie zu einem straffen Pferdeschwanz zusammengebunden. Ein paar lose Strähnen umrahmten ein Gesicht mit argwöhnischen braunen Augen, einer Knopfnase und mokkafarbenem Teint. Das Mädchen hob das Kinn. Sie grinste, aber das tat sie immer, wenn sie Angst hatte. In letzter Zeit hatte sie zu viel gegrinst. »Mir sind nur ein paar Teller runtergefallen.«

»Ja, Baby, das habe ich mitgekriegt«, sagte Arlene. »Wie viele denn?«

Das Mädchen schaute zu Boden. »Sechs … oder vielleicht auch zehn.«

»Schon gut.« Arlenes ruhige Stimme klang angestrengt. »Nicht aufräumen. Ich will nicht, dass du dich auch noch schneidest. Ich komme gleich in die Küche.«

»Und was soll ich bis dahin machen?«

»Die Kartoffeln waschen.«

»Soll ich sie auch klein schneiden?«

»Nein, Baby, spiel bloß nicht mit dem Messer rum. Ich bin gleich bei dir.«

Das Mädchen winkte Hank zu. »Wie geht's, Hank?«

»Gut. Warum bist du nicht in der Schule?«

»Wir hatten nur halbtags Unterricht. Lehrer-Workshop oder so was.«

»Dann macht es dir nichts aus, wenn ich anrufe, um das zu überprüfen?«

»Nö.« Das Mädchen verschwand wieder in der Küche.

Hank nippte an seinem Tee. »Verstößt es nicht gegen das Jugendarbeitsgesetz, Zwölfjährige zu beschäftigen?«

»Sie ist nach Schulschluss vorbeigekommen und hat mich gefragt, ob ich Arbeit habe. Ich habe ihr ein großes Mittagessen vorgesetzt. Sie hat es verschlungen, als wäre sie am Verhungern. Und dann hat sie darauf bestanden, mir zu helfen. Also habe ich sie Geschirr abspülen lassen. Aber wir sollten vielleicht bei den Kartoffeln bleiben.«

»Sie muss doch zu Brenda, wenn Brian im Gefängnis ist.«

»Sie sagt, dass sie bei Brenda wohnt, wie du es ihr aufgetragen hast, aber du weißt, wie viel Brenda mit ihren sechs Kindern um die Ohren hat.«

»So kann das nicht weitergehen.«

»Brian hat dem Richter versprochen, dass er sich jetzt wirklich um sie kümmern wird, aber er vermasselt es schon wieder.«

»Hast du blaue Flecken an dem Mädchen bemerkt?«, fragte Hank sie leise.

»Nein. Und ich habe sehr genau hingesehen.«

Als Brian das Sorgerecht für Natasha wiedererlangt hatte, hatte Hank ihm klargemacht, dass er es ihm eins zu eins zurückzahlen würde, wenn er auch nur die leiseste Spur von Misshandlung an dem Kind entdeckte. Die allerleiseste. Bis jetzt hatte seine unverhohlene Drohung das Mädchen vor Gewalt bewahrt, aber Hank war nicht so naiv zu glauben, dass das die dauerhafte Lösung war, die das Mädchen dringend brauchte. Brian hatte bereits zweimal wegen Körperverletzung eingesessen. Dies war Nummer drei.

»Als Grace noch am Leben war, hat sie immer irgendeinen Grund für ihre Prellungen an Armen und Beinen gefunden«, sagte Arlene.

Hinter ihr erklang ein »Ping«. Sie nahm seinen Burger und die Pommes frites heraus und stellte den Teller vor ihn. »Ich kümmere mich darum.«

»Habe ich schon gesagt, dass Lucy genauso aussieht wie ihre Mutter? Ich habe versucht, cool zu bleiben, als sie hier reinschneite, aber ich wäre um ein Haar aus den Latschen gekippt. Und ich kann mich noch so sehr dagegen wehren, aber ich mag sie.«

Hank hatte den Eindruck, dass Lucy versuchte, harmlos wie eine Ente zu wirken, die mühelos auf dem Wasser dahingleitet, unter der Oberfläche aber so schnell wie möglich paddelte.

Er wusste nicht, was er von ihr halten sollte. Wenn Lucy dramatisch oder schwierig gewesen wäre, hätte er sie wohl nicht gemocht und sich vielleicht doch dazu entschlossen, sie zu vertreiben. Was er nicht erwartet hatte, war der Schlag in die Magengrube, als er sie an den hohen Fenstern stehen und auf die Bucht hinausblicken sah. Ihre Direktheit und sachliche Art riefen ein überraschendes Schuldgefühl in ihm hervor. Cape Hudson war ihre einzige Hoffnung auf eine Familie, und doch hing Hanks Erfolg davon ab, dass sie dem Ort den Rücken zukehrte.

»Ein süßes Mädchen.«

Er konnte Arlenes Köder fast auf der Wasseroberfläche aufklatschen hören. Er biss in den Hamburger, nahm sich Zeit beim Kauen und hoffte, dass sie sich jetzt mal um ihre kaputten Teller kümmerte.

»Sie ist wirklich hübsch, und eine klasse Figur hat sie auch.« Arlene legte die Hand auf die Brust. »Und sie hat den Hund ihrer Mutter behalten. Dafür sollte man ihr oben ein paar Punkte anrechnen. Verdammt, ich wusste, dass das passieren würde.«

»Was?« Er aß schnell, er hatte nur eine Viertelstunde Mittagspause.

»Ich mag sie irgendwie. Es ist fast, als wäre Beth wieder da. Wäre schön, wenn sie hierbleiben würde.«

Langsam legte er den Burger auf den Teller und wischte sich die Hände an der Serviette ab. »Du kennst sie nicht. Niemand von uns weiß, wie sie wirklich ist.«

»Wenn sie eine Weile hierbleibt, lernen wir uns eben kennen.«

Zeit löste nicht alle Probleme, das wusste er genau.

Sie beugte sich über den Tresen und senkte die Stimme. »Du brauchst mir gar nichts vorzumachen. Und dir selbst auch nicht. Du magst sie, du hattest immer schon ein Herz für Streuner.«

»Sie ist keine Streunerin, und es wäre das Beste, wenn sie sich bald wieder auf und davon machen würde.« Wenn das Haus und der Grund an ihn übergingen, konnte er den Kredit aufnehmen, den er brauchte.

»Mir wäre es auch lieber, wenn ich sie nicht mögen würde. Ist aber nicht so. Andererseits – sie ist Beths Tochter, es wird nicht lange dauern, bis sie mich irgendwie in Rage bringt.«

»Noch ist nichts entschieden.«

»Das Jagdhaus sollte dir gehören, nicht Lucy. Du willst da etwas Großes aufziehen. Samuel Jessup wollte das Jagdhaus nie und konnte es kaum instand halten.«

»Er hat getan, was er konnte, damit seine Tochter oder seine Enkeltochter irgendwann das Haus erben.«

»Miss Arlene.« Natasha steckte den Kopf durch die Pendeltüren. »Es wäre nicht verkehrt, wenn Sie in die Küche kommen würden«, sagte sie grinsend.

Arlene murmelte ein Gebet. »Bin schon da, Baby.« Sie eilte in die Küche und überließ Hank seinem Essen.

Der Fonds war an das Haus gebunden, doch wer dort wohnte, konnte entscheiden, was mit dem zugehörigen Land geschah.

Es war, wie er es Lucy erklärt hatte. Er würde zwar nicht reich werden, aber der Ausbau des Weinbergs und das Projekt an der Bucht würden Arbeitsplätze schaffen und der gesamten Region Wachstum bringen. Er hatte große Pläne für das Land. Aber bis Lucy ihren Anspruch aufgab, hing er in der Warteschleife.

* * *

Lucy nahm die Schlüssel für den Dodge Charger und ging mit Dolly hinaus. Sie schloss die Haustür ab und überquerte den ungemähten Rasen zur gelb gestrichenen Garage.

Der zweite Schlüssel an ihrem Bund passte. Im schummrigen Garageninnern entdeckte sie zwei gewaschene und polierte Autos.

Der hellrosa Dodge Charger hatte eine lange Karosserie mit Chrombeschlägen. Orangefarben lackiert und mit einer »01« an der Seite wäre er eine perfekte Kopie aus der Serie *Ein Duke kommt selten allein.* Glücklicherweise ließ sich die Wagentür ganz normal öffnen – und sie musste nicht wie Bo oder Luke durch ein offenes Fenster hineinkriechen.

Sie strich über den glatten Lack, während Dolly von alleine hineinsprang und ganz selbstverständlich ihren Platz auf der Beifahrerseite einnahm. Lucy drückte auf die Fernbedienung, die hinter der Sonnenblende steckte. Die Rollen des Garagentors setzten sich langsam und knirschend in Bewegung. Vor ihr war der alte Baumbestand und dahinter ragte die Spitze des dunklen Leuchtturms auf.

Der Dodge sprang ohne Weiteres an. Sie fuhr im ersten Gang auf die zerfurchte Einfahrt hinaus. Die Reifen schienen Unterdruck zu haben und waren kurz davor, hohlzudrehen, sodass sie langsam und gleichmäßig Gas gab, bis sie festeren Untergrund erreichte. Geschafft! Ein kleiner, aber befriedigender Sieg.

Sie folgte der Straße zurück in den Ort. Er war so klein, dass sie keine Mühe hatte, den Lebensmittelladen hinter Arlene's Diner zu finden. Sie ließ den Motor laufen, damit Dolly nicht fror. »Ich bin gleich wieder da!«

Der Hund bellte und sah ihr kummervoll hinterher. Das machte ihr jedes Mal zu schaffen. »Arme, kleine Dolly! Aber ich bin wirklich gleich wieder da.«

Der Laden war klein, führte kein breites Sortiment, hatte aber alle Grundnahrungsmittel vorrätig. Hank hatte ihr zwar versichert, sie könne gratis einkaufen, aber sie ging trotzdem erst zur Kasse. Eine große, braun gebrannte Frau, in deren Gesicht die Sonne tiefe Falten eingekerbt hatte, lächelte ihr entgegen. Auf ihrem Namensschild stand PAULA.

»Was kann ich für Sie tun, Schätzchen?«

»Ich bin Lucy Kincaid. Angeblich ist hier ein Kundenkonto für mich eingerichtet worden.«

»Das klingt, als wären Sie nicht sicher, Lucy Kincaid?«

»Genau. Hank Garrison hat es mir zugesagt, aber ich dachte, ich kann uns beiden die Peinlichkeit ersparen, bevor ich meinen Wagen mit Lebensmitteln belade. Das Konto läuft auf den Namen Buchanan.«

Paula grinste. »Ich habe Sie sofort erkannt, Lucy Kincaid! Ich mache nur Spaß. Man sieht es ja auf den ersten Blick. Ich war mit Ihrer Mutter in der Schule. Es tut mir so leid, dass sie gestorben ist. Mein Beileid.«

Wie schnell sich der Tod ihrer Mutter und ihr Auftauchen doch herumsprachen. »Danke.«

»Mein Boss ist pedantisch. Haben Sie einen Ausweis dabei?«

Lucy fischte nach ihrer Brieftasche und holte den Führerschein aus Tennessee heraus.

Paula betrachtete ihn. »Nashville ist ziemlich weit entfernt. Wie lange haben Sie für die Fahrt gebraucht?«

»Ungefähr vierzehn Stunden.«

»Und Sie mussten ein paar Pausen für Dolly einlegen, stimmt's?«

Wussten hier alle alles über sie? »Stimmt genau.«

»Ihre blauen Haare gefallen mir.«

»Danke, die Farbe ist mittlerweile fast ganz rausgewaschen.« Beth hatte Lucy gebeten, ihr die Haare in einem fröhlichen Blau zu färben, aber kaum hatten sie angefangen, fielen ihr die Haare in Büscheln aus. Die Folgen der Chemotherapie. Es gab nichts, was sie dagegen tun konnten. Beth hatte geweint, und um sie abzulenken, schlug Lucy vor, ihre eigenen Haare blau zu färben. Beth wettete, dass Lucy sich das nie und nimmer trauen würde. Eine Stunde später hatte Lucy blaue Haare und Beth war aufgeheitert.

Paula gab Lucy den Führerschein zurück. »Arlene hat mir schon erzählt, dass Sie wie Beth Jessup aussehen.«

Lucy müsste sich daran gewöhnen, dass man Beth hier mit Nachnamen Jessup nannte. »Das habe ich schon oft gehört.« Sie steckte den Führerschein wieder in die Brieftasche. »Wie gut kannten Sie Beth?«

»Wir waren zusammen auf der Highschool. Ihre Mutter, Arlene und ich – wir waren unzertrennlich. Wir haben dauernd Mist gebaut. Allerdings war Ihre Mutter definitiv die Anstifterin. Wir waren Cheerleader, bis sie rausgeschmissen wurde.«

»Was ist passiert?«

Paula schmunzelte über eine alte Erinnerung. »Die Sache mit den Hühnern«, sagte sie wehmütig. »Sie hat ein paar aufs Spielfeld gescheucht. Regeln zu befolgen, das war nicht ihr Ding.«

Wenn die beiden befreundet gewesen waren, dann würde Paula wissen, mit welchen Jungs Beth zusammen gewesen war. »Mit wem ist Beth in der Highschool ausgegangen?«

»Mit vielen Typen. War ein sehr beliebtes Mädchen, Ihre Mutter.« Paula musterte Lucy aufmerksam. »Sie sehen jedenfalls keinem von ihnen ähnlich. Vielleicht hat Ihre Mutter Sie ja ganz allein gemacht.«

»Wäre ein toller Trick. Wenn Sie raten müssten, wer käme dann in die engere Wahl?«

»Noah, Brian, David und Bill. Und dann noch die Typen aus Norfolk. Wenn ihr Vater auf See war, dann fuhr sie dahin. Also quasi jeden Samstag.«

»War sie in einen so verknallt, dass sie mit ihm durchgebrannt wäre?«

»Kann ich nicht sagen. Bis zu dem Tag, an dem sie auf und davon ist, wusste ich nicht einmal, dass sie schwanger war. Ich habe sie auf der Toilette im Diner überrascht, als sie sich übergeben musste. Sie tat, als wäre es nur ein Kater, aber ich habe acht jüngere Geschwister, mir konnte sie nichts vormachen.«

»Wie hat sie reagiert?«

»Sie hat mich bekniet, niemandem etwas zu sagen, und daran habe ich mich gehalten. Ich dachte mir, es käme schon früh genug an den Tag. Aber dann ist sie einfach abgehauen, und ich habe sie nie wiedergesehen. Ich habe sie sehr vermisst.«

»Sind damals irgendwelche Jungs aus Cape Hudson verschwunden?«

»Nein. Wenn sie mit einem Kerl abgehauen ist, dann mit einem aus Norfolk.« Sie schüttelte den Kopf, als würde sie ihre frühere Freundin durch eine alte Brille sehen. »Sie war so witzig. Aber es kann nicht einfach gewesen sein, sie als Mutter zu haben.«

»Beth war ein guter Mensch. Nicht gerade strukturiert, aber gutherzig.« Beth war von jetzt auf gleich aus Cape Hudson verschwunden, und das bedeutete, dass etwas Unaussprechliches passiert sein musste. Es wäre klug, das nicht zu vergessen. »Gibt es ein Limit?«

»Nein. Sie könnten den ganzen Laden aufkaufen.«

»Na dann.«

»Also, was immer Sie wollen …«

»Danke.« Lucy legte Gemüse, Reis, Linsen, zwei Taschenlampen mit Batterien sowie Wein und ein Dutzend Dosen Hundefutter in den Einkaufswagen. So verlockend die Donuts auch sein mochten, in den letzten Monaten hatte sie mehr als genug von dem Zeug gegessen.

Paula zog die Sachen über den Scanner.

»Sie sind mit Mrs Bs Dodge Charger gekommen? Deswegen hat Hank ihn also letzte Woche in die Werkstatt gebracht.«

Die Kasse zeigte einundneunzig Dollar an.

»Muss ich irgendwo unterschreiben?«

»Nein. Die Quittungen werden gesammelt, und am Monatsende wird die Rechnung für Sie beglichen.«

»Das weiß ich wirklich zu schätzen«, sagte Lucy. »Wissen Sie, wo ich etwas über das alte Jagdhaus herausfinden könnte?«

»In der Bibliothek auf der Main Street, der Straße vor der Bucht. Die Bibliothekarin Faye Reynolds kann Ihnen fast jede Frage über die Geschichte der Gegend beantworten, und wenn nicht, findet sie es heraus. Mrs Reynolds war unsere Geschichtslehrerin. Sie hat Ihre Mutter auch gekannt.«

»Hat die Bibliothek morgen geöffnet?«

»Ja.«

»Gut zu wissen.«

»Sie wohnen also wirklich im Haus der Buchanans?«

»Fürs Erste schon.«

»Das Cottage ist wie ein Fels in der Brandung. Selbst die schwersten Stürme können ihm nichts anhaben. Gefällt es Ihnen?«

»Es ist ein bisschen gruselig.«

»Das hat Beth auch gesagt.«

»War sie mal da? Warum?«

»Etwa einen Monat, bevor sie Cape Hudson verließ, hat Mrs B ihr einen Job angeboten. Sie sollte Videoaufzeichnungen machen.«

»Was für Videos?«

»Beth hat nicht viel darüber gesprochen. Soweit ich weiß, wollte Mrs B ihre Lebensgeschichte erzählen. Sie hat Beth gut dafür bezahlt.«

»Wissen Sie, wo die Bänder sind?«

»Keine Ahnung. Wahrscheinlich irgendwo im Cottage. Vielleicht auf dem Dachboden.«

»Haben Sie sich die Aufnahmen mal angesehen?«

»Nein. Aber mir fällt gerade ein, dass Beth meinte, Mrs B hätte viel über eine Frau namens Claire erzählt.«

»Vielen Dank, Paula.«

Dolly wedelte aufgekratzt mit dem Schwanz, als Lucy ihre Einkäufe auf den Rücksitz warf und ihr eine von den gerade gekauften Kaustangen gab. Sie sprang sofort mit ihrer Beute auf den Rücksitz und machte sich an die Arbeit.

Als sie wieder zurück war, parkte Lucy am Anfang der Einfahrt und schleppte die Tüten den ganzen Weg ins Haus. Dolly folgte ihr mit der angeknabberten Kaustange. Lucy taten die Arme weh, als sie den Einkauf in der Küche abstellte.

Sie freute sich auf die Reparatur der Einfahrt. Sie öffnete die Dose Hundefutter und stellte Dolly den Napf hin. Der Hund schnupperte an dem Futter, sah Lucy fragend an und legte sich auf den Küchenboden.

»In den letzten Wochen haben wir nur Junkfood gegessen! Hat uns auch alles gut geschmeckt. Aber eigentlich ist das hier das Richtige für dich. Es wird Zeit, dass wir uns besser ernähren. Wenn ich keine Donuts mehr esse, musst du mitziehen.«

Dolly sah Lucy unbeeindruckt an.

»Du brauchst gar nicht so zu schauen! Ich habe kein Mitleid mit dir.«

Lucy nahm eine kleine Pfanne von dem Gitterrost über der Kücheninsel. »Ich mache einen Riesenteller Gemüse mit Rührei. Wenn du aufhörst zu betteln, gebe ich dir auch was ab.«

Sie suchte nach einem Brett, schnitt Zwiebeln, Karotten, Sellerie und Pilze, schaltete den Brenner ein und stellte die Pfanne darauf.

Zehn Minuten später hatte sie das Gemüse geschmort, drei Eier aufgeschlagen und den Wein geöffnet. »Auf Sie, Mrs B«, sagte sie und hob das Glas. »Ich weiß nicht, warum ich hier bin und wie lange wir bleiben, aber vielen Dank erst mal.«

Der Wein war passabel. Sie tat das Gemüse und die Eier auf und setzte sich an den Küchentisch. Dolly rückte ihr schamlos auf den Leib.

Es schmeckte gut, aber an die Burger, von denen sie als Barkeeperin in Ray's House of Blues gelebt hatte, kam es nicht heran. Gedankenverloren gab sie Dolly etwas von ihrem Rührei ab. Der Hund verschlang es auf der Stelle. »Mehr Menschenessen gibt's nicht.« Sie wusste, dass sie sich nicht lange daran halten würde. Dolly war jetzt ihre beste Freundin, und sie hatten viel zusammen durchgemacht.

Dolly ließ den Kopf sinken und sah sie von unten an.

»Nun guck doch nicht so erbärmlich!«

Lucy aß die Eier auf und warf den Rest Gemüse in den Müll, bevor sie alles abwusch und zum Trocknen stellte.

»Zeit, einen Blick auf den Dachboden zu werfen«, sagte sie und fischte die Taschenlampe aus der Einkaufstüte. »Wir sind so weit gefahren. Jetzt erkunden wir unser neues Zuhause.«

Kapitel 8

Lucy stieg die schmale Treppe hoch, die zum Dachboden führte. Dolly wischte an ihr vorbei und schnüffelte aufgeregt und mit gesträubtem Nackenfell an der Tür.

Oben angekommen, entdeckte Lucy eine von der Decke hängende Glühbirne. Sie zog an der herabbaumelnden Schnur. In der Mitte des lang gestreckten Speichers standen vier altmodische Schrankkoffer und an einer Seite ein paar ausrangierte Möbel. An den Stirnseiten befanden sich Schornsteine und große Motoren, die Keilriemen auf Zahnrädern angetrieben hatten. Lucy vermutete, dass es Generatoren waren.

In so einem alten Haus hätte sie haufenweise Erinnerungsstücke erwartet. Doch es war erstaunlich ordentlich. Offensichtlich hatte Mrs B keine Probleme gehabt, sich von Dingen zu trennen, die keinen Zweck mehr erfüllten.

Um jeden Schrankkoffer liefen drei brüchige Lederriemen, die mit Messingschnallen verschlossen waren. Auf den Vorderseiten prangten Messingplatten mit den Initialen *CHB*.

»*CHB*. Catherine Hedrick Buchanan?« Lucy strich über die eingeprägten Buchstaben. Dolly stupste Lucy am Arm. »Gefällt es dir hier nicht? Dachböden sind nicht dein Ding?« Sie kraulte den Hund hinterm Ohr. »Du hast ja recht. Hier oben scheinen die Videobänder nicht zu sein.«

Der Hund bellte.

Von der Tür aus drehte Lucy sich noch einmal zu den Schrankkoffern um. Sie war auf der Suche nach Antworten nach Cape Hudson gekommen, aber bisher war sie nur auf Fragen gestoßen.

Ein kalter Luftzug strich ihr wie mit eisigen Fingern über den Nacken. Sie schaltete das Licht aus und ging nach unten. Dann zog sie sich die Jacke über, wappnete sich gegen die Kälte und ging hinaus. Dolly rannte los, war ganz in ihrem Element, ließ sich vom Wind das Fell zerzausen und fegte dann hinunter Richtung Schilf und Strand.

Lucy folgte dem Weg unter den Bäumen hindurch, die einen natürlichen Torbogen bildeten. Hank hatte gesagt, der Familienfriedhof sei in dieser Richtung, und sie war neugierig auf Mrs B und ihre Familie.

Sie brauchte nicht lange zu dem niedrigen schmiedeeisernen Zaun. Dahinter lagen, halb zwischen hohem Gras versteckt, drei Grabsteine. Das verrostete Tor klemmte und quietschte in den Angeln.

Sie näherte sich den drei Grabsteinen. In der Mitte las sie ROBERT BUCHANAN, 1885–1917, links CATHERINE H. BUCHANAN, 1888–1990 und rechts ROBERT BUCHANAN, JUNIOR, 1917–1974.

Sie strich über Mrs Bs unbehauenen Stein. Wie musste sie gelitten haben, erst ihren Mann und später ihren Sohn zu Grabe zu tragen. »Es ist so furchtbar, geliebte Menschen zu verlieren. Sie müssen sich so einsam und verlassen gefühlt haben.«

Lucy zupfte so lange Unkraut, bis zumindest Mrs Bs Stein frei war. »Ich komme wieder und schaffe hier Ordnung.«

Sie klopfte sich die Hände ab und rief nach Dolly, deren Gebell im Schilf zu hören war. Als sie am Haus ankamen, fuhr gerade ein roter Pick-up vor.

Eine Frau Ende zwanzig kam mit schnellen, zielstrebigen Schritten auf Lucy zu. Die schwarzen Haare trug sie in einem hohen Zopf. Sie trug Jeans, einen übergroßen Pullover und eine wattierte Weste. Ein roter Schal verlieh ihrem Outfit Farbe und betonte ihren hellen Teint. In den Händen hielt sie einen Kuchen.

»Hallo«, sagte sie. »Ich heiße Megan Buchanan. Willkommen in Cape Hudson.«

»Vielen Dank! Ich bin Lucy Kincaid.«

»Ja, ich weiß.« Megans Augen funkelten. »Ich habe schon gehört, dass Sie da sind. Wenn man länger als fünf Minuten bei Arlene ist, erfährt man so gut wie alles, was bei uns so los ist.«

Lucy konnte der Frau etwas Klatsch nicht vergönnen. »Und? Bin ich das Stadtgespräch?«

»Machen Sie Witze? Man redet über nichts anderes.«

Die Frau wirkte lässig und hatte eine positive Ausstrahlung. Lucy lächelte unwillkürlich. »Wollen wir uns nicht duzen? Und … möchtest du reinkommen?«

»Ich war sicher, dass ich dich nur mit Kuchen dazu bringen könnte.«

»Nicht nötig. Ich führe dich gerne herum. Obwohl ich mich selbst noch nicht auskenne. Wenn du eine Buchanan bist, weißt du doch bestimmt etwas über das Cottage, oder?«

»Mrs B ist vor meiner Geburt gestorben, aber mein Vater, James Buchanan, war im Sommer oft hier. Mrs B war meine Urgroßmutter.«

»Hank hat mir von den beiden Familienzweigen erzählt. Einer geht auf Robert zurück, der andere auf Victoria, richtig?«

»Richtig. Dad und ich stammen von Robert Buchanan ab. Hank von dessen Schwester Victoria.«

»Was bedeutet, dass ich aus dem Nichts komme.«

»Die Millionen-Dollar-Frage, auf die man hier seit Ende der Achtziger die Antwort sucht. Vielleicht kannst du das Rätsel ja lösen.«

Als Lucy die Tür öffnete, rannte Dolly an ihnen vorbei. Ihre nassen Pfoten hinterließen Tapsen auf dem sauberen Boden. »Wenn Mrs B das sehen könnte, würde sie sich wahrscheinlich im Grab umdrehen.«

»Glaube ich nicht. Von meinem Dad weiß ich, dass sie nichts dagegen hatte, wenn er mit dreckigen Füßen herumlief. Im Gegenteil, sie hat sich immer gefreut, ihn um sich zu haben.«

Megan hielt inne, um sich die Schuhe abzutreten, und schaute sich dann in der Eingangshalle um. »Mr Jessup hat sich gut ums Haus gekümmert.«

»Aber er lebte nicht hier?«

»Nur ein Jahr. Ihm war das Cottage zu vornehm.«

»Es muss dich doch gekränkt haben, dass sie das Haus nicht dir vererbt hat«, sagte Lucy.

»Es ist ein großartiges altes Haus, das viel Liebe und Aufmerksamkeit verdient«, sagte Megan ausweichend.

»Und Mrs B glaubte, dass eine ihr unbekannte Frau aus Nashville die Richtige wäre?«

»Anscheinend ja.« Sie machte eine Miene, als hätte sie mehr dazu zu sagen, hob dann aber die Kuchenplatte in die Höhe. »Wollen wir den hier nicht erst mal in Angriff nehmen?«

Lucy lachte. »Und dein Job ist es, ein bisschen Spionage zu betreiben?«

»Klar. Mich schickt der Geheimdienst.«

»Mit einem Kuchen bewaffnet?«

Megan senkte verschwörerisch die Stimme. »Mein Apfelkuchen bringt selbst die härtesten Typen zum Reden.«

Lucys verspannte Schultern lockerten sich ein bisschen. »Wie alt ist dein Vater?«

»Fast fünfzig.«

Etwa in Beths Alter. Er könnte also Lucys Vater sein – eine mögliche Erklärung für ihre Erbschaft. Aber was war dann mit Samuel Jessup?

In der Küche schnappte sich Lucy Papierhandtücher und rubbelte den Hund ab. »Ich habe das Gefühl, dass der Verbrauch von dem Zeug astronomisch wird.«

Megan stellte die Kuchenplatte auf die Kücheninsel. »Wirklich ein süßer Hund.«

»Sie gehörte meiner Mutter. Dolly und ich lernen uns immer noch kennen.«

»Sie scheint sich jedenfalls ganz wie zu Hause zu fühlen.« Megan zog die Weste aus. Unter ihrem weiten Pulli wölbte sich ein Babybauch.

Lucy tat, als bemerkte sie es nicht. »Ich bin erst heute Morgen angekommen und habe noch keine Kaffeekanne entdeckt. Hoffentlich gibt es hier eine.«

Sie öffnete die Speisekammer und klickte auf den Lichtschalter. Wie der Rest des Hauses war auch der Schrank sauber und aufgeräumt. Es gab einen Mixer, einen Toaster und eine Kaffeemaschine. Daneben eine Pappschachtel mit Kaffeefiltern und eine verschlossene Packung Kaffee.

»Mrs B war wirklich ordentlich«, bemerkte Lucy.

»Meine Mutter sagt, sie hat jedes Frühjahr eine Putztruppe angeheuert, die von oben bis unten durchs Haus gegangen ist. Und in ihren letzten Lebensjahren hat sie alles Mögliche verschenkt. Mein Vater konnte sich ein paar Möbel aussuchen. Aber alles, was ursprünglich ins Haus gehörte, hat sie behalten.«

Lucy schloss die Kaffeemaschine an und gab Kaffeepulver in den Filter. »Hank hat mir erzählt, dass mein Großvater kurz vor seinem Tod die Geräte in der Speisekammer gekauft hat. Als hätte er erwartet, dass seine Tochter nach Hause zurückkommen würde.«

»Er hat bestimmt gehofft, das Haus würde sie irgendwann doch noch locken.«

»Beth hat nie von ihrer Familie gesprochen«, sagte Lucy. »Sie war sehr locker, aber was zwischen ihr und ihrem Vater vorgefallen ist, scheint eine nie verheilte Wunde geschlagen zu haben. Sie hat mir erst unmittelbar vor ihrem Tod von diesem Haus erzählt.«

»Aber sie hat es getan. Also hatte sie doch Hoffnung.«

Megan fand ein feines Kaffeegeschirr mit roten Rosen auf weißem Grund in einem der Schränke.

»Was weißt du über die Jessups, Megan?«

»Sie waren schon immer stolz auf ihren Dienst in der Handelsmarine. Einige dienen immer noch.« Sie schnitt den Kuchen an. »Rick Markham hat den alten Jessup übrigens leblos in seinem Sessel vorgefunden. Er hat regelmäßig nach dem Rechten gesehen.«

»Das war Ende letzten Jahres?«

»Ja, genau. Und Rick war erst seit einem Monat im Amt.« Megan war einen Moment still. »Ich habe gehört, dass du die Asche deiner Mutter hier begraben willst.«

Die Kaffeemaschine gurgelte. »Ja.«

»Kannst du mir Bescheid geben, wenn du weißt, wann das stattfindet? Ich möchte kommen.« Sie legte große Kuchenstücke auf die Teller.

Lucy hatte plötzlich einen Kloß im Hals. Sie räusperte sich und schenkte den Kaffee ein. Dann holte sie Zucker aus dem Schrank. »Ich habe leider keine Milch, aber Zucker gibt es.«

»Ausgezeichnet. Das ist mein bevorzugtes Nahrungsmittel.«

Lucy grinste. »Wie viele Löffel?«

»Zwei. Nein, mach drei daraus. Ich müsste für zwei essen, aber ich esse für drei.«

»Wann kommt dein Baby denn?«

»Im späten Frühjahr.«

»Ihr freut euch bestimmt schon.«

»Nicht ihr, nur ich. Komisch, deine Mutter ist aus Cape Hudson geflohen, als sie schwanger war, und bei mir ist es genau umgekehrt.«

»Weil du hier viel Unterstützung bekommst?«

»Ja … und viel Einmischung. Aber so ist das Kleinstadtleben, wie du sicher gerade merkst.«

Lucy nippte an ihrem Kaffee. Sie konnte sich nicht erklären, was hier so schrecklich sein sollte. Warum war Beth nie zurückgekommen? »Das macht mir nichts aus.«

Megan grinste sie über ihre Tasse hinweg an. »Ich gebe dir noch eine Woche.«

»Deine Eltern müssten meine Mutter doch aus der Highschool kennen, oder?«

»Meine Mutter schon. Mein Vater war auf einem Internat in Alexandria und deswegen nicht so oft zu Hause«, sagte Megan.

»Wo sind deine Eltern jetzt? Vielleicht könnte ich mich mal mit ihnen unterhalten?«

»Ich bin sicher, sie würden gern mit dir reden. Sie leben meistens in Richmond, aber im Frühjahr wollen sie kommen. Mein Bruder Deacon zieht auch wieder her, aber ich bezweifle, dass er etwas weiß.«

Lucys Beziehung zu ihrer Mutter war schwierig gewesen. Lucy war erwachsen geworden, aber Beth nicht. Der sorglose Lebensstil ihrer Mutter war frustrierend, wenn Lucy etwa Hilfe bei den Hausaufgaben brauchte, wenn die Miete bezahlt werden musste oder wenn Lucy etwas über ihre Familie wissen wollte. Aber sie hatten auch oft Spaß miteinander. Einmal kam Beth überraschend als Martha Washington verkleidet in die Schule. Obdachlosen gab sie immer etwas, und ein paar Mal ging sie mit Lucy Blaubeeren sammeln oder Äpfel pflücken, statt sie in die Schule zu schicken. »Beth war nicht perfekt, aber sie war immer liebevoll. Ich vermisse sie.«

Megan war einen Moment still. So ein persönliches Gespräch hatte sie für den Kuchen nicht erwartet. »Es hat dir nichts ausgemacht, ohne Vater aufzuwachsen?«, fragte sie.

»Doch, natürlich schon. Das ist einer der Gründe, warum ich hier bin.«

»Warst du schon beim Leuchtturm?«, fragte Megan.

»Noch nicht.«

»Ich war mal mit meiner Clique da. Wir haben das Schloss aufgebrochen und sind hochgeklettert. Zweihundertsieben Stufen. Oben haben wir Bier getrunken und die Sonne aufgehen sehen. Was für ein Anblick! Als Mr Jessup das kaputte Schloss entdeckte, hat er den Leuchtturm doppelt und dreifach gesichert. Ich glaube nicht, dass seitdem jemand oben war.«

»In was für einem Zustand war er?«

»Tja, er muss ebenso gut instand gehalten werden wie das Cottage. Wenn du mich fragst, ist jetzt der Wendepunkt gekommen. Entweder es passiert etwas mit dem Leuchtturm, dem Cottage und dem ganzen Ort, oder sie gehen den Bach runter.« Sie schob ein Stück Streusel mit der Gabel auf ihrem Teller hin und her. »Und jetzt muss ich ein Geständnis ablegen.«

»Okay …«

»Ich habe meinen Master über die Restaurierung historischer Gebäude gemacht und meine Abschlussarbeit über dieses Haus geschrieben. Wenn du dich entschließt, hierzubleiben und es zu renovieren, würde ich gern dabei sein. Hank hat mir versprochen, wenn er das Cottage bekäme, könnte ich den Job haben. Das war der wesentliche Grund, aus dem ich zurückgekommen bin.«

»Ich habe keine Ahnung, was eine Renovierung bedeutet.«

»Mehrere Jahre Arbeit für mich. Und für viele Handwerker.« Geistesabwesend streichelte Megan sich über den Bauch. »Für mich würde ein Traum in Erfüllung gehen. Besonders, wenn das Baby da ist.«

Lucy aß schweigend.

»Ich habe mir gedacht, dass es das Beste ist, dir die Wahrheit zu sagen. Und wo ich mich schon mal so weit vorgewagt habe: Ich habe sogar Restaurierungspläne gemacht, die du dir jederzeit ansehen kannst.« Megan unterbrach sich. »Manchmal schieße ich über das Ziel hinaus. Der Plan war, dich mit Kuchen anzuwärmen. Die Jagdhütte wollte ich nicht einmal erwähnen. Und jetzt bin ich mit der Tür ins Haus gefallen.«

»Macht nichts. Mir gefällt deine Begeisterung, und Mrs Buchanan hätte sich bestimmt auch darüber gefreut.« Dann wechselte Lucy das Thema. So hatte sie es immer gemacht, wenn ein Stammkunde zu später Stunde über Dinge zu sprechen begann, von denen sie wusste, dass er es später bereuen würde. »Du bist also in Cape Hudson aufgewachsen?«

»Ja, genau«, sagte Megan erleichtert. »Aber ich konnte es kaum erwarten, von hier wegzukommen. Ich wollte die große, weite Welt sehen. Für Kinder kann ich mir allerdings keinen besseren Ort vorstellen.«

»Ich frage mich, warum meine Mutter das nicht auch so gesehen hat.«

»Wir haben alle irgendwann mal Entscheidungen getroffen, die wir später bereut haben. Vielleicht wollte Beth ja zurückkommen, wusste aber nicht, wie.«

»Es wäre ohne Weiteres möglich gewesen.«

»Aber du bist jetzt hier. Vielleicht hatte sie das ja genau so geplant.«

Megans Wecker klingelte. Sie fischte ihr Handy aus der Tasche und schaltete es aus. »Tut mir leid, aber ich muss los. Ich muss Arlene gegen vier Uhr Kuchen vorbeibringen.«

»Du verkaufst deine Kuchen auch?«

»Damit lässt sich etwas Geld verdienen. Ich habe auch schon viele Stammkunden in Norfolk. Wenn man Geschichte studiert, braucht man einen Plan B.«

Lucy reichte Megan ihre Weste und begleitete sie über die Einfahrt bis zum Auto. »Danke, dass du vorbeigekommen bist.«

»Danke, dass ich so vor mich hin quasseln durfte.«

»Keine Ursache.«

Megan rutschte hinter das Steuer ihres roten Pick-ups, winkte und fuhr davon. Lucy holte ihren Mantel und ging mit Dolly hinaus. Der Wind hatte aufgefrischt, und am Horizont standen hohe, dunkelgraue Wolken.

Dolly steckte ihre Schnauze in ein Loch am Wegesrand, fing an zu buddeln und wedelte dabei mit dem Schwanz. Lucy folgte dem sandigen, überwachsenen Pfad zum Leuchtturm. In der Ferne donnerte es. Als sie den Leuchtturm aus rotem Backstein erreichte, fand sie ihn noch beeindruckender als vom Haus aus.

Sie stieg die paar Stufen zur hölzernen Eingangstür hinauf, die mit zwei schweren Eisenschlössern gesichert war. Sie ruckelte daran, aber es tat sich nichts. Vielleicht passte ja einer ihrer vielen Schlüssel. Es juckte sie zwar in den Fingern, die Schlüssel aus dem Haus zu holen, aber einen hundert Jahre alten Leuchtturm in einem aufziehenden Unwetter zu besteigen, war ihr dann doch zu waghalsig.

Beth hätte eine solche Vorsicht natürlich in den Wind geschlagen. Lucy glaubte fast, ihre Mutter lachen zu hören. *»Mann, Lucy, sei doch nicht so ein Weichei!«*

Dolly sprang die Treppe hoch und stupste Lucy an der Hand. Von den Schlössern strahlte plötzlich eine Eiseskälte in ihren Arm aus. In der Ferne donnerte es wieder – der Sturm kam unaufhaltsam näher.

»Lass uns umkehren, Dolly! Wir haben ein Haus von der Größe des Grand Canyon zu erkunden.«

* * *

In der Küche klingelte ein altmodisches Telefon, das noch eine Wählscheibe hatte und an der Wand befestigt war. »Hallo?«

»Hier ist Hank. Ich wollte mich nur erkundigen, wie es Ihnen geht.«

»Ich lebe noch, mir geht's gut, und im Moment bewundere ich das Telefon.«

»Sie haben wahrscheinlich schon bemerkt, dass der Handyempfang schlecht ist.«

Sie zog ihr Handy aus der Gesäßtasche. Kein einziger Balken. »War mir noch nicht aufgefallen. Aber dieses Wandtelefon ist der Hammer.«

»Das Gewitter wird ungefähr in einer Stunde da sein. Kann gut sein, dass der Strom ausfällt. Aber keine Panik, in der Speisekammer sind Kerzen und Streichhölzer. Manchmal dauert es einen Tag, bis der Stromausfall behoben ist. So lange sorgt der Notstromgenerator dafür, dass der Kühlschrank kalt bleibt.«

»Sie haben wirklich an alles gedacht.«

Im Hintergrund hörte sie das Knarren eines Stuhls. »Haben Sie sich Vorräte angelegt?«

»Ja, die müssten für eine ganze Woche reichen. Megan hat mir einen Besuch abgestattet. Sie ist Ihre Cousine, oder?«

»Ja, eine Cousine zweiten Grades. Ich habe sie vorhin getroffen, da hat sie mir von dem Besuch bei Ihnen erzählt. Aber sie ist doch hoffentlich auf dem Heimweg?«

»Sie ist schon vor einer Weile los. Allerdings wollte sie noch Kuchen bei Arlene abliefern. Sie ist wirklich nett. Und sie freut sich schon darauf, das Haus zu renovieren.«

»Wenn ich es erbe, stelle ich sie ein.«

Hank war klug genug, das Wörtchen *wenn* zu benutzen. Lucy überging die Bemerkung. »Dolly und ich waren am Leuchtturm.«

»Und?«

»Wir sind nicht reingegangen. Es war mir zu riskant. Dolly ist schließlich nicht Lassie. Wir wären völlig aufgeschmissen gewesen.«

»Wenn Sie in Schwierigkeiten geraten, haben Sie ja meine Nummer.«

»Warum sind Sie eigentlich so freundlich? Müssten Sie nicht alles daransetzen, mich zu vertreiben? Megan und Sie haben viel zu gewinnen, wenn ich verschwinde.«

»Mrs Buchanan wollte, dass Sie das Cottage bekommen. Und ich respektiere das.«

»Aber wenn ich bleibe, kostet Sie das ein Vermögen.«

»Ich glaube nicht, dass Sie bleiben, Lucy. Je länger Sie da sind, desto klarer wird Ihnen bestimmt, was für eine wahnsinnige Verpflichtung das Haus mit sich bringt.«

Schwer zu sagen, ob er sie auf die Probe stellte oder ob er ihr helfen wollte. Sie durchschaute ihn einfach nicht. »Ich bin stur.«

Stille knisterte in der Leitung. »Ich melde mich nach dem Sturm.«

* * *

Lucy beschloss, das Haus zu erkunden, solange die Stromversorgung noch funktionierte. Sie begann in dem großen Raum, den sie für den Salon hielt. Dolly folgte ihr auf den Fersen. Unter weißen Laken zeichneten sich schemenhaft ein Sofa mit einem Couchtisch und mehrere Stühle ab. Vor der Fensterfront standen zwei bequeme Sessel.

Über dem Kamin war ein schwacher rechteckiger Umriss zu erkennen. Dort musste ein Bild gehangen haben. Daneben entdeckte Lucy eine Tapetentür, die sich fast nahtlos in die Wand einfügte.

Sie öffnete sich mit einem kleinen Klicken. Lucy tastete an der Wand entlang, bevor sie den Lichtschalter fand. Das schwache Licht einer Glühbirne erhellte ein kleines Kabuff, an dessen hintere Wand zwei Bilder gelehnt waren. Nachdem sie das Laken vom ersten entfernt hatte, sah ihr das eigene Abbild in einem vergoldeten Rahmen entgegen: blau gesträhnte Haare, ein ausgewaschener Pulli, Jeans und Cowboystiefel.

Sie zog das zweite Tuch weg und erblickte das Porträt einer jungen Frau. Sie trug ein langes, tailliertes Brautkleid. Ein perlenbesetztes Diadem mit einem Schleier schmückte ihre roten Haare. Der Künstler hatte die exquisite Perlenstickerei des Mieders detailliert abgebildet. Die Braut hatte ein zurückhaltendes Lächeln, aber in ihren blauen Augen vermeinte Lucy etwas Schalkhaftes zu entdecken, als lache sie über einen privaten Scherz.

Lucy blickte von ihrem Spiegelbild auf das Porträt. Die Braut sah aus, als gehöre sie hierher. Lucy wirkte definitiv nicht so.

»Mrs B, sind Sie das?« Sie musterte das Gesicht, erkannte aber nicht die geringste Ähnlichkeit mit Beth oder sich selbst. »Sie müssen mir verraten, was ich hier zu suchen habe. Alle glauben, Sie hätten einen Fehler gemacht, und ehrlich gesagt glaube ich das auch.«

Keine Antwort, nur das verschmitzte Lächeln.

Sie wandte sich den vielen Schachteln und Kästen zu, die auf den Regalbrettern gestapelt und ordentlich mit schwarzem Filzstift gekennzeichnet waren: »Weihnachten«, »Spiele«, »Videos«.

Videos. Die Verkäuferin hatte ihr ja erzählt, dass Beth Mrs B gefilmt hatte. Lucy mühte sich ab, die unhandliche Kiste vom obersten Regalbrett herunterzuzerren, und bekam von dem aufwirbelnden Staub gleich einen Hustenanfall.

Dann trug sie die Kiste in den Salon. Dolly schnüffelte neugierig an Lucys Beute.

Lucy löste die Klebestreifen und öffnete den Deckel. Im Inneren befand sich ein Dutzend Videobänder, die in einer jugendlichen Handschrift beschriftet waren, die Beths sehr ähnlich war. Auf dem ersten Video stand »Interview mit Mrs B. 2. Mai 1988«.

Sie ging zurück zum Kabuff und entdeckte einen Fernseher mit einem eingebauten Videorekorder, den sie mit einiger Mühe in den Salon auf den Couchtisch hievte. Dann sortierte sie die Bänder chronologisch und schob die erste Kassette in den Videorekorder.

Auf dem Monitor erschien Schneegestöber, während sie die Tasten am unteren Ende des Fernsehers absuchte. Sie besaß keinen Fernseher, Nachrichten sah sie auf dem Handy an. Dann drückte sie auf den Play-Knopf und ließ sich vor dem Bildschirm auf die Knie fallen.

Der Schnee wirbelte so lange über den Bildschirm, dass sie schon Angst bekam, das Video müsse beschädigt sein. Doch dann erschienen Aufnahmen einer alten Frau, die in ebendiesem Raum am Fenster saß.

Ihre weißen Haare hatte sie zu einem Chignon frisiert, der ihre funkelnden Diamantohrringe betonte. Sie trug ein grünes Strickkleid, und ein heller Lippenstift verlieh ihrem Teint Pepp. Es war dieselbe Frau, die auf dem Porträt abgebildet war, nur dass die Zeit Falten in ihre blasse Haut eingegraben hatte.

Die Stimme eines jungen Mädchens sagte im Hintergrund: »Ich heiße Beth Jessup und bin im letzten Jahr der Cape Hudson Highschool.«

Lucy fiel fast hintenüber. Eine Flutwelle von Emotionen überspülte sie. Sie drückte auf Pause, als ihr die Tränen die Kehle zuschnürten. Es war die Stimme ihrer Mutter. Monate waren vergangen, seit sie ihre Mutter ohne Schmerzen sprechen gehört hatte. Es war die Stimme, an die sie sich aus ihrer Kindheit erinnerte: leicht, locker, frech. Es war die Stimme, die ihr als kleines Mädchen Trost und Freude bereitet hatte.

»Mommy«, flüsterte sie.

Dolly kam zu ihr und leckte die Tränen ab, die ihr übers Gesicht rannen. Sie rubbelte dem Hund über den Kopf. »Erinnerst du dich, Dolly? Wir haben etwas von ihr zurück.«

Sie räusperte sich und drückte auf Play. »Dies ist mein Abschlussprojekt in Geschichte bei Mrs Reynolds. Ich lebe an der Ostküste der Chesapeake Bay in Virginia. Heute interviewe ich Mrs Catherine Buchanan, die 1888 in Cape Hudson geboren wurde. Mrs Buchanan, können Sie mir etwas über Ihre Familie erzählen?«

Die Frau warf einen Blick auf das Mikrofon, das an ihrem Kragen befestigt war, und begann zu erzählen. Lucy lehnte sich zurück und verlor jedes Zeitgefühl. Sie war vollkommen von der Aufnahme gefesselt.

Als das Video zu Ende war, wechselte sie die Kassette. Sie wollte unbedingt mehr über die Frau herausfinden, die ihr dieses Haus anvertraut hatte.

Das Gewitter kündigte seine Ankunft mit einem lauten Donnerschlag an. Die Fensterscheiben klapperten. Sekunden später zuckte ein Blitz über den Himmel.

Die Lampen flackerten auf – und erloschen. Der Bildschirm wurde schwarz.

»Mist!«

Kapitel 9

Lucy schaltete die Taschenlampe an. Sie starrte auf den Bildschirm und wünschte sich, der Fernseher ginge wieder an, aber alles blieb dunkel.

Mit jeder Minute tobte das Unwetter wilder ums Haus. Das mit den Videos konnte Lucy sich aus dem Kopf schlagen. Sie ging in die Küche, zündete Kerzen an und machte sich ein Käsesandwich mit viel Senf. Dolly bekam Hundefutter. Aber sie wartete auf etwas Besseres.

»Ist noch lange hin bis zum Frühstück, Dolly«, sagte Lucy.

Dolly saß leise wimmernd vor dem Napf.

»Du machst deine Sache gut. Sehr gut sogar. Aber ich lasse mich nicht manipulieren.«

Dolly wimmerte lauter und strich Lucy mit ihrer Pfote ganz leicht über den Fuß.

»Verdammt.« Lucy riss ein Stück von ihrem Sandwich ab und gab es dem Hund. »Das ist wirklich alles. Mehr kriegst du nicht. Wir wohnen jetzt in einem großen Haus und haben keine Ausrede mehr, uns schlecht zu ernähren.«

Als das Sandwich aufgegessen war, spülte sie ihren Teller und kehrte zum Videorekorder zurück. Vielleicht würde es mittlerweile wieder Strom geben.

Der Regen stürzte in Strömen vom Himmel. Die Dämmerung hatte eingesetzt, und bald war es stockdunkel. Noch immer kein Strom. »Ich mache es wie früher, Dolly. Ich lese mal ein richtiges Buch.«

Zwanzig Minuten später bemerkte Lucy, dass das Lesen bei Kerzenlicht und Taschenlampe zwar romantisch klang, ihre Augen aber überstrapazierte. Es blieb ihr nichts anderes übrig, als ins Bett zu gehen.

Lucy deckte den Hund zu und kroch zwischen die Laken. Es war herrlich, sich auf einem richtigen Bett auszustrecken.

Der Wind rüttelte an den Fensterscheiben. Das Landhaus ächzte und stöhnte, aber es hatte im Laufe der Jahre Schlimmeres überstanden.

Über ihr knarzten die Dielen. Wenn sie an Geister geglaubt hätte, hätte sie geschworen, dass sich in diesem Haus ein hellwaches Wesen herumtrieb. Aber sie glaubte nicht an Geister.

Der Hund schaute unter der Decke hervor.

Wieder knarzten die Dielen, und dann krachte es laut auf dem Dachboden. Lucy saß senkrecht im Bett und klammerte sich an der Decke fest. Sie horchte angespannt nach oben. Draußen tobte der Sturm mit unverminderter Kraft.

Sie glaubte nicht an Geister. Überhaupt nicht. Und doch hatte sie eine Heidenangst. »Mist! Wie sind wir hier bloß reingeraten, Dolly?«

Sie legte sich wieder hin, schloss die Augen und stellte sich vor, in einer Yogastunde zu sein. Die Lehrerin spielte eine CD mit beruhigendem Wasserplätschern ab.

»Om.« Sie atmete tief ein und aus. »Om.«

Langsam wichen Stress und Anstrengungen der letzten Monate einem unruhigen Schlaf. Sie träumte von einem rothaarigen Mädchen am Ruder eines Segelbootes, dessen Blick suchend auf den Horizont gerichtet war.

* * *

Als Lucy aufwachte, war das Schlafzimmer dunkel, aber unten brannte Licht. Strom! Sie schwang die Beine über die Bettkante. Ihre Zehen krümmten sich, als sie den kalten Boden berührten. Sie warf einen Blick auf ihr Handy. Es war 1:02 Uhr.

Dolly hob den Kopf, sah Lucy aufstehen und folgte ihr.

Lucy nahm die Taschenlampe vom Nachttisch, klickte das Flurlicht an und stapfte die geschwungene Treppe hinunter. Der Wind blies noch kräftig, aber es goss nicht mehr wie aus Eimern.

Als sie die unterste Stufe erreichte, hörte sie jemanden auf den Dielen in der Küche hin- und hergehen. Sie packte Dolly am Halsband und blieb wie angewurzelt stehen. Sie hatte die Haustür zwar abgeschlossen, aber woher sollte sie wissen, wie viele Türen es sonst noch in diesem verdammten Haus gab?

Angestrengt lauschend umklammerte sie die Taschenlampe. Die Dielen ächzten wieder. Die Kühlschranktür wurde geöffnet und zugeschlagen. Dolly legte die Ohren an. Ihre Nackenhaare sträubten sich.

Wenn es ein Geist war, hatte er eine Fressattacke.

Lucy atmete tief durch und ging den Flur hinunter. Glasklirren. Dolly entwand sich Lucys Griff und stürzte bellend in die Küche.

Ein metallisches Scheppern. Ein heller Schrei.

Lucy hob die Taschenlampe wie einen Baseballschläger in die Luft. Dolly bellte wieder. Und plötzlich … Stille.

Lucy traute ihren Augen nicht. Ein junges Mädchen stand vorm Kühlschrank und fütterte Dolly mit einem Stück Käse aus dem Supermarkt. Das Mädchen war mager, hatte einen hellbraunen Teint und konnte nicht älter als zwölf oder dreizehn sein. Sie trug Jeans, ein abgetragenes Carolina-Sweatshirt und verschlissene Tennisschuhe. Ein rotes Stirnband hielt ihre wilde dunkle Lockenmähne aus dem Gesicht.

»Hallo? Wer bist du und was machst du hier?«

Das Mädchen gab Dolly noch etwas Käse. »Ich heiße Natasha. Und Sie müssen Lucy sein.«

Dolly stupste die Hand des Mädchens an und sah verzweifelt zu ihr auf. So viel zum Thema Wachhund.

»Gib ihr nichts mehr, sonst musst du hinter ihr sauber machen.«

»Igitt«, sagte Natasha.

»Ja, genau. Igitt. Den Fehler habe ich nur einmal gemacht.« Sie stellte die Taschenlampe auf der Arbeitsfläche ab. »Natasha, wie bist du in mein Haus gekommen?«

»Es ist nicht Ihr Haus. Es gehört Mr Jessup.«

»Mr Jessup ist letzten Sommer gestorben. Und ich war in der Erbfolge anscheinend nach ihm an der Reihe.«

Das Mädchen blickte Lucy mit solchen traurigen Rehaugen an, dass es Lucy den Atem verschlug. »Ich vermisse Mr Jessup. Er war mein Freund, und ich durfte immer hier sein.«

»Natasha, wissen deine Eltern, dass du hier bist?«

»Mein Vater schläft seinen Rausch aus und meine Mutter ist tot.« Dolly stupste sie noch einmal an, aber Natasha ließ den Käse auf der Arbeitsfläche liegen. »Wissen Sie eigentlich, dass alle über Sie reden?«

»Gibt es denn sonst keine Neuigkeiten in diesem Kaff?«

»Nein. Sie sind die Sensation des Jahrhunderts.«

Lucy nahm Natasha das Messer ab und öffnete den Kühlschrank. Sie holte Brot, Senf und Frühstücksfleisch heraus. »Willst du ein Sandwich?«

»Ja, unbedingt. Ich bin am Verhungern.«

Das Kind sah dürr und vernachlässigt aus. »Holst du uns zwei Teller?«

Die Kleine ging schnurstracks auf einen Schrank zu.

»Du kennst dich ja gut aus. Kommst du oft her?«, fragte Lucy.

»Nur, wenn ich von zu Hause weg muss.«

Lucy packte das Brot aus und legte zwei Scheiben auf jeden Teller. »Und dein Vater macht sich bestimmt keine Sorgen um dich?«

»Schön wär's. Aber er sucht frühestens übermorgen nach mir.«

»Wie heißt dein Vater?« Es war mitten in der Nacht, draußen tobte ein Sturm, und sie stellte diesem Kind Fragen, als wäre alles völlig normal.

»Brian Willard.«

»Dann bist du Natasha Willard. Und ihr wohnt drei Kilometer weiter.«

Das Mädchen setzte sich auf einen Hocker an die Kücheninsel. »Genau.«

»Ich bin Lucy Kincaid. Du kannst du zu mir sagen.« Sie schüttelte dem Mädchen die Hand.

»Weiß ich.«

»Ich weiß, dass du es weißt, aber ich dachte, eine offizielle Vorstellung wäre ganz angebracht, bevor wir zusammen essen.« Sie schnitt zwei Scheiben Frühstücksfleisch ab, schmierte Senf auf das Brot und legte die zweite Scheibe obendrauf. Dann halbierte sie das Sandwich, riss eine Packung Chips auf und schüttelte einen kleinen Haufen auf jeden Teller.

»Willst du eine Limo?«, fragte Natasha.

»Gern.«

Das Mädchen sprang vom Hocker und lief zum Kühlschrank, als würde sie hier wohnen.

Lucy schob ihr einen Teller hin. Sie öffnete ihre Limo, nahm einen großen Zug und wünschte sich, es wäre ein kaltes Bier. »Wie lange kommst du schon hierher?«

»Seit ein paar Jahren. Immer mal wieder.«

»Und wie alt bist du, Natasha?«

»Du fragst das, als wäre ich ein Kind. Ich bin achtzehn.«

»Verarschen kann ich mich alleine.«

»Okay, dann eben zwölfeinhalb.«

»Ich sage ja gar nichts, ich bin einfach nur neugierig. Schließlich fahre ich nicht oft tausendfünfhundert Kilometer, um in einem Spukhaus zu schlafen und mitten in der Nacht ein Kind vor meinem Kühlschrank zu erwischen.«

Natasha öffnete ihre Limo. »Meine Mutter hat für Mr Jessup geputzt, und als er alt wurde, hat sie ihn gepflegt. Er war immer sehr nett. Ein paar Mal im Jahr schickte er Mom zum Putzen und Ordnungmachen hierher. Hier hat es mir immer gefallen, weil es so ruhig und friedlich ist.« Sie aß ein paar Chips. »War Mr Jessup dein Großvater?«

»Scheint so. Das habe ich aber erst gestern erfahren.«

»Ich hab auch gehört, dass deine Mutter dir nie etwas von diesem Haus erzählt hat. Du musst ziemlich wütend auf sie sein.« Natasha nahm einen großen Bissen von der zweiten Hälfte ihres Sandwichs.

Lucy musterte das Häufchen Chips. »Wenn ich wütend wäre, würde es die Sache vereinfachen, aber ich bin einfach nur traurig. Ich vermisse sie so.«

Natasha schluckte. »Ich vermisse meine Mutter auch.«

»Das mit deiner Mutter tut mir leid.«

»Ja, ätzend.« Sie zuckte mit den Achseln wie alle Teenager, wenn sie ihren Schmerz mit Gleichgültigkeit überspielen.

Schweigend aßen sie ihre Sandwichs. »Willst du noch eins? Der Kühlschrank ist voll.«

»Wenn ich darf, mache ich mir vielleicht ein Sandwich für die Schule.«

»In welche Klasse gehst du?«

»In die fünfte. Eigentlich müsste ich in der sechsten sein, aber nach Moms Tod habe ich viel gefehlt.«

So selbstständig das Mädchen auch sein mochte, eine Zwölfjährige durfte nicht allein in einem verlassenen Haus übernachten. »Was ist dein Lieblingsfach?«

»Mathe.«

»Wirklich? Toll! Ich war immer schlecht in Mathe, aber mittlerweile habe ich die Prozentrechnung drauf.«

»Wie kommt das?«

»Ich bin Barkeeperin. Ich kann Trinkgelder im Kopf berechnen. Wahrscheinlich macht ihr ganz andere Sachen in Mathe.«

»Trigonometrie und Geometrie finde ich ganz lustig.«

»Lustig? Ich bin beeindruckt. Dann willst du mal Wissenschaftlerin oder Lehrerin werden?«

»Dad meint, wenn ich nicht in den Knast muss oder schwanger werde, sondern irgendwo einen Job als Kellnerin bekomme, ist das schon ein Riesenerfolg.«

Sie kannte Brian Willard nicht, aber sie konnte ihn schon jetzt nicht leiden. »Da müsste doch mehr drin sein, oder?«

Natasha zuckte wieder mit den Achseln und nippte an ihrer Limo. »Warum steht nebenan ein alter Fernseher?«

»Weil man mit dem auch Videokassetten abspielen kann. So was Ähnliches wie DVDs.«

»Diese kastenförmigen Dinger sind Videos?«

»Genau. Ich wollte mir gerade ein zweites Video ansehen, da ist der Strom ausgefallen.«

»Und was war auf dem ersten?«

»Meine Mutter hat Mrs B gefilmt, als sie etwas älter war als du jetzt.«

»Mr Jessup mochte Mrs B. Er hat mir erzählt, dass er schon mit zwölf angefangen hat, für sie zu arbeiten. Einmal hat sie ihn dafür bezahlt, einen Haufen Steine von einer Seite des Hauses auf die andere zu tragen. Und am nächsten Tag dafür, dass er sie zurückbrachte.«

Das dürfte in der Zeit der großen Wirtschaftskrise gewesen sein. Sicherlich hatte die Landbevölkerung auch hier ums Überleben kämpfen müssen.

»Und Mrs B hat dir einfach so dieses Haus geschenkt?«, fragte Natasha.

»Im Grunde schon.« Wie war sie so leicht mit diesem Kind ins Gespräch gekommen? Das Mädchen müsste zu Hause sein oder zumindest bei jemandem, der es lieb hatte und sich um es kümmerte.

Natasha machte eine Grimasse. »Wenn ich du wäre, würde ich Hanks Geld nehmen und abhauen.«

»Du weißt das mit dem Geld?« Dumme Frage. Hier gab es keine Geheimnisse.

»Ich habe es vorhin gehört, als er sich mit Arlene unterhalten hat.«

»Und warum sollte ich abhauen?«

»Hier gibt es nichts zu tun. Die Kinder in unserer sogenannten Schule sind Schwachköpfe. Wenn du etwas Großes auf dieser Welt vorhast, dann bist du hier falsch. Also, nimm das Geld. Und tschüss.«

»Aber mir gefällt's hier.«

»Wie lange bist du denn schon hier?«

»Noch keinen Tag.«

»In ein paar Stunden sieht das anders aus. Glaub mir, du kriegst einen Rappel.«

Lucy drückte ihren Zeigefinger in die Krümel und tat, als wäre die Situation ganz normal. »Wie bist du eigentlich reingekommen?«

Diesmal hatte Natasha keine Blitzantwort. »Warum willst du das wissen?«

»Wenn es da draußen Serienmörder gibt, wäre es nicht verkehrt, Türen und Fenster zu sichern.«

»Ein Serienmörder kann nicht auf demselben Weg reinkommen wie ich.«

»Und warum nicht?«

»Weil man dafür klein und dünn sein muss.«

»Raus damit, Natasha.«

Sie atmete tief durch. »Ich quetsche mich durch ein schmales Kellerfenster. Nachdem Mom und später dann auch Mr Jessup gestorben waren, brauchte ich immer mal wieder einen Platz, wo ich mich verkriechen konnte.«

»Verkriechen?«

»Wo ich lesen oder nachdenken kann … oder einfach keine Angst haben muss.«

»Tut dir dein Vater weh?«

»Das Letzte, was ich brauche, ist, dass mir das Jugendamt wieder im Nacken sitzt. Ich habe es so satt.«

»Satt? Dein Appetit beweist eher das Gegenteil. Aber im Ernst, was du brauchst, sind warme Mahlzeiten und liebevolle Menschen, die sich um dich kümmern.«

Natasha machte eine zerknirschte Miene. »Ich dachte, du wärst cool, weil du blaue Haare hast, aber du klingst wie Hank.«

»Was hat Hank denn gesagt?«

»*Geh immer pünktlich zur Schule*. O Mann! *Schau in beide Richtungen, wenn du die Straße überquerst*. Mannomann! *Du kannst werden, was du willst* – oder so was in der Art.«

»Vielleicht klingt das für dich, als würde er dich rumkommandieren. Aber er passt auf dich auf.«

»Ich kann selbst auf mich aufpassen.«

»Das solltest du in deinem Alter definitiv noch nicht müssen.« So unzuverlässig Beth auch gewesen sein mochte, Lucy hatte in ihrem tiefsten Inneren immer gewusst, dass ihre Mutter hinter ihr stand. »Was, wenn ich nicht bleibe? Was machst du dann?«

»Ich schleiche mich weiter rein.«

»Wie wäre es, wenn ich dir einfach einen Schlüssel gebe?«

Das Mädchen sah sie überrascht an. »Hast du keine Angst, dass ich was klaue?«

»Hast du das denn schon mal gemacht?«

»Nur heute Abend das Essen aus deinem Kühlschrank. Ich habe gehört, du hast ein Gratiskonto im Supermarkt.«

»Was hast du sonst noch gehört?«

»Wie Hank mit Arlene über dich gesprochen hat. Manchmal helfe ich Arlene in der Küche. Im Moment wasche ich noch ab, aber sie bringt mir bestimmt bald bei, wie man kocht.«

»Und was hat Hank über mich gesagt?«

Sie zuckte mit den Achseln. »Er hat vor allem über das Cottage geredet und sich gefragt, wie du dich wohl entscheidest.«

»Das ist alles?«

»Was soll ich sagen?« Sie imitierte Hank mit tiefer Stimme. »›Lucy ist echt heiß, mit der will ich ausgehen.‹«

Hitze stieg Lucy in die Wangen. »Das hat er nicht gesagt.«

Natasha grinste und schüttelte den Kopf. »Nein, aber du bist rot geworden.«

»Bin ich nicht. Und wo schläfst du, wenn du hier bist?«, fragte Lucy schmunzelnd.

»Ich habe Decken im Keller.«

»Es gibt zehn Betten in diesem Haus. Such dir eins aus. Alle, bis auf das im rosa Zimmer. Das ist meins.«

»Das kannst du sowieso haben. Das mochte ich noch nie. In dem Zimmer spukt es. Wenn in diesem Haus etwas Gruseliges passiert, dann da.«

Ein Schauer kroch Lucy über den Rücken, aber sie lächelte tapfer. »Und wer soll das Gespenst sein?«

»Keine Ahnung. Wahrscheinlich Mrs B. Oder irgendeiner, der umgebracht wurde.«

Kapitel 10

16. Januar 2018

»Oder irgendeiner, der umgebracht wurde.«

Der Satz schwirrte Lucy die ganze Nacht durch den Kopf. Bei jedem Knarren, jedem tieferen Atemzug von Dolly und jedes Mal, wenn Natasha sich in ihrem Bett im Nebenzimmer umdrehte, schreckte Lucy hoch. Es war die furchtbarste erste Nacht in einer fremden Umgebung, die sie je verbracht hatte.

Als die Sonne über der Bucht aufging und durch die Fenster schien, schrak Lucy wieder hoch. Dolly bellte. Von draußen drang das Rumpeln schwerer Maschinen herein. Sie setzte sich blinzelnd auf und brauchte einen Moment, um zu begreifen, wo sie war.

»Pass auf, dass du keinen Sonnenbrand bekommst«, sagte Natasha von der Tür aus. »Hanks Leute haben schon mit der Arbeit begonnen.« Sie stellte einen Kaffeebecher auf Lucys Nachttisch. »Bald kannst du wieder vorm Haus parken statt einen halben Kilometer entfernt.« Natasha musterte Lucy. Anscheinend wirkte Lucy so desorientiert, wie sie war. »Du träumst nicht, Lucy Kincaid. Das ist dein Leben.«

Lucy nippte an ihrem Kaffee. »Schon klar.«

»Du siehst ziemlich daneben aus.«

Lucy stand auf. »Wie lange bist du schon wach?«

»Ein paar Stunden.«

»Wie spät ist es denn?«

»Viertel vor acht.«

»Warum bist du so früh auf?«

»Ich schlafe normalerweise nicht so gut, aber heute habe ich es fast bis fünf geschafft. Das muss an dem richtigen Bett gelegen haben.«

Lucy strich sich die Haare aus dem Gesicht. Sie würde heute mit Hank über das Mädchen sprechen. Ihr Leben war meilenweit von jeder Normalität entfernt. »Ich wache nie vor neun auf.«

»Du hast geschnarcht.«

»Habe ich nicht.«

Natasha lachte. »Hast du wohl. Hey, was ist das für ein Metallding auf der Kommode?«

»Die Asche meiner Mutter.«

»Kann ich da mal reingucken?«

»Wie wäre es, wenn du Dolly rauslässt? Ich bin gleich unten.«

»Klar. Komm, Dolly!«

Dolly sprang vom Bett und folgte dem Mädchen, als ob sie ihr ganzes Leben nichts anderes getan hätte. Lucy drehte die Kristallhähne der Krallenfußwanne auf. Die Rohre klapperten hinter der Wand. Das Wasser war eiskalt, aber dann erwärmte es sich langsam, und schließlich dampfte es sogar. Dankbar drehte sie den Kaltwasserhahn auf, bis die Temperatur stimmte, und drückte den Stöpsel in den Abfluss.

Sie putzte sich die Zähne und ließ sich in die Wanne sinken. Wenn das Haus sie für sich gewinnen wollte, war dieses Bad ein guter Anfang. Es war lange her, dass sie in einer Badewanne gelegen hatte. Doch kaum hatte sie sich im warmen Wasser entspannt, hörte sie Natasha nach Dolly rufen. Dem Tonfall nach zu urteilen, dachte Dolly nicht daran, ihr zu gehorchen.

So viel zu einem langen Bad. Lucy sprang aus der Wanne und trocknete sich ab. Zehn Minuten später trug sie eine saubere Jeans, einen dicken schwarzen Pullover und ihre Cowboystiefel. Sie band die Haare zu einem Pferdeschwanz und kippte den Rest Kaffee hinunter. Natasha und Dolly waren wieder hereingekommen.

»Solltest du nicht in der Schule sein?«, fragte Lucy.

»Die Schule fängt erst um neun an.«

»Hast du alles?«

»Wenn du die Hausaufgaben meinst, ja. Die habe ich schon letzte Woche gemacht.«

»Du arbeitest vor? Alle Achtung. Hast du einen Mantel?«

»Klar.«

»Wo ist er?«

»Zu Hause.«

»Ich habe drinnen noch eine Jacke, die kannst du haben.«

»Ich brauche keine Jacke.«

»Keine Widerrede!«

»Meinetwegen.«

Lucy holte die Jacke, schloss die Tür ab und vergrub sich tief in ihren Pullover. Das Gewitter war abgezogen, und der Himmel war kristallblau.

Sie gingen über die zerfurchte Zufahrt auf den Dodge Charger zu. Zwei Planierraupen pressten Erde in die Schlaglöcher. Ein Kipplaster mit Schotter und Kies stand wartend bereit.

Lucy winkte den Männern zu.

»Wann hast du dir das Tattoo machen lassen?«, fragte Natasha mit einem Blick auf Lucys Handgelenk.

»Ach, das ist schon lange her.«

»Sieht aus wie ein Vogel.«

»Ist auch einer. Ein Singvogel.«

»Warum hast du dir ausgerechnet einen Vogel stechen lassen?«

»Meine Mutter hatte auch so ein Tattoo.«

»Ich könnte bestimmt wen finden, der mir auch eins machen würde. Für Geld bekommt man alles.«

»Aber nicht heute, okay?« Wie war sie nur in diesen alten Kasten geraten? Mitsamt der Urne ihrer Mutter, einem anhänglichen Hund und einer Zwölfjährigen, die scharf auf ein Tattoo war? Und seit wann klang sie eigentlich so missbilligend?

»Meinetwegen. Was glaubst du, wie lange brauchen die hier?«

»Hank meinte, ein paar Stunden.«

Natasha streichelte Dolly über den Kopf. »Und? Hast du letzte Nacht Gespenster gesehen?«

»Nein.« Lucy fischte die Autoschlüssel aus ihrer Handtasche.

»Ich auch nicht.«

»Also raus damit: Was ist das für eine Geschichte mit dem Mordopfer?«

»Keine Ahnung. Da musst du Mrs Reynolds fragen. Sie weiß alles über alle, und wenn nicht, durchforstet sie die Bibliothek, bis sie die Antwort hat.«

Lucy wartete, bis die beiden eingestiegen waren. Als sie die Fahrertür öffnete, hatte sie das sichere Gefühl, beobachtet zu werden. Sie drehte sich nach den Bauarbeitern um, aber die waren beschäftigt.

»Werde ich jetzt auch noch von einem Gespenst bespitzelt?«, murmelte sie vor sich hin. Ein eisiger Hauch wehte sie an. »Na super.«

Sie holte tief Luft, schob sich hinter das Lenkrad und ließ das Auto an. Sowie sie Natasha an der Schule abgesetzt hatte, würde sie bei Hank vorbeischauen.

Als sie das Auto wendete, kam ihnen sein schwarzer Pick-up entgegen.

Natasha rutschte ganz tief in die rosa Vinyl-Sitze.

Lucy warf ihr einen Blick zu. »Was ist?«

»Keiner weiß, dass ich hier bin.«

»Keiner? Du meinst Hank?«

»Kann schon sein.«

»Hab ich's mir doch gedacht.« Lucy rollte das Fenster runter.

Hank war frisch rasiert und trug ein dunkelblaues Button-down-Shirt unter der Jägerjacke. Ein schwacher Duft nach Aftershave wehte zu ihr herüber. Sie musste zugeben, dass es sehr gut roch.

Er reckte den Hals und warf einen Blick auf den Rücksitz. »Sieht aus, als hätte ich sie gefunden.«

»Hey Hank«, sagte Natasha. »Das ging diesmal aber schnell.«

»Ich lerne dazu.«

»Seit Allerneustem rufen sie Hank an, wenn ich nicht in der Schule aufkreuze.«

Lucy fischte ihr Handy aus der Gesäßtasche und warf einen Blick darauf. Es war 8:02 Uhr. »Sie hat behauptet, die Schule würde erst um neun anfangen.«

»Unsinn. Um Viertel vor acht«, sagte Hank.

»In der ersten Stunde haben wir Sport. Und da habe ich gar keinen Bock drauf. Außerdem hasse ich diese bescheuerten Shorts.«

Lucy klopfte ärgerlich auf das Lenkrad. Natasha hatte sie reingelegt.

»Ich hätte Lucy ja wecken können, aber sie hat so tief geschlafen, dass ich es nicht über mich gebracht habe«, rechtfertigte sie sich.

Hank ging nicht darauf ein. »Wie bist du diesmal ins Haus gekommen? Ich habe die Kellertür doch zugenagelt.«

Sie grinste. »Durchs Fenster daneben.«

»Das ist winzig.«

»Für dich vielleicht.«

Hinter ihnen rumpelte die Planierraupe.

»Du musst pünktlich in der Schule sein!«

»Ich hasse die Schule.«

»Ob sie dir passt oder nicht, spielt überhaupt keine Rolle. Schule ist ein Muss.«

»Warum denn? Brenda und Dad sagen, dass ich später sowieso bei Arlene arbeite.«

Hank hielt das Lenkrad so fest, dass seine Fingerknöchel weiß wurden. Lucy hatte den Eindruck, dass er bis zehn zählte, um wieder runterzukommen. »Und was habe ich dir gesagt? Dass das längst noch nicht ausgemacht ist.«

»Wenn du meinst …«

Lucy fielen mindestens zehn Gründe für Nashville ein. Ihr alter Job. Ihre Freunde. Ihre heiß geliebten Musikkneipen. Der gute Bourbon. Kein Ärger. »Sie kann erst mal bei mir bleiben.«

Natashas Gesicht hellte sich auf. »Super!«

Hank schüttelte den Kopf. »Natasha, ich bringe dich jetzt zur Schule.«

»Lucy bringt mich hin«, antwortete sie.

Er fixierte sie mit seinem Drilloffizier-Blick. »Nein, ich bringe dich hin.«

Natasha hielt seinem Blick kurz stand, dann senkte sie den Kopf. »Wenn du meinst … Aber du musst doch nicht gleich so einen Aufstand machen.«

»Lucy, warum kommen Sie nicht mit? Wenn Natasha erst mal bei Ihnen bleibt, müssen wir in der Schule Bescheid geben. Dann kommen wir zurück und sehen uns an, wie weit die hier sind.«

Gegen gesunden Menschenverstand kam man nicht an. »Okay. Hört sich gut an.« Sie parkte am Rand der Einfahrt.

Natasha kletterte in den Pick-up und rutschte in die Mitte, um Platz für Lucy und Dolly zu machen.

Hank fuhr zurück in die Stadt. Vor der Schule stiegen sie aus.

»Natasha, hast du was zum Essen dabei?« Hank zog seine Brieftasche raus.

»Ich habe mir ein Sandwich gemacht«, sagte Natasha. »Bei Lucy gibt es frisches Brot und leckeren Schinken.«

»Gut.«

»Verstoß heute mal ausnahmsweise nicht gegen die Gesetze«, rief Lucy ihr hinterher.

Natasha lachte. »Na gut, dann eben nicht. Aber denk dran, du hast mir versprochen, dass ich mir später ein Tattoo machen lassen darf!«

»Habe ich nicht!«

Hank ließ sich nicht verschaukeln. Er ging mit der grinsenden Natasha ins verglaste Schulsekretariat. Durch das Fenster sah Lucy, wie er mit der Sekretärin sprach, die zu Lucy hinüberblickte und nickte.

Auf dem Rückweg zum Cottage schwieg er.

»Alles klar?«, fragte sie.

»Es ist eine Sache, wenn Sie unentschlossen sind, was das Haus angeht, und wenn Sie nicht wissen, ob Sie bleiben wollen. Aber es ist eine andere Sache, Natasha da mit reinzuziehen. Sie klammert sich an jeden Strohhalm. Das Letzte, was sie braucht, ist, schon wieder im Stich gelassen zu werden.«

»Ich habe ihr eine Bleibe für ein paar Tage angeboten. Nicht mehr und nicht weniger.«

»Das sieht sie bestimmt anders.« Er pochte aufs Lenkrad. »Wenn Sie sich nicht verpflichten können, in diesem Haus zu bleiben, dann sollten Sie dem Kind auch nichts versprechen.«

»Aber … ich wollte ihr doch nur helfen.«

»Das bringt nichts«, sagte er kopfschüttelnd. »Können Sie versprechen, dass Sie bleiben?«

»Nein.«

»Dann ist diese Unterhaltung zwecklos.«

»Was ist mit dieser Brenda?«

»Sie ist längst nicht so zuverlässig, wie ich geglaubt habe. Und wenn sie dem Mädchen einredet, dass sie hier nie rauskommt, muss ich eine andere Lösung finden. Natasha ist blitzintelligent. Aus ihr kann wirklich was werden.«

»Was ist mit ihrem Vater? Diesem Willard?«

»Wenn er nüchtern ist, ist er einigermaßen umgänglich, aber wenn er betrunken ist, wird er fies. Meistens ist er betrunken.«

»Natasha hat mir erzählt, dass sie öfter bei meinem Großvater war, als er noch lebte.«

»Ihre Mutter hat ihn gepflegt. Nach ihrem Tod hat Samuel Natasha unterstützt, so gut er konnte. Aber er war Ende neunzig, als Natashas Mutter starb, und natürlich nicht mehr in der Lage, ein Kind großzuziehen.«

»Und warum fühlen Sie sich jetzt verantwortlich für sie?«

»Sie tauchte auf meinem Radar auf, als ich vor einem halben Jahr zurückkam. Seitdem versuche ich, eine tragfähige Lösung für sie zu finden.«

Bourbon. Freunde. Tolle Musik. Keine Verantwortung. »Ein paar Tage bleibe ich auf alle Fälle noch hier. Das verschafft Ihnen etwas Zeit, um eine Alternative zu Brenda zu finden.«

»Haben Sie sich denn schon mal um ein Kind gekümmert?«

»Nur um Beth.« Es klang merkwürdig, als sie es laut aussprach. »Ich hatte oft das Gefühl, mit einem Teenager zusammenzuleben.«

»Das ist nicht dasselbe.«

»Nein, natürlich nicht. Aber ich halte mein Wort, auch wenn es mir vielleicht nicht in den Kram passt.«

»Was passt Ihnen denn in den Kram?«

»Gute Frage. Wie lange brauchen Sie in etwa, um Natasha in einer Familie unterzubringen?«

»Zwei Wochen.«

»Zwei Wochen kann ich Ihnen zusagen. Dann habe ich Zeit für die Bestattung. Vielleicht finde ich ja auch etwas über meinen leiblichen Vater heraus. Wahrscheinlich sehe ich nicht so aus, aber ich bin verdammt verantwortungsbewusst.«

Er schwieg einen Moment. »Dann nehme ich Sie beim Wort.«

Den Rest der Fahrt legten sie in angespannter Stille zurück. Als sie ankamen, lungerten die Bauarbeiter neben der Einfahrt herum.

»Mist!«, murmelte er.

Hank ging auf den Mann in der Planierraupe zu. »Matt, was ist los?«

Matt, ein wild aussehender Kerl Mitte zwanzig, nahm seine Baseballkappe ab und kratzte sich am Kopf. »Wir haben da was gefunden.«

»Was denn?«, fragte Hank.

»Sieht aus wie ein verschütteter Brunnen.«

»Ein Brunnen?«, fragte Lucy.

»Als das Haus gebaut wurde, haben sie an mehreren Stellen nach Wasser gesucht. Später wurden die überflüssigen Brunnen zugeschüttet. Mrs B ließ ihr Haus erst in den Sechzigern an die Wasserversorgung der Gemeinde anschließen.«

»Eine Planierraupe hatte sich festgefahren. Wir mussten sie mit der anderen rausziehen«, sagte Matt, als er sie über den losen Schotter zu einer Stelle neben der Einfahrt führte. »Aber Sie kommen nie drauf, was wir in dem Brunnen gefunden haben.« Er reichte Hank eine Taschenlampe.

Lucy folgte den Männern. Zurzeit war es ihr Haus. Also war es auch ihre Sache.

Hank steuerte auf ein etwa zwei mal zwei Meter großes Loch zu. Er hielt Lucy zurück, bis er sich von der Tragfähigkeit des Untergrundes um den alten Brunnen überzeugt hatte. Dann richtete er den Strahl der Taschenlampe hinein. Er sah eine ganze Weile hinunter, bevor er Lucy die Taschenlampe gab.

»Sehen Sie sich das an«, sagte er knapp.

Im Strahl der Taschenlampe sah Lucy einen Haufen Knochen auf dem Grund des Brunnens.

Kapitel 11

BETH

15. Mai 1988

»Ich habe mich verknallt, Mrs B.«

Die alte Frau trägt eine weinrote Wolljacke, ein weißes Rüschenhemd und eine schwarze Hose. »In den jungen Mann, für den du bei unserem letzten Gespräch geschwärmt hast?«

»Nein, in einen besseren.« Beth durchsucht ihren Rucksack, fischt das Mikrofon heraus und steckt es Mrs B an den Ausschnitt. »Er hat Pläne.«

»Das ist immer gut.« Sie spielt mit der Singvogelbrosche an ihrem Revers, die sie jedes Mal trägt.

»Und irgendwann will er das Land seines Vaters übernehmen«, sagt Beth.

»Kenne ich diesen Jungen?«

»Ja. Noah Garrison.«

»Victorias Enkel. Ein guter Junge, der mit einer reizenden jungen Dame liiert ist, wenn ich mich recht erinnere.«

Beth stöhnt. »Mit Nancy.«

»Sie sind schon ein paar Jahre zusammen.«

»Sie wird fett. Und er hat genug von ihr. Für so etwas habe ich feine Antennen.«

»Ach, wirklich?«

»Ja, wirklich.« Beth setzt sich in den Schneidersitz. »Männer sind wie Schmetterlinge. Sie flattern von Blüte zu Blüte. Und Noah wird zu mir flattern.«

»Und wenn nicht?«, fragt Mrs B.

»Wenn ich's Ihnen doch sage.«

Beth war sicher, dass sie Noah aufgefallen war. Und dass er sie retten würde.

* * *

CLAIRE

18. Januar 1916

Die Buchanans gaben eine Party für die Leute von Cape Hudson. Es war ihr Hochzeitsgeschenk für all jene, die hart für die bevorstehende Trauung arbeiteten und teilweise schon seit Jahrzehnten im Dienst der Familie standen. Mrs Lawrence scheute keine Kosten, engagierte eine vierköpfige Band aus Norfolk, ließ Spanferkel grillen und spendierte Kuchen und Bier.

Claire und Victoria waren erst vor einer Woche angekommen, aber kaum erfuhr Victoria von der Party, bestand sie darauf hinzugehen. Robert erklärte seiner Schwester, dass das Fest für die Bediensteten war und dass sie im Jagdhaus Verpflichtungen hatte. Aber Victoria setzte ihren Willen durch.

Für die Jahreszeit war es an diesem Abend warm. Als Claire, Victoria und Robert aus dem Haus traten, wartete Jimmy bereits mit laufendem Motor in dem auf Hochglanz polierten Wagen. Er trug seine Seemannsjacke und darunter einen Pullover mit Zopfmuster. Sein blondes Haar war zurückgekämmt.

Claire hatte sich eine weiße Rose aus einem der vielen Bouquets im Haus an ihr burgunderrotes Jackett gesteckt. Abgesehen von ihrer Dienstkleidung hatte sie nur das eine Kleid aus New York mitgenommen und hoffte, die Rose würde es etwas aufpeppen.

Unter einem himmelblauen Mantel mit weißem Pelzkragen trug Victoria ein wadenlanges Kleid in derselben Farbe. Claire hatte ihr die Haare in einen lockeren Knoten gesteckt und ein paar Locken herausgezogen. Robert trug wie immer einen schwarzen Anzug, ein frisches Hemd und eine Krawatte.

Jimmy half erst der kichernden Victoria neben ihren Bruder auf den Rücksitz und dann Claire auf den Vordersitz. Sie freute sich, neben Jimmy sitzen zu dürfen, während Victoria zu Robert auf den Rücksitz verbannt war.

Jimmy zog sich die Strickmütze tiefer in die Stirn, schaltete in den ersten Gang und fuhr langsam an. Anscheinend hatte er seine Fahrkünste perfektioniert. So wie er das Kinn dabei hob, schien er stolz darauf zu sein.

Sie hatte Jimmy in den letzten Tagen nur flüchtig im Morgengrauen gesehen, wenn er Mr Buchanan mit seinen Jagdgesellen abholte. Das Rattern von Jimmys Fuhrwerk hatte sie jeden Morgen geweckt, und dann war sie aufgesprungen und mit nackten Füßen ans Fenster gelaufen, ohne die Kälte zu spüren. Jimmy ging immer ungezwungen mit den gut betuchten älteren Herren um, und sie hatte den Eindruck, dass sie ihn respektierten und kein Wort verpassen wollten, wenn er sie auf die bevorstehende Pirsch einstimmte.

Jetzt war ein Gespräch bei der Lautstärke des Motors kaum möglich, aber wenigstens saß sie neben ihm. Sie hatte sich vorgenommen, ihn um einen Tanz zu bitten.

In der Gegend gab es kaum Autos, und als er am Tanzboden vorfuhr, zogen sie die Aufmerksamkeit aller auf sich. Sicherlich waren schon rund fünfzig Leute gekommen, aber Claire erkannte schemenhaft über die Bucht auf sie zusteuernde Boote. Gleich wären es doppelt so viele. Feste wie dieses waren so selten, dass alle dabei sein wollten.

Jimmy eilte breit grinsend um den Wagen herum und hielt Victoria die Tür auf. »Miss.«

Victoria lächelte ihn mit diesen Rehaugen an, die die Männer um den Verstand brachten. »Ich bestehe auf einem Tanz mit Ihnen«, hauchte sie.

»Miss?«

»Lass den armen Mann doch in Ruhe«, mischte Robert sich ein. »Er will sich bestimmt mit seinen Leuten amüsieren, ohne von dir gestört zu werden.«

»Ich bin doch keine Störung!« Victoria zog ihren schönsten Schmollmund. »Und alles, worum ich ihn bitte, ist ein klitzekleiner Tanz.«

Claire nahm vorsichtig die Brille ab, klopfte die Rußpartikel von den Händen und trat mit gerafftem Rock zu ihnen.

»Claire, sag Jimmy, dass ich eine ausgezeichnete Tänzerin bin.«

»Sie tanzt gut«, sagte Claire.

Jimmy lachte. »Dann gibt es da ein Problem. Ich kann nämlich überhaupt nicht tanzen. Ich habe es noch nie versucht.«

»Dann bringe ich es Ihnen bei«, sagte Victoria zu den einsetzenden Akkorden der Band.

»Vielleicht später, Miss.« Jimmy nickte einem Mann zu. »Sie entschuldigen mich? Da ist mein alter Freund Eric Jessup.«

Claire ließ ihren Blick über die Menge schweifen. »Ich frage mich, ob die Jungs auch hier sind.«

»Welche Jungs?«, fragte Robert.

»Meine Brüder. Sie sind bei den Jessups aufgewachsen.«

»Ah, stimmt ja. Jetzt erinnere ich mich.« Robert betrachtete sie, als sehe er sie zum ersten Mal. »Wie konnte ich bloß vergessen, dass Sie aus dieser Gegend stammen und eine große Familie haben! Haben Sie Ihre Brüder denn noch gar nicht getroffen?«

»Wir waren viel zu beschäftigt«, sagte sie. Doch in Wahrheit beunruhigte sie die Aussicht auf ein Wiedersehen. Als sie ihre Brüder das letzte Mal zu Gesicht bekommen hatte, war der Jüngste noch ein Baby gewesen. Die beiden Älteren hatten sich an ihren Rockzipfel gehängt und sie angebettelt, nicht fortzugehen. Ihr Vater hatte sie mehr oder weniger aus dem Haus der Jessups zerren müssen und ihr versichert, dass sie es bei den Buchanans viel besser haben werde. Damals hatte Claire sich nichts sehnlicher gewünscht, als bei ihren Geschwistern am Ufer des Chesapeake bleiben zu dürfen. »Ich werde sie ja bald sehen«, sagte sie jetzt.

»Ich habe Sie auch nicht oft hier bemerkt, Jimmy«, schaltete Victoria sich ein. »Sie sind ja immer mit meinem Vater und seinen Freunden auf der Jagd. Anscheinend fühlen Sie sich in ihrer Gesellschaft wohl.«

»Das stimmt.«

»Ich kann mir nichts Schlimmeres vorstellen, als vorm Morgengrauen aufzustehen und in der Eiseskälte hinter irgendwelchen Enten durch das nasse Schilf zu stolpern«, sagte Victoria.

»Was ist mit Ihnen, Miss Claire?«, fragte Robert. »Es macht Ihnen doch nichts aus, früh aufzustehen, oder?«

Hatte er sie morgens aus dem Fenster schauen sehen? »Ich bin früh aufgestanden, weil es vor der Hochzeit noch so viel zu tun gibt. Es sind ja nur noch ein paar Tage, und da gibt es natürlich noch Änderungswünsche, was die Garderobe angeht.«

»Wenn Ihr Kleid ein Anhaltspunkt ist«, sagte Robert und sein Blick glitt über ihren Körper, »dann wird die Garderobe der Damen umwerfend sein.«

»Hast du deinen Flachmann dabei?«, platzte Victoria dazwischen.

»Meine Aufgabe ist es, darauf aufzupassen, dass du nüchtern bleibst«, sagte Robert. »Sei doch nur ein einziges Mal ein gutes Mädchen.«

»Aber ich mag keinen Punsch.« Sie zog einen Schmollmund und hakte sich bei Jimmy unter. »Lassen Sie uns auf die Suche nach Whiskey gehen.«

Etwas verunsichert drehte Jimmy sich nach Claire um. Victoria war die Tochter seines Arbeitgebers. Er bewegte sich in ihrer Gesellschaft auf dünnem Eis. »Ach, ich weiß nicht, Miss.«

»Kommen Sie schon, Jimmy«, sagte Victoria. »Es gibt überhaupt keinen Grund, mich wie Porzellan zu behandeln. Es wäre nicht mein erster Drink. Stimmt's etwa nicht, Claire?«

»Mr Latimer, würden Sie mir einen Gefallen tun?«, fragte Robert.

»Selbstverständlich, Sir.«

»Tanzen Sie doch bitte ein paar Mal mit meiner Schwester. Vielleicht ist sie dann nicht mehr ganz so aufgedreht.«

Jimmy sah überrascht aus, aber nicht sonderlich enttäuscht.

Victoria grinste und schmiegte sich enger an Jimmy. »Ich sage Daddy auch nichts. Ich bin jetzt schon eine Woche in diesem Haus eingesperrt, und wenn ich mir noch einmal anhören muss, wer welche Ente geschossen hat, drehe ich durch. Tanzen ist genau das, was ich brauche.« Sie lächelte selbstzufrieden und zerrte ihn in die Menge.

»Bitte tanzen Sie mit mir, Claire«, sagte Robert. »Ich fühle mich wie ein fünftes Rad am Wagen.«

»Ich kann Ihnen auch einige junge Damen vorstellen.«

»Aber ich möchte lieber mit Ihnen tanzen. Nach all den Essen mit Victoria ist mir nach einem vernunftbegabten weiblichen Wesen zumute.«

Claire hätte ihm am liebsten gesagt, wie leid sie es gerade heute Abend war, vernünftig zu sein. Sie war ihr Leben lang vernünftig gewesen. Aber sie sagte nur: »Ich denke nicht, dass das klug wäre.«

Die Band begann »Pack Up Your Troubles« zu spielen – ein patriotisches Kriegslied, das in New York in Mode war. Claire war überrascht, dass man es hier kannte.

Sie ließ ihren Blick über die Menschenmenge schweifen und versuchte, irgendjemanden aus ihrer Kindheit zu identifizieren. Sie hatte ihre ersten zwölf Lebensjahre hier verbracht, aber sie fühlte sich fremder als Victoria, die lachend mit irgendwelchen Leuten plauderte, als hätte sie sie ihr ganzes Leben gekannt.

»Vielleicht sollten wir heute mal unklug sein«, sagte Robert. »Wir scheinen hier beide Außenseiter zu sein. Ich kenne jedenfalls keinen. Ihnen scheint es ähnlich zu gehen, obwohl Sie hier aufgewachsen sind. Oder haben Sie schon ein bekanntes Gesicht entdeckt?«

Sein Einfühlungsvermögen verunsicherte sie. »Ehrlich gesagt noch nicht.«

»Während ich der bin, der ich immer war«, sagte er. »Sie kennen meine guten und meine schlechten Eigenschaften. Tanzen Sie mit mir. Es wird uns beiden guttun.«

Victoria und Jimmy waren in der Menge verschwunden. »Es wäre mir ein Vergnügen«, sagte sie.

Er bot ihr seinen Arm an und führte sie auf die Tanzfläche. Die anderen Tänzer bewegten sich schon im Takt der Musik. Sie legte ihre Hand auf seine Schulter, er legte seine an ihre Taille.

»Seien Sie doch nicht so förmlich«, sagte er.

»Haben Sie mich schon einmal anders erlebt?«

»Noch nie«, sagte er grinsend. »Aber vielleicht können wir heute Abend eine Ausnahme machen.«

»Da sind Sie optimistischer als ich«, sagte sie.

Sie musste auf ihre Füße schauen, um mit ihm mithalten zu können.

»Versuchen Sie doch zur Abwechslung mal, es zu genießen«, sagte er.

Er war ein ausgezeichneter Tänzer und führte sie so souverän, dass ihre Bedenken sich schnell in Luft auflösten. Als das Lied zu Ende war, traten sie beide zurück und klatschten.

Sie setzten gerade zum nächsten Tanz an, als plötzlich ein Mann vor ihnen stand, den Claire nach kurzem Nachdenken für einen Franklin hielt. Wie alle Männer dieser Familie war er knochig und hatte einen dunklen Teint. Seine dunklen Augen lagen tief in den Höhlen und hatten etwas Stechendes.

Roberts Miene versteinerte. Er ließ sie los. »Claire, ich habe mit diesem Herrn eine geschäftliche Angelegenheit zu besprechen. Bitte heben Sie sich einen Tanz für mich auf.«

Sie wusste, dass Robert schon öfter mit dem Gesetz in Konflikt geraten war und sein Vater ihn jedes Mal rausgepaukt hatte. Offensichtlich drehte er wieder ein krummes Ding. »Ja, gern.«

Vom Rand der Tanzfläche suchte sie nach Victoria und Jimmy. Aber sie waren verschwunden.

»Claire, bist du das?«

Sie drehte sich um. Vor ihr stand eine Frau Mitte dreißig mit kastanienbraunem Haar, deren kariertes Kleid sich über ihrem Schwangerschaftsbauch wölbte und auf ihre angeschwollenen Knöchel fiel. Die Frau kam ihr irgendwie bekannt vor.

»Ich bin Sally Jessup«, sagte sie lachend. »Wir schreiben uns jetzt schon so lange, aber wir haben uns seit Ewigkeiten nicht mehr gesehen.«

Claire nahm Sally in den Arm. »Meine Güte, was sind Sie für ein Anblick! Wie geht's Ihnen denn?«

Sally legte die Hand auf ihren Bauch und strahlte. »Ich bekomme endlich ein Kind.«

»Das haben Sie mir gar nicht geschrieben.«

Sally lächelte. »Ich wollte erst sichergehen. Ich hätte es nicht ertragen, dir noch einmal von einem verlorenen Baby berichten zu müssen.«

Über die Jahre hatte sie vier Fehlgeburten erlitten. »Sie sehen wunderbar aus. Wie geht es Eric und den Jungs?« Sie konnte sich weder dazu durchringen, *meinen Brüdern* zu sagen, noch konnte sie sie die *Jessup-Jungs* nennen, so wie alle.

»Meine Männer verwüsten das Haus, fressen mir die Haare vom Kopf und raufen, sowie ich ihnen den Rücken zukehre. Aber ich wünsche mir nichts anderes.«

»Sind sie heute Abend hier?«

»Eric schon, aber Stanley ist für die Wache am Leuchtturm eingeteilt worden, und Joseph und Michael wollten ihn begleiten. Sie sind losgezogen, als wären sie erwachsen.«

Damals hatte Claire ein Baby und zwei kleine Kinder zurückgelassen, und jetzt sollten sie fast Männer sein? Sie war enttäuscht, dass sie nicht zur Party gekommen waren, denn sie hätten ja wissen müssen, dass Claire da sein würde. »Wenn die Hochzeit vorbei ist, würde ich gern vorbeikommen.«

»Du bist uns immer herzlich willkommen, Claire. Deine Brüder waren wie ein Geschenk. Ohne sie hätte ich so viele Jahre ohne Kinder gelebt. Wer weiß, ob ich die Fehlgeburten dann überlebt hätte.«

Claire schaute auf ihren runden Bauch. »Wann ist es denn so weit?«

»In weniger als einem Monat.«

»Darf ich?«

»Natürlich.«

Claire legte die Hand auf Sallys festen Bauch und hoffte auf einen Tritt des Babys. »Ich glaube, es schläft. Haben Sie schon einen Namen?«

»Aaron, wenn es ein Junge wird, und Anna, wenn es ein Mädchen wird.«

»Ach, wie schön!« Sie wünschte sich, dass das Kind sich bewegte, aber es dachte gar nicht daran. Es wich ihr aus wie ihre Brüder.

»Es wartet, bis ich im Bett liege. Dann ist Zeit für ein Tänzchen.« Sally sah sich um. »Wir waren begeistert, als wir das mit dem Fest erfahren haben. Es wird das letzte Mal sein, dass wir vor dem Baby richtig rauskommen. Und wir erinnern uns noch gut daran, wie unflexibel man mit kleinen Kindern ist.« Sie legte die Hand auf den Bauch. »Das hört sich nach Jammern an, dabei haben wir die Zeit sehr genossen!«

»Ich verstehe schon, was Sie meinen. Ich weiß auch noch, wie schwierig es jedes Mal war, wenn Mama wieder ein Baby bekam. In den ersten Wochen haben wir alle nicht viel geschlafen.« Besonders gut erinnerte sie sich an die Wochen nach der Geburt ihres jüngsten Bruders Michael. Er war ein rotgesichtiger kleiner Kerl, um den sie sich nach dem Tod ihrer Mutter alleine hatte kümmern müssen. Und die anderen Geschwister waren ja auch noch da. Natürlich war sie völlig überfordert gewesen, aber als ihr Vater eines Abends nach Hause kam und verkündete, dass er ihre Brüder zu den Jessups bringen würde, war sie verzweifelt gewesen.

Eric Jessup schritt durch die Menge auf sie zu. Seine breiten Schultern und sein hoher Wuchs veranlassten die Leute, ihm ohne Weiteres Platz zu machen. Er legte den Arm um Sally. »Ma'am.«

»Eric«, sagte Sally lachend, »das ist Claire.«

»Claire Hedrick?« Kopfschüttelnd kratzte er sich den Bart. »Ich habe dich gar nicht wiedererkannt.«

»Eric, Sie sehen gut aus«, sagte Claire.

Er nahm Claire in die Arme. »Es geht uns auch gut. Und deine Brüder machen uns viel Freude. Komm uns doch bald mal besuchen.«

»Ja, mache ich.«

»Wenn es dir nichts ausmacht, Claire, bitte ich meine Frau um einen Tanz. Und dann bringe ich sie nach Hause. Sie braucht Ruhe.«

Sally küsste ihn auf den Mund. »Er macht sich immer Sorgen.«

Kein Wunder, dachte Claire. Sally hatte nie viel über ihre Fehlgeburten geschrieben, aber jedes Mal, wenn Claire davon erfuhr, hatte sie Angst, dass ihre Brüder noch einmal ihre Mutter verlieren könnten. »Viel Spaß!«

Claire hörte ein helles Lachen aus der Menge heraus. Als sie sich umdrehte, erblickte sie Victoria, die eine Haaresbreite von Jimmy und damit vom Skandal entfernt stand.

Sie sah umwerfend aus in dem babyblauen Seidenkleid. Der Schnitt betonte ihren vollen Busen und ihre unwahrscheinlich schmale Taille. Auf ihren blonden Haaren und den kleinen Perlenohrringen leuchtete der Widerschein der Fackeln von der Tanzfläche. Kein Mann an der Chesapeake Bay konnte Victoria übersehen. Und keiner konnte ihrem verführerischen Sirenengesang widerstehen.

Gedankenverloren spielte Claire mit der Rose an ihrem Revers. Auf einmal kam es ihr vollkommen sinnlos vor, die Aufmerksamkeit eines Mannes erregen zu wollen, der in Victoria verschossen war.

Die Band schlug die ersten lebhaften Akkorde des nächsten Songs an.

Ein paar Takte später gelang es Jimmy, Victorias Zauber zu bannen und seinen Blick von ihr abzuwenden. Als er Claire am Rande der Tanzfläche stehen sah, beugte er sich zu Victoria hinunter und sagte etwas zu ihr. Sie zog wieder ihren

Schmollmund – mit dem sie so charmant und so verdrossen aussah. Dann kam Jimmy mit derselben Entschlossenheit auf Claire zu, mit der er sie damals aus dem Wasser gezogen hatte.

Bevor Jimmy etwas sagen konnte, plapperte Victoria schon auf Claire ein. »Du hast mich geschlagen. Dieser fabelhafte Mann hier besteht darauf, dass du den nächsten Tanz bekommst.«

Claire war nicht seine erste Wahl, aber sie wollte seine beste sein. »Oh, wie schön!«

Victorias Lächeln erstarrte. Sie musste erwartet haben, dass Claire ihr diesen Tänzer überließ. Aber dieses eine Mal war Claire egoistisch.

»Sie bekommen den nächsten«, beschwichtigte Jimmy Victoria. »So haben Sie alle beide das zweifelhafte Vergnügen.«

Er reichte Claire die Hand. »Ich muss Sie warnen. Ich tanze nicht so gut wie Robert.«

»Sie haben uns tanzen sehen?«

»Er ist ein wunderbarer Tänzer.«

Der Einstieg fiel den Musikern schwer. Ein schriller, quietschender Geigenton ließ die Leute auf der Tanzfläche zusammenzucken. Aber dann kam das Quartett doch in Fahrt.

»Ich weiß nicht, was ich machen soll«, gestand Jimmy. »Miss Victoria bin ich andauernd auf die Füße getreten.«

Claire zog Jimmys Hand an ihre Taille und legte die andere um ihre Schulter. »Sie können doch sicherlich ein Schiff steuern, oder? Mit dem Tanzen ist es nicht viel anders«, sagte sie lächelnd.

Kaum hatte sie das gesagt, löste sich die Anspannung seiner Schultern. »Wollen wir mal sehen, ob Sie recht haben, Miss«, sagte er grinsend.

Sie legte ihre Hand auf seinen Arm und spürte die Kraft seiner Muskeln. »Wir bewegen uns nach einem einfachen Muster in einem Quadrat. Stellen Sie sich vor, Sie würden über die Bucht segeln. Sie sind der Kapitän.«

Er warf sein dichtes blondes Haar in den Nacken. »So weit, so gut.«

»Sie führen mich einen Schritt zurück. Beugen Sie sich einfach ein wenig zu mir und schieben Sie mich etwas vor sich her. Setzen Sie den Kurs, genau wie auf Ihrem Segelboot. Steuern Sie mich einen Grad nach Backbord, dann einen Schritt zurück und schließlich zurück zum Hafen – da, wo wir losgesegelt sind.«

»Wenn Sie es so sagen, klingt es ganz einfach.«

»Es ist einfach. Beim ersten Mal kommt es einem kompliziert vor, aber ich kann Ihnen sagen: Es ist viel schwerer, ein Boot durch einen Sturm zu bringen. Sind Sie bereit, die Segel zu setzen?«

Er nahm die Schultern zurück wie ein Seemann, der sich für einen Sturm rüstet. »Reling festhalten, Claire.«

Er machte so einen großen Schritt, dass sie zwei nehmen musste und fast gestolpert wäre. »Immer mit der Ruhe, Kapitän. Wir haben zu viel Fahrt aufgenommen.«

Stirnrunzelnd sah er auf seine Füße hinunter. Er war verkrampft und wirkte nicht, als mache es ihm Spaß. Aber er folgte ihren Anweisungen und führte sie nach und nach etwas sicherer über die Tanzfläche. Claire begann, sich einem Gefühl hinzugeben, das sie nicht mehr gehabt hatte, seit er sie aus dem Wasser gezogen und ihren fast leblosen Körper in sein Boot gehievt hatte. Sie fühlte sich sicher und geborgen. Sie hatte sich nie lange Tagträumereien gestattet, aber jetzt reckten sich schemenhaft unbekannte Freuden aus den Schatten entgegen.

Die Musik nahm Tempo auf, und Jimmy hielt mit dem Rhythmus Schritt. Mit jeder vollendeten Figur wurde er sicherer. Seine Hand lag etwas lockerer an ihrer Taille, und er schob sie allmählich immer schwungvoller über die Tanzfläche.

»Sie machen das gut«, lobte Claire. »Sie könnten bestimmt leicht noch ein paar andere Tanzschritte lernen.«

»Ich glaube nicht, dass das eine gute Idee ist.« Das Sprechen brachte ihn aus dem Takt, aber gleich darauf hatte er sie beide wieder auf Kurs gebracht.

»Es soll Spaß machen. Es soll keine Pflichtaufgabe sein«, neckte sie ihn.

»Für die Damen mag das zutreffen. Wir Männer machen uns Sorgen, dass wir uns und unsere Partnerin lächerlich machen.«

»Eine gute Frau macht sich keine Sorgen über so etwas. Sie freut sich, Sie in ihren Armen zu halten. Ich bin jedenfalls froh, mit Ihnen zu tanzen.«

Er legte den Kopf zur Seite, als hätte er ihre wahren Gefühle für ihn erraten. »Ach, Sie waren schon immer praktisch veranlagt, Claire. Selbst als Sie noch klein waren. Ich erinnere mich, wie Sie Ihrer Mutter beim Einkaufen geholfen haben, weil entweder ein Kind unterwegs war oder sie eines auf der Hüfte trug.«

»Sie haben mich mit Mama gesehen?«

»Ja. Ich erinnere mich an einmal, da waren Sie mit ihr unten am Dock. Sie können nicht älter als sieben oder acht gewesen sein, aber als Ihre Mutter Sie gefragt hat, welche Vorräte wohl fürs Abendessen im Haus wären, wussten Sie es ganz genau.«

»So war es eben bei uns zu Hause. Sowie ich auf einem Stuhl stehen und die Suppe im Topf umrühren konnte, habe ich geholfen.«

»Als Ihr Vater Sie zu den Buchanans schickte, hat er den Familienanker gekappt. Er ist dann abgetrieben worden.«

»Er hat das Seil durchgeschnitten, das uns aneinandergebunden hat.«

»Manchmal muss ein Seemann im Sturm schwere Entscheidungen treffen. Es ist ihm nicht leichtgefallen, Sie fortzuschicken.«

Damals war sie schrecklich wütend gewesen, doch als die Monate vergingen und ein Jahr daraus wurde, begann sie, ihn zu vermissen und Briefe zu schreiben. »Er hat meine Post nie beantwortet.«

»Aber ich musste ihm Ihre verdammten Briefe immer wieder vorlesen.«

Das war ein kleiner Trost. »Das war aber nett von Ihnen.«

Er murmelte etwas Ruppiges. »Bleiben Sie hier auf der Halbinsel, Claire?«

»Nein, ich habe hier nichts mehr zu suchen. Sobald die Hochzeit vorüber ist, kehre ich nach New York zurück. Ich habe dort einen guten Job und Freunde.« Mittlerweile hatte sie länger von der Chesapeake Bay entfernt gelebt als hier. Kein Wunder, dass sie sich wie eine Außenseiterin vorkam.

Aber in diesem Moment, in Jimmys Armen, fühlte sie sich heimischer als seit vielen Jahren. Sie hätte sich noch viel enger an ihn geschmiegt, wenn sie nicht befürchtet hätte, dass es ihn abstoßen könnte. Wie wünschte sie sich Victorias Verwegenheit!

Die Musik hatte aufgehört, aber Jimmy brauchte eine Weile, um zu bemerken, dass der Segeltörn zu Ende war. Als das Klatschen der anderen Paare schließlich zu ihnen durchdrang, schauten sie sich etwas peinlich berührt an und ließen die Hände an die Seiten fallen. Sie hatte das Gefühl, ihn gleich wieder zu verlieren.

»Vielen Dank für die Tanzstunde, Claire«, sagte Jimmy. »Ohne Sie hätte ich es nie gelernt.«

»Sie sind ein Naturtalent, Jimmy. Sie brauchen mich gar nicht.«

Die Band stimmte ein paar schiefe Akkorde an. »Wollen Sie es noch einmal versuchen?«, wagte sie sich vor.

»Ich habe Miss Victoria diesen Tanz versprochen. Ich habe etwas wettzumachen, und nachdem Sie mir freundlicherweise gezeigt haben, wie man tanzt, sollte das klappen.«

Claire schluckte ihre Enttäuschung hinunter. »Ja, natürlich. Ich bin froh, dass ich Sie auf den richtigen Kurs bringen konnte.«

»Ich stehe in Ihrer Schuld«, sagte er und salutierte.

Victoria bewegte sich durch die Tänzer, die sich bereits paarweise aufgestellt hatten und auf einen tanzbaren Rhythmus warteten, auf sie zu. Ihr Lächeln war strahlend, und an ihrem Revers steckte eine Rose.

»Wie finden Sie meine Blume?«, fragte Victoria. »Ich gebe zu, die Idee von Claire gestohlen zu haben.«

Jimmys Blick fiel auf die Blume an ihrem Busen, und seine Wangen röteten sich. »Sie ist sehr schön«, brachte er heiser hervor.

Entschlossen legte Victoria ihm die Hand auf den Arm und führte seine Hand um ihre Taille.

Claire blieb alleine am Rande der Tanzfläche stehen und hörte Victoria über ihn lachen, als er stolperte. Falls er Sorgen hatte, sich zum Narren zu machen, hatten sie sich bestimmt im nächsten Moment in nichts aufgelöst. Denn Victoria tat, als strauchele sie, und presste sich – scheinbar Halt suchend – mit dem ganzen Körper gegen ihn.

»Meine Schwester hat ihn verzaubert«, bemerkte Robert hinter ihr.

Er hielt zwei Gläser Punsch in der Hand. »Sie ist ja auch bezaubernd«, sagte Claire.

Er reichte Claire ein Glas. »Ihr Zauber ist ihr Kapital. Ich fürchte mich vor dem Tag, an dem sie ein Zimmer betritt und nicht von allen Männern bestaunt wird. Sie wird aufgeschmissen sein.«

Claire betrachtete Victoria. Einen solchen Tag konnte sie sich beim besten Willen nicht vorstellen. »Ich glaube nicht, dass das jemals passieren wird.«

Als er den Punsch trank, fiel ihr auf, dass seine Fingerknöchel voller Blut waren.

»Tja, vielleicht nicht.«

»Haben Sie sich verletzt?

Er blickte auf seine Hände. »Nein. Ich hatte eine geschäftliche Angelegenheit zu regeln, und dabei sind meine Hände etwas in Mitleidenschaft gezogen worden. Dumm von mir.«

»Gut, dass es nichts Ernstes ist.«

»Nein, gar nicht.« Er sah zu Victoria hinüber, die sich köstlich amüsierte. »Claire, Sie haben so viel Stil wie keine der anderen der Damen hier. Selbst Victoria würde es nicht gelingen, ein gewöhnliches Kleid so zu tragen wie Sie.«

Jetzt war es an ihr, rot zu werden. »Danke.«

»Möchten Sie wieder tanzen?«

Sie schaute zu Victoria und Jimmy hinüber. Sie tanzten bereits zum nächsten Lied und bewegten sich in ihrem eigenen Rhythmus. Jimmy hatte den Tanz mit ihr schon vergessen.

Claire schaute zu Robert auf. Kein Funke sprang über, als sie in seine braunen Augen blickte. Aber Funken waren den weniger praktisch Veranlagten vorbehalten.

Und wenn Claire Hedrick irgendwas war, dann war sie praktisch veranlagt. »Gern.«

* * *

Stunden, nachdem Claire vom Fest zurückgekehrt war, stand sie am Herd im Jagdhaus und wartete darauf, dass das Wasser im Kessel zu kochen begann. Noch herrschte Ruhe im Haus, aber in zwei Stunden würde es zum Leben erwachen. Dann würden Mrs Latimer und die anderen Bediensteten sich weiter mit den Hochzeitsvorbereitungen beschäftigen. Und dann würde es auch nicht mehr lange dauern, bis der Hausherr merkte, dass Victoria nicht zurückgekehrt war.

Der Kessel pfiff. Sie nahm ihn vom Herd und goss das heiße Wasser in die bereitgestellte Tasse. Wie konnte Victoria nur so dumm sein? Sie waren nicht in Paris oder New York. Sie waren in Cape Hudson, und hier geschah nie irgendetwas unbemerkt.

»Was für eine Dummheit, Mädchen«, murmelte sie.

Im selben Augenblick öffnete sich die Hintertür. Victoria steckte vorsichtig den Kopf in die Küche. Als sie bemerkte, wie aus Claires Beklommenheit Erleichterung wurde, rief sie: »Meinen Sternen sei Dank. Ich bin in Sicherheit.«

Sie zog leise die Tür hinter sich zu. Ihre zerzausten Haare, die zerquetschten Blütenblätter der welken Rose, die noch an ihrem Busen steckte, und die matschverkrusteten Schuhe sprachen Bände.

»Wo bist du gewesen?« In dem Moment, als Claire die Frage stellte, klang sie in ihren eigenen Ohren schon lächerlich. Sie wusste, wo Victoria gewesen war, und sie wusste auch, mit wem. Claire wurde von einer Welle von Schmerz und Verlust überschwemmt.

Victoria hob einen Finger an ihre vom Küssen geröteten Lippen. »Keinen Mucks, Claire.«

»Er kann deinetwegen gefeuert werden«, sagte sie.

Victoria zog die Stirn in Falten. »Und über wen sprechen wir hier?«

»Hältst du mich für bescheuert? Über Jimmy natürlich.«

»Woher willst du das wissen?« Für Victoria war das alles nur ein Spiel.

»Du hast den ganzen Abend mit ihm getanzt. Und du hast urplötzlich dein Interesse an der Jagd im Morgengrauen entdeckt.«

Victoria reichte Claire ihre Schuhe und nahm sich die Teetasse. »Bist du etwa eifersüchtig?«

Allerdings war sie eifersüchtig. Schrecklich eifersüchtig. Trotzdem hatte sie recht. »Die Spielregeln gelten vielleicht nicht für dich, aber für ihn gelten sie auf alle Fälle.«

»Natürlich gelten die Regeln auch für mich. Warum, glaubst du, schleiche ich mich so herein? Dad würde einen Anfall bekommen, wenn er es wüsste.«

»Du spielst mit dem Feuer.«

Wenn es herauskäme, würde man ihr irgendwann vergeben. Aber Jimmy würde im besten Fall seinen Job verlieren – und im schlimmsten Fall würde man ihn versehentlich auf der Jagd erschießen.

»Aber du verrätst mich nicht, oder? Und machst du bitte meine Sachen sauber, bevor sie irgendwem auffallen?«

Sie wünschte sich zwar, dass dieses eingebildete Mädchen die Quittung für ihr Verhalten bekäme, aber es wäre riskant, Jimmy bloßzustellen. »Beeil dich, dass du auf dein Zimmer kommst. Und bete, dass alles gut geht.«

Kapitel 12

LUCY

16. Januar 2018

»Knochen«, sagte Lucy.

»Jep.« Hank klang genervt.

Sie richtete den Strahl der Taschenlampe erneut in den Brunnen. »Haben Sie eine Vorstellung, von wem die stammen könnten?«

»Wir wissen ja noch nicht einmal, ob es menschliche Gebeine sind. So oder so, ich werde den Sheriff anrufen müssen. Und das bedeutet, dass sich die Arbeiten hier verzögern.« Er holte sein Handy hervor. Sekunden später sagte er: »Rick. Bitte komm zum Cottage. Wir haben hier etwas gefunden.«

Lucy hörte zu, wie er alles erklärte, und fragte sich, wer oder was auf dem Grunde des Brunnens liegen mochte.

»Nein, was auch immer es ist, es ist schon lange da. Es eilt nicht.« Hank steckte das Handy wieder in die Hosentasche. »Er kommt gleich.«

Hank holte eine Rolle gelbes Klebeband aus seinem Pick-up und sperrte die Stelle großräumig ab. Er wies die Männer an, sich mit der Arbeit zu beeilen, damit die Spurensicherung eine möglichst befestigte Straße vorfände.

»Eine Woche voller Überraschungen«, sagte Lucy.

»Wenn das keine Untertreibung ist.«

Es dauerte nicht lange, bis der Sheriff auftauchte. Kein Blaulicht, keine Sirenen, aber viele Fragen.

Rick Markham kletterte aus seinem SUV. Auf seiner Baseballkappe prangte in großen Lettern SHERIFF. Sein dunkles Haar war sehr kurz geschnitten. Er war nicht so groß wie Hank, aber er hatte einen muskulösen Körperbau, und alles an ihm machte deutlich, dass man sich lieber nicht mit ihm anlegte.

Hank schüttelte ihm die Hand und stellte Lucy vor.

»Auch eine Art, willkommen geheißen zu werden«, sagte der Sheriff.

»Alle erzählen mir, dass Cape Hudson ein verschlafenes Nest ist, aber meine ersten vierundzwanzig Stunden waren alles andere als geruhsam.«

»Ich habe gehört, dass Natasha hier übernachtet hat«, sagte der Sheriff.

Lucy fragte nicht, woher er das wusste. »Stimmt. Und ich habe ihr gesagt, dass sie bei mir für die nächsten beiden Wochen willkommen ist.«

»Sie wird das mit den Knochen spannend finden. Das Mädchen mag Rätsel«, sagte Rick. »So, und nun lassen Sie mich mal sehen.«

Er schaute über den Brunnenrand. »Du hast recht, Hank. Was auch immer es ist, es ist schon eine Weile da.«

»Haben Sie eine Ahnung, ob sie von einem Menschen stammen oder nicht?«, fragte Lucy.

Rick schüttelte den Kopf. »Die Knochen sind schon zu verwittert, um das von hier oben sagen zu können. Wenn Sie wüssten, wie sehr zum Beispiel eine Bärenkralle einer menschlichen Hand ähnelt.«

»Und was passiert jetzt?«, fragte Lucy.

»Ich rufe die Bundespolizei an. Man kann nie wissen, was sie vorschlagen oder ob sie einen von ihren Leuten schicken wollen. Fürs Erste sichern wir die Stelle, damit niemand hineinfällt. Wenigstens soll das Wetter in den nächsten Tagen schön bleiben.«

»Alles klar«, sagte Hank.

»Sie wollen das da so liegen lassen?«, fragte Lucy.

Rick klopfte sich den Schmutz von den Händen. »Bis ich weitere Anweisung von der Bundespolizei habe, ja. Meine einzige Sorge sind Schaulustige. Wenn es wirklich ein Mensch war, dann hat er ein Anrecht darauf, identifiziert zu werden.«

Lucy schaute auf die Uhr. Bis sie Natasha von der Schule abholen musste, waren es noch sechs Stunden.

»Wo du schon da bist, Rick. Lucy möchte die Asche ihrer Mutter auf dem Friedhof der Jessups bestatten. Gibt es irgendwelche Auflagen?«

»Befindet sich die Asche in einer ordnungsgemäßen Urne?«

Lucy nickte.

»Dann sehe ich kein Problem.«

»Umso besser«, sagte Hank. »Dann kümmere ich mich darum.«

»Für wann haben Sie die Trauerfeier geplant?«, fragte Rick.

»Eigentlich habe ich nicht an eine Trauerfeier gedacht«, sagte Lucy. »Mit Förmlichkeiten hatte meine Mutter nichts am Hut.«

»Aber vielleicht würde Ihnen ein solcher Abschied helfen«, wandte Hank ein. »Vielleicht hat sie dabei an Sie gedacht.«

»Vielleicht. Mir ist alles recht.« Sie deutete auf das Loch. »Wann werden Sie hier etwas in Erfahrung bringen?«

»Wenn man es mit der Bundespolizei zu tun hat, ist man nie vor Überraschungen sicher«, sagte Rick.

»Ich bringe Dolly hinein und fahre dann in die Stadt. Vielleicht ist der Jeep fertig.«

»Okay, Sie müssen nicht hierbleiben«, sagte Rick. »Ich habe den Fall übernommen.«

»Ich fahre Sie hin«, sagte Hank.

Lucy rief nach Dolly, die hechelnd aus dem Unterholz kam, und ging mit ihr ins Haus. Sie gab ihr Wasser und Futter und legte eine gefaltete Decke zurecht. Dolly leckte das Wasser auf und probierte zaghaft vom Futter. Begeisterung konnte man es nicht nennen, aber es war ein Schritt in die richtige Richtung. Dann rollte sie sich auf der Decke zusammen und fiel sofort in einen tiefen Schlaf. Nach den Monaten ohne richtigen Auslauf war sie das Herumlaufen und Spielen im Freien nicht mehr gewohnt.

»Ich bin bald wieder da«, sagte Lucy.

Sie war erleichtert, dass der Hund nicht protestierte.

Als sie nach draußen kam, saß Rick telefonierend in seinem SUV. Sie stieg in Hanks Pick-up, und sie fuhren an der Stadt vorbei zu einer kleinen Werkstatt an der Route 13. Mit einer Tanksäule, an der sich die Dollaranzeige beim Tanken noch drehte, sah sie wie aus einer anderen Zeit aus. In dem kleinen Büro befand sich ein Getränkeautomat neben zwei grünen Vinylstühlen, deren Polster mit Klebeband zusammengehalten wurden. Auf dem Tresen stand eine Kasse aus den Fünfzigerjahren, und dahinter hingen zwei uralte Kalender mit Frauen in knappen Bikinis. Die Wände waren mit Nummernschildern aus allen möglichen Bundesstaaten gepflastert.

Ein Mann um die dreißig kam durch die Hintertür in den Raum und wischte sich die ölverschmierten Hände an der Hose ab. Obwohl er leicht hinkte, wirkte er durchtrainiert. »Hallo Hank.«

»Rex.« Hank streckte die Hand aus. Rex' dreckige Hände schienen ihm nichts auszumachen.

Rex wischte sie noch einmal ab, bevor er einschlug. »Hey Kumpel.«

»Das ist Lucy Kincaid. Ihr gehört der gelbe Jeep.«

Rex hob eine Augenbraue. »Ölstand. Mehr gibt es dazu nicht zu sagen, Miss.«

»Mir ist schon klar, dass ich etwas leichtsinnig war.«

»Es hat nicht viel gefehlt, und Sie hätten den Motor zu Schrott gefahren. Ich habe die Leitungen durchgespült und synthetisches Öl nachgefüllt. Damit haben Sie etwas Zeit gewonnen, aber es ist keine Freikarte. Im nächsten Jahr muss der Motor gründlich überholt werden. Wie gesagt, ich habe Ihnen Zeit verschafft, aber nicht viel.«

Sie nickte. »Ist gut, Sir. Ich kümmere mich drum.«

»Niemand nennt mich Sir«, sagte er grinsend. »Ich gehörte zur Mannschaft. Die Offiziersstreifen, die hat Hank getragen.«

»Alles klar. Was schulde ich Ihnen?«

»Nichts. Willkommen in Cape Hudson.«

Sich jemandem verpflichtet zu fühlen, war Lucy schon immer unangenehm gewesen. Als sie klein war und Beth die Miete mal wieder nicht zahlen konnte, waren sie oft auf andere angewiesen gewesen. Oder wenn Beth nicht genug Geld fürs Essen oder die Schulkleidung zusammenkratzen konnte. Lucy hatte das Geld annehmen müssen, aber sie hatte sich immer minderwertig dabei gefühlt. »Vielen Dank.«

»Sind Lucys Sachen noch im Jeep?«, fragte Hank.

»Alles noch drin.«

»Super. Wir müssen los. Morgen ist die Bestattung ihrer Mutter«, sagte Hank.

»Morgen?« Lucy zuckte die Achseln. »Ist das nicht zu früh?«

»Es wird nicht lange dauern, die Stelle vorzubereiten«, sagte Hank. »Und im Ort hat es sich innerhalb von fünf Minuten rumgesprochen.«

»Warum sollte jemand kommen wollen?«, fragte sie.

»Aus Respekt«, sagte Hank, ohne zu zögern. »Viele Leute kannten Beth Jessup. Wollen wir vier Uhr sagen? Natasha wäre traurig, wenn sie nicht dabei sein könnte. Sie mag es überhaupt nicht, wenn etwas ohne sie stattfindet, selbst wenn es eine Bestattung ist.«

»Wirklich nett von Ihnen, dass Sie sich um das Mädchen kümmern«, sagte Rex.

»Keine große Sache«, sagte Lucy.

»Eine sehr große Sache«, sagte Rex.

Sie nahm die Autoschlüssel entgegen, ging zum Jeep und rutschte hinters Lenkrad. Es war schön, wieder etwas Vertrautes um sich zu haben. »Nochmals vielen Dank, Hank. Beth konnte es nicht ausstehen, wenn sie übersehen wurde. Und sie verabscheute alles Normale. Und jetzt wird sie im Mittelpunkt einer wahrscheinlich ziemlich einzigartigen Feier stehen.« Sie fuhr sich durch die Haare. »Aber ich weiß nicht mal, wo der Friedhof der Jessups ist.«

»Ich komme morgen um halb vier zu Ihnen, dann holen wir Natasha ab und fahren zusammen hin.«

Der Wind von der Bucht brachte den Geruch von Salzwasser mit. »Hört sich nach einem guten Plan an.«

* * *

Sie fuhr bis ans Ende des Städtchens. Die Bücherei stand auf der Main Street gegenüber vom Strand. Das kleine Gebäude hatte eine ausgefallene Art-déco-Fassade aus den Zwanzigerjahren.

Sie eilte die Stufen hinauf und ging direkt auf die Info zu. Die Bibliothekarin hatte kurze graue Haare. Ihre Brille erinnerte Lucy an Hitchcock-Filme.

»Willkommen, Miss Kincaid.«

»Sie wissen, wie ich heiße?«

»Ja, ich kannte Ihre Mutter. Ich bin Faye Reynolds.«

»Erinnern Sie sich noch an das Geschichtsprojekt, das meine Mutter damals bei Ihnen gemacht hat?«

»Ja. Sie sollte einen älteren Einwohner von Cape Hudson interviewen und hat sich für Mrs Buchanan entschieden. Haben Sie die Kassetten gefunden?«

»Ja. Und dazu noch ein halbes Dutzend anderer Videos.«

»Ihre Mutter war eine meiner besten Schülerinnen. Ein kluges Mädchen. Sie hat auch gern geschrieben. Sehr kreativ, aber nicht die disziplinierteste Schülerin.«

»Das charakterisiert sie ganz gut.«

»Ich muss sagen, dass Ihre Mutter sich viel Mühe gegeben hat zu verbergen, wie wortgewandt sie war. Und wie klug. Das Problem war nur, dass sie sich so schnell gelangweilt hat.«

»Beth konnte fast jede Aufgabe lösen, wenn sie Lust dazu hatte.« Wenn sie sich in den Kopf gesetzt hatte, einen Song zu schreiben, hatte sie tagelang ununterbrochen daran gearbeitet. Aber Staubsaugen oder Kochen konnte man vergessen.

»Ich habe mir gestern die erste Kassette angeschaut, dann gab es eine Stromunterbrechung.«

»Ich würde sie mir bei Gelegenheit auch sehr gern ansehen, wenn es Ihnen nichts ausmacht. Soweit ich weiß, hat sie rund fünfzehn Stunden Videoaufzeichnungen von den Gesprächen mit Mrs Buchanan gemacht.«

»Sie wurden Ihnen nie gezeigt?«

»Leider nicht. Beth ist kurz vor der Präsentation ihres Projekts verschwunden.«

»Wissen Sie, warum sie verschwunden sein könnte?«

»Ich habe mich damals umgehört. Wie es scheint, hat sie sich mit ihrem Vater gestritten. Aber als ich ihn darauf angesprochen habe, wollte er mir nichts darüber sagen. Ich dachte damals, dass sie irgendwann zurückkommen oder sich wenigstens bei Arlene melden würde.«

»Kann ich mich in der Bibliothek über das Cottage informieren? Ich würde gern alles darüber lesen, was es gibt.«

»Ja, natürlich. In den Zeitungen wurde viel darüber berichtet. Ich sehe mir die Mikrofilme an und suche Ihnen das Relevante heraus. Wenn Sie wollen, fange ich gleich heute damit an. Das Haus wurde 1900 gebaut, und die Zeitung wurde fünf Jahre später gegründet. Es wird genug Material geben.«

»Vielen Dank. Ich versuche nämlich gerade, mir etwas Klarheit über das Leben zu verschaffen, das Beth hier geführt hat.«

»Verstehe.«

»Wissen Sie vielleicht, mit wem sie zusammen war, bevor sie verschwunden ist?«

Mrs Reynolds schwieg einen Moment. »Sie ist mit verschiedenen Jungs ausgegangen.«

»Wissen Sie noch, wie die hießen?«

»Ich bin mir nicht sicher. Ich habe in all den Jahren so viele Kinder unterrichtet, dass sie manchmal etwas durcheinandergeraten. Geben Sie mir etwas Zeit.«

»Natürlich. Ach ja, morgen um vier findet die Trauerfeier auf dem Familienfriedhof der Jessups statt. Sie sind herzlich willkommen.«

»Ich komme sehr gern. Kann ich etwas mitbringen?«

»Nein, nicht notwendig. Es wird ganz ungezwungen.«

Mrs Reynolds machte sich eine Notiz. »Dann bis morgen um vier, Lucy. Ich bringe Ihnen die Artikel mit, die ich bis dahin ausgegraben habe.«

»Danke.«

Lucy kurvte noch etwas in der Stadt herum. Vielleicht hatte sie bisher ja nur einen Teil gesehen. Aber beim Herumfahren wurde ihr schnell klar, dass ihr erster Eindruck richtig gewesen war. Es gab nicht mehr als das, was sie bereits kannte.

Schließlich fuhr sie nach Norden, bis der Weinberg in Sicht kam, und dann weiter über die gerade von den Arbeitern fertiggestellte behelfsmäßige Brücke bis zum Cottage. Sie hatte gedacht, die Nachricht über den Fund müsste sich bereits herumgesprochen haben, aber vor dem Haus trieben sich keine Fremden herum.

Sie parkte vorm Kücheneingang. Dolly begrüßte sie stürmisch. »Ich habe dir doch gesagt, dass ich gleich wieder da bin. Und renn jetzt bloß nicht weg. Ich habe keine Zeit, hinter dir herzulaufen.«

Dolly schoss schwanzwedelnd zum Schilf ans Ufer hinunter. Lucy lud den Jeep aus – ihren Seesack, die Gitarre, einen Computer, Skizzenblöcke und ein paar gerahmte Bilder, die sie über die Jahre in Galerien gekauft hatte. Den Baseballschläger ließ sie im Auto liegen.

Sie trug alles nach oben in ihr Zimmer und packte aus. Als sie ihre Anziehsachen in der Kommode verstaut, ihre Toilettenartikel ins Bad gebracht und ihre Bilder an die Wände gehängt hatte, fühlte sie sich etwas heimischer.

Dann schleppte sie den Fernseher und sämtliche Videokassetten ins große Wohnzimmer und setzte sich.

Sie legte die zweite Kassette ein und drückte auf Play. Nach dem weißen Rauschen war die achtzehn Jahre alte Beth zu sehen.

Das Telefon in der Küche klingelte. Sie eilte hin.

»Hier ist Brian Willard.«

»Natashas Vater?«

»So ist es.« Er hatte einen schleppenden Südstaaten-Tonfall und klang müde, vielleicht auch verkatert. »Sie haben mir meine Tochter weggenommen.«

»Wie bitte?«

»Ich habe gehört, dass sie gestern Nacht bei Ihnen war. Ich mag es gar nicht, wenn man sich meine Tochter einfach so schnappt.«

»Wissen Sie was, Mr Willard, gehen Sie doch einfach zur Polizei. Oder warten Sie mal. Vielleicht rufen Sie ja aus dem Gefängnis an? Dann haben Sie es ja nicht weit, wenn Sie mich anzeigen wollen. Und dann werden wir sehen, wie die Sache ausgeht.«

»Ich bin draußen. Und ich habe keine Ahnung, wer Sie sind, aber eins sage ich Ihnen: Bei mir kommen Sie nicht damit durch. Sie können mir nicht einfach mein Kind stehlen. Ich rufe die Polizei an.«

»Gut, dass Sie sich meinen Rat zu Herzen nehmen.« Ihre Fingerknöchel waren weiß, so fest umklammerte sie den Hörer.

»Scheiß Besserwisser!«, hörte sie noch, als sie den Hörer auf die Gabel knallte.

Was für eine Flasche! Sie hatte keinen Vater gehabt und sich oft nach einem gesehnt, aber wenigstens hatte sie sich nicht mit einem gemeingefährlichen Schwachkopf wie Brian Willard herumschlagen müssen.

Kapitel 13

Sekunden nachdem sie aufgelegt hatte, verriegelte Lucy die Haustür. Sie erwog kurz, Hank anzurufen, aber sie kannte ihn ja erst einen Tag. Und er sollte nicht denken, dass sie nicht mit einem betrunkenen Raufbold fertig werden würde. In Nashville hatte sie bei der Arbeit schließlich genug mit Trinkern zu tun gehabt.

Sie ging wieder ins Wohnzimmer, stellte den Videorekorder an und zog einen der beiden Lehnsessel heran.

Die Bilder flackerten wieder über den Monitor. Wenn man bedachte, wie alt die Aufnahmen waren, war die Qualität erstaunlich gut. Die alte Frau saß vor der Fensterfront – auf demselben Sessel, den Lucy sich gerade herangezogen hatte. Und er stand fast am selben Fleck wie vor dreißig Jahren.

Sie drückte auf Pause und betrachtete das Zimmer. Es hatte sich nicht im Geringsten verändert. Draußen mochte die Zeit vorangeschritten sein, aber in diesem Haus stand sie still.

Sie sah zu, wie Beth der Frau ein Mikrofon an die Bluse knipste. Sie hielt noch einmal das Bild an, um sich die Frau genau anzusehen, die sie wie aus dem Nichts in ihr Haus geholt hatte. Niemand im Ort, Hank eingeschlossen, schien eine Ahnung zu haben, warum Lucy das Anwesen geerbt hatte, und sie selbst war einer Antwort auch noch keinen Millimeter näher gekommen. Vielleicht würden ihr die Gespräche zwischen Mrs Buchanan und Beth einen Hinweis geben.

Sie ließ das Band weiterlaufen. Mrs Buchanan trug wieder die Elfenbeinbrosche und schimmernde Perlenohrringe. Sie spielte gedankenverloren mit der Brosche. Lucy betrachtete den Singvogel auf dem Schmuckstück. Sie hatte sich dasselbe Tattoo wie Beth stechen lassen, und wie sie jetzt erkannte, war es eine Kopie des Vogels auf der Brosche.

Sie spielte das Video weiter ab. Beth hatte eine Dauerwelle und trug zu einer Jeans mit hoher Taille ein knappes, gesmoktes Top. Sie sah aus wie einem Achtzigerjahre-Film entsprungen.

Als sie ihre Mutter so genau ansah, musste sie wieder weinen. Wie gern hätte sie das junge Mädchen auf dem Bildschirm in den Arm genommen! Sie fragte sich einmal mehr, was geschehen sein musste, dass Beth in so jungen Jahren mehr als tausendfünfhundert Kilometer zwischen sich und diesen Ort hatte bringen müssen.

»Verdammt, Beth, woher hast du den Mut dazu genommen?«

Sie zeichnete Beths Gesicht auf dem Bildschirm mit dem Finger nach. Ihre Mutter war eine Optimistin gewesen, und das Mädchen in dem Video strahlte dieselbe Zuversicht aus. Die Interviews stammten aus dem Mai 1988 – aus dem Monat, in dem Beth mit Lucy schwanger wurde.

Beth stellte Mrs Buchanan ein paar Fragen, bevor diese auf eine junge Frau namens Claire zu sprechen kam, die 1916 an die Bucht zurückgekehrt war. Mrs B erzählte, dass Claires Fertigkeiten als Schneiderin und ihr Auge für Schnitte und Stoffe ihr den Traumjob im Hause der Buchanans als Zofe der Tochter Victoria verschafft hatten.

Der Gesichtsausdruck der alten Frau blieb distanziert, bis sie einen James Latimer – »Jimmy« – erwähnte. Da begannen ihre Augen zu leuchten wie die einer jungen Frau. Jimmy. Der junge Mariner und Jagdführer hatte in der Nähe des Cottage gewohnt. Als Mrs B über Jimmy und Claire sprach, hob sie mehrmals ihre von Arthrose gezeichnete Hand an die Wange, als spüre sie dort noch Jimmys Berührung.

»Mrs B spricht über sich selbst. Sie muss diese Claire sein«, murmelte Lucy.

Sie ließ sich von Claires Geschichte fesseln, die nach ihrer Rückkehr feststellen musste, dass sie ebenso wenig an die Bucht gehörte wie in die wohlhabende Welt ihrer Arbeitgeber. Sie bewegte sich zwischen zwei voneinander getrennten Welten.

Nachdem sie etwa eine Stunde erzählt hatte, holte Mrs B tief Luft. Es war deutlich, dass sie das Erzählen ermüdete, aber ebenso zeigte sie, dass sie jeden Moment genoss.

»Genug für heute«, verkündete sie.

Beth war einen Moment still. »Aber ich bin total gespannt, Mrs B! Ich will unbedingt wissen, wie es mit Claire und Jimmy und Victoria weitergegangen ist!«

Ein listiges Lächeln umspielte Mrs Bs rosafarben geschminkte Lippen. »Dann musst du wohl oder übel wiederkommen«, sagte sie. »Ich habe noch mehr zu erzählen, aber heute habe ich keine Kraft mehr. Dafür brauche ich Zeit … und deine Hilfe, Beth.«

»Ja, alles klar. Ich komme ja wieder.« Jetzt tauchte Beth auf dem Bildschirm auf und zog ihr das Mikrofon vom Kragen. Diesmal kniete sie sich neben den Stuhl. »Alle Achtung, Mrs B, Sie haben wirklich ein gutes Gedächtnis!«

»Das hat mein Mann auch immer gesagt. Wie oft er sich gewünscht hat, dass ich bestimmte Dinge vergesse! Aber ich habe es nie getan.«

»Was sollten Sie denn vergessen?«

Sie tätschelte Beth die Hand. Ihre eigenen Hände waren blass und faltig, aber sorgfältig manikürt, und der Nagellack war farblich auf ihren rosa Lippenstift abgestimmt. »Komm Sonntag wieder.«

»Sonntagabend bin ich eventuell verabredet.«

»Dann treffen wir uns mittags. Und falls du dich vorher schon für den Abend fertig machst, wähl doch lieber eine dunklere Farbe. In Rosa siehst du schrecklich blass aus.«

Beth lachte. »Ich gucke mal, was mein Schrank sonst noch zu bieten hat. Also, sagen wir zwei Uhr?«

»Lieber um eins. Ich lasse Tee servieren.«

»Ich trinke lieber Cola Light.«

Die alte Frau schüttelte sich. »Vornehme Damen trinken Tee, Miss Jessup.«

Beths musste laut lachen. »An mir ist überhaupt nichts vornehm, Mrs B.«

»Das habe ich von mir auch behauptet, als ich in deinem Alter war. Und sieh mal, wo ich gelandet bin.«

Damit endete das Video. Lucy hatte die Zeit ganz vergessen. Die Zeiger der Standuhr standen auf zwei. Zeit zu duschen und aufzuräumen, bevor sie Natasha abholte. Sie dachte an Mrs Bs Rat und wählte den dunklen V-Ausschnitt-Pullover.

* * *

Hank ließ sich beim Bestatter vor Ort versichern, dass es keine weiteren Auflagen für Beth Kincaids Bestattung gab. Sie war ordnungsgemäß kremiert worden, und es war ein privater Friedhof. Hank brauchte nicht viel mehr als einen vernünftigen Spaten.

Dann fuhr er zum Büro des Sheriffs. Rick lief telefonierend auf und ab. Als er das Gespräch beendet hatte, stöhnte er laut. »Sie lassen uns mit dem möglichen Tatort allein. Die Bezirkspolizei hat mich angewiesen, die Knochen einzusammeln und mit allem, was forensische Indizien sein könnten, ins Labor zu schicken.«

»Was brauchst du dafür?«

»Ich bin ganz auf mich gestellt. Ich könnte dich gut gebrauchen.«

»Und wann soll's losgehen?«

»Gleich morgen früh. Ach, und kannst du eine Leiter und ein Seil mitbringen?«

»Für dich bringe ich sogar Kaffee mit.«

Rick kam um seinen Schreibtisch herum. »Und? Was hältst du von Lucy?«

»Ich weiß es nicht. Im Moment ist das alles einfach nur neu für sie.«

»Hast du sie schon um eine Verlängerung des Pachtvertrags gebeten?«

»Noch nicht. Ich wollte abwarten, bis sie ihre Mutter bestattet hat. Vielleicht ergibt sich danach eine Gelegenheit.«

»Und wenn sie Nein sagt, so wie ihre Mutter?«

»Ich habe nur einmal mit Beth Kincaid gesprochen. Und mir ist erst im Nachhinein klar geworden, dass sie da schon viel kränker war, als sie sich anmerken ließ. Wahrscheinlich war sie nicht mehr ganz bei sich.«

»Du hast mir damals erzählt, dass sie wütend geworden ist und das Gespräch abgebrochen hat.«

Hank hatte noch im Ohr, wie ihr Ton von anfänglichem Zögern in unverhohlenen Zorn umgeschlagen war. »Stimmt. Aber ich will nicht ungerecht sein. Sie hat mich später zurückgerufen und war deutlich ruhiger.«

»Aber sie hat Lucy nichts von dem Pachtvertrag gesagt.«

»Sie hat Lucy überhaupt nichts erzählt«, sagte Hank. »Lucy weiß ja nicht einmal, wer ihr Vater ist.«

»Aber du weißt es.«

Hank kratzte sich am Kopf. »Wie gesagt, Beth war krank. Vielleicht wusste sie noch, was sie sagte, vielleicht auch nicht. Ich bin nicht schlau aus ihr geworden, und ich werde mich hüten, Informationen weiterzugeben, die sich als falsch herausstellen könnten.«

»Wie auch immer, Lucy sollte es jedenfalls erfahren«, sagte Rick.

»Ich erzähle es ihr nach der Bestattung.«

»Warte nicht zu lange.«

»Denselben Rat könnte ich dir auch geben.«

»Wie jetzt?«

»Megan?«

»Okay. Patt.«

»Okay.« Nachdem er sich von Rick verabschiedet hatte, machte sich Hank auf den Weg zum Friedhof der Jessups.

Samuel Jessup hatte ihn zu Lebzeiten immer gut gepflegt. Noch vor fünf Jahren hatte er den Zaun streichen lassen. Doch jetzt war das Gras in die Höhe geschossen und überall wucherte Unkraut. Wenn Hank mehr Zeit gehabt hätte, hätte er einen Schüler angeheuert. Aber die Bestattung war morgen, und deswegen wollte er sich lieber selbst darum kümmern. Und weil es ihm wichtig war, dass es richtig gemacht wurde.

Er holte die Motorsense aus dem Kofferraum, mähte das hohe Gras und legte die fünfzehn Grabsteine frei, die in drei Reihen standen. Als er am Einpacken war, klingelte sein Telefon. Es war ein Uhr.

»Hank Garrison.«

»Hank, hier ist Mrs Daniels, die Schuldirektorin.«

»Alles in Ordnung mit Natasha?«

»Ja, hab keinen Pieps von ihr gehört. Aber ihr Vater war hier. Mein Stellvertreter hat ihm das Betreten des Schulgeländes untersagt, er scheint angetrunken zu sein. Ich könnte die Polizei anrufen, aber er hat nicht gegen das Gesetz verstoßen. Und unter uns, er ist der Sohn meines Cousins. Wenn es nicht sein muss, vermeide ich Familienschwierigkeiten lieber. Ich dachte mir aber, eine Vorwarnung wäre vielleicht nicht verkehrt.«

»Danke, Mrs Daniels. Ich schaue mal bei ihm vorbei.«

Hank brauchte nur zwanzig Minuten, um Brian Willard im Wohnwagen seines Kumpels Zeke aufzuspüren. Er parkte auf der mit Abfall übersäten Schotterstraße. Irgendwo bellte ein Hund, und über allem lag der Gestank von faulendem Müll.

Er hämmerte gegen die Tür. Von drinnen hörte er das Plärren einer Fernsehshow. Hank öffnete die Tür und ging hinein. Brian döste in einem verschlissenen Fernsehsessel vor sich hin.

Brian Willard war ein großer Mann. In der Highschool war er ein Star im Footballteam gewesen. Er hatte sogar ein Stipendium für die Technische Hochschule von Virginia bekommen. Alles schien glattzulaufen. Doch im ersten Semester hatte er einen Autounfall, nach dem er die halbe Saison pausieren musste. Auf sich allein gestellt, begann er, sein Selbstmitleid in Alkohol zu ertränken. Und dann flog er wegen Trunkenheit am Steuer aus dem Team, verlor sein Stipendium und musste zurück nach Cape Hudson, wo er sich auf den langen Weg nach ganz unten machte.

Es war erst kurz nach Mittag, doch nach den Bierdosen auf dem Boden zu urteilen, hatte Brian mindestens schon zehn Biere intus.

»Was zum Teufel haben Sie hier zu suchen?«, brauste er auf, ohne sich die Mühe zu machen, den Fernseher auszuschalten.

»Es geht um Natasha«, sagte Hank. »Die Direktorin hat mich angerufen, weil Sie in der Schule aufgetaucht sind.«

»Sie ist meine Tochter. Ein Vater darf das.«

»Bleiben Sie ihr fern. Sie kann keine Einmischung von Ihnen gebrauchen.«

»Einmischung? Ich bin ihr Vater.«

»Ein biologischer Unfall.«

»Wie es dazu gekommen ist, spielt keine Rolle. Ich bin ihr Vater, und das zählt.«

»Wenn Sie noch einmal in die Nähe des Kindes kommen, sorgt der Sheriff dafür, dass Sie selbst gegen Kaution nicht mehr frei rumlaufen dürfen.«

»Das können Sie nicht mit mir machen, Sie eingebildetes Arschloch. Sie ist meine Tochter!«

»Klar kann ich das.« Hanks Stimme hörte man die kaum unterdrückte Wut an. »Und ich mache es auch. Sie halten sich fern von der Schule und von Natasha. Basta!«

»Das Kind gehört nach Hause. Da gibt's genug Arbeit. Sieht aus wie in einem verdammten Saustall. Sie hat keinen Finger gerührt, während ich weg war.«

»Sie waren im Knast.«

»Sie hängt wieder im Cottage rum. Bevor ich weg bin, habe ich ihr das ausdrücklich verboten. Das Haus ist nichts für unsereins.«

»In den nächsten zwei Wochen bleibt Natasha im Cottage. Die neue Bewohnerin hat sich bereit erklärt, sie bei sich zu behalten, bis Sie dem Haftrichter vorgeführt werden.«

Brian stand mühsam aus dem Sessel auf und stieß Hank den Zeigefinger gegen die Brust. »Das kann sie gleich vergessen! Und das habe ich ihr auch gesagt.«

»Sie haben mit Miss Kincaid gesprochen?«

»Heißt sie so? Ist auch egal. Wenn ich mit ihr fertig bin, wird sie eh nichts mehr mit Natasha zu tun haben wollen.«

»Was haben Sie ihr gesagt?«

Er grinste höhnisch. »Dass sie sich um ihren eigenen Scheiß kümmern soll.«

Hank machte einen Schritt auf Brian zu. »Ein Anruf von mir genügt, und Sie müssen wieder in den Knast. Und zwar nicht in diesen hier, sondern ins Bezirksgefängnis.«

Brian richtete sich zu seiner vollen Größe auf. Er war noch nüchtern genug, um Hank zu drohen. Hank sollte es recht sein.

Er stellte sich breitbeinig auf und ballte die Fäuste.

Brian setzte die Bierdose ab und schien sich wieder in den Sessel fallen lassen zu wollen. Doch mit einer fließenden Bewegung wirbelte er herum und schoss mit der geballten Faust auf Hank los.

Hank sah den Schlag kommen und duckte sich. Statt harter Fingerknöchel spürte er nur den vorbeisausenden Luftzug am Ohr.

Er hätte nie als Erster zugeschlagen, so verlockend es auch war. Brian hatte wieder festen Boden unter den Füßen und holte zum nächsten Schlag aus. Hank dachte an Natasha und an all den Kummer, den sie wegen dieses Typen ertragen musste. Und wie sie sich immer tapfer bemühte, das alles mit Lächeln und Munterkeit zu überspielen.

Er setzte sein ganzes Körpergewicht ein und versetzte Brian einen Kinnhaken, der genau da saß, wo er sitzen sollte. Brian stolperte rückwärts und fiel mit rudernden Armen in seinen Sessel. Dabei stieß er die fast volle Bierdose um.

Er sah Hank verblüfft an und versuchte, wieder hochzukommen.

»Versuchen Sie's gar nicht erst«, drohte Hank. »Beim nächsten Mal erwische ich Sie richtig. Und das ist nicht meine Schuld.«

»Zur Hölle mit Ihnen.« Brian rieb sich das Kinn, blieb aber, wo er war.

»Trinken Sie Ihr Bier, tun Sie, was Sie wollen, aber halten Sie sich von Natasha fern.«

»Ich könnte Sie anzeigen.«

»Ach ja? Dann müssten Sie den Polizisten aber erklären, warum Sie als Erster zugeschlagen haben.«

»Dafür gibt es keinen Beweis.«

»Und wem wird der Sheriff wohl glauben?« Hank hatte diese Karte noch nie gezogen. Er wollte nie den Jungen aus bürgerlichen Verhältnissen raushängen lassen. Aber sein Vater sagte immer: Jede Karte hat einen Wert, und ein kluger Spieler weiß sie alle zu schätzen.

»Auch egal. Das Mädchen ist es sowieso nicht wert«, sagte Brian. »Aber wenn die Anklage gegen mich fallen gelassen wird, schnappe ich sie mir. Sie wird nicht lange in diesem verdammten Haus bleiben.«

»Warten wir's ab.« Die Anklage gegen Willard sollte in zwei Wochen erhoben werden. Und bis dahin hätte Hank die Sache mit dem Sorgerecht für Natasha gelöst.

Als Hank aus dem Wohnwagen kletterte, machte er sich zwar immer noch Sorgen über das Land, das zum Jagdhaus gehörte. Außerdem tat ihm seine Hand weh. Aber seine Stimmung hatte sich gebessert.

* * *

Als die Schulglocke läutete, wartete Lucy in ihrem gelben Jeep vorm Haupteingang. Die Busse hatten sich hinter ihr aufgereiht, und sie war ziemlich sicher, dass sie illegal parkte – so etwas in der Art von »keine Pkws auf der Busspur«. Aber weil sie hier neu war, blieb sie lieber an Ort und Stelle, bereit zu argumentieren, wenn es sein musste.

Der Motor lief, die Heizung summte, und sie hatte sogar eine Country-Western-Station in Norfolk gefunden. Der Empfang war nicht besonders gut, aber wenn ein Song von Keith Urban gespielt wurde wie jetzt, fühlte sich alles irgendwie richtig an. Sie schloss die Augen und stellte sich vor, wie sie mit ihren Freunden den Lower Broadway von Nashville hinunterlief, an all den Neonlichtern der Honkytonks vorbei. Sie war in den letzten Monaten so mit Beth beschäftigt gewesen, dass sie sich mit niemandem getroffen hatte, und sie vermisste ihre Freunde plötzlich wieder. Sie hatte vieles an ihrem Leben in Nashville geliebt.

Sie suchte nach ihrem Handy. Hier an der Schule hatte es guten Empfang. Sie wählte die Nummer ihres Freundes Raven. Sie hatte ihm Freigetränke ausgegeben, wenn sie hinter der Bar stand und er Gitarre spielte. Dann waren sie ein paar Mal miteinander ausgegangen. Raven hatte dunkle, schulterlange Haare und ebenso dunkle Augen mit einem intensiven Blick. Deswegen hatte sie ihn anfangs für gefühlvoll gehalten. Aber er wollte sich nicht binden. Bloß keine feste Beziehung.

Raven ging nach dem dritten Klingeln ran. »Luceeee. Wo bist du, Babe?«

»Am Ostufer des Chesapeake in Virginia.«

Er räusperte sich. »Was zum Teufel machst du da?«

»Du hast gehört, dass Beth gestorben ist?«

»Ja, Mann, hart. Tut mir leid, dass ich es nicht geschafft habe vorbeizukommen.« Er hatte sie einmal aus Memphis angerufen, kurz bevor Beth ins Koma gefallen war. Da war er angetrunken gewesen, aber er hatte sich um die richtigen Worte bemüht.

»Was machst du?«, fragte sie.

»Bin gerade aufgewacht. Wir haben gestern bis drei gespielt. Ich bin in Florida, genau gesagt in Tampa.« Sie glaubte zu hören, wie er aus dem Bett aufstand. Eine Schiebetür wurde zur Seite gerollt, und sie stellte sich vor, wie er auf einen Balkon trat, der die ruhige blaue Bucht überblickte.

»Ist es warm?«

»Es sind sechsundzwanzig Grad, die Sonne scheint. Vielleicht bleibe ich noch ein paar Wochen. Komm doch her.«

Das Angebot war verlockend, und es erinnerte sie daran, dass sie seit Langem nicht mehr an sich selbst gedacht hatte. »Geht im Moment leider nicht. Morgen ist Beths Bestattung.« Außerdem muss ich ein Kind von der Schule abholen, mich um einen Hund kümmern und wohne in einem gruseligen alten Haus.

»Wow, hart. Ich würde kommen, aber ich wäre nicht rechtzeitig da.«

»Wenn du gleich losfahren würdest, schon.«

»Babe, ich kann nicht. Ich spiele heute Abend.«

Er war der Back-up-Gitarrist einer Country-Western-Band, die bekannte Songs coverte. Kein Hahn würde danach krähen, wenn er ein oder zwei Nächte fehlte. »Okay. Verstehe.«

»Schmoll doch nicht gleich. Du weißt, ich würde alles für dich tun.«

Die Schultür öffnete sich, und die Kinder strömten heraus. »Ja, weiß ich. Okay, ich muss jetzt aufhören.«

»Hey Lucy, warte noch mal kurz. Ich habe was von einem Job gehört. Erinnerst du dich an Ray?«

»Sicher.« Ray-Ray alias Raymond Tucker besaß mehrere Bars am Lower Broadway.

»Er sucht einen neuen Manager. Er zahlt gutes Geld. Und in dem Zusammenhang ist dein Name gefallen.«

»Tatsächlich?«

»Ja. Ich habe ihm gesagt, dass du vermutlich auf der Suche bist. Er wollte dich anrufen. Könnte deine ganz große Chance sein.«

»Danke, Raven.«

»Ich kümmere mich um mein Mädchen.«

»Ja, das tust du. Also, ich muss wirklich aufhören. Bis bald.«

»Überleg dir das mit Ray-Ray. Er ist ein echtes Schwergewicht. Das kann *der* Job für dich sein.«

»Wird gemacht.« Die Hintertür des Jeeps öffnete sich. Natasha warf ihren Rucksack ins Auto und sprang hinterher. »Du bist gekommen!«

»Habe ich doch versprochen.«

Sie schnallte sich an. »Die Leute versprechen alles Mögliche. Was aber nicht unbedingt was zu bedeuten hat.« Sie umarmte den Hund. »Dolly ist wie ein großer kuscheliger Teddybär.«

Lucy schaltete in den ersten Gang. »Dolly ist der beste Hund überhaupt.«

Ihre Blicke begegneten sich im Rückspiegel. »Danach gibt es einen Empfang im Jagdhaus, oder?«, fragte Natasha.

»Warum?«

»Das macht man so nach einer Beerdigung. Dad hat es nach Mamas Beerdigung nicht gemacht, aber es ist üblich. Es muss nichts Großes sein. Vielleicht Kuchen oder so.«

Lucy fuhr auf die Hauptstraße. »Was für ein Kuchen?«

»Keine Ahnung.«

»Welchen Kuchen mochte deine Mutter am liebsten?«

Natashas dunkle Augen hellten sich auf. »Schokoladenkuchen. Definitiv Schokoladenkuchen.«

»Gibt es hier irgendwo eine Bäckerei?«

»Nein, die ist pleitegegangen. Und Miss Megan backt nur für Arlene.«

Der Song war zu Ende. Ein neuer Keith-Urban-Song begann. Beth hätte es für eine Botschaft aus dem Universum gehalten. »Bei einem meiner vielen Gelegenheitsjobs habe ich in einer Bäckerei ausgeholfen. Ich kriege das hin.«

»Wirklich?« Natashas Stimme überschlug sich fast.

»Klar. Wir sollten ihn am Grab austeilen. Traust du dir das zu?«

Natasha sah verwirrt aus. »Warum nicht im Haus?«

Lucy überlegte, wie sie Natasha die Geschichte mit den Knochen im Brunnen nahebringen sollte. Doch wenn sie darauf bestand, dass Natasha ihr die Wahrheit sagte, musste Lucy sich auch selbst daran halten. »Die Bauarbeiter haben einen Brunnen auf dem Grundstück gefunden. Und auf dem Grund liegen Knochen. Und zwar schon sehr lange.«

»Das gibt's doch nicht!« Natashas Augen weiteten sich. »Was glaubst du, von wem die sind?«

»Ich habe keine Ahnung.«

»Kann ich sie sehen?«

»Die Stelle ist abgesperrt worden. Der Sheriff hat mit seiner Arbeit begonnen.«

»Cool. Können wir den Kuchen trotzdem backen?«

»Klar. Aber wir müssen vorher beim Laden vorbei.«

Während Natasha munter vor sich hin plapperte, fuhr Lucy zum Supermarkt. Dolly musste im Auto bleiben, als Natasha und sie die Backzutaten und Aufschnitt für Natashas Schulbrote einkauften.

Wieder stand Paula an der Kasse. Sie diskutierte lebhaft mit Natasha über den Fund im Brunnen, der sich im Ort schon herumgesprochen hatte. Lucy ließ den Einkauf anschreiben und lud die Lebensmittel ein.

»Hey, wenn du am Jagdhaus vorbeifährst, kommen wir zum Weingut. Hank stellt da echt was auf die Beine. Er ist noch nicht fertig, aber es ist jetzt schon cool.«

Lucy wusste nicht viel über Hanks Betrieb, merkte aber, dass sie neugierig war. »Meinst du, er hat nichts dagegen?«

»Überhaupt nichts. Im Winter hat er nicht so viel zu tun.«

»Okay, dann fahren wir doch einfach mal vorbei.« Zwei Kilometer nach der Abzweigung zum Haus tauchte das Hinweisschild BEACON VINEYARDS auf. Sie folgte ihm nach links in den unbefestigten Weg.

»Hank will die Straße asphaltieren lassen, aber er sagt, das muss warten«, erklärte Natasha. »Das Geld ist knapp.«

Kurz vor der Bucht stand ein großes Lagerhaus, das keinen besonders schönen Anblick bot. Sie parkte den Jeep neben Hanks Pick-up. Als sie ausstiegen, hörten sie ein gleichmäßiges Hämmern und Hanks tiefe Stimme.

Sie öffneten die Tür. Hank stand auf einem hohen Gerüst vor einem großen Edelstahlbehälter. Mit einem Schraubenschlüssel versuchte er ein Ventil unter sich zu öffnen, während ein junger Mann eine Zuleitung am Tank festklemmte.

»Hey Hank!«, rief Natasha hinauf.

Er drehte sich besorgt nach ihr um. Dann sah er Lucy neben ihr stehen und seine Miene klarte auf. »Alles in Ordnung?«

»Natasha wollte mir Ihr Reich zeigen. Hoffe, das ist in Ordnung«, rief Lucy. »Wenn es kein guter Zeitpunkt ist, gehen wir wieder.«

»Nein, ich bin sofort bei Ihnen.« Er gab dem Arbeiter auf der anderen Seite des Tanks eine Anweisung und kletterte am Gerüst hinunter. »Wir sind noch mit der Installation der neuen Tanks beschäftigt«, sagte er. »Und das erste Mal ist eben immer eine Herausforderung.«

»Verstehe«, sagte Lucy. »Den nächsten Tank ziehen Sie in der halben Zeit hoch.«

»Hoffen wir's«, sagte Hank.

»Mann, habt ihr viel geschafft!«, rief Natasha. »Beim letzten Mal war die Halle noch leer.«

»Ja, wir machen Fortschritte«, sagte Hank.

Lucy sah sich um. Obwohl er noch dabei war, die Anlagen aufzubauen, konnte man schon sehen, dass er etwas Größeres vorhatte. »Machen Sie zum ersten Mal Ihren eigenen Wein?«

»Ja, genau«, sagte er. »Wir sind für die Qualität unserer Trauben bekannt, aber Wein haben wir noch nie gemacht. Im nächsten Herbst wollen wir einen Teil der Ernte einbehalten und unsere eigene Marke aufbauen.«

»Sie sind doch erst ein halbes Jahr wieder hier. Haben Sie das alles in der kurzen Zeit umgesetzt?«

»Ich habe ein paar Jahre darüber nachgedacht.«

»Sind diese Tanks aus Edelstahl?«, fragte Lucy.

»Ja. Unsere Chardonnay-Trauben sollen neun Monate in den Tanks gären. Das Gute an Edelstahl ist, dass er keinen Geschmack abgibt. Wir haben Muschelkalk in unseren sandigen Lehmböden, der den Trauben einen einzigartigen Geschmack verleiht.«

»Ich weiß nicht viel über Böden«, sagte Lucy.

»Der hohe Sandanteil in unserem Boden bedeutet, dass er mehr Wasser und Dünger braucht. Das Ufer der Chesapeake Bay ist ein schöner Ort zum Leben, aber dem Land muss man alles abtrotzen.«

»Wie lautet der Masterplan?«

»Nachdem wir die Tanks und alles, was damit zusammenhängt, installiert haben, bauen wir einen Verkostungs- und Veranstaltungsraum. Events sind nicht nur ein Umsatzbringer, sondern helfen auch bei der Werbung. Das ist Teil des Fünfzehnjahresplans.«

»Fünfzehn Jahre. Ich bin beeindruckt.«

»Das ist erst der Anfang.«

Lucy fiel es schwer, länger als ein Jahr bei einem Job zu bleiben. Und er entwarf Pläne über so einen langen Zeitraum. »Ich beneide Sie um Ihre Entschlossenheit. Muss sich gut anfühlen, Teil von etwas Größerem zu sein.«

»Hank«, rief der Mann von oben. »Ich habe den Bolzen gelöst.«

»Super. Bin gleich da.« Hank hob einen Daumen. »Ich muss weitermachen. Wir sehen uns später.«

»Arbeite nicht zu hart!«, rief Natasha.

Lucy lächelte Hank zu. Sie staunte darüber, was er umgesetzt hatte. So unkompliziert ihr Leben in Nashville auch war, sie hatte keine Wurzeln und nichts, was sie ihr Eigen nennen konnte.

Fünf Minuten später fuhr sie an dem flatternden Absperrband vorbei.

»Stopp!«, sagte Natasha. »Ich will mir das angucken.«

»Da ist der Sheriff jetzt dran. Übrigens könnte es hier auch noch andere verschüttete Bohrlöcher geben. Also sei vorsichtig.«

»Cool.«

Sie fuhr langsam über die Einfahrt und war froh, direkt vor dem Seiteneingang an der Küche parken zu können. Noch ein Fortschritt. Sie bewegte sich in die richtige Richtung.

Sie lud die Lebensmittel aus, während Dolly und Natasha draußen herumtobten. Dann füllte sie Dollys Wassernapf auf und fischte eine Kaustange aus den Tüten. Dolly und Natasha stürmten durch die Seitentür in die Küche. Dolly leckte das Wasser auf, und Natasha pfefferte ihren Rucksack in die Ecke.

»Hast du Hunger?«, fragte Lucy.

»Soll das ein Witz sein?«

»Ein Sandwich?«

»Lieber zwei.«

»Du hast dir heute doch was in die Schule mitgenommen, oder?«

»Ja, aber ich muss irgendwo einen hohlen Zahn haben. Ich habe einfach immer Hunger.« Sie wusch sich die Hände. »Ich kann die Sandwichs machen, wenn du mit dem Kuchen anfangen willst.«

»Alles klar.«

Lucy machte sich auf die Suche nach Gefäßen. Der kleine Vorratsraum war wie eine Zeitmaschine. Drei Wände waren mit raumhohen Regalen mit Töpfen, Pfannen, Gläsern, Servierplatten und Kristallschalen ausgestattet. Und alle hatten die Patina von Gegenständen, die über viele Jahre hinweg pfleglich behandelt worden waren.

Als Natasha in ihr erstes Sandwich biss, hatte Lucy eine Backform und eine Porzellanschüssel gefunden, die sie sorgfältig abwusch. Nach einigem Hin und Her gelang es ihr, den Gasofen in Gang zu setzen. »Okay, Zeit zum Backen, Mädels.«

Sie brauchte weniger als zwanzig Minuten, um den Teig anzurühren, die Kuchenform mit Butter auszustreichen und die Masse einzufüllen. Sie stellte den Timer auf ihrem Handy auf vierzig Minuten. Dann ließ sie Schokolade schmelzen und rührte Butter, Puderzucker und Kakao mit einem großen Holzlöffel unter.

»Wann hast du als Bäckerin gearbeitet?«, fragte Natasha.

»Als ich achtzehn war. Aber ich war keine Bäckerin, ich habe nur in einer Bäckerei gearbeitet. Einer meiner vielen Jobs. Ich habe Schuhe verkauft, gekellnert, war Barkeeperin und habe Porträts gezeichnet. Nichts wirklich Bemerkenswertes.«

»Von wem hast du Porträts gezeichnet?«

»Ach, hauptsächlich von Touristen. Keine Minute, nachdem ich meine Staffelei am Lower Broadway aufgestellt habe, hielten schon welche an.«

»Kannst du mich auch mal zeichnen?«

»Klar. Fang mit deinen Hausaufgaben an, ich hole den Block und die Stifte.« Als Lucy zurückkam, saß Natasha über ihren aufgeschlagenen Büchern an der Kücheninsel.

Lucy ließ ihre heruntergeladene Country's Best Playlist laufen und begann, das Mädchen zu zeichnen.

»Ich mag mein Gesicht nicht«, sagte Natasha, ohne aufzuschauen.

»Warum sagst du das?«

»Ich sehe niemandem ähnlich. Ich bin dunkel wie meine Mutter, aber nicht so hübsch wie sie. Und ich sehe überhaupt nicht aus wie Dad.«

Lucy zeichnete den Umriss ihres Gesichts. »Du hast einen ganz eigenen Gesichtsausdruck.«

Natasha runzelte die Stirn und wickelte eine Locke um den Finger. »Alle sagen, du siehst aus wie deine Mutter.«

»Stimmt auch.«

Natasha sah auf. »Du musst traurig gewesen sein, als sie starb.«

Lucy stockte der Atem. »Und wie. Ich bin immer noch traurig. Meine Mutter war nicht perfekt, aber sie hat alles dafür getan, um mir ein Zuhause zu bieten.«

»Wie alt war deine Mutter, als sie starb?«, fragte Natasha.

»Siebenundvierzig«, sagte Lucy. »Ein kurzer Lauf.«

»Meine Mutter ist nur sechsunddreißig geworden«, sagte Natasha leise. »Auch ein kurzer Lauf.«

Natasha sah unendlich traurig aus. Ihre Energie war wie weggeblasen. Lucy fragte sich, was sie tun konnte, um sie wieder aufzuheitern. Sie wünschte sich, das Universum würde ihr jetzt eine klare Botschaft senden.

Sie skizzierte die Mandelaugen des Mädchens. Obwohl Natasha in diesem Moment so betrübt dreinblickte, zeichnete Lucy leuchtende, ausdrucksstarke Augen und einen lächelnden Mund.

»Mein Vater ist heute in die Schule gekommen«, sagte Natasha. »Das hat mir die Direktorin erzählt. Und dass sie danach Hank angerufen hat.«

Lucy schattierte die weichen Ringellocken des Mädchens. »Dein Vater hat mich angerufen.«

Natasha biss sich auf die Unterlippe. »Was wollte er?«

»Nur ein bisschen Rumpoltern.«

»Er kann richtig fies werden.«

»Ich hatte öfter mit Leuten wie ihm zu tun. Mach dir keine Sorgen.«

»Aber er weiß, dass ich hier übernachte.«

»Hank und der Sheriff wissen es auch. Und sie brauchen nicht länger als zehn Minuten, um hier zu sein. Außerdem kann man die Türen nur mit einem Panzer durchbrechen.«

Natasha entspannte sich ein wenig. »Auf alle Fälle ist er zu groß, um durch mein Fenster einzusteigen. Außerdem habe ich es von innen mit einer Kiste blockiert.«

Um vom Thema abzulenken, fragte Lucy: »Hast du ein Foto von deiner Mutter?«

Wortlos öffnete Natasha eine Seitentasche ihres Rucksacks und zog ein Foto hervor. »Das sind Mom und ich, als ich ein Baby war.«

Lucy betrachtete das Bild genau. Es zeigte eine hübsche, schlanke Afroamerikanerin, die eine strahlende Zweijährige mit wilden Haaren auf dem Arm hielt. Neben ihnen sah man einen Popcornstand, und im Hintergrund stiegen rote und gelbe Luftballons in einen hellblauen Himmel empor. »Wo wurde das aufgenommen?«

»Im Zoo in Norfolk. Mein Vater hatte einen guten Tag. Er hat auch das Foto gemacht. Immer wenn ich Popcorn rieche, denke ich an sie.«

Lucy legte die Skizze von Natasha auf die Kücheninsel. Dann zeichnete sie die Mutter des Mädchens, wobei sie sich besondere Mühe gab, ihr strahlendes Gesicht und die Freude des Augenblicks festzuhalten.

Natasha stützte das Kinn auf und sah zu, wie Lucy die hohen Wangenknochen und vollen Augenbrauen schattierte. »Normalerweise hat sie die Haare nicht offen getragen.«

»Ich mag sie so«, sagte Lucy. »Sie sieht glücklich aus.«

»Ja«, stimmte Natasha begeistert zu.

»Du solltest dich so an sie erinnern«, sagte Lucy.

»Das versuche ich auch, aber ich muss oft daran denken, wie krank sie am Ende war.«

Lucy wusste gut, was Natasha meinte. Ihre schönen Erinnerungen an Beth waren auch überschattet – von den Momenten, in denen Lucy versucht hatte, ihre Mutter schnell noch ins Bad zu bringen, bevor sie sich übergeben musste, von den rasenden Kopfschmerzen und den Nebenwirkungen der starken Medikamente, die ihre Mutter zum Weinen gebracht hatten, und schließlich von den Stürzen, von denen ihre Mutter überall blaue Flecken bekommen hatte.

Sie wollte sich an die Beth aus den Videos erinnern. Die hellwache Frau, die bereit war, das Leben in Angriff zu nehmen. Sie reichte Natasha die Skizze und wartete.

»Sie sieht wunderschön aus«, sagte Natasha leise.

Lucy legte die beiden Blätter schweigend nebeneinander. Das Universum hatte ihr eine Botschaft gesendet.

Natasha war einen Moment still. »Ich sehe meiner Mutter ja doch ähnlich! Kann ich die Bilder einrahmen?«

»Klar. Vielleicht finden wir im Ort einen Laden mit Bilderrahmen.«

»Darf ich sie jetzt in mein Zimmer bringen?«

»Klar. In der Zeit mache ich den Kuchenguss.« Lucy fand eine Rolle Tesafilm in einer Kramschublade und gab sie Natasha.

»Super.« Sie war schon fast an der Tür, als sie plötzlich stehen blieb. »Wenn jemand weiß, was mit den Knochen im alten Brunnen ist, dann Mrs B. Sie hat immer hier gelebt.«

»Stimmt.«

»Können wir die Videos weitergucken? Ich wette, sie erzählt es uns.«

»Einverstanden.«

Lucy hatte gerade den Kuchen glasiert, als es an der Haustür klingelte. Sie wischte sich die Hände ab und warf einen Blick durch das Fenster neben der Haustür. Hank stand mit einem Pizzakarton auf der Veranda. Sie zog ihren Pulli zurecht und nahm die Schultern zurück, bevor sie die Tür entriegelte.

Kapitel 14

Nach der Arbeit auf dem Weingut hatte Hank sich umgezogen. Er trug eine saubere Jeans und einen Pullover mit V-Ausschnitt. Seine Haare waren noch feucht vom Duschen. Lucy atmete den Duft von Sandelholzseife ein. »Ich weiß, wie viel das Kind essen kann«, sagte Hank und hob die Pizzaschachtel in die Höhe.

»Sie hat gerade zwei Sandwichs verschlungen, aber wie ich sie kenne, hat sie bestimmt noch Appetit.« Sie trat zur Seite. »Kommen Sie rein.«

»Hier riecht es aber gut.«

Sie verriegelte die Tür hinter ihm. »Ich habe Kuchen gebacken. Natasha hat mich darauf hingewiesen, dass es nach einer Beerdigung etwas zu essen geben sollte.« Sie zuckte mit den Achseln. »Im schlimmsten Fall bekommt sie übermorgen Kuchen zum Frühstück.«

»Wo ist sie denn?«

»Nur kurz nach oben in ihr Zimmer gegangen.«

»In welchem Zimmer schläft sie?«

»Im blauen.«

Er ging in die Küche, und als er den Pizzakarton abstellte, bemerkte er ihr Skizzenbuch. Es war aufgeschlagen und zeigte eine Straßenszene aus Nashville. »Das ist ja wirklich gut. Ist das von Ihnen?«

»Ja, eins meiner Hobbys.«

»Nur ein Hobby? Darf ich mal sehen?«

Lächelnd klappte sie den Block zu. »Es sind nur Kritzeleien.«

»Sieht aber nicht so aus. Hatten Sie Zeichenunterricht?«

»Nein. Damit habe ich etwas Geld verdient.« Sie nahm Teller aus dem Schrank. »Wie geht es mit den Knochen im Brunnen weiter?«

»Deswegen bin ich auch gekommen. Ich wollte Ihnen sagen, dass Rick und ich die Gebeine morgen früh herausholen, um sie dann ins Labor zu schicken.«

Sie nickte. »Natasha und ich wollten uns gerade noch ein paar Videos von Mrs B ansehen.«

»Videos?«

»Ja. Ich habe herausgefunden, dass Beth Mrs B interviewt hat. Das ging wohl mit einem Geschichtsprojekt für die Schule los, und dann heuerte Mrs B Beth an, damit sie ihre ganze Geschichte aufnahm.«

»Davon wusste ich gar nichts.«

»Ich habe die Kassetten in einem begehbaren Schrank im Salon gefunden. Sie können sie gern mit uns ansehen. Wenn jemand weiß, wer oder was da im Brunnen ist, dann Mrs B.«

»Gute Idee. Ich habe Zeit.«

»Möchten Sie vielleicht ein Glas Wein?«

»Gern.«

»Er ist aus dem Laden an der Ecke. Keine Ahnung, was ein Winzer wie Sie davon hält.« Sie holte die Flasche aus dem Kühlschrank.

Er entkorkte die Flasche mit einem Öffner aus der Kramschublade und schenkte ihnen ein. »Sie haben ein paar erstaunlich gute Weine in dem Laden. Dieser gehört dazu.«

»Ich muss sagen, ich bin wirklich beeindruckt davon, was Sie in der kurzen Zeit auf dem Weingut geschafft haben. Sieht ganz so aus, als hätten Sie eine Vision.«

»Mal sehen, ob ich sie auch umsetzen kann.«

»Stehe ich Ihnen im Weg?«, fragte sie.

Er betrachtete sie eine Weile, als könne er sich nicht entscheiden, das zu sagen, was er sagen wollte. »Lucy, ich möchte mit Ihnen über das Land sprechen.«

»Okay.« Sie trank einen Schluck Wein, ohne ihn aus den Augen zu lassen.

»Vor dreißig Jahren hat mein Vater die ersten Weinstöcke auf dem Land gepflanzt, das an das Jagdhaus angrenzte. Obwohl meine Eltern gut gewirtschaftet haben, wurde schon vor Jahren klar, dass wir den Betrieb vergrößern müssten. Er rentierte sich nicht mehr. Wir brauchten mehr Anbaufläche, und deswegen hat mein Vater vor zehn Jahren mit Samuel Jessup einen Pachtvertrag für das Land, das zum Jagdhaus gehört, ausgehandelt. Er hat es ihm für einen Dollar im Jahr überlassen.«

Lucy ließ das sacken.

»Er hat uns wirklich einen riesigen Gefallen getan. Es gab Zeiten, in denen wir es ohne diese Vereinbarung nicht geschafft hätten.«

»Und welche Rolle spiele ich dabei?«

»Sam ist verstorben. Der Vertrag galt nur auf Lebenszeit.«

»Und jetzt brauchen Sie einen neuen von mir.«

»So ist es.«

»Warum haben Sie mir das nicht gleich gesagt? Nach dem, was ich heute gesehen habe, tue ich alles, um Ihnen zu helfen. Natürlich unterschreibe ich einen neuen Pachtvertrag.«

»Wirklich?«

»Seien Sie einfach ehrlich zu mir, Hank, dann läuft alles reibungslos zwischen uns. Sie können den Vertrag aufsetzen.«

»Ich habe die Papiere schon im Auto.«

»Dann holen Sie sie. Ich bin in großzügiger Stimmung.«

Kaum war er aus der Tür, kamen Natasha und Dolly die Treppe herunter.

»Pizza?«, fragte Natasha. »Oh, ich liebe Peperoni.« Sie nahm ein Stück aus dem Karton und biss hinein.

Hank erschien in der Küche. »Hey Kleine.« Er legte den einseitigen Vertrag auf den Tisch und reichte Lucy einen Stift.

»Das ist nur ein Pachtvertrag?«, fragte sie.

»Ja.«

»Über welche Dauer?«

»Wieder für ein Jahrzehnt. Wieder für einen Dollar im Jahr. Ich kann ihn dalassen, damit Sie ihn in Ruhe durchlesen können.«

Sie kritzelte ihre Unterschrift auf die gepunktete Linie. »Solange Sie mit offenen Karten spielen, ist alles gut. Und ausnahmsweise gefällt es mir, Teil von etwas Größerem zu sein und nicht nur Drinks unters Volk zu bringen.«

Sie sahen sich einen langen Moment schweigend an. Dann nahm er das Dokument entgegen.

»Lucy, willst du Hank nicht auch mal zeichnen?«, fragte Natasha. »Für einen alten weißen Kerl sieht er doch ganz gut aus.«

Hank räusperte sich. »So alt bin ich nun auch wieder nicht.«

Natasha kicherte. »Antik.«

»Ich bin dabei, wenn Lucy noch Lust hat«, sagte Hank.

Mit dem Zeichnen war ein sehr persönlicher Austausch verbunden. Wenn sie jemanden an einer Straßenecke in Nashville zeichnete, verriet sie ihm, wie er in diesem Moment auf sie wirkte. Bei Natasha war das kein Problem. Aber Hank zu zeichnen, seinen Gesichtsausdruck zu ergründen, machte sie nervös.

Doch wenn sie es ablehnte, verlieh sie dem Ganzen eine Wichtigkeit, die es nicht hatte.

»Klar. Warum nicht?«

Sie trank einen großen Schluck Wein. In Nashville hatte sie manchmal auch Karikaturen von den Leuten gemacht, und im Moment konnten sie alle eine Aufheiterung vertragen.

Sie zeichnete schnell, betonte seinen markanten Kiefer und verlieh ihm übertrieben breite Schultern. In der einen Hand hielt er eine Flasche Wein, in der anderen das Klebeband. Im Hintergrund sah man das Cottage und hinter dem Haus die aufgewühlten Wellen der Bucht. Natasha hatte wieder sehr ausdrucksstarke Augen, ein breites Grinsen und wilde Locken. In den Händen hielt sie ein Mathebuch und ein Stück Pizza.

Als Natasha die Zeichnung sah, kicherte sie. »Luciii.«

Hank hatte ihr nicht zugesehen, aber er spürte, dass Lucy ihn aufs Korn genommen hatte.

Sie zeigte ihm die Skizze. »Und?«

»So hohlwangig bin ich wirklich nicht.«

»Und wie findest du mich?«, fragte Natasha.

»Super. Jetzt fehlt nur noch Lucy.«

»Bitte, bitte«, sagte Natasha und schob Lucy das Blatt zu. »Du musst mit drauf. Und Dolly natürlich auch.«

»Na, wie sieht's aus?«, fragte Hank.

Sie skizzierte sich mit ihren verrückten, langen Haaren in einem Nashville-T-Shirt, Jeans und Cowboystiefeln. Dolly grinste breit und hatte eine Kaustange unter ihrer Pfote. Natasha kicherte.

Hank ließ ein tiefes, warmes Lachen hören. »Echt super, Lucy!«

»Darf ich das auch in meinem Zimmer aufhängen?«, fragte Natasha.

»Es ist Hanks Bild«, sagte Lucy.

»Ich schenke es dir«, sagte er schmunzelnd.

»Bin gleich wieder da«, sagte Natasha und rannte hinaus, Dolly im Schlepptau.

»Ich lege das nächste Video ein«, sagte Lucy und schnappte sich ihr Glas.

»Fangt nicht ohne mich an«, rief das Mädchen von der Treppe her.

Hank folgte Lucy mit entschlossenen Schritten in den Salon.

»Zwei habe ich schon gesehen«, sagte Lucy, während sie im Vorübergehen die restlichen Laken von den Möbeln nahm. Hank rückte noch zwei Stühle vor den alten Fernseher. Kurz darauf stürzte Natasha ins Zimmer und setzte sich dazu.

Lucy drückte auf Play.

Kapitel 15
BETH

22. Mai 1988

Beth sitzt neben Mrs B, schaut in die Kamera und lächelt. »Sonntagstee mit Mrs B.«

Die alte Frau trägt einen blauen Hosenanzug mit rotem Brokatbesatz, der ihr auf den Leib geschneidert ist. Ihre Haare hat sie zu einem Knoten frisiert.

»Warum tragen Sie immer diese Brosche?«, fragt Beth.

»Ein Freund hat sie für mich gemacht, und sie bedeutet mir viel.«

»Und wer war dieser Freund?«

Sie schweigt einen Moment, bevor sie ein altes Geheimnis verrät. »Jimmy. Er war sehr talentiert.«

»Das ist Elfenbein, oder?«

»Seeleute brauchten Hobbys, um sich die Zeit zu vertreiben. Für ihn war es das Schnitzen von Elfenbein.«

»Wann hat er Ihnen die Brosche geschenkt?«

»Das erzähle ich Ihnen an einem anderen Tag, Kind. Heute ist der Hochzeitstag dran.«

»Die Hochzeit von Mrs Lawrence und Mr Buchanan?«
»Ja.«
»Dann gehe ich jetzt wieder hinter die Kamera«, sagt Beth.

* * *

CLAIRE

20. Januar 1916

Am Tag der Hochzeit stand Claire früh auf. Sie war immer noch wütend auf Jimmy und Victoria. Victoria war eine Närrin. Das würde sich auch nie ändern. Aber Jimmy? Claire hatte ihm mehr Verstand zugetraut.

Sie schaute hinaus. Doch am Hochzeitstag fand natürlich keine Jagd statt. Sie war enttäuscht, Jimmy heute nicht dabei beobachten zu können, wie er die wohlhabenden Jäger um sich scharte, die ihn so bewunderten. Er war ihr Rattenfänger, und sie liebten seine Abenteuergeschichten.

Sie wickelte sich ein Tuch um die Schultern und ging in die Nähstube, wo sie Mrs Lawrences Hochzeitskleid über eine Schneiderpuppe drapiert hatte. Sie schaltete das elektrische Oberlicht ein, das einen warmen Schein auf den herrlichen Satin warf.

Sie hatte täglich in den frühen Morgenstunden daran gesessen, solange das Haus noch ruhig war. Da konnte sie am besten arbeiten. Sie strich über die Perlen, ordnete die Falten und zupfte hier und da etwas an dem Kleid zurecht. Dabei ließ sie die Male Revue passieren, an denen sie aufgestanden war, um Jimmy mit seiner Jägertruppe losziehen zu sehen.

Am Vortag war sie sofort aufgesprungen, als sie die Hunde bellen hörte. Er schaute zu ihrem Fenster hinauf und ihre Blicke trafen sich. Doch diesmal trat Claire nicht zurück ins dunkle Zimmer, sondern hielt seinem Blick stand. Jimmy war es, der schließlich den Blick abwandte.

Schritte knarrten im Flur, und dann erschien Mrs Lawrence. Ihre langen, dunklen Haare waren von grauen Strähnen durchzogen und verliehen ihr das dramatische Flair, das ihrer sagenumwobenen Theaterkarriere entsprach.

»Ein Kunstwerk«, sagte Mrs Lawrence.

»Danke.«

»Ich weiß, dass Sie viel von sich selbst in das Kleid gesteckt haben«, sagte sie. »Sonst hätten Sie so etwas Schönes nicht erschaffen können.«

»Ich wollte, dass es perfekt wird.«

»Und das ist Ihnen gelungen.« Sie schwiegen einen Moment, während Mrs Lawrence die aufgestickten Singvögel bewunderte. »Victoria ist neulich sehr spät nach Hause gekommen.«

Claire äußerte sich nicht dazu.

»Ich kenne Victoria, seit sie sieben Jahre alt ist. Sie ist impulsiv und egoistisch. Sie hat Glück gehabt, dass Sie auf sie gewartet haben und ihr Vater zu viel getrunken hatte, um sie auf Zehenspitzen in ihr Zimmer schleichen zu hören.«

Claire betrachtete die aufgestickten Vögel und fragte sich, warum Jimmy sich auf Victoria eingelassen hatte. Hätte er nicht der einzige Mann sein können, der ihr widerstehen konnte?

Lächelnd strich Mrs Lawrence ihr eine rote Locke aus dem Gesicht. »Männer sind einfach hilflos, wenn es um Victoria geht. Sie weiß es und sie spielt damit«, sagte sie, als hätte sie Claires Gedanken gelesen. Mrs Lawrence befühlte eine zarte Perle am Taillenband. »Aber ich würde keinen guten Mann für einen dummen Fehler verurteilen.«

»Nein, Madam.«

Mrs Lawrence trat ein paar Schritte zurück. »Heute ist es endlich so weit.«

»Ja, und es wird bestimmt wunderschön.«

»Mr Buchanan würde es nicht anders wollen.«

Sie drückte Claires Hand mit der Wärme einer Gleichgesinnten. »Ich habe seit Wochen nichts gegessen, um mich auf diesen Tag vorzubereiten. Ich hoffe, Mrs Latimer hat heute Morgen ihre köstlichen Kekse gebacken. Es wäre ein guter Start in diesen Tag.«

* * *

Das Wetter war wunderbar. Die Sonne schien, der Himmel war kristallblau und wolkenlos. Ein Schwarm Gänse flog wie zum Gruß über das naturliebende Paar hinweg.

Claire und Mrs Lawrence waren im Nebenraum der kleinen Backsteinkapelle, wo Claire das Kleid nach der Fahrt auflockerte. In den Perlen fing sich das Morgenlicht – sie schimmerten wie das Wasser der Bucht.

Mrs Lawrence strahlte. Das Kleid betonte ihre Kurven und war so geschickt geschnitten, dass es ihr die Ausstrahlung einer viele Jahre jüngeren, erwartungsfrohen Braut verlieh.

Claire trug ein grünes Samtkleid, das eine Kundin bei der Schneiderin in Newport in Auftrag gegeben hatte, die es dann doch nicht gekauft hatte. Die Schneiderin hatte es Claire für ihre Aushilfe an ihren freien Sonntagnachmittagen überlassen. Claire hatte es für diesen Tag aufgehoben, an dem auch sie Eindruck machen wollte.

In dem raffiniert fallenden eleganten Kleid war sie nicht mehr das verlassene kleine Mädchen, das niemand an der Bucht bei sich hatte aufnehmen wollen. In dieser Aufmachung war sie eine Frau von Welt, selbstsicher und gewandt, die alles erreichen konnte. Sie hoffte, dass Jimmy Latimer sie sehen und in den folgenden tausend Nächten von ihr träumen würde.

Claire nahm ihren Platz als Letzte in der hinteren Reihe neben Mrs Latimer ein, die in dem grauwollenen Sonntagskleid erschienen war, dessen Säume Claire mit einer Spitzenkrause umhäkelt hatte. Mrs Latimer hatte sich zwar aufgeregt und behauptet, so ein Firlefanz wäre für sie völlig überflüssig, aber sie stand ohne Zweifel etwas aufrechter.

Victoria und Robert saßen in der ersten Reihe. Victoria trug ein eisblaues Samtkleid, das ihre Taille betonte. Der schimmernde Brokat am Kragen und an den Manschetten unterstrich ihr blondes Haar und ihren hellen Porzellanteint. Roberts Anzug war, wie der seines Vaters, aus feinstem schwarzen Tuch. Der leicht taillierte Gehrock hatte ein Revers aus Satin, aus dem ein frisch gestärkter hoher Kragen ragte.

Als die Zeremonie beendet war und Mr Buchanan seine Braut küsste, huschte Claire hinaus, um die fünf Kutschen heranzuwinken, die die Hochzeitsgäste zum Cottage bringen würden. Jimmy stand rauchend vor der Kirche. Als er sie sah, warf er die Zigarette auf den Boden und trat sie aus.

Seit der Nacht, in der Victoria zerzaust und ohne Erklärung in der Küche aufgetaucht war, hatte er sich entweder am Leuchtturm aufgehalten oder war auf der Jagd gewesen.

In der Kirche wurde geklatscht. Das frisch getraute Paar trat durch die Kirchentür und stellte sich oben auf der Treppe auf. Claire drapierte den langen Tüllschleier zu einem sanften Wasserfall. Die Gäste beglückwünschten Mr und Mrs Buchanan und ließen das Paar durch die schnell gebildete Doppelreihe passieren. Rosenblätter wirbelten über ihren Köpfen durch die Luft.

Claire beobachtete, wie Victoria grußlos an Jimmy vorbeiging und sich neben ihren Bruder in die zweite Kutsche setzte. Robert starrte vor sich auf die Straße und wirkte sehr still, fast grüblerisch.

Claire näherte sich dem letzten Wagen. »In Victorias Kielwasser treiben mehr Männer mit gebrochenem Herzen, als ich zählen kann«, raunte sie Jimmy zu.

Er sah sie fragend an. »Mir hat sie das Herz nicht gebrochen, falls Sie darauf hinauswollen.« Er stellte einen Hocker vor den Kutschbock. »Sie sitzen vorne. Hinten ist nicht genug Platz.«

Wenn er glaubte, dass sie ihm so leicht verzeihen würde, dann lag er falsch. »Was ist mit Ihrer Mutter?«

»Sie sitzt lieber in der Kutsche.« Er zog den Handschuh aus und bot Claire seine Hand an.

Claire ignorierte die Geste und kletterte trotz ihrer weiten Röcke ohne seine Hilfe hinauf. Achselzuckend wandte sich Jimmy den anderen Passagieren zu.

Der Wagen neigte sich etwas zu seiner Seite, als er sich auf den Kutschbock schwang und die Zügel aufnahm. Er ließ sie knallen, und die Pferde zogen an.

»Sie sehen gut aus«, sagte er.

Ihr wurde heiß. Sie ärgerte sich über sich selbst, weil ihr schon so eine kleine freundliche Bemerkung zu Kopf stieg.

»Werden Sie etwa rot, Miss Claire?« Er lächelte sie schelmisch an. In ihrem Kopf begann sich alles zu drehen.

»Ich bin froh, dass Ihnen aufgefallen ist, dass ich eine gute Schneiderin bin.«

»An Ihre Schneiderkunst hat heute sicherlich kein Mann einen Gedanken verschwendet. Aber die Art und Weise, wie Sie dieses Kleid tragen, hat sie alle beschäftigt.«

»Lassen Sie mich mit Ihren Schmeicheleien in Ruhe, James Latimer.«

Er lenkte die Kutsche auf einen Sandweg. »Nehmen Sie stattdessen meine Entschuldigung an?«

Als sie aufblickte, war sein aufgeblasenes Grinsen verschwunden. In seinen blauen Augen stand Verlangen. »Ich will, dass wir Freunde sind, Claire, jetzt mehr denn je.«

»Warum ausgerechnet jetzt?«

»Weil ich einberufen worden bin. Diesmal als Kapitän. Als ich es erfahren habe, habe ich gedacht, dass Sie es als Erste wissen sollen.«

Ihre Wut auf ihn verflog. »Aber Sie stechen ja nicht das erste Mal in See.«

»Der Krieg in Europa eskaliert, und es ist nur eine Frage der Zeit, bis Amerika hineingezogen wird.«

»Aber Sie sind doch bei der Handelsmarine und nicht in der Kriegsmarine.«

»Vor der britischen Küste werden unsere Frachtschiffe von deutschen U-Booten unter Beschuss genommen. Großbritannien soll vom Nachschub abgeschnitten werden.« Sie spürte die nervöse Energie, die in ihm brodelte. Es war dieselbe Unruhe, die die jüngeren Diener erfasste, wenn am Esstisch über den Krieg gesprochen wurde.

»Wann brechen Sie auf?«

»In einer Woche.« Er warf ihr einen Seitenblick zu. »Ich will nicht, dass irgendetwas zwischen uns steht.«

»Warum können Sie nicht bleiben?«

»Und alte Männer durchs Schilf führen? Abgemacht war, dass ich so lange bleibe, bis ich ein Schiff zugeteilt bekomme.«

»Sie könnten hier ein gutes Leben führen. Sie haben genug riskiert, und niemand möchte, dass Ihnen etwas zustößt.«

Er presste die Kiefer aufeinander. »Ich will höher hinaus, genau wie Sie.«

Plötzlich gab sie Victoria die Schuld an allem. Vielleicht wäre er noch länger geblieben, wenn diese verwöhnte junge Frau ihn nicht aus Langeweile verführt hätte, nur um ihn gleich darauf wie ein Kleid aus der letzten Saison auszusortieren.

Ein azurblauer Himmel wölbte sich über der unbefestigten Straße zum Jagdhaus. »Das ist sie nicht wert«, sagte sie bitter. »Sie ist es nicht wert, dass Sie ihretwegen in den Krieg ziehen.«

Er spannte die Zügel an. »Es hat nichts mit ihr zu tun.«

»Haben Sie es Ihrer Mutter schon gesagt?«

»Nein. Wie gesagt, Sie sollten die Erste sein. Aber jetzt, wo ich Ihre sauertöpfische Miene sehe, tut es mir leid.«

Sie war so bedrückt, dass sie einige Minuten schwieg. Dann sagte sie: »Ich mache doch keine sauertöpfische Miene.«

»Sie müssten sich mal sehen!«

Claire betrachtete sein stolzes, scharfkantiges Gesicht. Wie gern hätte sie es umfasst und ihn geküsst! Und wie gern hätte sie ihm befohlen, in Cape Hudson zu bleiben, wo er weit entfernt vom Wahnsinn in Europa in Sicherheit war.

Aber zwischen ihnen lastete Schweigen, und sie behielt es für sich.

Sie legten den Rest des Weges hinter den anderen Kutschen zurück. Obwohl Mrs Latimer und die anderen Bediensteten bereits ausgestiegen waren, blieb Claire sitzen. Die Zeit mit Jimmy war so kostbar, und jetzt sollte sie bald zu Ende gehen.

Sie starrte vor sich hin, die Hände auf ihrer Handtasche gefaltet. Dann wandte sie sich ihm zu, und sie blickten sich an. Plötzlich schien es ein tiefes Verständnis füreinander zu geben, das vorher nicht da gewesen war. Plötzlich war es ihr egal, dass er ihr Victoria vorgezogen hatte. Sie wusste nur: Wenn sie ihn küssen wollte, musste es jetzt sein. Die Leute würden es sehen, aber ihr war Getuschel egal. Wer wagt, gewinnt.

Der Kutschbock knarrte. »Können Sie mir einen Gefallen tun?«, fragte er.

»Ja, natürlich.« Sie fuhr sich mit der Zunge über die Lippen.

Er blickte zu den Gästen hinüber, die im Haus verschwanden. »Können Sie Miss Victoria eine Nachricht von mir übermitteln?«

Ihr Herz verkrampfte sich. »Was?«

Das war das Letzte, was sie sich wünschte: mit ihm über seine Zuneigung zu einer anderen Frau zu sprechen. Sie wollte, dass er sie sah, wie sie wirklich war. »Was für eine Nachricht?«, brachte sie schließlich hervor.

»Sagen Sie ihr, ich heirate sie, wenn sie mich will.«

»Sollten Sie ihr das nicht direkt sagen?«

»Ich versuche seit Tagen, sie allein zu erwischen, aber sie weicht mir immer aus.«

»Sie wird Sie nicht heiraten«, sagte Claire.

»Aber es ist meine Pflicht, es ihr anzubieten.«

Victoria würde nie auf den Gedanken kommen, seinen Antrag anzunehmen. Ihr war es bestimmt, in eine wohlhabende Familie einzuheiraten, und Jimmy stand viel zu weit unter ihr. Victoria wünschte sich eine ganz große Hochzeit, die das gesellschaftliche Ereignis des Jahres werden würde. Sie würde sich nie mit dem Leben auf dem Land zufriedengeben und ihm mit einem Sträußchen Winterblumen hinterherwinken, wenn er wieder in See stach.

»Ich spreche heute Abend mit ihr.«

Sie hätte gern mit dem Fuß aufgestampft, aber sie ließ es sein. »Passen Sie auf sich auf, James Latimer. Und spielen Sie nicht den Helden.«

* * *

Victoria saß an ihrem Frisiertisch, fuhr sich mit der silbernen Bürste ihrer Mutter durch die Haare und sah versonnen in ihr Spiegelbild.

Ohne Lippenstift und Rouge sah sie sehr blass aus.

»Du hast dir heute einen Namen in der Modewelt gemacht. Alle haben über das Kleid gesprochen, das du für meine Stiefmutter entworfen hast.«

Claire zog die Tür zu. Es stimmte. Mehrere Damen hatten ihr ihre Karten mit dem Hinweis überreicht, sie würden gern mit ihr über eine Stelle in ihrem Haushalt sprechen.

Victoria drehte sich nach ihr um. »Das freut mich für dich. Du arbeitest hart, und es ist wunderbar, wenn deine Entwürfe anerkannt werden.«

»Ich habe heute mit Jimmy gesprochen«, sagte Claire.

Victoria runzelte die Stirn.

»Er macht dir einen Heiratsantrag.«

Victoria zögerte nicht eine Sekunde, sondern fuhr unbeirrt fort, ihre Haare mit langen, gleichmäßigen Bewegungen zu bürsten. »Wie töricht von ihm! Das ist dir doch klar, oder etwa nicht?«

»Nein.«

»Du glaubst doch nicht im Ernst an diesen Romeo-und-Julia-Quatsch? Warum sollte ich ihn heiraten? Es ist ehrenhaft von ihm, aber ich muss vernünftig sein.«

»Und wenn du ein Baby bekommst?«

Sie lachte hell auf. »Sei doch nicht so melodramatisch. Das kann mir doch nicht passieren.«

»Nur weil du es nicht willst, heißt es noch lange nicht, dass es nicht möglich ist.«

Victoria drehte sich wieder zum Spiegel. »Mach dir darüber keine Sorgen.«

»Und wenn doch? Er wird auf See sein. Du bleibst allein zurück. Und in Kriegszeiten gibt es keinen Landurlaub.«

Victoria blickte Claire im Spiegel an. »Du bist doch nur eifersüchtig. Du wünschst dir seinen Ring an deinem Finger und sein Baby in deinem Bauch!«

»Ja! Seit dem Tag, an dem er mich aus dem Wasser gezogen hat. Und ich schäme mich nicht, das zuzugeben.«

»Hast du ihm das gesagt?«

Mit einem Mal war Claire wütend. Nicht auf Victoria oder Jimmy, sondern auf sich selbst. Sie hatte die Gelegenheit gehabt, aber ihre Angst vor seiner Zurückweisung oder, schlimmer noch, vor seinem Mitleid hatte sie zurückgehalten.

»Wenn du ihn willst, dann bring den Mut auf, es ihm zu sagen.«

»Aber er will mich nicht.«

»Weißt du das mit Sicherheit?«

»Nein.«

»Dann geh zu ihm. Du hast selbst gesagt, dass er vielleicht nicht zurückkehrt.«

* * *

Claires Wut trieb sie in den folgenden Tagen fast in den Wahnsinn. Sie hatte aufgehört zu zählen, wie oft sie zum Bootshaus aufgebrochen war, nur um dann doch wieder den Mut zu verlieren.

Unterdessen hatte sie erfahren, dass ihr Vater zurückgekommen war und zwei Tage an Land bleiben würde. Sie hätte ihn problemlos meiden können, doch als sie zum Abendessen zu den Jessups ging, beladen mit ihren verspäteten Weihnachtsgeschenken, machte sie einen Umweg. Sie wollte das Haus wiedersehen, in dem sie ihre Kindheit verbracht hatte. Ihr Elternhaus, in dem sie mit ihrer Familie gelebt hatte, bevor ihre Welt in Trümmer ging.

Sie umklammerte ihr kleines Bündel mit den Geschenken so fest, dass ihr die Finger wehtaten. Und als der Pfad zum Haus ihres Vaters vom Weg abzweigte, zögerte sie. Doch dann atmete sie tief durch und fasste sich ein Herz. Bald tauchte das vor ihr auf, was von dem Heim der Hedricks übrig war.

Die weiße Farbe war abgeblättert, und das rote Blechdach war unter dem salzigen Klima löchrig geworden. Der Garten, den ihre Mutter immer so sorgfältig gepflegt hatte, war völlig verwildert. Vor dem Haus lagen ein großer Haufen Bretter, ein umgedrehtes Boot, Bojen, Reusen und allerlei sonstiges Gerät, das Männer so horteten. Im Haus brannte kein Licht, und der Geruch nach frisch gebackenem Brot war nur eine ferne Erinnerung.

Claire klopfte an die Tür und wartete. Als sich nichts tat, drehte sie den Türknauf. Im Flur war es dunkel und roch nach Moder. »Vater?«

Das Haus blieb still und abweisend. Sie ging durchs Wohnzimmer hindurch und strich über den Lehnsessel, in dem ihre Mutter sie in die magische Welt von Nadel und Faden eingeführt hatte. Sie schloss die Augen und glaubte, ihr Lachen zu hören.

In der Küche empfing sie statt der Wärme, an die sie sich noch gut erinnerte, ein kalter, gusseiserner Herd. Auf dem hölzernen Esstisch lagen Taue und Seilwinden. Alles war von einer dicken Staubschicht bedeckt. Der einzige Hinweis auf Leben war ein benutzter Becher und eine Schüssel im Spülbecken.

Dann sah sie ihren Vater durch das Küchenfenster auf dem langen Steg stehen, der in die Bucht hinausragte.

Er war dabei, ein Tau um den Unterarm zu wickeln – genauso wie er es Aberhunderte von Malen getan hatte, als sie ein Kind gewesen war. Sein breiter Rücken war gebeugt, und die Haare, die unter der Strickmütze hervorlugten, waren nicht mehr grau meliert, sondern weiß.

Einerseits tat er ihr leid. Er hatte einen schweren Schlag erlitten, als seine Frau gestorben war und er als Seemann mit sieben Kindern zurückblieb. Damals hatte er harte Entscheidungen treffen müssen.

Doch andererseits war da auch die kalte Wut auf ihn, die jetzt wieder hochkochte. Er hätte vorsichtiger mit ihrer Mutter sein müssen, denn er wusste genau, wie gefahrvoll

Entbindungen für sie waren, nachdem sie bei der Geburt ihres vierten Kindes fast gestorben war. Trotzdem hatte er sich einen Sohn gewünscht. Und als sie ihm schließlich einen schenkte, wollte er noch einen und dann noch einen. Und sie war ihm so lange zu Willen gewesen, bis ihr Körper sie im Stich gelassen hatte.

Der Wind wehte von der Meerenge und blähte seine Jacke auf. Morgen würde er weg sein. Sie holte tief Luft. »Vater!«, rief sie.

Seine von Arthrose gezeichneten Hände ließen das Tau sinken, aber er wandte sich nicht gleich um.

»Vater«, rief sie wieder.

Diesmal richtete er sich auf und drehte sich zu ihr. Sein Gesicht war wettergegerbter und seine Wangen hohler als früher. Eine ihr unbekannte Narbe zog sich unter den dichten grauen Bartstoppeln am Kinn entlang.

Seine grauen Augen verengten sich.

Wusste er, welche seiner vier Töchter vor ihm stand? Er hatte seine drei Söhne zu den Jessups gegeben, die Töchter aber in die Fremde geschickt.

»Ich bin's, Claire.«

»Ja doch, ich weiß, wer du bist.«

»Ich war mir nicht sicher, ob du mich erkennen würdest.«

»Du siehst noch genauso wütend aus wie an dem Tag, an dem du weggegangen bist.« Er zog einen Lappen aus der Hosentasche und wischte sich die Hände daran ab.

Sie war wütend gewesen. Und sie war es immer noch. Aber jetzt hielt sie ihren Zorn im Zaum. »Ich habe dir ein Weihnachtsgeschenk mitgebracht. Auch wenn die Feiertage schon vorbei sind.« Sie überreichte ihm ein kleines Päckchen in blauem Geschenkpapier. »Es ist nichts Besonderes.«

»Ich habe nichts für dich.«

»Das macht nichts.«

Er betrachtete das Geschenk so lange, bis sie glaubte, er wolle es nicht annehmen. Schließlich öffnete er es mit seinen schwieligen Händen, und ein dicker grüner Wollschal kam zum Vorschein.

»Das kann ich heute besser«, sagte sie. »Aber ich habe ihn kurz nach meinem Fortgang für dich gestrickt. Ich dachte, wir würden an dem Weihnachtsfest alle wieder hier zusammenkommen.« Ihre Stimme wurde leiser. »Wahrscheinlich bin ich ebenso starrsinnig wie du. Ich war fest entschlossen, ihn dir selbst zu geben.«

Mit zitternden Fingern strich er über die warme Wolle. »Warum hast du ihn für mich gestrickt?«

»Weil Mom es nicht mehr konnte.« Ihre Mutter war immer stolz auf ihre Strickkünste gewesen.

»Komm mit rein«, sagte er mit gesenktem Kopf.

Sie folgte ihm, und dieses Mal ertrug sie den Anblick der Küche besser.

»Es sieht nicht mehr wie früher aus«, sagte er, als könne er ihre Gedanken lesen.

»Wie auch?«

Er grummelte etwas vor sich hin und verschwand im Wohnzimmer. Sie folgte ihm nicht. Sie wollte nicht noch einmal daran erinnert werden, dass das Leben, das sie einst so geliebt hatte, längst vergangen war. Dabei hatten sich die Bilder des vereinsamten Hauses bereits in ihr Gedächtnis eingegraben.

Er kam mit einem Kästchen zurück, das in eine Hand passte. Es war aus Walknochen, hatte ein kleines goldenes Schloss und feine dreieckige Verzierungen auf dem Deckel.

»Es hat deiner Mutter gehört«, sagte er leise. »Oder vielmehr hätte es ihr gehören sollen. Sie ist gestorben, bevor ich es ihr schenken konnte.«

Sie wusste nicht, was sie sagen sollte. Sie war schon so lange verwaist und auf sich gestellt.

»Wenn wir an der Küste nach New England hochgesegelt sind, haben wir oft Walfänger an Land getroffen. Und jedes Jahr ist mir einer über den Weg gelaufen, der immer knapp bei Kasse war. Für ein paar Biere gab er mir etwas Selbstgeschnitztes.«

Sie nahm das Geschenk an und öffnete es vorsichtig. Drinnen lag ein wunderschöner, mit minutiösen Einkerbungen verzierter Kompass, der nicht nur die Himmelsrichtungen anzeigte, sondern auch die Gradstriche dazwischen. Im Zentrum breitete eine winzige Schneegans ihre Flügel aus.

»Er hat für jedes Mädchen einen Kompass gemacht. Und für jeden Jungen ein Messer. Die anderen haben ihre schon bekommen, aber du wolltest ja nach dem Tod deiner Mutter nichts mehr mit mir zu tun haben. Du hast meine Hand weggeschlagen, als ich es dir zum Abschied geben wollte.«

Sie erinnerte sich noch genau daran, wie verlassen sie sich gefühlt hatte und wie ängstlich sie gewesen war. Damals war es leichter gewesen, wütend zu sein, als den Schmerz zuzulassen, der sie nach dem Verlust ihrer Mutter und ihrer ganzen Familie fast überwältigt hatte.

Erst ein Jahr darauf, als der Schmerz einer dumpfen Niedergeschlagenheit gewichen war, konnte sie zugeben, dass sie ihn vermisste. Sie hatte ihn in den ersten Briefen immer wieder gefragt, warum sie ihn nicht einmal besuchen kommen durfte, aber er hatte ihre Briefe nie beantwortet. »Warum hast du nie nach mir geschickt?«

Er räusperte sich mit gesenktem Kopf. »Nachdem ihr weg wart, bin ich sofort losgesegelt, und seitdem war ich immer nur sehr kurz an Land.«

»Wir haben dich gebraucht.«

Er vergrub die Hände in den Taschen. »Für euch war es besser so. Ihr konntet hier nicht ohne eure Mutter leben. Nicht mit mir alleine. Ich hätte euch nicht gelangt.«

»Doch, hättest du.«

»Und was wäre aus dir geworden, wenn du deine sechs Geschwister großgezogen hättest? Du hättest dich zu Tode geschuftet. Und sieh dich jetzt an, wie vornehm du geworden bist. Die Buchanans waren doch gut zu dir?«

»Ja, das waren sie, Vater.«

»Da war ich mir sicher.« Er schüttelte den Kopf. »Ich hätte dich fast nicht wiedererkannt.«

Sie schloss das Kästchen. »Ich bin auf dem Weg zu den Jessups zu einem späten Weihnachtsessen. Komm doch mit. Die Jungen sind natürlich auch da.«

Er schüttelte den Kopf. »Es ist kein Platz für mich an deren Tisch.«

»Wenn es einen Platz für mich gibt, dann gibt es auch einen für dich.«

Seine Miene verhärtete sich. »Nein, ich komme nicht mit. Aber geh du nur. Und schärfe den Jungs ein, sie sollen Rücksicht auf Sally nehmen. Ihr Baby ist jederzeit fällig.«

Tränen schnürten ihr die Kehle zu, und bevor sie wusste, was sie tat, hatte sie ihm einen Kuss auf die Wange gedrückt. »Frohe Weihnachten, Vater.«

Er hustete. »Mach dich auf den Weg. Sonst kommst du noch zu spät.«

Sie spürte, dass dies das letzte Mal sein würde, dass sie ihren Vater sah, wie er dort auf der Türschwelle ihres alten Zuhauses stand und den grünen Schal an sich drückte.

* * *

Bis zur Farm der Jessups waren es noch fast zwei Kilometer. Der kalte Wind hatte über die Sonne gesiegt. Sie duckte sich unter der Kälte, die ihr durch die Jacke in die Haut schnitt. Ihre eleganten Stiefel drückten, ihre Wangen waren rot vom Wind und ihre Nase lief.

Die Jessups lebten in einem kleinen Haus an der Meerseite der Landzunge. Sie waren nicht reich, aber es ging ihnen gut. Sie lebten von der Fischerei und vom Verkauf ihrer Enten an die Restaurants in Norfolk.

Sie klopfte an die Tür. Von drinnen hörte sie Gelächter und lauter schnelle Schritte. Als sie ihre Brüder das letzte Mal gesehen hatte, war ihr jüngster Bruder Michael drei Jahre alt gewesen, Joseph vier und Stanley fünf. Es waren die Söhne gewesen, die ihr Vater unbedingt in seiner Nähe haben wollte. Claire hatte sie dieses Mal gleich nach ihrer Ankunft besuchen wollen, aber sie hatte immer wieder Ausreden gefunden. Sie war nicht stolz darauf.

Sally Jessup öffnete ihr die Tür. Seit dem Fest war ihr Bauch noch runder geworden. Sie strahlte über beide Ohren. »Claire! Da bist du ja! Die Jungs sind schon so gespannt auf dich.«

Irgendwo im Haus krachte etwas auf den Boden. Ein Hund bellte, aber er klang eher aufgeregt als bedrohlich.

»Die scheinen aber viel Energie zu haben«, sagte Claire und trat ein. Warme Luft schlug ihr mit dem Geruch nach Gewürzen, Hefeteig und gebratenem Fleisch entgegen.

»Ja, bei uns ist immer viel los. Bitte gib mir deinen Mantel.«

Claire zog ihn aus und reichte ihn Sally. »Vielen Dank für die Einladung.«

»Wir haben uns sehr auf dich gefreut. Du gehörst zur Familie.«

Das Haus hatte niedrige Decken und weiß gewaschene Wände. Die Möbel waren solide und praktisch. Und als sie ins Wohnzimmer ging, sah sie ihre Brüder vor dem prasselnden Kamin auf dem Boden herumlungern.

In der Ecke stand eine handgearbeitete, mit frischen Leinentüchern bezogene Wiege. Claires Vater hatte sie für sie gemacht. Und er hatte die Wiege an dem Tag zu den Jessups getragen, an dem er die Jungen bei ihnen unterbrachte. Claire hatte Michael auf dem Arm gehalten, während Joseph und Stanley sich an ihren Rock geklammert hatten. Sie weinten jämmerlich, als ihr Vater und sie aufbrachen. Direkt danach brachte er Claire zu den Buchanans. Er ließ sie in Mrs Latimers Obhut zurück und kehrte ihr den Rücken zu, fest entschlossen, seine älteste Tochter nicht weinen zu sehen.

»Los, Jungs, aufgestanden.« Die schlaksigen Körper entwirrten sich und stellten sich nach Sallys Aufforderung der Reihe nach auf. »Darf ich dir meine Jungs und deine Brüder vorstellen, Claire?« Zuerst legte sie dem Kleinsten die Hand auf die Schulter. »Dies ist Michael.« Er war rothaarig wie ihre Mutter und mit Sommersprossen übersät, sodass er eher wie ein Kobold als wie ein Menschenkind wirkte.

»Michael, wie schön, dich wiederzusehen.«

Sally legte ihre Hand auf die Schulter des mittleren, dunkelhaarigen Jungen, der ein ebenso hageres Gesicht wie ihr Vater hatte. »Das ist Joseph.«

»Hallo Joseph.«

»Und der älteste Raufbold hier ist Stanley. Mit siebzehn ist er schon drauf und dran, in See zu stechen.«

»Ich fahre mit Jimmy«, sagte Stanley stolz. »Er wird Kapitän.«

»Ja, das hat er mir erzählt«, sagte Claire. Sie wünschte sich, mit ihnen in die Vergangenheit einzutauchen. Und sie wünschte sich mehr als alles andere, dass ihre Mutter noch lebte und ihre richtige Familie wieder zusammen sein könnte.

Sally drückte ihre Hand. »Es ist schwer, wenn sie groß werden, aber so ist es nun einmal.«

Claire betrachtete ihre Brüder. Sie war bei ihrer Geburt dabei gewesen, und jetzt stand sie Fremden gegenüber. Sally hatte ihr zwar viel geschrieben. Aber was waren Briefe gegen die ersten Schritte eines Babys, die ersten herausgefallenen Zähnchen, die ersten erfolgreich absolvierten Segelstunden?

»Gebt mir etwas Zeit, Jungs«, brachte sie heraus. »Ich brauche einen Moment, um die drei Kleinkinder mit euch strammen jungen Männern in Verbindung zu bringen.«

Die Jungen sahen Claire neugierig, aber auch etwas verängstigt an. Für die beiden Jüngeren war sie keine zufällige Besucherin, sondern eine mögliche Bedrohung der einzigen Familie, an die sie sich erinnerten.

»Wo sind unsere Schwestern?«, fragte Michael.

»Jemma, Sarah und Diane arbeiten in verschiedenen Städten. Ich habe sie ab und zu besuchen können. Es geht ihnen gut.«

»Wann kommen sie zurück?«, fragte Stanley.

Die Schwestern konnten sich wenigstens an ihre Mutter erinnern, und sie hatten auch jede ein Foto von ihr. Die Jungen hatten nur die Geschichten, die Claire ihnen erzählen konnte. »Ich weiß es nicht«, sagte sie. »Bald hoffentlich. Es wäre schön, wenn alle Hedrick-Geschwister einmal zusammenkämen.«

Joseph runzelte die Stirn. »Wir sind Jessups.«

Claire hätte mit ihnen über Blutsverwandtschaft und rechtliche Fragen diskutieren können, aber als sie Josephs Miene sah, ließ sie es bleiben. Warum sollte sie diesen einmaligen Besuch mit einem Streit verderben, den sie sowieso nicht gewinnen konnte? »Ich wollte nichts Falsches sagen.«

»Ach, das hast du doch nicht«, schaltete Sally sich ein. »Die Jungs wissen doch, dass sie als Kinder zu uns gebracht wurden, aber sie wissen auch, dass sie zu uns gehören.«

Ihre richtige Mutter hatte jedes Kind nach der Geburt an ihren Busen gedrückt und Freudentränen vergossen. Claire hatte Michael die Flasche gegeben und ihn nachts in den Schlaf gewiegt, während die anderen beiden neben ihr im Bett schliefen. »Weihnachten ist zwar vorbei, aber ich habe euch etwas mitgebracht. Wollt ihr eure Geschenke sehen?«

»Wenn Pa kommt. Er ist draußen auf dem Steg und sieht nach dem Boot«, sagte Stanley.

»Wir warten immer erst auf Pa«, sagte Michael.

»Gut, dann warten wir«, sagte Claire. »Aber vielleicht wollt ihr mir die Geschenke schon mal abnehmen?«

Sie rührten sich nicht. Schließlich stieß Joseph Stanley einen Ellenbogen in die Seite, und er kam zu ihr.

Als sie Stanley die Geschenke überreichte, wünschte sie sich so sehr, dass er sich an sie erinnerte und sie in die Arme nahm. Er sollte spüren, wie sehr sie ihn liebte. Sie war keine Fremde. Sie war seine Schwester.

Stanley nahm die Geschenke entgegen und händigte sie Joseph aus, der klein genug war, um die Neugier siegen zu lassen. Er suchte das mit seinem Namen darauf, dann erst legte er sie auf den Beistelltisch.

Die Haustür ging auf, ein kalter Wind blies ins Zimmer und brachte Eric Jessup mit. Er war ein großer Mann Ende dreißig mit einem vollen roten Gesicht, der gern lachte.

Claire ging lächelnd auf ihn zu. Hinter ihm stand Jimmy, der gerade seine Mütze abnahm.

»Seht mal, wen ich am Hafen getroffen habe«, sagte Eric. »Er wollte an seinem letzten Abend nur seine Sachen packen und dann einfach so verschwinden. Da habe ich ihn kurzerhand mitgenommen.«

Sally lachte, ging schwerfällig auf Jimmy zu und umarmte ihn herzlich. »Willkommen. Ich wusste doch, dass Eric dich finden würde!«

Jimmy erwiderte die Umarmung. »Ich möchte mich nicht aufdrängen.«

»Ach, so was gibt's bei uns gar nicht. Bei den Jessups sind alle herzlich willkommen.«

Die Jungen mussten nicht erst dazu aufgefordert werden, Jimmy zu begrüßen. Sie rannten zu ihm, bedrängten ihn und hüpften auf und ab wie Bojen im Sturm. Lachend hob er Michael und Joseph hoch und nahm sie in den Schwitzkasten. Die beiden traten um sich und schrien wie am Spieß, aber er ließ sie erst los, als sie »Onkel« riefen.

Als er sich wieder aufrichtete, bemerkte er Claire. »Oh, ich wusste gar nicht, dass Sie auch da sind, Claire.«

»Sally hat mich eingeladen. Was kann es an einem kalten Wintertag Besseres geben, als bei meinen Brüdern zu sein?«

Michael versuchte, Jimmy von hinten am Kragen zu packen, aber der hielt ihn sich mühelos vom Leib. »Ich war gestern im Cottage bei meiner Mutter, aber Sie waren nirgends zu sehen.«

»Ich habe mich früh zurückgezogen.«

»Jungs«, rief Eric, »kommt, wir gehen noch Feuerholz holen!« Doch statt auf sie zu warten, packte er Joseph und Michael am Kragen. Stanley war klug genug, ihnen sofort zu folgen.

Sally verschwand in der Küche. »Das Essen ist in einer Viertelstunde fertig.«

»Kann ich Ihnen helfen?«, fragte Claire.

»Nein, ausgeschlossen. Ihr beide macht es euch vorm Feuer gemütlich und genießt eure Gesellschaft.«

Kaum war Sally weg, platzte Claire heraus: »Ich habe es Victoria gesagt.«

Jimmy nahm die Schultern zurück. Er war bereit, sein Schicksal anzunehmen. »Und?«

»Sie wünscht Ihnen alles Gute, aber sie lehnt Ihren Antrag ab.«

Der Widerschein der Flammen verlieh Jimmys markantem Gesicht Schatten und Tiefe. Er sah attraktiver aus denn je. »Das habe ich mir gedacht.«

»Es tut mir leid.«

»Das braucht Ihnen wirklich nicht leidzutun. Damit wäre das erledigt.« Er streckte seine langen Finger ans warme Feuer. »Gut so.«

»Sind Sie denn nicht enttäuscht?«

»Nein. Erleichtert.«

Claire bemerkte, wie seine Anspannung nachließ. Er sagte die Wahrheit. Ein Lächeln umspielte ihre Mundwinkel. Sie griff nach seiner Hand und hätte ihn am liebsten gleich in die Arme genommen.

»Essen!«, rief Sally aus dem anderen Zimmer.

Jimmy hielt ihre Hand noch ein paar Herzschläge fest, bevor er sie freigab. Dann gingen sie nebeneinander ins Esszimmer und nahmen ihre Plätze an dem langen Tisch ein.

Sally hatte ein Festessen zubereitet. Es gab drei gebratene Enten, gebackene Austern, Maisbrot, geschmorte Tomaten und Kartoffelbrei. Auf der Anrichte standen ein Apfel- und ein Kürbiskuchen.

»Sie haben sich unglaublich viel Mühe gemacht, Sally«, sagte Claire.

»Aber es gibt nicht so vornehme Speisen wie drüben bei euch«, sagte Sally lachend, als Eric ihr den Stuhl am Kopfende des Tisches heranschob.

»Sie können Mrs Latimer das Wasser reichen. Aber ich werde leugnen, das gesagt zu haben«, sagte Claire.

»Ich werde meiner Mutter jedenfalls nicht erzählen, dass ihr die Konkurrenz hart auf den Fersen ist«, sagte Jimmy.

Im Laufe des Essens wurden die drei Jungen warm mit Claire und erreichten dann auch wieder ihre normale Lautstärke. Sie genoss die Ente und brachte es sogar über sich, Jimmy damit aufzuziehen, wie schlecht er anfangs Auto gefahren war. Er ließ sich gut gelaunt necken, und bevor das Festmahl zu Ende war, fühlte sie sich endlich wieder an der Küste zu Hause.

Nachdem sie beide Kuchen gegessen hatten, gingen sie zurück ins Wohnzimmer, wo die Jungen ihre Geschenke öffneten. Jeder bekam ein Hemd, das Claire genäht hatte, und sie freute sich, dass sie passten. Für Sally gab es einen Spitzenkragen und für Eric einen Schal. Und für das Baby ein eigens geschneidertes Taufgewand.

Als es Zeit war aufzubrechen, schlugen Jimmy und Claire Erics Angebot aus, sie mit dem Pferdewagen nach Hause zu fahren. Die Luft war kalt, und ein voller Mond stand am Himmel, als sie sich auf den Weg zum Jagdhaus machten.

Jetzt, wo sie unter sich waren, war Claire plötzlich zu nervös, um all das, was sie ihm sagen wollte, zur Sprache zu bringen. Und je länger sie schweigend nebeneinanderher gingen, desto schwerer wurde es, das Schweigen zwischen ihnen zu brechen.

»Wie sieht Ihre Route aus?«, fragte sie schließlich.

»Erst fahren wir in die Karibik und dann rüber nach England. Wir transportieren Treibstoff.«

»Ist das nicht gefährlich?«

»Hört sich schlimmer an, als es ist. Eigentlich ist es nicht viel anders, als wenn wir an der Küste nach Boston hochfahren würden.«

»Das ist doch ganz was anderes! Auf dem offenen Meer kann viel mehr schiefgehen.«

»Was soll schon schiefgehen?«, winkte er ab. Das Mondlicht spiegelte sich auf seinen ebenmäßigen Zähnen, als er sie angrinste. »Machen Sie sich etwa Sorgen um mich, Claire?«

»Ja.«

»Freut mich. Ich dachte, ich hätte es mir endgültig mit Ihnen verdorben.«

»Obwohl es Ihnen natürlich freistand«, sagte sie, »hat es mich verletzt, dass Sie Victoria mir vorgezogen haben.«

»Mir war nicht bewusst, dass Sie interessiert sind.«

Bevor sie sie zensieren konnte, platzten die nächsten Worte schon heraus. »Wissen Sie, wie lange ich schon an Ihnen interessiert bin? Seit dem Tag, an dem Sie mich aus dem Wasser gefischt haben.«

Er betrachtete sie schweigend.

Ohne nachzudenken, nahm sie seine Hand. All die Wochen und Jahre, in denen sie sich gefragt hatte, wie es wäre, ihn zu küssen, verdichteten sich in diesem Augenblick. Sie hätte nervös sein sollen, weil es jetzt endlich so weit war. Aber sie verschwendete keinen Gedanken daran.

Seine Finger fühlten sich kalt an. Er sah sie an und überließ ihr seine Hand. Sie brauchte nur diesen kleinen Sieg, um sich auf die Zehenspitzen zu stellen und ihn auf den Mund zu küssen. Erst stand er starr da, doch als ihr Kuss nicht enden wollte, legte er ihr den Arm um die Taille und erwiderte ihn.

Dann gingen sie Hand in Hand zum Bootshaus. Er stach am nächsten Tag in See, und sie wollte ihn mehr denn je. Sie standen direkt unter seinem Zimmer.

Er sah sie lange an. An seiner Schläfe pulsierte ein Muskel. »Bist du sicher? Keiner von uns kann sich mit zu viel Gin rausreden.«

»Ich bin sicher.«

Er zog sie hinein und die enge Treppe hinauf. Das Mondlicht schien in den schmalen Raum und auf sein ordentlich gemachtes Feldbett, neben dem seine prall gepackte Seemannstasche stand.

Sie streifte die Handschuhe von den Fingern und setzte den Hut ab. Den Mantel hängte sie über die Stuhllehne, und dann knöpfte sie ihr Mieder auf. Er trat einen Schritt auf sie zu, aber er berührte sie nicht. Er atmete heftig vor Verlangen. Sie legte seine Hand auf ihren Busen. Sein Blick wurde dunkel. Er senkte den Kopf und bedeckte ihre cremefarbenen Brüste mit Küssen.

In den nächsten Stunden brachte sie all den Mut auf, der ihr so lange gefehlt hatte. Sie zog sich vor ihm aus. Sie küsste ihn. Und als er sich in ihr bewegte, rief sie seinen Namen, atemlos vor Begierde. Sie dachte nicht an den Morgen. Nur an die wunderbare Gegenwart.

* * *

In Cape Hudson kümmerte man sich umeinander. Ob nach einem Sturm aufgeräumt werden musste, ob eine Familie in Not Unterstützung brauchte, ob ein Geheimnis bewahrt werden wollte – wenn es notwendig war, hielt man zusammen.

In diesem Sommer veränderte sich die Stimmung in der kleinen Stadt. In Europa tobte der Krieg, und obwohl Amerika noch nicht offiziell in den Krieg eingetreten war, folgten viele junge Männer Jimmys Beispiel und boten dem zunehmend gefährlicher werdenden Atlantik die Stirn.

Im September überstand Cape Hudson einen Hurrikan, der Häuser und Boote zerstörte und Felder verwüstete. Und im Oktober nahmen die Menschen ein Baby in ihren Kreis auf, das auf den Namen Samuel getauft wurde. Zu Weihnachten lag der kleine Junge in der Wiege neben dem festlich gedeckten Tisch der Jessups. Und von ihnen wurde er auch zum Seemann großgezogen. Zu einem Seemann wie Eric, den alle als seinen Vater ansahen.

Nur zwei Menschen wussten, wer sein rechtmäßiger Vater war. Einer von ihnen war Claire, und sie hatte geschworen, seinen Namen nie preiszugeben.

Kapitel 16

LUCY

17. Januar 2018

In den frühen Morgenstunden lag Lucy mit angewinkelten Beinen auf einer Seite. Im Zimmer war es kalt, und im Bett war es wunderbar warm. Sie bildete sich ein, den Verkehr von Nashville vor den Fenstern vorbeirauschen zu hören. Irgendwo stimmte jemand eine Gitarre. Aus dem Fenster eines Nachbarn wehte der Geruch nach gebratenen Eiern und Speck herein. Sie hörte jemanden atmen. Das musste Raven sein. Es war ein friedlicher und ruhiger Moment, so perfekt, dass sie wünschte, er möge nicht aufhören.

Aus dem Atmen wurde Wimmern. Und dann zwang sie das Bumm, Bumm eines Hundeschwanzes auf den Dielen, zögerlich ein Auge zu öffnen. Widerwillig drehte sie sich um. Dolly fixierte sie.

»Dolly«, murmelte sie.

Der Hund setzte sich auf und bellte. Zeit, rauszugehen.

Lucy nahm das Handy vom Nachttisch. Es war zehn vor sechs. »Vergiss es. Es ist noch viel zu früh.« Der Hund stupste sie an. »Ich war doch gestern Abend noch mit dir draußen!«

Dolly leckte ihr das Gesicht, sodass sie schließlich einlenkte. »Okay, nur noch eine Minute.«

Dolly bellte.

»Bitte.« Musste sie jetzt schon am frühen Morgen mit einem Hund verhandeln?

Dolly stupste sie noch einmal an, sodass sie schließlich die Beine über die Bettkante schwang. Nach einem sehnsüchtigen Blick zurück ging Lucy ins Badezimmer. Ein paar Minuten später hatte sie ihre Haare zum Pferdeschwanz gebunden und war fertig angezogen.

»Okay, raus mit dir.«

Sie warf einen Blick ins blaue Zimmer. Das Mädchen schlief tief und fest. Während Lucy, statt ihr ungebundenes Leben zu leben, die Verantwortung für ein Haus, einen Hund und jetzt auch noch für ein Kind übernommen hatte. Die Wohnung in Nashville, von der sie eben noch geträumt hatte, war so weit von all diesem entfernt, sie hätte auf dem Mond sein können.

Als Lucy schon fast unten war, hörte sie Natasha nach ihr rufen.

Sie stoppte. »Ich bin hier. Lasse nur kurz Dolly vor die Tür.«

Das Mädchen kam in einer Jogginghose und einem Donald-Duck-T-Shirt aus ihrem Zimmer gerannt. Die Haare standen ihr wild vom Kopf ab, und sie machte einen panischen Eindruck. »Und ich hab gedacht, du haust ab!«

»Ach, Quatsch. Dolly muss pinkeln und ich brauche einen Kaffee.« Die Standuhr im Flur schlug sechsmal. »Geh duschen und zieh dich an. Ich mache Frühstück. Ich habe Hank versprochen, dass ich dich pünktlich um halb acht zur Schule bringe.«

Natasha rieb sich gähnend die Augen. »Ich will die Knochen sehen.«

Ach ja. Die Knochen. Das stand auch auf der Liste neuer Probleme. Natashas durchgedrehten Vater Brian auch nicht zu vergessen. »Erst gehst du zur Schule.«

»Ich mag die Schule nicht.«

Lucy ging die Treppe runter. »Will ich gar nicht wissen. Schon gar nicht vor dem ersten Kaffee.«

Sie ließ Dolly hinaus in die Kälte. Die Sonne ging erst in einer Stunde auf, und am Himmel funkelten Myriaden von Sternen. In Nashville war der Widerschein der Lichter so hell, dass man die Sterne nie so sah wie hier. Während Dolly herumrannte und alles beschnupperte, überkam Lucy fast gegen ihren Willen ein Gefühl der Ehrfurcht vor all dieser Schönheit.

Der Hund lief zum Haus und Lucy folgte ihm. Sie schloss die Tür hinter sich ab. Brian Willard hatte sich zwar nicht bemerkbar gemacht, aber Vorsicht war bekanntlich besser als Nachsicht.

Eine Viertelstunde später hatte Dolly ihr Fressen verschlungen und Lucy den ersten Becher Kaffee getrunken. Natasha schlurfte herein und setzte sich auf den Barhocker an der Kücheninsel. Ihre Haare standen ihr immer noch zu allen Seiten vom Kopf ab. Sie mussten dringend frisiert werden. »Kaffee?«

»Mit viel Milch und noch mehr Zucker.«

»Kommt sofort.«

Lucy schenkte ihr einen halben Becher ein und gab Milch und zwei Teelöffel Zucker dazu. Sie legte eine Papierserviette auf Natashas Platz und stellte den Becher darauf. Das Kind sah immer noch verstört aus.

»Kommen Sie oft hierher?«, fragte Lucy scherzend.

Natasha rollte mit den Augen. »Wir sind hier nicht in einer von deinen Bars«, sagte sie schnippisch.

Das klang schon deutlich weniger verängstigt. »Was kann ich Ihnen zum Frühstück bringen?«

»In Bars gibt's nichts zu essen.«

»Doch, klar gibt's da was zu essen. Aber mir sind die Nachos und Burger ausgegangen. Wie wäre es mit Eiern und Toast?«

»Okay«, sagte Natasha mit dem Anflug eines Lächelns.

»Wie sagt man?«

»Danke.«

Lucy suchte nach einem Countrysong auf ihrem Handy.

»Hörst du immer nur Countrymusik?«

»Ja, ausschließlich.«

»Ich bin kein Fan davon.«

»Wahrscheinlich magst du diesen Techno-Kram, der keine richtige Musik ist.«

»Das ist richtige Musik.«

Lucy hatte eine gusseiserne Pfanne auf den Herd gestellt und schlug die Eier in eine Schüssel. »Aber sie wird von Computern gemacht. Ich mag Lieder, die ein echter Mensch an einem echten Instrument mit einer echten Stimme singt.«

Natasha schlürfte ihren Kaffee. »Kann ich mir ein Tattoo machen lassen? So eins wie du hast?«

Der plötzliche Themenwechsel lenkte Lucy so ab, dass ein Ei mit der Schale in der Schüssel landete. »Nein. Du bist zwölf.«

»Ich weiß nicht, was das damit zu tun haben soll. Außerdem bin ich ziemlich erwachsen für eine Zwölfjährige.«

Lucy fischte die Eierschalen aus der Schüssel. »Schluss jetzt.«

»Kann ich mir dann wenigstens die Haare blau färben?«

»Warum willst du blaue Haare?«

»Ich hasse meine Haare.«

»Mir gefallen sie. Viele Frauen würden eine Menge Geld für solche Locken zahlen.«

»Aber sie sind nicht glatt und blond wie deine, sondern kraus und dunkel.«

Lucy rührte die Eier um und steckte zwei Scheiben Brot in den Toaster. »Nach dem Frühstück kümmere ich mich um deine Haare.«

»Aber sie werden nicht wie deine aussehen.«

»Sollen sie ja auch nicht. Du hast deinen eigenen Stil. Und der ist cool.« Lucy stellte das Rührei in der Pfanne auf die Kücheninsel, holte Teller und Gabeln und schenkte Kaffee nach.

Als sie den ersten Bissen nahm, war sie fast versucht, ein Selfie zu machen, um den denkwürdigen Tag festzuhalten, an dem sie vor Sonnenaufgang aufgestanden war und ein richtiges Frühstück aß. »Wie hat deine Mutter dir die Haare gemacht?«

»Das weiß ich nicht mehr«, sagte Natasha traurig. »Obwohl ich es wissen sollte.«

»Es ist völlig in Ordnung, wenn du es vergessen hast. Ich habe jetzt schon Schwierigkeiten, mich an das Gesicht und die Stimme meiner Mutter zu erinnern.«

»Aber du hast die Videos.«

»Stimmt. Aber es ist nicht die Beth, an die ich mich erinnere.«

Das Mädchen stocherte in ihren Eiern, brach ein Stück von ihrem Toast ab und fütterte Dolly damit.

Lucy stand auf. »Bin gleich wieder da.«

»Wohin gehst du?«

»Wart's ab.« Sie eilte hinauf, holte eine Bürste mit breit stehenden Borsten und Festiger. Aus ihrem kleinen Beutel mit Haarklammern suchte sie ein breites gelbes Haarband heraus, das sie aus irgendeinem Grund nie trug.

Natasha hatte noch ein paar Gabeln von ihrem Rührei gegessen. Dolly saß bettelnd neben ihr. »Hör auf, dem Hund was abzugeben.«

»Aber Dolly hat Hunger.«

»Sie hat ihr Futter schon bekommen. Auf diese Masche fällt man leicht rein.« Lucy legte die Frisiersachen auf die Kücheninsel. »Wenn du aufgegessen hast, können wir anfangen.«

»Womit denn?«, fragte Natasha neugierig.

»Erst aufessen.«

»Na gut.« Als der Teller leer war, stellte Lucy ihn ins Spülbecken.

»Woher weißt du, was du mit Haaren wie meinen machen kannst?«

»Ich habe öfter mit afroamerikanischen Mädels zusammengearbeitet und ihnen zugehört, wenn sie sich über ihre Frisuren unterhalten haben. Ich bin keine Expertin, aber ich kriege bestimmt was Tolles hin.«

»Manchmal hat Mom mir Zöpfchen geflochten.«

»Ich kann nicht flechten, aber ich habe eine Idee.« Sie befeuchtete ein Küchenpapier und drückte es auf Natashas Haare. Sie waren feiner und verfilzter, als sie gedacht hatte. Dann arbeitete sie den Festiger ein.

Natasha schloss seufzend die Augen. Wie kam es, dass man sich gleich so viel besser fühlte, wenn einem die Haare gemacht wurden? Lucy nahm sich viel Zeit, die Haare zu entwirren und die Löckchen auszubürsten.

»Es ist lange her, dass sich jemand um meine Haare gekümmert hat«, sagte Natasha. »Brenda hatte keine Zeit, und es ist nicht gerade etwas, worum man Hank bitten würde.«

»Mir kommt er auch nicht unbedingt wie ein Schönheitsexperte vor.«

Natasha kicherte. »Nicht direkt.«

»Hier muss es doch einen Friseur geben, oder?«

»Christy's an der Route 13.«

»Ich könnte mir nämlich auch mal wieder die Haare schneiden lassen.«

Lucy glättete die Spitzen mit Festiger und legte die Haare vorne flach an den Kopf. Dann streifte sie Natasha das Haarband über. Sie sah wirklich süß aus.

»Lauf hoch und sieh es dir an. Und vergiss nicht, dir die Zähne zu putzen!«

Natasha strahlte vor Freude. Es war nicht das vorgetäuschte Lächeln, das sie so oft aufsetzte. »Okay!«

Lucy machte Natashas Schulbrote und legte noch eine kleine Tüte Chips und einen Apfel in die Tupperdose. Dann räumte sie die Küche auf. Natasha kam grinsend mit ihrem Rucksack über einer Schulter herein.

»Gefällt's dir?«

»Nicht schlecht.«

»Was für ein Lob.« Lucy sah auf die Uhr. »Zeit, loszufahren.«

Die Fahrt zur Schule dauerte keine Viertelstunde. Sie hielt wieder auf der Busspur. »Ich wünsche dir einen schönen Tag!«

»Neue Frisur, eine Beerdigung, ein Skelett. Das wird der allerbeste Tag überhaupt.«

»Bei uns ist der Kunde König.«

Natasha küsste Dolly und rutschte hinaus. Sie war schon fast in der Schule verschwunden, als Lucy auffiel, dass sie ihre Tupperdose vergessen hatte. Lucy rief ihr hinterher, und Natasha rannte zurück und schnappte sie sich.

Als Lucy beim Jagdhaus ankam, stand der SUV des Sheriffs neben Hanks Pick-up. Die beiden Männer waren dabei, eine Leiter über den Brunnenrand zu hieven.

Lucy machte Dolly an die Leine und ging hinüber.

Hank streifte sich schwarze Latexhandschuhe über. »Ist Natasha in der Schule?«

»Ordnungsgemäß abgeliefert.«

»Keine Probleme?«

»Keine Probleme. Morgen, Sheriff. Wie wäre es mit Kaffee?«

»Wäre super«, sagte Rick. Er holte eine Plane aus dem Kofferraum und breitete sie neben dem Brunnen aus. »Vielleicht wenn wir wissen, was uns da unten erwartet.«

»Klar.«

Rick setzte sich die Stirnlampe auf, kletterte über den Brunnenrand und die Leiter hinunter.

»Wissen Sie, wann der Brunnen gebohrt wurde?«, fragte Lucy.

Hank schüttelte den Kopf. »Ich war im Bezirksamt und habe die Akten durchforstet. In den letzten hundert Jahren sind sechs Brunnen zugeschüttet worden. Aber dieser hier scheint noch älter zu sein.«

Ricks Stirnlampe warf Licht auf das runde Mauerwerk, während er die Sprossen hinunterkletterte.

Hank machte Fotos mit seiner Digitalkamera. Lucy trat an den Brunnenrand und sah beklommen hinunter. Im Schein der Lampe tauchte eine Pfütze in der Mitte des Brunnens auf. Und daneben lagen die Knochen.

»Sieht das nach einem menschlichen Skelett aus?«, rief Hank hinunter.

»Schwer zu sagen bei all dem Matsch.« Auch Rick zog eine Kamera aus der Hosentasche und machte Fotos von dem Fund. Dann nahm er einen Beweismittelbeutel aus der anderen Tasche und begann, die Knochen einzusammeln. Er tastete weiter im Morast herum, und dann zog er einen menschlichen Schädel hervor.

»Das beantwortet meine Frage«, bemerkte Hank trocken.

Während Rick damit beschäftigt war, weitere Skelettteile zu bergen, brachte Lucy Dolly ins Haus und setzte Kaffee auf. In der Abstellkammer fand sich eine Thermoskanne, die sie gründlich ausspülte. Dann warf sie Dolly eine Kaustange zu, nahm drei Becher und ging zurück. Rick reichte Hank gerade den Beweismittelbeutel über den Brunnenrand.

»Spurensicherung kann man das nicht nennen«, sagte Rick. »Aber die meisten Knochen werde ich gefunden haben.« Dann kletterte er aus dem Brunnen. Seine Stiefel waren bis oben mit Schlamm verschmiert.

Hank betrachtete den Schädel genau. »Seht ihr den dicken Riss hier an der Seite? Der kann beim Sturz in den Brunnen entstanden sein. Oder davor.«

Rick legte den Beutel auf die Plane und sortierte die Knochen.

Hank zog die Latexhandschuhe aus. »Danke für den Kaffee.«

Lucy schenkte ihm einen Becher ein. »Sie haben keine Vermutung, von wem die Knochen stammen könnten?«

»Überhaupt keine. Die Kleider sind längst vermodert, und falls das Opfer einen Ring oder sonstigen Schmuck getragen hat, ist der im Matsch versunken.«

»Langeweile kommt hier jedenfalls nicht auf«, sagte Lucy.

Hank trank einen Schluck Kaffee. »Normalerweise passiert hier wenig Aufregendes. Muss wohl an Ihnen liegen.«

Rick richtete sich auf, zog die Handschuhe aus und nahm seinen Kaffee entgegen. »Viel mehr gibt es hier erst mal nicht zu tun. Ich bringe das jetzt in die Gerichtsmedizin nach Norfolk. Vielleicht können die rausfinden, wer der mysteriöse Tote ist.«

»Haben Sie jetzt eine Vermutung, wie lange das da unten schon lag?«, fragte Lucy.

»Ich bin kein Experte«, gab Rick zurück. »Aber die Knochen sind brüchig. Sie müssen schon Jahrzehnte dort unten gelegen haben.«

»Wow.« Lucy blickte zum Haus. »Zu einer Zeit, in der Mrs B noch hier gelebt hat.«

»Tja, aber wenn sie etwas darüber wusste, hat sie es mit ins Grab genommen«, sagte Hank.

* * *

Um die Mittagszeit fuhren Hank und Rick ab. Lucy blieb Zeit, um zu duschen und sich noch ein Video von Beth und Mrs B anzusehen. Sie gewöhnte sich langsam an ihre Mutter als junges, lebenshungriges Mädchen.

Dann ging sie nach oben, um Make-up aufzutragen und sich die Haare zu kämmen, zog einen grünen Pullover, Jeans und ihre Cowboystiefel an.

Um Punkt drei klingelte es an der Haustür. Nach einem kurzen Blick durchs Fenster öffnete sie. Hank trug einen dunklen Anzug, ein weißes Hemd und eine blaue Krawatte. Sie musste zugeben, dass er für einen zugeknöpften Typen ziemlich süß aussah.

Dolly begrüßte ihn stürmisch, während er Lucy stirnrunzelnd von oben bis unten betrachtete. »Sind Sie fertig?«

»Beth würde sich im Grab umdrehen, wenn ich in einem Kleid und High Heels auftauchen würde.«

»Also bin ich zu fein?«

»Tragen Sie das normalerweise zu Beerdigungen?«

»Ja.«

»Dann ist alles in Ordnung. Beth fand immer, dass man sich nicht verbiegen sollte.« In den Jahren mit ihrer Mutter hatte Lucy sich fast immer Sorgen gemacht. Könnte Beth die Miete zahlen? Würde es etwas zum Abendessen geben? Käme sie pünktlich zur Schule? Doch Beth hatte auch viele gute Seiten gehabt. Und die wollte sie heute würdigen. Das hatte sie verdient.

»Der Kuchen ist noch in der Küche. Und ich muss schnell die Urne holen.«

»Gut.«

Sie eilte die Treppe hinauf, nahm die Urne an sich und gab sie Hank: »Wenn Sie die nehmen, hole ich den Kuchen.«

Kurz darauf kam Lucy mit dem Kuchen und einer Plastiktüte mit Papierservietten, Plastiklöffeln und einem silbernen Messer zurück. Beth hätte es zwar nicht zugegeben, aber eigentlich hätte es ihr gefallen, dass Menschen ihretwegen zusammenkamen. Lucy hätte die Leute nach der Bestattung ins Jagdhaus einladen können, aber es war nicht ihr Zuhause. Und Beths noch weniger. Deswegen war es besser, die Trauerfeier am Grab abzuhalten.

Dolly trottete neben ihr her zu Hanks Pick-up und sprang ohne zu zögern hinein. Lucy balancierte den Kuchen und die Urne auf ihrem Schoss und schnallte sich an. Hank setzte sich hinters Lenkrad und fuhr los.

»Seien Sie nicht überrascht, wenn ein paar Leute mehr kommen. Die Stadt ist klein, jeder kennt jeden.«

Bei dem Gedanken an die Fremden wurde ihr mulmig. Beth war erst vor Kurzem gestorben. Sie hatte gedacht, einigermaßen über ihren Tod hinweg zu sein, aber jetzt stiegen die Trauer und das Gefühl des Verlusts wieder in ihr auf.

Natasha wartete bereits mit dem Rucksack über einer Schulter vor der Schule auf sie. Sie hielt besorgt, aber tapfer lächelnd Ausschau nach ihnen.

»Sie müssen ihr unbedingt ein Kompliment für ihre Frisur machen«, sagte Lucy.

Hank sah Natasha genauer an. »Sie sieht irgendwie anders aus.«

»Sagen Sie nicht *anders*. Sagen Sie *schön*.«

»Roger.«

Als Natasha Hanks Pick-up entdeckte, begann sie so zu strahlen, dass Lucy Tränen in die Augen stiegen.

Das Mädchen rutschte auf den Rücksitz und wuschelte Dolly über den Kopf. »Ich kann's kaum erwarten, den Kuchen zu essen. Wann gibt es ihn?«

»Weil es so ein schöner Tag ist, habe ich eine Decke mitgenommen. Vielleicht machen wir an Beths Grab ein Picknick.«

»Anschnallen«, sagte Hank. »Deine Haare gefallen mir.«

Natasha ließ den Gurt einrasten und strich sich über den Kopf. »Danke! Ich habe noch nie auf einem Friedhof ein Picknick gemacht!«

»Es wäre jedenfalls in Beths Sinn. Sie hätte sofort mitgemacht.«

»Die Trauerfeier für meine Mom war in der Baptistenkirche. Eigentlich sollte sie gleich nach dem Gottesdienst beerdigt werden, aber mein Dad hatte die Rechnungen nicht bezahlt, und der Bestatter wollte erst sein Geld.«

Lucy schluckte. »Und dann?«

»Er hat uns einen Rabatt gegeben, weil er meine Mutter mochte. Die Kirche hat den Rest übernommen. Vielleicht kann ich dir mal ihr Grab zeigen.«

»Das wäre schön«, sagte Lucy.

»Wie ist das mit den Knochen weitergegangen?«

»Sie stammen von einem Menschen«, sagte Hank.

Natasha machte große Augen. »Echt?«

»Echt«, sagte Hank. »Der Sheriff hat sie nach Norfolk gebracht. Ach übrigens, Lucy, er kommt zum Friedhof, wenn er es schafft. Aber bei dem Verkehr könnte es eng werden.«

»Vielen Dank, das weiß ich zu schätzen«, sagte Lucy gerührt.

»Gefallen dir meine Haare wirklich, Hank? Ganz ehrlich?«

»Ganz ehrlich«, sagte Hank.

»Bestimmt?«

»Bestimmt.«

Natasha ließ sich in die Polster sinken. »Mir auch.«

Hank fuhr durch den Ort und nahm dann die Küstenstraße. Ein paar Kilometer weiter bog er in einen Wirtschaftsweg, der zwischen abgeernteten Maisfeldern hindurchführte. Matsch spritzte nach allen Seiten. Am Ende des Feldes erreichten sie offenes Gelände.

Vor ihnen parkten rund zwei Dutzend Autos. »Sind wir hier richtig?«, fragte Lucy.

»Ja.« Hank stellte den Pick-up hinter den weißen SUV des Sheriffs.

»All diese Leute haben meine Mutter gekannt?«

»Sie wollen ihr die letzte Ehre erweisen. Wie gesagt, hier hält man zueinander.«

»Dann hätte ich mehr Kuchen backen müssen«, sagte Lucy.

Hank nahm ihr den Kuchen ab und gab ihn Natasha. »Wollen Sie die Urne nehmen?«, fragte er Lucy.

»Ja, sicher.« Lucy blickte auf die Fremden vor dem gusseisernen Zaun und stieg zögernd aus.

»Kommen Sie«, ermunterte Hank sie.

Sie holte tief Luft und ging quer über die Wiese. Dolly rannte voraus und begrüßte alle schwanzwedelnd. Für sie waren es alles alte Freunde.

Ein älterer Mann in einem dunklen Anzug löste sich aus der Menge und kam ihnen entgegen. »Ich bin Noah Garrison, Hanks Vater. Es ist meiner Frau Nancy und mir ein besonderes Anliegen, heute hier zu sein. Leider konnten wir Sie nicht früher in Cape Hudson willkommen heißen, weil wir im Urlaub waren. Wir kennen Ihre Mutter aus der Highschool.«

Lucy erinnerte sich daran, dass Beth die beiden Namen in einem der Videos erwähnt hatte. Das war der Typ, mit dem sie sich hatte verabreden wollen, sobald er mit seiner Freundin Schluss gemacht hatte. Dazu schien es allem Anschein nach nie gekommen zu sein.

Nancy legte Lucy die Hand auf den Arm. »Ihre Mutter und ich waren bei den Cheerleadern. Sie sehen ihr unglaublich ähnlich.«

»Sie hat nie etwas von Cape Hudson erzählt«, sagte Lucy.

Nancy drückte Lucys Arm. »All das spielt jetzt keine Rolle mehr. Kommen Sie, lassen Sie uns auf den Friedhof gehen.«

Lucy wurde von den Anwesenden begrüßt und entdeckte ein bekanntes Gesicht. Faye Reynolds stand hinter einem

Klapptisch mit einer weißen Leinendecke, auf dem verschiedene Schüsseln standen.

»Natasha, stellst du den Kuchen zu den anderen Süßspeisen?«, fragte Mrs Reynolds freundlich.

»Haben Sie das alles mitgebracht?«, fragte Lucy.

»Nur meinen üblichen Süßkartoffelauflauf. Jeder hat irgendetwas beigesteuert«, sagte Mrs Reynolds. »Die Beth, an die ich mich erinnere, hätte sich darüber gefreut.«

Warum war Beth aus diesem Ort und vor diesen Leuten geflohen, die sich noch nach dreißig Jahren die Mühe machten, sich hier ihretwegen zu versammeln? Lucy musste einen Moment warten, bis sie ihre Stimme im Griff hatte. »Ich danke Ihnen allen.«

Sie ging auf die Gräber der Jessups zu. Dies war die Familie ihrer Mutter, ihre Familie. Dort standen Grabsteine für Sally und Eric und ihre fünf Söhne, Stanley, Joseph, Michael, Aaron und Samuel – ihren Großvater. Neben Samuel lag seine Frau Donna. Für Beth war ein Loch neben den Gräbern ihrer Eltern ausgehoben worden. Es gab noch andere Gräber, deren Namen Lucy aber nichts sagten. Auf einem Stein stand: SCOTT JESSUP, UNITED STATES MARINE CORPS, 1989–2017. Obendrauf standen zwei umgedrehte Schnapsgläser.

»Wollen Sie ein paar Worte sagen?«, fragte Hank.

»Beth war nicht so für Förmlichkeiten, aber klar, ich kann ein, zwei Worte sagen.«

Die Leute bildeten einen Halbkreis um das Grab und wurden still. Lucy hielt die Urne umklammert und versuchte, die Tränen hinunterzuschlucken, aber ein paar rannen ihr doch die Wangen hinab und fielen in den Erdaushub, vor den sie sich gekniet hatte. Sie beugte sich vor und stellte die Urne langsam hinein.

»Mama, jetzt bist du wieder zu Hause«, begann sie. »Ich hoffe, dass du hier den Frieden findest, den du nie gekannt hast.

Ich hoffe, dass deine Eltern hier auf dich warten und dass alles, was dich vertrieben hat, längst vergessen ist. Ich hoffe, dass ihr euch vergeben habt.«

Sie nahm einen Klumpen feuchter Erde in die Hand. »Tschüss, Mama.« Sie warf die Erde auf die Urne, stand auf und trat zurück.

»Ein paar von den Leuten hier würden auch gern etwas über Ihre Mutter sagen. Ist Ihnen das recht?«

»Ja, sehr sogar.«

Noah Garrison sprach als Erster. »Es ist dreißig Jahre her, seit ich Beth das letzte Mal gesehen habe. Aber nun, wo ihre Tochter hier vor mir steht, kommt es mir vor, als wären die Jahre wie im Flug vergangen. Ich erinnere mich noch genau daran, wie einige von uns am Tag vor den Ferien zum Strand gefahren sind. Beth sagte, sie könne nicht mitkommen, weil sie an einem geheimen Projekt arbeite. Sie umarmte mich und bat mich, ihr die größte Muschel mitzubringen, die ich finden könnte.« Er seufzte leise und zog eine Muschelschale aus der Manteltasche. Sie war ausgebleicht und trug die Aufschrift MYRTLE BEACH. »Ich konnte nicht glauben, dass sie ohne ein Wort weggegangen ist. Ich habe die Muschel von damals zwar nicht mehr gefunden, aber ich habe diese mitgebracht.« Er beugte sich über das Grab und legte sie hinein. »Ich habe meinen Kindern beigebracht, ihre Versprechen zu halten. Und ich hatte Beth eine Muschel versprochen.«

Er stellte sich wieder neben seine Frau und nahm sie bei der Hand. Als Nächstes trat Mrs Reynolds ans Grab. Sie setzte ihre Brille auf und räusperte sich. »Beth war eine meiner besten Schülerinnen. Sie hatte sehr viel Potenzial, und ich wollte, dass sie es nutzte. Sie steckte immer in irgendwelchen Schwierigkeiten, aber ich dachte mir, wenn ich sie ermutigte, würde sie selbst merken, was sie aus sich machen könnte.« Mrs

Reynolds hielt ein gelbes Blatt in die Höhe. »Sie ist weggegangen, bevor ich ihr das letzte Zeugnis ausstellen konnte. Sie hätte höchstwahrscheinlich eine glatte Eins bekommen. Hier stehen lauter Einsen, nur das unterste Kästchen ist leer geblieben, weil sie das Projekt nicht abgegeben hat. Ich glaube fast, sie hat es absichtlich getan, um mir zu beweisen, dass ich unrecht hatte.« Sie legte das Zeugnis neben die Muschel.

Als Letzte sprach Arlene. Sie trug ihre langen roten Haare offen. »Wenn Beth all die traurigen Gesichter hier sehen könnte, würde sie einen Anfall bekommen«, sagte sie und ließ ihren Blick über die Anwesenden schweifen. »Sie hätte irgendwas gesagt, um euch aufzuheitern.« Arlene fischte ihr Handy aus der Tasche und kurz darauf erklang »Don't worry, be happy«.

Natasha nahm Lucys Hand.

Diese skurrile Zusammenkunft passte zu Beth. Als der Song vorüber war, wischte sich Lucy ein paar Tränen aus den Augenwinkeln und drückte Natashas Hand.

Megan parkte vor dem Zaun und winkte Lucy zu.

»Dies soll eine Feier sein«, sagte Lucy und deutete auf den Tisch. »Also bitte, greifen Sie doch zu!«

In dem Moment fuhr ein zerbeulter roter Pick-up mit quietschenden Bremsen vor. Ein heruntergekommener Mann in löchrigen Jeans und einer abgetragenen Lederjacke kletterte heraus, kippte sich den Rest seiner Bierdose hinter die Binde und warf sie auf den Vordersitz. Er strich die schulterlangen Haare zurück und rief: »Komme ich zu spät?«

Natasha stöhnte und drückte sich an Lucy. »O nein, mein Dad.«

Hank und sein Vater gingen auf Brian Willard zu und stoppten ihn ein paar Meter vor dem Zaun.

Hank redete auf Willard ein. Noah nahm ihn beim Arm, aber er machte sich brüsk frei.

»Was? Ich will mich von ihr verabschieden. Schließlich kannte ich Beth besser als irgendeiner von euch Hohlköpfen!«, schrie er.

Sein Blick ging an Hank und Noah vorbei und fiel auf Lucy. Einen Moment stand er wie gelähmt da. »Verdammt! Das ist ja, als wäre Beth hier. Sie war so süß. Und sie sah fantastisch aus.« Er zuckte die Achseln. »Aber sie hat mich angelogen, die Schlampe. Sie hat mir das Herz rausgerissen. Bei lebendigem Leib.«

»Das reicht jetzt«, sagte Hank. »Zeit zu gehen.«

Willard wandte sich aus Hanks festem Griff. »Ich habe ihr gesagt, wenn sie mich verlässt, würde ihr Leben beschissen werden.« Er sah Lucy direkt an. »Sieht aus, als hätte ich recht gehabt.«

Hinter einem Bartresen hätte Lucy spätestens jetzt nach dem Baseballschläger gegriffen. »Los, verschwinde! Mach, dass du wegkommst!«

»Ui, ui«, sagte Brian lachend. »Du hast das Feuer deiner Mutter geerbt. Wenn sie mich so angesehen hat, wusste ich, dass sie im nächsten Moment wie eine Wildkatze auf mich losgehen würde.«

Als Hank dieses Mal nach Brians Arm griff, konnte er sich nicht wieder losreißen. Hank gab ihm so einen kräftigen Schubs, dass Brian ein paar Schritte stolperte, bevor er sein Gleichgewicht wiedergewann. Er zog die Lederjacke hinunter und fuhr sich wieder mit den Fingern durch die Haare. »Wenn die da hier ist, um ihren Daddy zu finden, hat sie ganz schön was zu tun. Es gab einfach keinen Mann, der Beth nicht gefallen hätte.«

Noah schubste Brian zu seinem Wagen. Brian hob die Hände. »Schon gut, ich bin hier wohl unerwünscht.« Dann brüllte er Natasha an. »Du brauchst gar nicht so tun, als wärst du was Besseres. Ich bin dein Daddy und keine noch so tolle

Frisur wird daran was ändern. In deinen Adern fließt mein Blut.«

Brians Gelächter ließ Lucy erschauern. So gern sie ihn auch von der Liste möglicher Väter gestrichen hätte, er war genau der Typ Mann, der Beth imponierte. Aber dann fiel ihr plötzlich auf, wie Noah Garrison sie ansah. Sein Gesichtsausdruck verschlug ihr den Atem. Es steckte ein ganzes Leben voller Schmerz und Reue darin.

Mit einer Mischung aus Erleichterung, Freude und Bedauern wurde ihr bewusst, dass Beth ihm viel bedeutet haben musste. Sekunden später sahen sich Noah und seine Frau an. Sie lächelte, aber ihre Augen waren kalt. Eine alte Wunde war wieder aufgebrochen.

Die Beklommenheit des Paares übertrug sich auf Lucy.

Sie fragte sich, ob Noah Garrison ihr Vater war.

Kapitel 17

LUCY

17. Januar 2018

Als die vier wieder am Jagdhaus ankamen, blieb Lucy eine Weile schweigend im Auto sitzen. Dolly brach das Eis. Sie hatte ein Eichhörnchen entdeckt und fing wie wild an zu bellen.

Natasha öffnete die Autotür und Dolly sprang mit einem riesigen Satz hinaus. »Lucy, fährst du noch irgendwohin?«

»Nein, ich bleibe hier.«

»Deine Haare sehen wirklich fantastisch aus«, sagte Hank.

Natasha nickte. »Ja, ich weiß. Danke.« Das Mädchen rannte hinter dem Hund zum schilfbewachsenen Ufer hinunter.

»Und? Wie geht Brian Willards Geschichte?«

»Was er sich heute geleistet hat, sagt eigentlich schon alles. Natashas Mutter war mehr oder weniger alleinerziehend. Seit sie nicht mehr da ist, geht es noch schneller bergab mit ihm. Und der selbstsüchtige Bastard versucht auch noch, Natasha mit runterzuziehen.«

»Er hatte auf jeden Fall eine Beziehung mit meiner Mutter. Und Ihr Vater vielleicht auch.«

Er beobachtete, wie der Hund im Schilf verschwand und wieder auftauchte. »Sieht ganz danach aus.«

Das war typisch Beth, noch aus dem Grab heraus ein Drama zu inszenieren. »Vielen Dank für alles, Hank.«

»Keine Ursache.«

»Warum sind Sie bloß so freundlich zu mir? Den Pachtvertrag haben Sie jetzt doch.«

»Weil es richtig ist.« Als er sich ihr zuwandte, war sein Blick offen und wachsam zugleich. »Ich bin immer noch nicht davon überzeugt, dass Sie bleiben. Es ist nicht leicht, hier zu leben. Die Stadt steht kurz vor dem Aus, und ich habe keine Ahnung, ob es mir gelingt, das Ruder herumzureißen.«

»Warum versuchen Sie es dann überhaupt?«

»Familie. Tradition. Ich bin hier aufgewachsen und habe tiefe Wurzeln geschlagen. Sie nicht, Lucy. Und Beth auch nicht.«

Sie stieg aus und rief nach Natasha. Vor der Haustür stand eine Einkaufstüte mit lauter alten Zeitungsartikeln, offensichtlich Ausdrucke von Mikrofilmen. Mrs Reynolds hatte sich an ihr Versprechen gehalten.

Das Mädchen und der Hund kamen atemlos zum Haus gerannt. Die Reifen von Hanks Pick-up knirschten über den Kies.

Lucy öffnete die Haustür und schaltete das Licht ein. Die hohe Eingangshalle und die große Fensterfront verliehen dem Haus etwas Kaltes. Die nackten Wände und die dunklen Ecken hießen einen auch nicht gerade willkommen. Diesem Haus war es gleich, ob sie dablieb oder nicht.

»Gibt es noch Kuchen?«, fragte Natasha.

»Alles weg«, sagte Lucy.

»Schade. Der war superlecker. Du kannst wirklich gut backen.«

»Danke.«

»Vielleicht kannst du es mir beibringen?«

»Klar. Aber du hast doch bestimmt was für morgen aufgekriegt?«

»Kriegen wir immer. Das hat Zeit.«

Lucy hatte nichts von dem kleinen, improvisierten Büfett probieren können, weil ihr von all den Geschichten über Beth flau geworden war und sie gegen ihre Trauer ankämpfen musste. Die Leute hatten auf sie eingeredet, viele hatten sie in den Arm genommen. Irgendwann hatte es ihr die Luft abgeschnürt.

»Hast du dir heute wieder ein Video von deiner Mom angesehen?«, fragte Natasha.

»Ja, vielleicht eine Stunde.«

»Wir können doch noch weitergucken. Und Popcorn machen oder so was.«

Lucy ließ das Wasser in der Küche laufen, bis es warm wurde, dann wusch sie sich die Hände. Sie brauchte eine Pause von Beth, eine Pause vor dem nächsten Video.

»Imbiss. Hausaufgaben. Popcorn und Film.«

»Mann«, sagte Natasha. »Die Hausaufgaben sind überhaupt nicht eilig.«

»Das habe ich meiner Mutter auch immer weisgemacht.«

»Und was hat sie gesagt?«

»Okay, dann kannst du fernsehen.«

Natasha stemmte die Hände in die Hüften. »Und dir hat es auch nicht geschadet.«

Lucy schüttelte den Kopf. »Du willst nicht so enden wie ich. Barkeeperin zu sein, ist okay, aber es bedeutet lange Arbeitstage und harte Arbeit. Es wäre schade um deinen scharfen Verstand.«

»Du brauchst ja auch nicht mehr in einer Bar zu arbeiten«, sagte Natasha. »Du kannst hierbleiben und dich ums Haus kümmern.«

»Und was dann?« Die Frage war eher an sich selbst gerichtet.

Natasha zuckte mit den Achseln. »Irgendwer muss sich darum kümmern.«

»Ich habe keine Ahnung, wie man das macht.«

»Aber Hank weiß es. Er würde dir helfen.«

»Das stimmt.«

Lucy war bewusst, dass sie nicht nur über das Haus sprachen, als sie ein Brot aufschnitt und ein paar Scheiben mit Butter bestrich. Sie gab Natasha ein Butterbrot und biss in ihres. Sie dachte daran, wie Hank heute in Anzug und Krawatte vor ihrer Tür gestanden hatte. Noch nie hatte ein Mann ihretwegen einen Anzug angezogen. Und sie hegte den Verdacht, dass er etwas mit dem frisch gemähten Gras auf dem Friedhof zu tun hatte.

»Ich meine, er könnte dein Halbbruder sein«, unterbrach Natasha ihre Gedanken. »Wäre doch irgendwie cool, wenn du einen Halbbruder hättest, oder?«

Ebenso gut hätte das Mädchen einen Eimer Eiswasser über Lucy ausgießen können. Dabei hatte sie seit einiger Zeit über diese Möglichkeit nachgedacht.

»Jetzt iss!«

»Schon ziemlich schräg ...« Natasha warf Dolly ein Stück von ihrem Brot zu.

»Allerdings.«

Lucy zog die Zeitungsartikel aus Mrs Reynolds Tüte. Es waren Dutzende von Artikeln über das Cottage, von denen die meisten aus der Regionalzeitung stammten, einige aber auch aus dem *Virginian-Pilot* aus Norfolk.

Der erste Artikel mit dem Hochzeitsfoto von George Buchanan und Elizabeth Lawrence vor dem Jagdhaus datierte aus dem Jahr 1916. Mrs Buchanan trug ein Kleid aus cremefarbenem Satin mit einem perlenbesetzten Mieder und einer langen, sich im Wind aufbauschenden Schleppe, während Mr Buchanan in Frack und Zylinder gekleidet war. Sie strahlte über beide Ohren, und seine Brust war stolzgeschwellt.

Neben dem Paar standen zwei ebenfalls festlich gekleidete junge Leute. Das Mädchen sah fantastisch aus. Sie trug ein Samtkleid und einen passenden Hut auf ihren blonden

Locken, der ihre hohen Wangenknochen betonte. Sie lächelte zwar nicht, aber ihr klarer Blick verlieh ihr einen schelmischen Charme, dem man sich schwer entziehen konnte. Der junge Mann war groß und schlank und ähnelte seinem Vater. Das mussten Victoria und Robert sein.

Lucy betrachtete das Hochzeitskleid eingehender, und dabei fiel ihr das Bild ein, das sie im Wandschrank entdeckt hatte. Es war zweifelsfrei dasselbe Kleid, aber es war nicht dieselbe Braut.

In dem nächsten Artikel ging es um einen Mann namens James Latimer. Auch von ihm gab es ein Foto, was allerdings kein Wunder war, denn er sah atemberaubend gut aus. Was natürlich gut für die Auflage war. In seinem Blick lag eine große Ernsthaftigkeit. Er war sehr männlich, und das machte ihn noch unwiderstehlicher. Sie verstand sofort, warum Claire und Victoria sich zu ihm hingezogen gefühlt hatten. Die Schlagzeile lautete: SEEMANN AUS CAPE HUDSON ZUM KAPITÄN DER *MARIAH* ERNANNT.

Lucy verspürte einen merkwürdigen Stolz auf Jimmy, als sie daran dachte, was für eine steile Karriere er in der Handelsmarine gemacht hatte.

Sie blätterte zum nächsten Artikel aus dem August desselben Jahres mit der Überschrift *MARIAH* GESUNKEN. Das Schiff war vor Nassau vom Torpedo eines deutschen U-Bootes getroffen worden. Sie kannte Jimmy und die Männer, die unter seinem Kommando dienten, natürlich nicht, aber sie musste an die junge Frau denken, die so viel verloren hatte.

»Verdammt.«

»Was ist?«, fragte Natasha.

Sie hielt ihr den Artikel unter die Nase. Das Mädchen las ihn durch und zuckte mit den Achseln.

Lucy musste zugeben, dass ihre Nerven von der heutigen Trauerfeier überstrapaziert waren. Sie durchsuchte die

Zeitungsausschnitte nach Meldungen über das weitere Schicksal der Männer der *Mariah*. Schließlich fand sie einen in der Norfolker Zeitung, laut dem zwanzig der vermissten Seeleute, unter ihnen auch Jimmy Latimer und Stanley Hedrick, von einem Fischkutter gerettet worden waren.

Lucys Erleichterung war nur von kurzer Dauer, denn im nächsten Absatz wurde gemeldet, dass Isaac Hedrick vermisst wurde. Der alte Seemann hinterließ sieben Kinder: Catherine, genannt Claire, Jemma, Sarah, Diane, Stanley, Joseph und Michael.

»Arme Claire. Sie hat ihren Vater verloren, aber wenigstens haben ihr Bruder und Jimmy den Torpedoangriff überlebt«, sagte Lucy.

»Warum weinst du?«, fragte Natasha.

»Weil es traurig ist.« Lucy wischte sich die Tränen von den Wangen und las den nächsten Artikel durch. Der junge Robert Buchanan war im Spätsommer des Jahres 1916 eingezogen worden. Im Video hatte Mrs B erzählt, dass sie das erste Mal mit Robert auf einer Party für die Bevölkerung getanzt habe und dass er mit jemandem in einen Streit geraten sei. Aber da war keine Rede vom Militärdienst gewesen.

Der nächste Artikel behandelte die Hochzeit von Robert Buchanan mit Catherine »Claire« Hedrick. Sie trug das elfenbeinfarbene Hochzeitskleid mit der langen Schleppe und stand ganz allein auf dem Rasen neben dem Cottage, hinter sich die Bucht und über sich weiße Wölkchen im klaren Himmel.

Claire, eine Bedienstete im Haushalt der Buchanans, hatte den Erben des Familienvermögens geheiratet. Das musste einen großen Aufruhr, wenn nicht sogar einen Skandal verursacht haben. Aber was war aus Jimmy geworden? Lucy sah sich das Gesicht der jungen Claire genau an. Sie lächelte, aber ihre Augen funkelten nicht, wie man es von einer Braut erwarten würde.

Weiterhin war zu lesen, dass das Paar beabsichtigte, in Cape Hudson und nicht in New York zu leben.

Eine weitere Nachricht beschäftigte sich mit Sally und Eric Jessup und ihren fünf Söhnen. Im März 1917 waren die älteren drei bereits Teenager, während die jüngeren beiden noch Kleinkinder waren, ein Baby und ein Einjähriger. Eric Jessup war für die Rettung von Schiffbrüchigen während eines Hurrikans ausgezeichnet worden.

Aus dem letzten Video wusste Lucy, dass die älteren drei Jungen die Brüder von Claire Hedrick waren. Der Einjährige musste das Kind sein, mit dem Sally in der Zeit um die Hochzeit im Januar 1916 schwanger gewesen war. Das jüngste Kind mit dem Namen Samuel war Lucys Großvater.

Lucy betrachtete das Gesicht ihrer Adoptiv-Urgroßmutter lange. Sally strahlte vor Glück im Kreis ihrer Männer.

Der allerletzte Artikel aus dem Jahr 1917 behandelte das Schicksal von Robert Buchanan, der ebenfalls ertrunken war. Lucy begriff, dass es ein Preis war, der in dieser Gegend öfter gezahlt wurde. Der ortsansässige Sheriff hatte ermittelt, dass Robert Buchanan aus unbekannten Gründen in einem schweren Sturm in die Bucht hinausgefahren war. Sein Leichnam wurde nie geborgen. Das bedeutete, dass das Grab auf dem Friedhof leer sein musste.

* * *

Hank parkte an der gewundenen Vorfahrt vor seinem Elternhaus. Es war ein zweistöckiges Haus im Kolonialstil mit jagdgrünen Fensterläden und einer langen Veranda. Er hatte auf der Trauerfeier kaum mit seinen Eltern gesprochen. Aber jetzt war ein Gespräch zwischen seinem Vater und ihm überfällig.

Auf der Veranda klangen die Tonstäbe eines Windspiels in der leichten Brise. Er öffnete die Tür und wurde vom Geruch der Spaghettisauce begrüßt, die seine Mutter jeden Donnerstag kochte. Diese Tradition hatte sie ins Leben gerufen, als Hank und seine Schwester noch klein gewesen waren. Und sie bestand bis heute darauf, dass die Familie donnerstags zum Essen zusammenkam.

»Mom!«, rief er.

»In der Abstellkammer!«

Sie machte Ordnung bei den Dosenvorräten.

»Was ist los?«, fragte er.

»Warum sollte irgendwas los sein?«

»Mom. Weil du immer aufräumst, wenn du dich ärgerst.«

Sie strich sich mit dem Handrücken die Haare aus dem Gesicht. »Nein, mich hat die Trauerfeier mitgenommen. Beth Jessup und ich waren genau gleich alt. Ich habe mich heute daran erinnert, wie ich auf der Toilette geweint habe, als ich herausgefunden hatte, dass ich mit dir schwanger war. Ich hatte schreckliche Angst. Und sie war so lieb zu mir, hat mich in den Arm genommen und lange getröstet.«

Seine Eltern hatten unmittelbar vor dem Abschluss der Highschool geheiratet. Damals war seine Mutter schon im achten Monat schwanger gewesen. Ihre Familien hatten eine Wagenburg um das junge Paar gebildet, sie hatten es unterstützt und beschützt. So hatten seine beiden Eltern, allen Umständen zum Trotz, studieren können. »Mir war gar nicht klar, dass du sie so gut gekannt hast.«

»Wir waren alle irgendwie befreundet. Du weißt doch, wie's hier ist.«

Die Tatsache, dass seine Eltern so früh geheiratet hatten, hieß aber noch lange nicht, dass sein Vater sich nicht mit Beth eingelassen haben konnte. Vielleicht wurde es dadurch nur brisanter.

Seine Mutter schniefte. »Beths Tochter sieht ihr so ähnlich. Es ist, als würde man in die Vergangenheit blicken. Wie ist sie denn eigentlich?«

»Sie ist ein guter Mensch.«

»Behält sie das Haus?«

»Ich weiß es nicht. Sie ist nicht an Verantwortung gewöhnt, und sie steht vor einer großen Entscheidung.«

»Es ist auf jeden Fall lieb von ihr, dass sie die kleine Willard zu sich genommen hat. Gott weiß, das Kind braucht mal eine Verschnaufpause.«

»Das kann man wohl laut sagen. Wo ist Dad?«, fragte Hank, plötzlich ungeduldig.

»Draußen im Schuppen. Er repariert den Rasenmäher.«

»Okay.«

»Alles in Ordnung?«

Hank gab ihr einen Kuss auf die Wange. »Nie besser gewesen.«

Er ging durch die Hintertür hinaus und versuchte sich seinen Vater als frisch verheirateten jungen Mann vorzustellen, der bald Vater werden würde. Er musste unter großem Druck gestanden haben. Hanks Eltern waren großartig, und er hatte sich über nichts zu beklagen, aber sie sprachen selten über die Zeit vor seiner Geburt.

Sein Vater stand im Schuppen über einen roten Rasenmäher gebeugt. Er hielt eine Sicherung in der Hand, die er im Schein der Glühbirne untersuchte.

»Dad.«

Sein Vater nahm lächelnd die Brille ab. »Hey, was verschafft uns die Ehre?«

»Ich will nicht um den heißen Brei herumreden, Dad.«

Das Lächeln seines Vaters wurde breiter. »Das hältst du so, seit du zwei warst. Was ist?«

Hank zog die Tür zu. »Hast du mit Beth geschlafen? Bist du Lucys Vater?«

Noah Garrison warf einen Blick durch das Fenster, um sicherzugehen, dass seine Frau nicht in der Nähe war. »Nein, ich bin nicht Lucys Vater.«

»Warum hast du dich dann eben vergewissert, dass Mom nicht da ist?«

»Weil ich damals drauf und dran war, unsere Beziehung kaputt zu machen. Als Brian Willard heute aufgetaucht ist, kam alles wieder hoch.«

»Was war zwischen Beth und dir?«

»Deine Mutter war ungefähr im achten Monat. Sie war entsetzt, dass ihre College-Pläne durchkreuzt wurden, und verständlicherweise sehr emotional. Was nicht heißt, dass sie dich nicht angebetet hat«, fügte er schnell hinzu. »Sowie du da warst, hat sie dich geliebt.«

»Das weiß ich. Was mich beschäftigt, ist der Monat, bevor Beth abgehauen ist. Du musst ehrlich zu mir sein, Dad. Bist du Lucys Vater?«

»Ich habe es dir eben schon gesagt. Nein«, sagte er verärgert.

»Du bist sicher?«

»Ja, verdammt noch mal!« Er war laut geworden und brauchte einen Moment, um sich zu fangen. »Ich war nah dran, aber ich habe nicht mit ihr geschlafen. Warum ist das plötzlich so wichtig?«

»Weil es mir eben wichtig ist.«

»Ah, natürlich. Lucy gefällt dir?«

»Ich kenne sie erst seit zwei Tagen. Und ich würde meinen letzten Dollar darauf wetten, dass sie vor Ablauf des Monats wieder in Nashville ist.«

»Wenn sie was von ihrer Mutter hat, dann gewinnst du die Wette. Ich habe mich immer gewundert, dass Beth nicht schon früher abgehauen ist. Sie war so eine ruhelose Seele. Nach dem Tod ihrer Mutter fuhr ihr Vater wieder zur See und es gab nichts, was sie hier hielt. Für sie war es normal, sich durchs Leben treiben zu lassen.« Er zuckte die Achseln. »Wenn Lucy wieder abreist, wäre es gut für dich. Es würde bedeuten, dass du das Cottage bekommst.«

»Genau. Ich könnte meine Pläne umsetzen.«

»Wie sieht es mit dem Pachtvertrag aus?«

»Lucy hat die Verlängerung unterschrieben. Wieder um zehn Jahre.«

»Und warum ziehst du dann so ein griesgrämiges Gesicht?«

»Tue ich gar nicht.«

»Du schießt hier rein und fragst mich, ob ich vor dreißig Jahren eine Affäre hatte und ob ich Lucys Vater bin. Und du siehst noch mürrischer aus als sonst.«

Hank setzte sich auf den Hocker neben die Werkbank und spielte mit einem Schraubenschlüssel. »Das Projekt bedeutet mir so viel, Dad. Es geht ja nicht nur um mich, sondern auch um meine Männer. Um die Stadt. Der Weinberg ist ein Anfang, aber wenn ich mehr Wein anbauen und die Produktion hochfahren könnte, dann könnte ich viel bewegen.«

»Deine Loyalität der Stadt und deinen Männern gegenüber in allen Ehren, aber du schuldest ihnen nichts, keine Jobs und keinen Ort, an dem sie leben können.«

»Doch, das schulde ich ihnen. Jedem Einzelnen von ihnen.«

Noah schwieg einen Moment, dann legte er seinem Sohn die Hand auf die Schulter. »Wie du schon gesagt hast, wird Lucy wahrscheinlich spätestens in einem Monat über alle Berge sein. Es ist wunderschön hier, aber bei uns gehen die Uhren langsamer. Das ist nicht jedermanns Sache. Sie sieht aus wie ein Mädchen aus der Großstadt. Da ist nichts falsch dran, es bedeutet nur, dass es ihr hier vielleicht nicht gefällt.«

»Ich weiß.«

»Beth hatte eine Wildheit, die berauschend war. Wenn sie einen Raum betrat, war es, als ginge die Sonne auf. Kein Schulereignis hat richtig Spaß gemacht, bis sie auftauchte. Aber sie war so selbstzerstörerisch. Sie hatte so viel drauf und hätte alles aus sich machen können.«

»Und dann wurde sie schon in der Schulzeit schwanger. Wie Mom von dir.«

»Ja, aber wir hatten unsere Eltern. Ohne sie wäre es uns richtig dreckig gegangen. Beth hatte keine Eltern, die hinter ihr standen. Und als ihr Vater wieder zurückgekommen ist, war sie schon auf und davon.« Noah schüttelte den Kopf. »Ich habe in all den Jahren so oft an Beth gedacht und mich gefragt, warum sie so plötzlich verschwunden ist. Mrs B und Samuel wussten von Lucy, und Mrs B hat wohl auch Geld geschickt, aber sie starb, als Lucy noch ein Kleinkind war. Und so wild Beth auch gewesen sein mochte, sie hatte ihren Stolz. Sie hätte Samuel nie um Hilfe gebeten.«

»Lucy hat mir erzählt, dass ihre Beziehung zu ihrer Mutter nicht unproblematisch war. Dickköpfigkeit scheint bei denen in der Familie zu liegen«, sagte Hank.

»Samuel konnte stur wie ein Esel sein. Aber er war ein guter Mensch. Wenn er nicht gewesen wäre, hätten deine Mutter und ich den Betrieb nicht erweitern können.«

»Lucy hat mir auch erzählt, dass Beth Videos von Interviews mit Mrs B gemacht hat.«

»Davon habe ich noch nie was gehört.«

»Glaubst du, dass die Interviews eine Rolle gespielt haben könnten, dass Mrs B Beth und Lucy das Cottage vermacht hat?«

»Kann ich mir nicht vorstellen. Mrs B hat sich immer sehr loyal ihrer Familie gegenüber verhalten.«

»Und welche Verbindung hatte Mrs B zu den Jessups?«

»Die Jessups haben ihre drei jüngeren Brüder großgezogen, und sie war ihnen ihr Leben lang dankbar dafür. Und sie hat Samuel das Pförtnerhaus überlassen, als er in den Sechzigerjahren endlich geheiratet hat.«

»Aber warum hat sie das Cottage dann nicht ihren Blutsverwandten hinterlassen?«

»Das weiß ich auch nicht«, sagte Noah und nahm Hank den Schraubenschlüssel ab. »Wann ist dein Termin bei der Bank?«

»In zwei Tagen.«

»Was willst du ihnen sagen?«

»Dass Lucy der Verlängerung um zehn Jahre zugestimmt hat.«

»Was gut ist, aber nicht so gut, als wärst du Erbe des Jagdhauses.«

Hank hätte sich nie vorgestellt, dass die Pläne, die er schon schwarz auf weiß vor sich gesehen hatte, in Gefahr geraten konnten. »Tja, wir werden sehen.«

Kapitel 18

BETH

12. Mai 1988

Die Kamera ist auf Beth gerichtet, die in Mrs Bs Sessel vor der großen Fensterfront im Wohnzimmer sitzt. Hinter ihr sieht man auf die Bucht bei strahlend klarem Wetter.

Sie trägt einen schwarzen Pullover. Die Haare fallen ihr locker auf die Schultern. Sie hat sich sogar geschminkt.

Beth fährt sich mit der Zunge über die Lippen und zieht die Ärmel ihres Pullis herunter. Sie hat wieder blaue Flecke an den Handgelenken.

»Mrs B lässt mich warten. Das passiert manchmal, aber ich kann ihr nicht böse sein. Sie ist fast hundert Jahre alt und an manchen Tagen braucht sie für alles etwas länger. Sie ist so cool.«

Beth wirft einen Blick zur Tür. »Heute wäre es allerdings schön gewesen, wenn sie pünktlich gekommen wäre, weil ich gleich noch eine Verabredung habe.« Sie lässt wieder ihr schelmisches Lächeln aufblitzen, das diesmal allerdings etwas Teuflisches hat. »Eine geheime Verabredung. Ich spiele mal wieder mit dem Feuer. Aber was soll's. Auf Nummer sicher zu gehen, macht mir keinen Spaß.«

Im Hintergrund sind Schritte zu hören. »Hey Mrs B. Sie sehen heute ja wieder bezaubernd aus.«

»Danke.« Sie sitzt in einem Rollstuhl, den ein sehr junges afroamerikanisches Mädchen schiebt. Die Kleine ist spindeldürr, hat Zöpfchen und trägt eine Jeans und ein blassblaues T-Shirt.

Beth schiebt Mrs Bs angestammten Sessel zur Seite, damit sie im Rollstuhl ihren üblichen Platz einnehmen kann. Das Mädchen stellt die Bremse fest und streicht den Plaid auf Mrs Bs Knien glatt.

»Alles klar?«, fragt Beth.

»Danke, Grace. Ich klingele, wenn ich dich brauche.«

Das Mädchen geht hinaus und schließt leise die Schiebetüren zum Salon.

»Schlimme Nacht?«, fragt Beth.

»Ja, ich habe nicht gut geschlafen. Zu viele Träume.« Sie betont jedes Wort.

Mrs B möchte über ihre Träume sprechen, das ist klar. Aber sie ist eine Diva und wartet darauf, gefragt zu werden.

Den Gefallen tut Beth ihr gern. Sie hat die alte Lady ins Herz geschlossen. Außerdem gefallen ihr die Geschichten von Jimmy und Claire. »Okay, ich habe angebissen. Wovon haben Sie geträumt?«

Mrs B betrachtet ihre sorgfältig manikürten Fingernägel. »Du gaukelst mir dein Interesse doch nur vor.«

»Das stimmt nicht.«

»Doch.« Mrs B macht eine wegwerfende Geste.

Beth zieht eine Augenbraue hoch. »Ich habe nicht gedacht, dass Sie Spielchen mit mir spielen. Ich habe Sie für eine ehrliche Haut gehalten.«

»Ich habe keine Ahnung, wovon du sprichst«, sagt Mrs B.

Beth hebt die andere Augenbraue. »Bitte?«

Ein blitzschnelles Lächeln huscht über Mrs Bs Gesicht. »Du bist ganz schön frech. Und du erinnerst mich an ein Mädchen von früher.«

»Das haben Sie schon einmal gesagt. Wie heißt sie?«

»Sie ist vor zehn Jahren im hohen Alter gestorben. Es spielt keine Rolle mehr.«

»Ist das heute der Tag der halbherzigen Antworten? Und erzählen Sie mir nun, wie es mit Jimmy und Claire weiterging oder nicht?«

»Erst möchte ich wissen, woher du die blauen Flecke hast, Kindchen.«

Beth zieht wieder die Ärmel des Pullovers nach unten. »Ach, das ist nichts weiter.«

»Also bin ich nicht die Einzige, die halbherzige Antworten gibt.«

Beth zuckt die Achseln. Sie will sich lieber nicht daran erinnern. »Die sind von diesem Typen, mit dem ich mich ein paar Mal getroffen habe. Er ist ein bisschen gröber geworden, und ich bin empfindlich. Er hat sich entschuldigt.«

»Tut er dir öfter weh?«

Beth verschränkt die Finger und hofft, dass das Zittern ihrer Hände ihre Angst nicht verrät. »Nein. Ich hab's Ihnen doch gesagt, es war eine Art Unfall.«

»Ich hatte früher auch solche Unfälle. Komischerweise war mein Mann immer in der Nähe, wenn sie passierten.« Mrs B zupft einen unsichtbaren Fussel vom Plaid. »Wenn mein Mann vor unserer Heirat trank, konnte er sehr charmant sein. Aber nachdem ich schwanger wurde, stand er unter Druck. Und dann war er gar nicht mehr nett, wenn er trank.«

»Sie haben noch nicht viel von ihm erzählt.«

»Dann werde ich es heute tun.«

* * *

CLAIRE

August 1916

Die Brise von der Bucht kam nicht gegen die drückende Hochsommerhitze an, unter der die Gegend seit zwei Wochen brütete. Claire war Ende April in Cape Hudson eingetroffen. Die Reise war außerplanmäßig notwendig geworden, und Claire war auf ausdrücklichen Wunsch ihrer Arbeitgeber hergekommen.

Heute trug sie ein loses weißes Musselinkleid, das ihre Knöchel umspielte. Ihr rotes Haar hatte sie mit einer Schleife hoch zusammengebunden. Sie war zu Fuß zum Ort gelaufen, um Briefe abzuholen, und hatte auf Post von Jimmy gehofft. Er schickte seiner Mutter aus jedem Hafen einen Brief und manchmal legte er kleine Schmuckstücke dazu, aber es war jetzt schon eine Weile her, dass sie den letzten von ihm bekommen hatte.

In seinen letzten Briefen war er sehr einsilbig gewesen. »Heute hat es geregnet.« »Orangen im Hafen von Nassau.« »U-Boote 200 Seemeilen nördlich gesichtet.« »Isaac und Stanley geht es gut.« »Sag Claire, dass ich sie vermisse.«

Auch wenn Amerika noch keine Kriegserklärung abgegeben hatte, traten immer mehr junge Männer in die Handelsmarine ein, um Großbritanniens Nachschub an Treibstoff und Nahrungsmitteln zu sichern.

Jimmys Schiff transportierte Treibstoff, und in diesem Jahr hatte die *Mariah* bereits dreimal den Atlantik überquert. Wenn ein Frachter im Zielhafen einlief, wurde die Ladung schnell gelöscht und brachte der Marine hohen Profit. Aber die Gefahr durch U-Boote stieg stetig an. Mehrere Dutzend Handelsschiffe waren bereits versenkt worden.

In der Post war ein großer Umschlag von Mrs Buchanan an Claire, in dem mehrere Briefe von Victorias Cousin Edward steckten, die Mrs Buchanan diskret nach Cape Hudson weiterleitete. Edward schrieb Victoria wöchentlich.

Claire stieß die Tür des Jagdhauses auf. Alle Fenster waren geöffnet, damit die Brise die schwüle Hitze vertrieb. Aus der Küche hörte sie jemanden mit Töpfen und Pfannen hantieren. Mrs Latimer stand vornübergebeugt an der Kücheninsel und knetete Brotteig.

»Hat er geschrieben?«, fragte sie. Eine Schweißperle fiel auf ihre Bluse. Sie arbeitete nicht gern im Sommer in der Küche.

»Nein, es ist nur Post für Victoria angekommen. Wie geht es ihr heute?«

»Sie ruht. Die Hitze macht ihr zu schaffen.«

Auch Claire hatte vergessen, wie heiß es an der Bucht wurde. Sie war verwöhnt durch die Sommer mit den Buchanans in Rhode Island.

»Die Sommer sind im Norden bestimmt viel angenehmer als hier«, sagte Mrs Latimer. »Heute Abend gibt es etwas Einfaches. Kalten Braten und frisches Brot. Mir fehlt die Kraft, ein großes Abendessen zu kochen.«

»Das reicht völlig. In der Hitze hat sowieso niemand Appetit.« Claire machte eine Kopfbewegung Richtung Treppe. »Und wie geht es ihr wirklich?«

»Miss Victoria ist sehr schlecht gelaunt. Sie wünscht sich, sie wäre zu Hause. Und sie ärgert sich über ihre eigene Dummheit.«

»Vielleicht heitern sie Edwards Briefe auf.«

»Das Mädchen hat wirklich Glück. Wenn der Krieg nicht wäre, würden alle über sie tuscheln. Man würde sich fragen, wo sie abgeblieben ist.« Mrs Latimer schnalzte tadelnd mit der Zunge. »Wenn sie bloß wüssten, dass sie nicht mit ihrer Stiefmutter auf Reisen ist!«

Zwei Monate nach der Nacht, in der Victoria zerzaust und besorgt ins Jagdhaus geschlichen gekommen war, hatte sie bemerkt, dass sie schwanger war. Sie versuchte, es geheim zu halten, aber vor Claire konnte Victoria es nicht lange verbergen, denn ihr fiel der kleine Bauch bei den Anproben für die Sommerausstattung auf. Claire kannte die Körper der Frauen, für die sie schneiderte. Mrs Buchanan war auch im Zimmer gewesen und hatte Claires kurzes Innehalten bemerkt. Als ihr Blick auf den Bauch ihrer Stieftochter fiel, gehörte sie ebenfalls zum inneren Kreis.

Claire hätte eine Schwangerschaft den Job gekostet. Sie wäre gemieden und ausgestoßen worden. In Victorias Fall, die von Geburt an für eine reiche Ehe bestimmt war, bedeutete dieser Fehltritt, dass absolute Diskretion gewahrt werden musste. Eigentlich hatte Victoria eine große Rundreise durch Europa machen wollen, aber daran war in Kriegszeiten sowieso nicht zu denken.

Mehrere Zufluchtsorte waren im Gespräch gewesen, bevor man sich für Cape Hudson entschieden hatte. Die meisten Einheimischen lebten auf die eine oder andere Weise von den Buchanans und wussten, was von ihnen erwartet wurde. Und für die New Yorker Gesellschaft war Victoria in Kalifornien.

Mrs Buchanan hatte Claire gebeten, Victoria zu begleiten, weil sie wusste, dass deren Geheimnis bei Claire sicher war. Falls jemand Fragen stellte, sollte Claire sagen, dass sie an Victorias Aussteuer arbeitete.

Niemand machte eine Bemerkung, als die beiden Ende April eintrafen. Claire hatte Victorias Bauch noch eine ganze Weile kaschieren können, doch irgendwann wurde das bei ihrer zierlichen Gestalt unmöglich. Jetzt waren es nur noch ein paar Wochen bis zur Entbindung, und Claire musste ebenso lange auf ihre Rückkehr nach New York warten. Anfangs hatte Claire die Tage gezählt, doch je weiter der Sommer voranschritt, desto mehr verliebte sie sich wieder ins Cottage und in die Ostküste Virginias.

Als sie das Rumpeln eines Automobils hörten, liefen Claire und Mrs Latimer zur Haustür und spähten hinaus. Robert stieg aus einem schnittigen blauen Sportwagen mit Zierleisten aus Nickel, die in der Sonne schimmerten. Er war schlank und sportlich, und die Uniform stand ihm gut.

»Was macht der denn hier?«, fragte Mrs Latimer. »Er weiß das mit Victoria doch nicht, oder?«

»Keine Ahnung.«

»Finde es raus, Claire, bevor er nach oben geht und Victoria so vorfindet. Du weißt ja, wie sie immer im Clinch miteinander liegen.«

Robert zog die Uniformjacke aus, warf sie achtlos auf den Rücksitz und wischte sich den Schweiß von der Stirn. Er war noch nie im Sommer in Virginia gewesen und schien keinen Gefallen daran zu finden.

»Ich vermute, dass er von der Sache mit Victoria Wind gekriegt hat«, sagte Claire. »Er spielt seine Rolle als Partylöwe gut, aber er ist gewiefter, als sein Vater denkt.«

»Wie auch immer, finde es heraus, Claire. Ich habe Teig an den Händen. Und du bist mehr oder weniger mit ihm aufgewachsen.«

Claire setzte ein fröhliches Gesicht auf und ging hinaus. »Mr Robert, was führt Sie zu uns?«

Er öffnete den obersten goldenen Knopf an seinem Hemd. »Wenn ich gewusst hätte, dass es hier so verdammt heiß und feucht ist! Wie halten Victoria und Sie das nur aus?«

»Es tut mir leid, aber ich bin nicht sicher, Ihnen folgen zu können.«

»Sehen Sie mich nicht so fragend an. Ja, ich bin noch bei Verstand, und ja, ich bin gekommen, um meine Schwester zu besuchen. Ich weiß, dass meine Stiefmutter ihre Post hierher weiterleitet.«

Claire stand stocksteif da. Sie war nicht sicher, was sie sagen sollte. »Wer hat Ihnen denn das gesagt?«

»Elizabeths Zofe ist ein niedliches kleines Ding, und ihr ist rausgerutscht, dass Edward viel an Victoria schreibt. Es war etwas Detektivarbeit, die Spur meiner Schwester hierher zu verfolgen, aber spätestens jetzt, wo ich Ihr Gesicht sehe, wird mir klar, dass ich recht hatte. Und falls Sie sich Sorgen machen: Vater hat keinen Schimmer, wo meine Schwester steckt, auch wenn es ihm recht geschehen würde zu erfahren, dass sein Engel gefallen ist.«

Als diskrete Angestellte erkannte sie sofort, wann jemand nach Informationen fischte. Das Gebot der Stunde lautete, nichts zuzugeben und nichts abzustreiten. »Und wie geht es Mr und Mrs Buchanan?«

»Das erzähle ich Ihnen bei einem Glas Whiskey. Ich habe Durst und bin müde von der langen Fahrt.«

Er folgte ihr in den Salon. Mrs Latimer und sie schlossen tagsüber die Fensterläden, im Laufe des Nachmittags heizte sich das Haus dennoch auf.

Sie zog die schweren grünen Samtvorhänge zurück, öffnete die Fenster und die Läden und ließ die warme Nachmittagsbrise hinein. Dann nahm sie eine Flasche und ein Kristallglas aus der Hausbar. Sie schenkte Robert ein Glas Whiskey ein und reichte es ihm.

Er kippte den Whiskey hinunter und hob das leere Glas. »Noch einen, bitte. Und Sie sollten sich auch einen genehmigen. Gott weiß, meine Schwester wird dafür gesorgt haben, dass Sie ihn verdienen.«

Sie schenkte ihm nach und holte gegen besseres Wissen ein zweites Glas für sich selbst. Während er seinen hastig trank, nippte sie an ihrem.

»Also, wie geht es ihr?«, fragte er. »Oder wie lange wollen wir dieses Spiel spielen?«

»Es geht ihr gut.«

Er betrachtete die bernsteinfarbene Flüssigkeit durch den feinen Schliff des Glases. »Ich gehe davon aus, dass sie schwanger ist. Einfach weil es der häufigste Grund für junge Damen ist, unkonventionelle Ferien zu machen.«

Er musste nur die Treppe hochgehen und einen Blick auf seine Schwester werfen. Dann wäre das Spiel aus. »Ihre Zeit ist nah, und sie fühlt sich unwohl. Die Hitze hilft nicht gerade.«

Er sah sie über den Rand des Whiskeyglases an. »Wissen wir, wer der Vater ist?«

»Sie will es nicht verraten.«

»Edward wird es nicht sein. Sonst hätte Elizabeth schnellstens die Eheschließung in die Wege geleitet. Und was würde der Idiot nicht dafür geben, meine Schwester vor den Altar schleifen zu dürfen!«

Claire trank noch einen kleinen Schluck. Nach dem ersten Brennen ließ ihre Anspannung nach. »Sie ist still und in sich gekehrt.«

»Etwas spät dafür, finden Sie nicht?«

Sie konnte ihr Lächeln nicht ganz verbergen. Sein Humor traf den Nagel wie so oft auf den Kopf.

Er hob das Glas auf sie. »Sie sind eine gute, loyale Frau. Ich bezweifele, dass es irgendjemand anderem gelungen wäre, ihr Geheimnis so gut zu bewahren. Ich nehme an, Elizabeth bezahlt Mrs Latimer und Sie gut dafür.«

»Sie ist mir gegenüber immer großzügig gewesen.«

»Ist meine Schwester wenigstens zerknirscht?«

Claire betrachtete die goldgelbe Flüssigkeit in ihrem Kristallglas und betete darum, die richtigen Worte zu finden. »In den letzten Tagen ist sie ruhiger geworden. Das Baby ist sehr aktiv und tritt viel. Allmählich wird es alles etwas realer für sie.«

Sein Gesichtsausdruck war kalt. »Sie wird es aber nicht lieb gewonnen haben? Wir wissen doch beide, dass sie es nicht behalten kann.«

»Nein, sie weiß, dass das Kind weggegeben wird.«

»An wen?«

»Je weniger es wissen, desto besser.«

»Weiß Elizabeth es?«

»Sie hat mich nur gebeten, etwas zu arrangieren, und das habe ich getan. Das Kind wird gut aufgehoben sein.«

Er leerte das zweite Glas. »Na gut. Sagen Sie Mrs Latimer Bescheid, dass ich hierbleibe, bis es so weit ist. Victoria ist eine verwöhnte Prinzessin, aber sie gehört zur Familie. Und in der Familie hält man zusammen. Außerdem macht es mir Spaß, ein Geheimnis vor Vater zu haben.«

»Selbstverständlich.«

»Gibt es hier einen Arzt?«

»Der nächste ist in Norfolk. Aber es gibt eine Hebamme, und der habe ich heute Morgen einen Besuch abgestattet.«

»Ausgezeichnet. Claire, wollen Sie mir beim Abendessen Gesellschaft leisten? Sie sind eine kluge Frau, und ich habe nichts gegen eine gute Unterhaltung und vielleicht ein Spiel Rommé einzuwenden.«

Auf seine Art konnte Robert ganz charmant sein. Vielleicht lag es an der Uniform, dass sie die Idee aufregend fand. »Selbstverständlich. Um wie viel Uhr?«

»Sagen wir um sieben.«

»Es wird ein kaltes Essen geben. Mrs Latimer hat heute nicht gekocht.«

»Solange es Whiskey gibt, ist mir alles recht.«

Aus der Küche schallte ein lauter Schrei durch das ganze Haus. Claire eilte in die Küche, wo sie Mrs Latimer wimmernd und auf dem Boden zusammengekauert vorfand. In den Händen hielt sie einen Brief.

Claire kniete sich neben sie und nahm ihr Gesicht in die Hände. »Was ist denn? Mrs Latimer, bitte sagen Sie mir, was los ist.«

Tränenbäche stürzten Mrs Latimer die Wangen hinunter. Sie versuchte, etwas zu sagen, aber es gelang ihr nicht.

Claire nahm ihr vorsichtig den Brief aus den Händen und strich ihn glatt. Er stammte von einem Schiffskameraden ihres Vaters namens Rory Tucker, der in einem Krankenhaus auf den Bahamas lag. Er berichtete vom Untergang der *Mariah* in der Karibik, bei dem die meisten Männer ertrunken seien. Unter ihnen auch Isaac Hedrick. Jimmy habe Stanley Jessup ins Schlepptau genommen und das Land erreicht.

Claire wurde schwindelig. Die See, die ihr Vater so geliebt hatte, hatte sein Leben gefordert. »Jimmy und Stanley haben überlebt«, brachte Claire mit Mühe hervor.

Mrs Latimer schüttelte den Kopf. »Lies weiter.«

Sie überflog die nächsten Zeilen. Mr Tucker bat Mrs Latimer, die nachfolgenden Informationen vertraulich zu behandeln und nicht an die Zeitungen weiterzugeben. Stanley war zurück nach Cape Hudson geschickt worden, aber Jimmy übernahm das Kommando der *Reverie*, nachdem an Bord viele Seeleute, Mannschaft wie Offiziere, an der Grippe erkrankt waren. Sie war vollgetankt und bis obenhin mit Munition beladen. Nur zwei Tage danach wurde der Frachter von einem Torpedo getroffen, explodierte und sank. Soweit bekannt, gab es keine Überlebenden.

Claire sah sich am Grab ihrer Mutter stehen. Sie hatte den kleinen Michael auf dem Arm, ihre anderen Geschwister umringten sie. Als der Sarg ihrer Mutter in das Grab gelassen wurde, hatte es ihr den Boden unter den Füßen weggezogen. Weder sie noch die anderen Familienmitglieder waren je wieder dieselben, wenn die Wunde mittlerweile auch vernarbt war.

Jetzt rissen die Stiche und die alte Wunde klaffte wieder auf.

Hinter sich hörte sie Schritte. Robert stand in der Küche und erkundigte sich, was los sei. Als sie keine Worte fand, legte er ihr die Hand auf die Schulter und wiederholte seine Frage sanft. Er hatte noch nie so freundlich mit ihr gesprochen.

Sie holte tief Luft. »Stanley wurde gerettet. Aber mein Vater und Jimmy sind tot«, sagte sie. »Ihre Schiffe sind gesunken.«

»Oh, das tut mir entsetzlich leid.« Robert legte seinen Arm um Mrs Latimer und hob sie mit Claires Hilfe vom Boden auf.

»Mein Jimmy, mein Jimmy«, wimmerte Mrs Latimer.

»Ich bin bei Ihnen, Mrs Latimer. Sie können mit meiner Hilfe rechnen«, sagte Robert.

Die Köchin umklammerte Claires Hand. »Du verlässt mich nicht, Kind? Du bleibst bei mir?«

Claire küsste sie auf die Wange und trocknete ihre Tränen. »Ich gehe nirgendwohin.«

* * *

In der nächsten Woche verbrachte Claire täglich Zeit mit Robert. Er hatte Verständnis für ihre Trauer und begleitete sie auf langen Strandspaziergängen. Mrs Latimer war zu ihrer Schwester nach Annapolis in Maryland gefahren, und somit musste sich Claire alleine um Victoria kümmern. Robert leistete ihnen abends Gesellschaft und bemühte sich, sie etwas aufzuheitern.

Je mehr Zeit Claire mit Robert verbrachte, desto mehr sah sie ihn in einem anderen Licht. Er hatte einen schnellen, scharfen Witz und schwelgte in Erinnerungen an Jagdausflüge mit Jimmy. Einmal hatte er wohl mehrere Jagdkumpane aus dem Moor gerettet und ein andermal einen älteren Herrn vor einem blindwütigen Schützen in Sicherheit gebracht. Claire liebte diese Geschichten und fühlte sich Robert umso enger verbunden.

Am sechsten Tag nach seiner Ankunft zog ein Sommersturm über die Küste hinweg. Der Regen wühlte die Bucht auf und tränkte die Erde, der Wind rüttelte an den Fenstern und bog die alten Eichen, die schon so viele Stürme überstanden hatten. Der Wetterumschwung brachte kühlere Temperaturen mit sich, die Victorias geschwollenen Hand- und Fußgelenken Linderung verschafften.

Robert und Claire machten einen Spaziergang am Strand. Überall lag Treibholz. Der Himmel war von einem tiefen Blau und die Luft weich und kühl.

»Ich habe heute ein Telegramm von meinem Vater erhalten«, sagte Robert. »In zwei Wochen muss ich nach Frankreich abreisen. Ein General aus Vaters Bekanntschaft sucht nach einem Attaché, und Vater schreibt, dass das Militär endlich einen Mann aus mir machen wird. Auch wenn ich sicherlich nicht an der Front eingesetzt werde.«

»Ihr Vater weiß also, dass Sie hier sind?«

»O ja. Er weiß auch, wie es um Victoria bestellt ist.«

»Woher?«

»Das spielt keine Rolle.«

Jimmy war jetzt jenseits menschlicher Vergeltung. »Wie sind seine Pläne?«

»Er schließt sich denen von Elizabeth an. Im Herbst kehrt Victoria nach New York zurück, und im Frühjahr wird sie Edward heiraten.«

»Weiß sie das?«

»Noch nicht. Erst nach der Entbindung und ihrer Rückkehr nach New York werden sie Victoria ihr Schicksal eröffnen, während ich mein eigenes erdulde.«

»Haben Sie Angst?«

»Nein. Außerdem ist der Dienstgrad für einen Mann meines Standes angemessen. Vater sieht eine politische Karriere für mich vor, und da ist es immer ein Pluspunkt, wenn man gedient hat«, scherzte er. »Vater erreicht immer, was er sich in den Kopf gesetzt hat.« Er hob einen Stock auf und schleuderte ihn weit in die Bucht hinaus. »Immer.«

»Mein Vater hat mich als Kind in die Fremde geschickt. Aber Sie sind ein erwachsener Mann, Robert, Sie können selbst über sich entscheiden.«

Er starrte hinaus auf die funkelnden Wellen. »Vater sitzt am längeren Hebel. Er wird die monatlichen Zahlungen einstellen, wenn ich mich seinem Willen nicht beuge, und dasselbe wird er mit Victoria tun, wenn sie Edward nicht heiratet.« Ein schiefes Lächeln umspielte seine Mundwinkel. »Meine Schwester und ich haben viele Talente. Arm zu sein, gehört nicht dazu.«

Die Buchanans taten ihr leid. Noch im Januar waren sie alle so unbeschwert gewesen, und jetzt trieben sie haltlos ihren Schicksalen entgegen. Sie nahm seine Hand. Schweigend gingen sie weiter die Küste hinunter bis zu dem Steg, der weit in die Bucht hinausragte.

Robert strich ihr zärtlich eine Locke aus dem Gesicht. »Du bist eine schöne Frau. Und die vernünftigste Frau, die ich je kennengelernt habe. Ich habe schon immer an dich gedacht, Claire.«

»Ich bin nicht schön«, sagte sie leise. »Ich mache nur das Beste aus dem, was mir gegeben ist.«

»Verkauf dich nicht unter Wert. Du bist eine Schönheit. Es gibt die klassischen Schönheiten wie Victoria, aber die sind vergänglich und welken mit der Zeit. Du hast etwas Außergewöhnliches, etwas Unvergessliches, und das wird mit der Zeit nur noch schöner.«

Hitze stieg ihr in die Wangen. »Das ist nun wirklich übertrieben.«

Er sah sie wieder mit diesem schiefen Lächeln an. Dann beugte er sich zu ihr hinunter und küsste sie zärtlich auf den Mund.

Sie schloss die Augen und dachte an das erste Mal, als Jimmys Lippen ihre berührt hatten. Er hatte nach Honig geschmeckt und nach Sandelholz und Seeluft gerochen.

Roberts Kuss war etwas blutleer, aber er weckte die Erinnerungen an ihre Liebe zu Jimmy. Und auf einmal sehnte sie sich so verzweifelt nach Berührung, dass sie allen Widerstand aufgab.

Sie presste sich an ihn. Er nahm ihr Gesicht in seine feingliedrigen Hände und küsste sie wieder. Dieses Mal war seine Berührung nicht mehr leicht oder forschend, sondern verriet einen Hunger, den sie bei ihm nie vermutet hätte. Als er ihre Brüste berührte, verflog der Bann, unter dem sie einen kurzen Augenblick gestanden hatte. Claire wurde mit schmerzlicher Klarheit bewusst, dass sie nicht in Jimmys Armen war.

Sie löste sich von ihm und biss sich auf die Lippen. »Ich kann nicht.«

Er sah sie scharf aus seinen dunklen Augen an. »Warum nicht?«

»Ich stehe fast mein ganzes Leben im Dienst deiner Familie. Aber ich bin kein Püppchen, das du aus der Spielzeugtruhe ziehen kannst, wenn du dich langweilst.«

Er schob das Kinn vor. »Das mit uns hat nichts mit Langeweile zu tun.«

»Wirklich nicht?« Sie trat einen Schritt zurück.

»Und wenn ich dich fragen würde, ob du mich heiratest?«

»Dann würde ich antworten, dass du ein Narr bist. Vielleicht würde schon eine kalte Stirnkompresse ausreichen, um dich davon abzubringen. Dein Vater wird es nicht erlauben.«

Er legte ihr die Hände auf die Schultern. »Ich meine es ernst, Claire. Heirate mich.«

»Ausgerechnet ich? In Newport stehen die Frauen Schlange. Und jede wäre eine bessere Partie. Ein Leben als Politiker ist mit einer Frau von ganz unten kaum möglich.«

»Du bist elegant und klug und äußerst loyal. Du wärst die ideale Ehefrau für mich. Heirate mich. Heute.«

Die Stimme der Vernunft flüsterte ihr ein, sich nicht darauf einzulassen, doch zugleich wirbelten ihr all die neuen Möglichkeiten durch den Kopf. »Du überdenkst die Sache nicht.«

»Doch, das tue ich. Ich war nie vernünftiger. Wir heiraten noch heute.«

»Und was passiert dann?« Wie immer dachte sie voraus. Sie hatte nicht nur die nächsten Stiche vor Augen, sondern das ganze Schnittmuster.

Er streichelte ihre Schulter. »Irgendwann wird meine Familie sich damit abfinden, spätestens wenn wir Kinder bekommen. Der Sturm wird vorübergehen, und meine Familie wird es sich anders überlegen.«

Die Wärme seiner Hände übertrug sich auf sie. »Du spielst ein gefährliches Spiel mit mir.«

Er küsste sie auf die Nase. »Nein, gar nicht. Es ist mein voller Ernst. Ich will dich heiraten, bevor ich nach Frankreich abreise.« Seine Hand glitt hinunter zu ihrem Bauch. »Ich finde den Gedanken beruhigend, dass vielleicht etwas von mir in dir weiterlebt, wenn ich mich dumm anstelle und doch getötet werde.« Er nahm ihre Hände. »Willst du mich heiraten, Claire?«

Zum ersten Mal, seit sie mit Jimmy geschlafen hatte, erlaubte sie sich, von Möglichkeiten zu träumen, die über eine eigene kleine Schneiderei hinausgingen.

»Du weißt nicht, worauf du dich einlässt«, sagte sie weich. Vollkommen neue Perspektiven eröffneten sich ihr.

»Na und? Unser Leben wird jedenfalls niemals langweilig. Heirate mich.«

»Ja.«

Er neigte den Kopf zur Seite. »Du heiratest mich? Jetzt? Heute?«

»Ja.«

Robert umfasste Claires Taille, hob sie in die Höhe und wirbelte sie durch die Luft.

* * *

Sie ließen sich in der Kapelle von Cape Hudson trauen. Robert trug seine Uniform und sie das Hochzeitskleid von Elizabeth, das sie nach deren Hochzeit im Januar sorgsam verstaut hatte.

Die Perlenstickerei und die kunstvolle Schneiderarbeit erinnerten sie daran, wie verliebt sie gewesen war, als sie an dem Kleid gearbeitet hatte. Jeder Stich, jede Falte, jede handgearbeitete Spitze sprachen von ihrer Liebe. Jetzt betete sie darum, dass sich diese Liebe auf Robert übertrug.

Die Hochzeitsnacht verbrachten sie in einem kleinen Gasthaus. Sie genossen das Liebesspiel, aßen gebratene Ente und Schokoladendessert, tranken Wein und lachten viel. Claire empfand keine Leidenschaft, aber das Leben hatte sie wieder.

Als sie am Tag darauf im Cottage ankamen, lag Victoria mit schmerzverzerrtem Gesicht im Bett.

»Hilf mir, Claire«, wimmerte sie.

Claire nahm sie in die Arme. »Ich bin hier, ich bin bei dir. Alles wird gut.«

Sie schickte einen Burschen nach der Hebamme. Die Wehen kamen in immer kürzeren Abständen. Und in weniger als drei Stunden hatte die zierliche junge Frau einen gesunden, vier Kilo schweren Jungen zur Welt gebracht.

Claire wusch und wickelte das Baby zärtlich, genau wie sie es mit ihren Geschwistern getan hatte. Sie fahndete in seinem winzigen Gesicht nach Ähnlichkeiten mit Jimmy und bildete sich ein, das Stirnrunzeln seines Vaters zu erahnen.

Während die Hebamme aufräumte, trug Claire das Baby in Roberts Zimmer, der wartend am Fenster stand und auf die Bucht blickte.

»Ist er gesund?«, fragte Robert.

»Ja, und perfekt ist er auch.« Das Kind nuckelte an ihrem Finger. Claire wurde von einer Liebe überwältigt, die ihr den Atem nahm.

»Du hast das Notwendige in die Wege geleitet?« Der Siegelring klirrte gegen sein Whiskeyglas.

Claire hielt ihm das Baby hin. Es war das von Jimmy, was auf der Welt blieb, und sie wollte es behalten. »Möchtest du es auf den Arm nehmen?«

Er schüttelte den Kopf. »Ich stelle mich dabei nur ungeschickt an.«

»Ich habe meine Geschwister mehr oder weniger aufgezogen. Babys sind nicht so empfindlich, wie man denkt.«

»Lieber nicht.«

»Er ist dein Neffe.«

»Ist er nicht. Er ist einfach nur ein Fehler meiner Schwester.«

»Robert, er ist kein Fehler. Er ist dein Fleisch und Blut. Ich möchte ihn aufziehen, als wäre er unser eigenes Kind.«

Er schüttelte heftig den Kopf. »Glaubst du wirklich, mein Vater würde das erlauben? Unsere Ehe wird seine Geduld schon auf eine harte Probe stellen. Wenn wir auch noch Victorias Bastard großziehen wollten, würde sein Geduldsfaden reißen.« Er trank den Whiskey aus. »Je eher wir das Kind los sind, desto besser.«

Sie drückte das Baby an die Brust. »Wozu brauchen wir deinen Vater? Wir können das alleine.«

»Ich riskiere meine Zukunft nicht für diesen Bastard! Und du musst mir schwören, nie einer Menschenseele etwas von ihm zu sagen. Wenn es rauskommt, wird mein Vater uns alle dafür bestrafen. Auch den Jungen.«

Sie sollte Jimmy noch einmal verlieren. Trotzdem fielen ihr die richtigen Worte nicht ein.

Robert packte ihr Handgelenk so fest, dass sich seine Fingernägel in ihre Haut eingruben. »Schwöre, dass du das Geheimnis für dich behältst.«

Tränen brannten ihr in den Augen. »Um des Kindes willen schwöre ich es.«

Er lächelte sie an und schob eine Locke von ihren Schläfen zurück. »Und nun bring ihn weg. Es wird ihn ja jemand erwarten.«

Dieser Jemand hatte die Wiege für das Baby mit frischen Leinentüchern bezogen und die Anziehsachen gewaschen, die es tragen würde. Claire wusste, dass der kleine Junge geliebt werden würde, doch als sie sich von Robert abwandte, wusste sie auch, dass sie ihren Ehemann niemals lieben würde.

Sie wickelte das Baby in eine warme Decke und trug es zu dem kleinen Haus am Ende des Sandweges. Im Vorgarten lagen Boote zur Reparatur, und aus dem Haus drangen helle Stimmen und Kinderlachen.

Sally Jessup hatte ihren sieben Monate alten Sohn Aaron noch nicht ganz abgestillt. Sie hatte die drei älteren Jungen aufgezogen, und ihr Mann arbeitete hart, um die hungrigen Mäuler zu stopfen. Sally öffnete ihr die Tür. Sowie sie das Baby sah, strahlte sie über das ganze Gesicht.

»Es ist ein Junge«, sagte Claire.

»Noch einer! Mit Jungs kenne ich mich bestens aus«, sagte Sally lachend.

Claire wusste, dass Sally das Kind wie ihr eigenes lieben würde. Und doch meldete sich ihr alter Groll. Schon einmal hatte sie Sally ein Baby überlassen müssen – ihren Bruder Michael. Seufzend legte sie ihr das Baby in die Arme. »Ja, mit Jungen können Sie sehr gut umgehen.«

Sally spähte in das kleine rosa Gesicht und stupste das Baby zärtlich auf die Nase. »Man erzählt sich allerlei über die Buchanans.«

»Darüber darf ich nichts sagen. Aber Sie sind schlau, Ihnen wird schon etwas einfallen.«

»Wie geht es Miss Vic …, der Mutter?«

»Gut. Sie wird bald abreisen und nie mehr wiederkommen.«

»Ist sie einverstanden?«

»Ja.«

»Und dein Mann, Claire?«, fragte Sally.

»Robert will es auch so.« Claire zog einen dicken Umschlag aus ihrem Beutel. »Dies wird Ihnen helfen.«

»Du kannst das Geld behalten«, sagte Eric aus dem Hintergrund. »Wir nehmen ihn so oder so bei uns auf.«

»Das weiß ich«, sagte Claire. »Deswegen habe ich ihn ja zu Ihnen gebracht.«

Claire beugte sich weinend über Jimmys Sohn und gab ihm zum Abschied einen Kuss. Sie schwor sich, dass es ihm und seinen Nachfahren nie an etwas mangeln sollte.

Kapitel 19

LUCY

17. Januar 2018

Lucy stand in der Eingangshalle und spürte, wie sich eine rastlose Energie in ihr aufstaute. Kein Wunder nach dem Umzug ins Cottage, der Fürsorge für das Mädchen und der Trauerfeier. Die Liste wurde immer länger. Obwohl ihr das klar war, änderte es nichts an ihrer Unruhe. Sie konnte ihre Sachen packen und gehen, wie Beth es wahrscheinlich an ihrer Stelle getan hätte. Oder sie konnte das Beste daraus machen, so, wie sie es immer tat.

»Natasha, wie gut kennst du das Haus?«

Natasha sah von ihrem Sandwich auf und zuckte die Achseln. »Ziemlich gut.«

»Und das heißt?«

»Ich kenne es sehr gut. Manchmal, wenn ich alleine hier war, habe ich es erkundet. Ich habe nichts mitgenommen, ich war einfach nur neugierig.«

»Das glaube ich dir. Warst du mal auf dem Dachboden?«

»Klar. Da stehen ein paar coole Sachen rum. So hohe Truhen, uralte Möbel, ein Spiegel und so.«

Lucy nahm die Taschenlampe und klickte sie ein paar Mal an und aus. »Wollen wir uns auf dem Dachboden umsehen? Ich war erst einmal kurz da oben, und ich brauche jetzt eine Pause von den Videos.«

Natasha verschlang den Rest von ihrem Sandwich und spülte ihn mit Saft hinunter. »Na klar! Komm, Dolly!«

Der Hund sah zu Natasha hoch und wedelte mit dem Schwanz.

»Ihr könnt vorgehen«, sagte Lucy.

Natasha und Dolly schossen die Treppen hoch. Lucy folgte ihnen und versuchte sich klar zu werden, was sie von dem kleinen Abenteuer erwartete.

Als sie im zweiten Stock ankam, lief sie den Flur hinunter. Hier gab es zehn kleine Zimmer, die alle weiß gestrichen waren. In manchen standen noch Betten, Kommoden und Spiegel, manche waren leer. Nur in jedem zweiten Zimmer gab es ein Mansardenfenster.

»Hier haben die Diener gewohnt«, sagte Natasha.

»Claires Zimmer war am Ende des Flurs.« Lucy öffnete die Tür und ging zum Fenster. Von hier oben hatte man einen guten Blick über das Grundstück bis zu den Pfaden, die zum Leuchtturm und zum Bootshaus führten. An wie vielen Morgen mochte Claire hier wohl gestanden und Jimmy beobachtet haben?

»Kommst du?«, fragte Natasha von der Tür her. »Hier entlang geht es zum Speicher.«

»Noch eine Minute. Ich will sehen, was Claire vor hundert Jahren gesehen hat.«

Schließlich ging sie hinaus auf den Flur. Das Mädchen hatte die Tür geöffnet, drehte jetzt das Treppenlicht an und warf Lucy einen schelmischen Blick über die Schulter zu. »Kommt, wenn Ihr Euch traut, hohe Dame. Hier hausen die Gespenster dieser bescheidenen Hütte.«

Lucy klickte die Taschenlampe an und hielt sie sich unter das Kinn, sodass sie gruselige Schatten auf ihr Gesicht warf. »Ich traue mich wohl. Und du, mein Kind?«

Natasha lachte. »So leicht lasse ich mich nicht erschrecken.«

»Ich habe auch Gespensterführungen durch Nashville gegeben – einer meiner vielen Jobs. Für ein paar Gruselgeschichten bin ich immer gut.«

»Gespenster und Kobolde machen mir keine Angst. Wenn es nämlich welche geben würde, wäre meine Mom zurückgekommen und hätte mir ein Zeichen gegeben. Ist sie aber nicht. Also gibt es keine.«

»Guter Punkt.«

Die Treppenstufen waren aus rohem Pinienholz und die Wände mit Brettern verschlagen.

»Wie oft bist du schon hier oben gewesen?«, fragte Lucy.

»Fünf- oder sechsmal. Aber ich habe mich nie beeilt, weil ich sonst vielleicht was übersehen hätte.«

»Und im Keller warst du auch?«

»Ja, aber der ist langweilig. Da stehen vor allem Sachen für den Rasen rum und Gartenmöbel.«

Lucy drückte auf einen Schalter, den sie beim letzten Mal nicht bemerkt hatte. Jetzt wurde es richtig hell.

»Dies war das erste Haus mit Strom weit und breit«, sagte Natasha. »Und mit fließend Wasser aus mehreren Brunnen und zwei Zisternen.«

»Woher weißt du das alles?«

»Ich habe Mrs Reynolds gefragt. Ich bin gern in der Bücherei, und sie redet viel über das Cottage. Sie macht sich Sorgen, dass es verfällt.« Natasha ging zu den vier großen Reisekoffern. »Sie ist froh, dass du da bist.«

»Und ich bin froh, dass sich überhaupt jemand darüber freut.«

»Du siehst vielleicht etwas unzuverlässig aus, aber wenn die Leute dich erst kennenlernen, werden sie schon merken, dass du auch nicht so anders bist wie sie. Und dass du das Haus retten willst.«

Das Vertrauen des Mädchens beunruhigte Lucy. »Natasha, ich habe nichts versprochen. Das hast du doch verstanden, oder?«

Natasha zuckte die Achseln. »Klar. Wie auch immer. Bereit für die Koffer?«

»Im Ernst, ich bin mir wirklich noch nicht sicher, wie ich mich entscheiden werde.«

»Ich weiß. Ich hab's verstanden.«

Das Mädchen stand schon vor den hohen Schrankkoffern.

»Hast du da mal reingeguckt?«, fragte Lucy.

»Bisher noch nicht.«

Lucy klemmte die Taschenlampe unter die Achsel und öffnete den ersten. Die Kleider, die darinnen hingen, waren durch Musselinbeutel geschützt. Sie ließ ihre Finger über den dünn gewordenen Stoff der Kleidersäcke gleiten und dachte an all die Ensembles, die Mrs B in den Videos getragen hatte. Ihre Erscheinung war ihr wichtig gewesen – sie hatte ihre Kleider wie alte Freunde sorgfältig aufbewahrt.

Lucy löste die Stoffbänder und öffnete den Beutel. Ein weinrotes Satinjackett mit Fellbesatz um Kragen und Manschetten kam zum Vorschein, das in der Taille mit einem bestickten Satingürtel gebunden wurde. Der passende Rock war ausgestellt und knöchellang.

Lucy strich am Ärmel hinab bis zum weichen Fellbesatz, drehte ihn um und betrachtete die akkuraten, von Hand gearbeiteten Nähte.

Sie stellte ihre Taschenlampe oben auf die Truhe und nahm das Jackett von dem seidengepolsterten Bügel. Es roch nach Mottenkugeln, aber der Stoff war zu wunderbar, um ihm zu widerstehen. Sie schlüpfte vorsichtig hinein. Das feine Jackett schmiegte sich an ihren Oberkörper. Sie schloss es vorne mit den drei Schmuckknöpfen.

»Da drüben kannst du dich ansehen«, sagte Natasha.

Lucy ging zu dem ovalen Spiegel, der an einigen Stellen blind und von silbernen Streifen durchzogen war. Sie kannte sich mit Mode nicht aus, was sie aber wusste, war, dass Claire dieses Kleid vor Jimmys Tod genäht hatte.

Unwillkürlich stellte sie sich gerade hin. Es schien fast unmöglich, solch eine luxuriöse Jacke zu tragen und sich nicht wie jemand Besonderes vorzukommen.

»Ich versuche mir vorzustellen, wie Claire in diesem Kleid hier angekommen ist. Sie hat Tage, vielleicht sogar Wochen damit verbracht, ein Outfit zu schneidern, während ich hier in zerrissenen Jeans und einem Nashville-T-Shirt aufgetaucht bin. Allerdings wollte Claire auch den Leuten, die sie in die Fremde hatten gehen lassen, zeigen, was sie aus sich gemacht hatte.«

»Echt schick, das Jackett«, sagte Natasha.

»Allerdings. Willst du es mal anprobieren?«

Natasha zögerte. »Meinst du, dass Mrs B etwas dagegen gehabt hätte?«

»Ich glaube nicht. Sie war gar nicht so anders als wir.« Lucy zog die Jacke aus und streifte sie Natasha über. Sie stand hinter der dünnen Gestalt des Mädchens, strich die Schultern glatt, stellte den Kragen auf und sah über sie hinweg in den Spiegel.

Natasha betrachtete die satinbezogenen Knöpfe. »Und sie hat das wirklich selbst gemacht?«

»Sie war Schneiderin.«

Schließlich hängte Lucy das Jackett zurück. Als sie es getragen hatte, hatte sie sich anders gefühlt. Sie war keine Frau mehr gewesen, deren alleinerziehende Mutter sich irgendwie durch ihr Leben gewurstelt hatte, sondern ein ganz besonderer Mensch.

Sie ließ den Strahl der Taschenlampe über den Dachboden huschen. Was auch immer sie mit dem Haus machte, um die Kleider würde sie sich kümmern. Vielleicht zeigte ein Museum oder ein Sammler Interesse an ihnen. Hank hatte ja deutlich gesagt, dass es ihm um den Grundbesitz und den Zugang zum Wasser ging. Diese Schätze passten nicht zu seinem Plan.

Sie kramten in verstaubten Kästen mit vergilbten Schwarz-Weiß-Fotos, fanden alte Lampenschirme, vergoldete Bilderrahmen, einen Stuhl mit einem gerissenen Geflecht und einen Tisch mit einem langen Riss in der Tischplatte. Der Dachboden war für all diese Gegenstände wie eine Art Fegefeuer zwischen ihrem Leben in den Salons und dem auf der Müllkippe.

»Hey, guck dir diese Truhe an«, rief Natasha.

Sie kniete vor einem zerschrammten und verbeulten Überseekoffer, auf dessen Deckel die Initialen *JL* eingeschnitzt waren.

»James Latimer. Jimmy«, murmelte Lucy.

Natasha ruckelte an dem Schloss. »Zu!«

»Warum ist seine Truhe hier? Sie müsste doch bei seiner Familie sein.«

»Aber gab es nicht nur seine Mutter und ihn?«, fragte Natasha.

»Du hast recht. Vielleicht wollte sie niemand sonst haben.« Und Claire hatte ihn geliebt.

»Man merkt, dass Mrs B ihn nie vergessen hat«, sagte Natasha. »Immer, wenn sie von ihm gesprochen hat, wurde ihre Stimme ganz weich.«

Das stimmte. Selbst nach achtzig Jahren hatte die Frau den Mann nicht vergessen, der sie aus der aufgepeitschten Bucht gerettet hatte. »Hilfst du mir, sie nach unten zu schleppen?«

»Klar.« Natasha schob eine dunkle Locke hinter die Ohren. »Das macht viel mehr Spaß als Hausaufgaben … und bestimmt auch mehr als Nashville.«

Es war alles sehr interessant. Aber war es genug, um zu bleiben und ihr eigenes Leben aufzugeben?

Sie hoben die Truhe an beiden Seiten an und trugen sie die erste Treppe hinunter. Dort setzten sie sie ab, verschnauften kurz, machten das Licht aus und schleppten sie ganz nach unten.

Dolly rannte in die Küche voraus und begrüßte Hank mit lautem Gebell. Er hatte Pizza und einen Sechserpack Limonade mitgebracht.

»Ich sterbe vor Hunger«, sagte Natasha. »Woher weißt du denn immer, wann ich Hunger habe?«

»Weil du immer Hunger hast«, sagte er. Er klappte eine Schachtel mit Peperoni-Käse-Pizza auf und wandte sich an Lucy. »Sie haben vorhin gar nichts gegessen. Hab mir gedacht, dass Sie auch hungrig sein könnten. Leider gibt es hier in der Nachsaison nichts anderes als Pizza zum Mitnehmen.«

Sie lächelte ihn dankbar an.

»Ich verhungere!«, rief Natasha und nahm sich ein Stück mit zähflüssigem Käse, der lange Fäden zog. Bevor sie reinbiss, gab sie Dolly ein Stückchen ab. »Wir haben eine Truhe gefunden«, sagte sie.

Hank riss einen Streifen Küchenpapier ab und reichte ihn ihr. »Wirklich?«

»James Latimers.«

»Wer ist das?«, fragte er.

Natasha wackelte mit den Augenbrauen. »Das ist der Typ, den Mrs B vor Mr B geliebt hat.«

Hank grinste. »Wirklich? Mrs B hatte ein geheimes Liebesleben?«

»Hier gibt es Geheimnisse und versteckte Schätze«, hörte Lucy sich sagen.

»Meine Familie und ich sind ein offenes Buch«, sagte Hank.

»Was soll das heißen?«, fragte Lucy.

»Ich hatte heute eine Unterhaltung mit meinem Vater«, antwortete Hank.

»Und? Ist er nun Lucys Daddy oder nicht?«, fragte Natasha.

»Ist. Er. Nicht. Natasha.« Hank nahm sich selbst ein Stück Pizza. Er sprach auch sonst sehr deutlich, aber jetzt artikulierte er messerscharf.

»Das hat er Ihnen gesagt?«, fragte Lucy. »Bekanntlich sagen Menschen nicht immer die Wahrheit.«

»Mein Vater schon. Außerdem ist er bereit, einen DNA-Test machen zu lassen.«

»Im Ernst?«, fragte Lucy. »Dazu ist er bereit?«

»Absolut. Ohne Wenn und Aber. Das hat er wörtlich zu mir gesagt.«

Lucy war eine Art wandelnder Lügendetektor. Sie hatte Tausende von Drinks an dubiose Charaktere und halbseidene Typen ausgeschenkt und war dabei zur Meisterin im Erkennen von Unwahrheiten geworden. »Ich könnte ihn beim Wort nehmen.«

»Tun Sie es doch.«

Beim Essen sprachen sie über die Truhe und all die anderen Entdeckungen auf dem Dachboden. Natasha freute sich schon darauf, in der Schule davon zu erzählen. Es kam Lucy alles so normal vor, dass es sie beunruhigte.

Sie musste sich der unbequemen Wahrheit stellen, dass ihr dieses Haus und dieses Leben gefielen. Aber sie hatte Angst, ihm nicht gewachsen zu sein. Andererseits währte nichts ewig.

Lucy warf einen Blick auf die Wanduhr. »Natasha, es ist schon fast acht. Zeit, dich bettfertig zu machen.«

»Ich gehe nie vor elf ins Bett.«

»Hier schon. Um neun machst du das Licht aus.«

»Das ist viel zu früh. Ich bin in der fünften Klasse.«

Lucy zuckte die Achseln. »Ich fühle mit dir, du Ärmste. Aber ich gehe heute auch nicht viel später ins Bett. Es war ein langer Tag.«

»Aber was ist mit der Truhe?«, fragte Natasha.

»Morgen bringe ich Werkzeug mit«, versprach Hank. »Und nach der Schule öffnen wir sie.«

»Versprochen?« Natasha zog die Augenbrauen hoch. Eine Warnung an Lucy, die es nicht wagen sollte, sich in die lange Liste derer einzureihen, die ihre Versprechungen gebrochen hatten.

Noch ein Versprechen. Lucy wischte sich den Käse von den Händen und streckte den kleinen Finger vor. »Abgemacht.«

Natasha hakte ihren kleinen Finger in Lucys. »Schwörst du?«

»Ich schwöre.«

Sie merkte, wie Natashas unterschwellige Anspannung sich etwas löste.

Natasha ließ Lucys Finger los und biss in ihre Pizza. »Kann Dolly bei mir schlafen?«

»Ja, wenn du eben noch kurz mit ihr vor die Tür gehst.«

»Okay.« Natasha schnappte sich noch ein Stück Pizza.

Lucy reichte ihr die Taschenlampe. »Bleib beim Haus. Du musst keinen Brunnen auf die harte Tour entdecken.«

»Alles klar.« Natasha machte Dolly ein Zeichen, und die beiden rannten hinaus.

Hank wickelte die übrig gebliebenen Pizzastücke in Frischhaltefolie und legte sie in den Kühlschrank. Dann drehte er sich um und sah sie so ernst an, dass es sie verwirrte. »Was ich über den DNA-Test gesagt habe, war ernst gemeint.«

»Verstehe.«

»Wenn er sagt, dass er nicht mit Beth geschlafen hat, dann hat er's auch nicht getan.«

Sie hob die Hände. »Alles klar.«

Er kam durch die Küche auf sie zu, bis er sie fast berührte. »Warum ist es Ihnen denn so wichtig?«

Sein Aftershave mischte sich mit seinem männlichen Duft und der Hitze, die von ihm ausging. Er sah sie auf eine Weise an, die ihr fast die Luft nahm.

Er nahm ihr Gesicht in die Hände. Sie spürte die Hornhaut seiner Ballen an ihren Wangen. Sie wollte ihn nicht küssen. Es würde ihr gefallen. Und das führte immer zu Enttäuschungen.

Und doch beugte sie sich etwas zu ihm. Sie konnte die Abmachung nicht mit einem Kuss bekräftigen. Aber sie konnte ihm ein kleines Zeichen geben, um zu sehen, ob er aufpasste.

Er passte auf.

Er gab ihr einen Kuss auf den Mund, der fast keusch gewesen wäre, wenn da nicht diese Energie in ihm vibriert hätte. Es war die erotischste Erfahrung ihres Lebens. Sie fuhr sich mit der Zunge über die Lippen, ihm immer noch ganz nah. Er küsste sie wieder, doch diesmal war ein Drängen darin, das ihre Urinstinkte weckte. Sie würde ihn mit nach oben in ihr rosa Zimmer …

Die Haustür schlug zu. »Erfolg auf der ganzen Linie!«, rief Natasha. »Klein und groß!«

Lucy trat zurück und legte einen Finger an ihre Lippen. Dann holte sie tief Luft und ging auf Natasha zu. »Also, gehst du jetzt nach oben?«

»Ja.«

Beth war immer mehr für High fives gewesen als für Umarmungen. Sie hatte Lucy eher wie eine Freundin als wie eine Tochter behandelt. Wenn Lucy bemuttert werden wollte, dann hatte sie es einfordern müssen.

Lucy war weder Natashas Mutter noch ihre Schwester, noch ihre Cousine, doch wie sie dort stand, überwältigt von Hanks Kuss und aufgewühlt von all den Ereignissen des Tages, konnte sie den Moment nicht einfach vorübergehen lassen. Ein High five kam nicht infrage.

Sie wärmte Natashas eiskalte Finger zwischen ihren Händen. »Ich möchte mich bei dir bedanken.«

Natasha machte große Augen. »Klar, gern. Kein Ding.«

»Ohne dich hätte ich das heute nicht gepackt.« Lucy hatte ihre Gefühle ihr ganzes Leben im Zaum gehalten, und so ging sie auch jetzt wieder zu den praktischen Dingen über. »Ich bringe dich morgen zur Schule. Wenn du kalte Pizza möchtest, packe ich dir welche ein.«

»Cool.« Und dann umschlang Natasha Lucy mit ihren mageren Armen. So ein dünnes Kind, so viel Kraft – es war, als hielte sie sich an Lucy fest, um nicht zu ertrinken.

Langsam hob Lucy die Arme und drückte das Mädchen an sich. »Vielleicht ein paar Chips und eine Flasche Wasser.«

»Perfekt.« Natasha machte sich los und hüpfte die Treppe hoch, Dolly auf den Fersen.

»Ich komme morgen Nachmittag wieder«, sagte Hank hinter Lucy.

»Wirklich? Okay.« Sie schluckte, versuchte eine normale Stimmlage zu finden und drehte sich zu ihm um. »Äh, warum kommst du noch mal?«

»Um die Truhe zu knacken.«

»Ach ja, richtig. Die mysteriöse Schatzkiste.«

Als sich die Tür hinter ihm schloss, atmete sie tief durch. Irgendwo schepperte ein Rohr, und weit entfernt klapperte ein Fenster.

»Mrs B, Ihr Haus hier zieht mich in sich hinein. Aber wir beide wissen doch genau, dass da noch was kommt. Warum sagen Sie es mir nicht gleich?«

Kapitel 20
LUCY

18. Januar 2018

Lucy ließ Natasha um acht vor der Schule raus. Die Bücherei öffnete erst um zehn, also machte sie zunächst einen Strandspaziergang mit Dolly und brachte sie dann zurück ins Jagdhaus, zog sich um und war zwei Stunden später in der Bücherei.

Mrs Reynolds saß mit gerunzelter Stirn vor einem Computer am Informationsschalter. Als sie den kalten Luftzug spürte, blickte sie Lucy freundlich entgegen. »Guten Morgen, wie geht es Ihnen?«

»Gut, danke.«

»Was kann ich für Sie tun?«

»Ich möchte mehr über James Latimer herausfinden. Ich glaube, dass ich seine Seemannstruhe auf dem Dachboden gefunden habe.«

»Wirklich? Das ist ja interessant! Ich habe das Material von vor dem Ersten Weltkrieg durchforstet und viele Fragen dazu. James konnte so ungefähr alles – so wie viele Männer in dieser Gegend. Er war unter anderem auch ein guter Jäger.«

»Ein Jäger?«

»Ja, und er hat Jagdpartien als ortskundiger Führer geleitet. Er kannte die besten Stellen für die Entenjagd und hat gut betuchte ältere Herren hingeführt. Aus einem Tagebuch habe ich erfahren, dass er sich auch bestens auf den Wasserwegen unserer Halbinsel auskannte. Außerdem hat er oft im Leuchtturm gewacht. Mit siebzehn trat er in die Handelsmarine ein. In einem Zeitungsartikel stand, dass er einmal, noch in jungen Jahren, an seinem ersten Tag auf Heimaturlaub zu einem gekenterten Boot hinausgeschwommen ist, um ein junges Mädchen vorm Ertrinken zu retten.«

»In den Videos erzählt Mrs B davon, dass er sie gerettet hat.«

»Ach, tatsächlich? In der Zeitung gab es keine näheren Angaben zu dem Mädchen. Interessant. Jedenfalls hat er eine steile Karriere bei der Handelsmarine hingelegt. Unmittelbar vor Kriegsausbruch wurde er zum Kapitän ernannt und bekam sein erstes Schiff zugeteilt.«

»Erst die *Mariah*, dann die *Reverie*?«

»Stimmt. Aber woher wissen Sie das?«

»Auch aus den Videos. Mrs B erzählt von einem Abendessen bei den Jessups am Vorabend seiner Abreise. Sie war krank vor Sorge um ihn.«

»Ich bin sicher, dass hier alle Leute für ihn und seine Männer gebetet haben. Man hörte viel über deutsche U-Boote, die damals so viele Schiffe versenkt haben.«

»Schrecklich, dass er bei einem deutschen Angriff gestorben ist.«

Mrs Reynolds rückte die Brille gerade. »Ist er nicht. Den Angriff hat er überlebt.«

»Wirklich? Sind Sie sicher?«

»Ja. Die *Reverie* explodierte nach einem Torpedotreffer, und in den ersten Berichten hieß es, alle Männer seien dabei ums Leben gekommen. Später wurde das berichtigt. Jimmy hatte schreckliche Brandwunden, er konnte aber noch über ein Dutzend Männer retten. Als er im Sommer 1917 aus dem Krankenhaus entlassen wurde und nach Cape Hudson zurückkehrte, wollten ihn natürlich alle willkommen heißen und feiern. Aber sein Anblick war niederschmetternd. In der Zeitung steht, dass die rechte Seite seines Gesichts nur noch aus Narbengewebe bestand. Er zog sich ins Bootshaus zurück und wurde zum Einsiedler.«

Lucy dachte an den gut aussehenden jungen Mann, den Claire geliebt hatte und der sein Leben für seine Kameraden aufs Spiel gesetzt hatte. »Wie ist es mit ihm weitergegangen?«

»Bald nach seiner Rückkehr ist er mit Robert Buchanan in einem Sturm in die Bucht hinausgefahren. Sie kamen nicht mehr zurück.«

»Warum sollte er so etwas tun?«

»Der Sheriff hat Mrs Buchanan damals mehrfach vernommen, aber sie gab vor, nichts darüber zu wissen. Falls sie doch etwas gewusst haben sollte, hat sie es mit ins Grab genommen.«

»Waren Robert und Jimmy befreundet?«

»Meine Großmutter erinnert sich noch an Robert. Er war nicht besonders beliebt, er soll getrunken und gespielt haben. Er hat vom Vermögen seines Vaters gelebt und ist nie richtig erwachsen geworden.«

»Hat Mrs B das vor der Heirat gewusst?«

Mrs Reynolds schüttelte den Kopf. »Unwahrscheinlich. Damals wurde wohl viel spekuliert.«

»Worüber?«

»Mr Buchanan hat seinem Sohn die Hochzeit anscheinend nie verziehen. Er hat Robert ins Jagdhaus verbannt und ihn finanziell sehr kurzgehalten. Unmittelbar bevor Robert als Attaché nach Europa aufbrechen sollte, erkrankte er an der Grippe. Er kam nie weiter als bis zum New Yorker Hafen. Als er nach Cape Hudson zurückkehrte, wollte er sich scheiden lassen.

Doch seine Frau war hochschwanger. Ihm blieb nichts anderes übrig, als zu warten, und je länger er wartete, desto verbitterter wurde er. Er trank. Den Bediensteten fielen blaue Flecke an Mrs Buchanans Armen auf. James Latimer war kein Mann, der sich so etwas lange mit angesehen hätte.«

* * *

Natasha war stolz auf sich. Den ganzen Vormittag über hatte sie keinen Mitschüler gehauen, und sie hatte weder geflucht noch geweint. Sie passte auf, wusste alle Antworten in Mathe und Geschichte und erzählte ihren Freunden, was Lucy und sie auf dem Dachboden gefunden hatten. Es war eine richtig coole Sache, und alle hörten ihr interessiert zu.

Sie war so gespannt, was sie in der Truhe finden würden, dass sie sich zehn Minuten zu früh aus der Schule schlich. Sie brauchte sich keine Sorgen zu machen, ob sie etwas zu essen bekommen und wo sie schlafen würde. Oder wie ihr Vater drauf sein würde. Sie dachte nur an James Latimers Überseekoffer. Er war Seemann gewesen, hatte die Welt bereist und war so eine Art Held gewesen. Vielleicht hatte er ja einen Schatz mitgebracht.

Das Motorgeräusch des Pick-ups ihres Vaters brachte sie jäh in die Wirklichkeit zurück. Gute Zeiten dauerten eben nie an. Zuerst ging sie einfach weiter, ohne sich umzudrehen. Manchmal beobachtete er sie einfach nur vom Auto aus, weil er zu starke Knieschmerzen zum Aussteigen hatte. Er hatte ihr vor ein paar Jahren erzählt, dass er sich beim Football verletzt hatte.

Doch der Pick-up kam näher. Sie umklammerte die Riemen ihres Rucksacks und drehte sich nach ihm um. Es würde nur schlimmer werden, wenn sie ihn ignorierte.

Er parkte und rutschte aus der Fahrerkabine, ließ den Motor aber laufen. Eine Bierdose kollerte in den Rinnstein. Er bewegte sich neuerdings langsamer, aber sie ließ sich nicht täuschen. Er musste ihr nur einen Schlag versetzen, um sie außer Gefecht zu setzen. »Natasha!«

Sie sah sich um. Jetzt bereute sie, dass sie sich früher rausgeschlichen hatte. Sie wich vor ihm zurück, obwohl sie sich dafür hasste. Aber was nützte ihr Mut, wenn er ihr einen seiner Handrückenschläge versetzte?

»Komm mal her«, sagte er. Er lächelte, aber das tat er immer, wenn er etwas von ihr wollte.

Ihr Kinn zitterte, aber sie hob es trotzig. »Ich warte hier auf Lucy.«

Er sah in alle Richtungen und spuckte dann aus. »Lucy. Die feine Dame aus dem großen Haus?«

»Sie ist keine feine Dame.«

Er grinste, machte einen Schritt auf sie zu und zuckte zusammen. Sein verletztes Knie rutschte seitlich weg. »Ich muss mit dir reden. Und zwar sofort.«

Wahrscheinlich hätte sie wegrennen können, aber es gab immer ein nächstes Mal. »Ich will aber nicht mit dir reden, Dad.«

Sein Lächeln schmolz schneller als Butter an der Sonne. »Los, steig ein! Du kommst mit nach Hause.«

Sie sah sich um. Die ersten Schüler kamen aus dem Schulgebäude. Gleich würde es klingeln, und dann würde es hier von Leuten nur so wimmeln. »Ich wohne im Moment bei Lucy und nicht zu Hause.«

Brian brauchte nicht länger als einen Wimpernschlag, um ihr ins Gesicht zu schlagen und ihren Arm zu packen. Nicht umsonst hatten sie ihn im Footballteam den Blitz genannt.

»Lass mich los!« Er stank nach Bier, Whiskey und altem Schweiß.

Er verdrehte ihr den Arm. Wellen von Schmerz schossen durch ihren Körper. »Ich mag es gar nicht, wenn du mir

Widerworte gibst. Deine Mama hatte auch eine große Klappe, und das hat mir auch nie gefallen.«

Natasha schrie auf und ließ sich auf die Knie fallen. »Daddy, lass mich los!«

»Ich lasse dich erst los, wenn wir zu Hause sind und du mir alles über deine neue Freundin erzählt hast.« Er schleifte sie am Arm zum Pick-up, während sie wie am Spieß schrie. Die Schmerzen im Arm waren so unerträglich, dass ihr übel wurde.

Dann hörte sie ein lautes Dauerhupen, eine brüllende Frau, einen jaulenden Hund – entfesselte Wut.

Lucy und Dolly rannten auf sie zu. Lucy mit erhobenem Baseballschläger, Dolly mit gefletschten Zähnen.

Lucys Gesicht war wutverzerrt. Sie sah wie eine Besessene aus. »Ich schlag dir den Schädel ein, wenn du das Kind nicht auf der Stelle loslässt!«

»Was geht's dich an? Das ist mein Kind! Ich kann es bestrafen, wie ich will.«

»Mit diesem Teil hier habe ich so viele Schädel eingeschlagen, dass mir einer mehr auch nichts mehr ausmacht. Ist mir egal, wenn ich dafür in den Knast gehe. Aber ich verspreche dir was. Du wirst lange nur durch einen Strohhalm essen.« Dolly knurrte bedrohlich. »Und mein Hund ist bissig.«

Ihr Vater hörte auf zu grinsen und ließ Natashas Arm los. »Zur Hölle!«

Natasha hielt sich den Arm. Sie war hin- und hergerissen, ob sie fliehen oder bleiben sollte. Am Schuleingang sah sie eine Lehrerin, die etwas in ihr Handy rief.

Dann sah Natasha, wie ihr Vater mit einem großen Satz auf Lucy zusprang. Doch Lucy war schneller. Ihr Schläger sauste mit voller Wucht auf seine Schulter. Er brüllte auf und taumelte zurück.

Dolly hatte sich zwischen Natasha und ihren Vater gedrängt, bereit zuzuschnappen.

Lucy holte zum nächsten Schlag aus. »Ich mache mich gerade erst warm! Ein paar Schläge sind noch drin, bevor der Sheriff da ist. Was nicht mehr lange dauert.«

Eine Gruppe von Schülern stand jetzt in einigem Abstand um sie herum, und die Lehrerin mit dem Handy kam auf sie zu. Wenn ihr Vater gedacht hatte, er könnte sich hier anschleichen, sie ins Auto zerren und damit durchkommen, dann hatte er sich getäuscht. Die Ankündigung des Sheriffs nahm ihm noch mehr Wind aus den Segeln. Der Gedanke ans Gefängnis schien ihm verhasster als aufzugeben.

Er hielt sich die Schulter, fummelte an der Tür des Pick-ups herum und bekam sie schließlich auf. »Mit dir bin ich noch nicht fertig!«

»Ha! Ich bin mit dir auch noch nicht fertig!«, schrie Lucy. Sie ging ans offene Beifahrerfenster. »Worauf du dich verlassen kannst!«

Ihr Vater gab Gas. Das Auto schoss mit quietschenden Reifen davon.

Mittlerweile waren weitere Lehrer herbeigeeilt. Der Sportlehrer fragte Lucy scherzhaft, ob sie die Mädchenmannschaft im Softball coachen wolle. Die Direktorin, Mrs Daniels, sagte, der Sheriff wäre gleich da.

Lucy nickte nur und beugte sich über Natasha. »Wie geht's dir?«

»Mir geht's gut.« Dolly hatte sich neben sie gesetzt und leckte ihr die Hand.

»Was ist mit deinem Arm?« Lucy atmete stoßweise und umklammerte den Schläger, als rechnete sie damit, dass Brian zurückkäme.

Natasha kraulte Dolly hinter den Ohren. »Daddy hat mir den Arm verrenkt. Aber ich glaube nicht, dass er gebrochen ist.«

»Auf alle Fälle muss er untersucht werden. Wir fahren zum Arzt.« Lucy umarmte Natasha vorsichtig. Es fühlte sich fast so an, als wäre sie in den Armen ihrer Mama. Ihre Augen füllten sich mit Tränen. Sie wollte tapfer sein, aber dann ließ sie ihren Tränen doch freien Lauf. Und sie weinte nicht wie Angie Hanover, wenn ihre Lehrerin sie nach ihren Hausaufgaben fragte, sondern richtig, mit dicken Tränen, die einen schmierigen Film auf ihren Wangen hinterließen.

Lucy schien es nichts auszumachen. Sie drückte Natasha an sich und streichelte ihr mit einer leicht zitternden Hand über den Rücken.

Die Direktorin redete auf Lucy ein. Es täte ihr ja so leid, Natasha hätte sich ein paar Minuten zu früh aus der Schule gestohlen, normalerweise hätte ein Lehrer Aufsicht gehabt. Lucy nickte höflich und sagte nur, sie würden später darüber sprechen. Sie sollte sich keine Sorgen machen, Lucy hätte die Lage im Griff.

Als sie mit Natasha zum Jeep ging, zog sie ihr Handy raus. »Hank, hier ist Lucy.« Natasha verstand kaum etwas von dem, was Lucy sagte, weil die Worte mit der Geschwindigkeit einer Maschinengewehrsalve aus ihr herausschossen.

Lucy öffnete die Tür des Jeeps. Dolly sprang sofort hinein und quetschte sich neben Natasha auf den Rücksitz. Eine Freundin brachte Natashas Rucksack. Lucy reichte Natasha ein paar Fast-Food-Servietten aus dem Handschuhfach.

»Was ist mit der Truhe?« Natasha putzte sich die Nase. »Ich hab den ganzen Tag darauf gewartet, endlich rauszufinden, was drinnen ist. Ich will nicht zum Arzt. Mir geht es gut.«

»Das entscheide ich. Hank wartet schon in der Klinik auf uns. Der Arm muss sicherlich geröntgt werden.«

Frustriert schlug Natasha den Kopf gegen die Kopfstütze. »Mann. Das nervt!«

»Es hätte noch viel schlimmer kommen können, Natasha.«

* * *

Als Hank in die Notaufnahme gestürmt kam, stand ihm die pure Mordlust ins Gesicht geschrieben. Er trug ausgeblichene Jeans, staubige Arbeitsstiefel und eine Jacke mit der Aufschrift BEACON VINEYARDS. Autoschlüssel und Handy hielt er in den geballten Fäusten. Er ging schnurstracks zum Empfang und steckte den Kopf immer weiter durch das Fenster, bis die Sprechstundenhilfe ihr Telefonat beendete. »Wo ist Natasha?«

»Sie wird gerade untersucht«, sagte sie.

Lucy war aufgestanden. Der Adrenalinschub, der sie mehr oder weniger aus dem Jeep katapultiert hatte, war verebbt, und sie war erschöpft. Sie fuhr mit zitternden Händen an den Hosenbeinen hinunter. »Sie ist geröntgt worden.«

Hanks Blick war dunkel vor Wut und Sorge. »Was ist passiert? Warum warst du nicht da?«

»Ich bin eine Minute zu spät gekommen, und Natasha hat sich offensichtlich ein paar Minuten vor der Zeit aus der Schule gestohlen. Ich war in der Bücherei und habe die Zeit aus den Augen verloren. Und dann musste ich Dolly noch abholen.«

Er hob eine Hand und unterbrach sie. »Was ist passiert?«

Sie strich sich eine Locke aus dem Gesicht. »Ihr Vater ist aufgekreuzt und hat versucht, sie mit Gewalt ins Auto zu zerren.«

Er stemmte die Hände in die Hüfte. »Aber das hat nicht geklappt, stimmt's?«

»Nein. Weil ich dazwischengegangen bin. Aber er hat ihr den Arm verdreht, und der Arzt sagt, er muss einen Spiralbruch ausschließen. Er müsste jeden Moment rauskommen.« Sie wünschte sich verzweifelt, dass Hank sie in den Arm nahm. Sie war oft mit Beth in der Notaufnahme gewesen, und von Mal zu Mal hatte sie es mehr gehasst.

Aber Hank stand abweisend vor ihr, weit davon entfernt, ihr Trost spenden zu wollen. Jetzt ging es ihr noch schlechter als vorher.

»Mann, Lucy, ich habe dir vertraut.«

»Und ich habe mich um eine Minute verspätet«, gab sie zurück. Ihre Wut loderte auf. Alles, was sie in den letzten Monaten frustriert hatte, war wie Zunder und ging in helle Flammen auf. »Das ist das Allerletzte, was ich jetzt brauche! Dass du da rumstehst und mich verurteilst.«

»Du bist zu spät gekommen«, wiederholte er.

»Eine Minute!« Dolly spitzte die Ohren und stupste Lucy an.

»Nicht so laut«, sagte Hank.

»Warum nicht?«, fragte sie so laut, dass alle es hörten. »In diesem verdammten Kaff wissen doch sowieso alle alles. Bestimmt zerreißen sie sich gerade das Maul darüber, wie verkorkst Lucy Kincaid ist.«

Ein Muskel pulsierte an seinem Kinn. »Niemand sagt das. Und ich schon gar nicht.« Er atmete hörbar aus. »Sie finden, du bist hart drauf.«

Sie schüttelte den Kopf. In Wahrheit hatte sie schreckliche Angst gehabt und nicht gewusst, wie sie den ein Meter neunzig großen Schlägertypen stoppen sollte. Sie hatte zwar ein paar Kneipenschlägereien beendet, aber da war immer ein Türsteher im Hintergrund gewesen. Brian Willard hätte sie umgebracht, wenn sie ihm die Chance gegeben hätte.

Als sie schwieg, nahm er ihre Hand. »Ich bin sicher, Willard ist gerade dabei, seine Wunden zu lecken. Wo ist eigentlich Rick?«

»Er spricht mit Natasha. Aber warum war er nicht schneller da? In so einer kleinen Stadt?«

»Es gibt einen Hilfssheriff, der stundenweise arbeitet. Aber im Prinzip macht Rick das hier alles alleine. Er deckt ein großes Gebiet ab.«

Langsam beruhigte Lucy sich. Nicht zuletzt, weil er ihre Hand hielt.

»Was hast du in der Bücherei gemacht?«

»Alles übers Cottage gelesen, was ich in die Finger bekam.« Die Geschichte des Hauses hatte sie gepackt. Sie hatte sich nur ungern von ihrem Wecker rausreißen lassen, um Natasha abzuholen. Aber das würde sie Hank nicht erzählen, einem Mann, der immer das Richtige tat. Er wäre nicht zu spät gekommen, nicht mal eine Minute.

Rick kam aus dem Untersuchungszimmer quer durch den Wartebereich auf Hank und Lucy zu. »Ihr könnt euch abregen«, sagte er. »Es geht ihr ganz gut. Nichts gebrochen. Die Schulter ist wahrscheinlich verrenkt, deswegen muss der Arm ruhiggestellt werden.«

»Wann können wir zu ihr?«

»In ein paar Minuten«, sagte er. »Und in der Zwischenzeit können Sie mir berichten, was passiert ist, Lucy. Natasha hat mir ihre Version schon erzählt, aber sie ist etwas benommen von den Schmerzmitteln. Sie wiederholt immer wieder, Sie würden wie ein Profi mit dem Schläger umgehen.«

»Den habe ich unterm Tresen in Nashville gehabt und für alle Fälle auf die Fahrt mitgenommen. Als ich gesehen habe, wie sich Natasha gegen ihren Vater gewehrt hat, habe ich mir den Schläger geschnappt und bin auf Willard los.« Beim Erzählen kam alles zurück, auch der Adrenalinschub. »Haben Sie ihn?«

Rick schlug sein Notizbuch auf. »Noch nicht.«

»Wenn Sie ihn finden, wird er Ihnen sagen, dass ich ihm den Schläger übergezogen habe. Das stimmt. Und es war kein Streifhieb.«

Die Mundwinkel des Sheriffs zuckten, aber er gestattete sich kein Lächeln. »Sie haben Natasha verteidigt, korrekt?«

»Sie hat geschrien«, sagte Lucy. »Und ich habe in einem Selbstverteidigungskurs gelernt, dass der erste Schlag sitzen muss, wenn man überhaupt zuschlägt.«

Hank murmelte: »Er hätte dich töten können.«

»Wie ich eben gesagt habe: Ich wusste, dass ich nur den einen Schlag habe.«

In Ricks Miene lag keine Spur von Humor, als er sich Notizen machte. »Hank hat recht. Sie kennen Brian Willard nicht. Wenn er gekonnt hätte, hätte er Ihnen das Genick gebrochen.«

»Es ist bekannt, dass er Natasha schon mehrfach verletzt hat«, sagte Hank.

»Ja, sicher«, sagte Rick. »Trotzdem muss ich mir ein klares Bild von den Ereignissen machen. Falls es zum Prozess kommt.«

»Zum Prozess? Wieso?«, fragte Hank.

»Heutzutage rennen die Leute doch bei der kleinsten Sache zum Gericht. Aber Lucy muss sich keine Sorgen machen. Ich habe die Lehrer befragt, und sie sagen alle das Gleiche. Willard ist vorgefahren, hat kurz mit Natasha geredet, und ein paar Sekunden später hat sie geschrien und versucht wegzulaufen.«

Die Schreie des Kindes würden noch lange in Lucys Ohren gellen. »Kann ich jetzt zu ihr? Ich will mit ihr zurück ins Haus.« Lucy brachte es nicht über sich, *nach Hause* zu sagen. Das klang nach einer lebenslangen Verpflichtung, die sie immer noch höllisch abschreckte.

»Klar, der Arzt müsste jetzt fertig mit ihr sein.«

»Ich komme mit«, sagte Hank. Wieder pulsierte der Muskel an seinem Kiefer, aber er hatte die Fäuste nicht mehr geballt.

»Sie ist in Kabine sechs«, sagte Rick. »Nur noch eine Frage: Wo ist der Schläger jetzt?«

»Im Auto.«

Lucy durchquerte den Wartebereich und öffnete die Tür der Kabine sechs. Dolly folgte ihr. Lucy zog den Vorhang zur Seite und sah Natasha mit einem Arm in der Schlinge auf der Liege sitzen. Natasha war bei dem plötzlichen Geräusch zusammengezuckt, doch sowie sie Lucy sah, entspannte sich ihre Miene.

»Luciii! Dolliii! Ich habe schon nach euch gefragt.«

Das Mädchen machte einen leicht überdrehten Eindruck, was in der Situation aber verständlich war. Lucy nahm ihre unverletzte Hand. »Es tut mir so leid, dass ich nicht da war.«

»Besser spät als nie. Alles unter einer Stunde gilt nicht. Außerdem warst du nicht zu spät, sondern ich war zu früh. Weil ich so gespannt auf die Truhe war.« Sie wandte Hank den Kopf zu. »Hey, die Bande ist vollständig.«

»Hey Kleine«, sagte Hank.

»Ich hätte etwas früher da sein sollen. Es tut mir leid.«

»Wer hätte auch gedacht, dass mein Daddy einmal in seinem Leben pünktlich sein würde?«, sagte Natasha. »Er ist nie pünktlich. Nie.« Sie zog die Augenbrauen zusammen. »Lucy, du hast richtig zugeschlagen. Und ich habe ihn noch nie so wütend erlebt. Ich hatte Angst, dass er dich umbringt.«

Hank ballte die Finger seiner rechten Hand mehrmals zur Faust. Wie ein Boxer, bevor er den Handschuh überstreift. »Sheriff Rick sucht nach deinem Dad, Natasha.«

»Er hat gegen seine Bewährungsauflagen verstoßen«, sagte das Mädchen. »Er will nicht in den Knast zurück. Es wird schwer sein, ihn zu finden.«

»Pech gehabt«, sagte Lucy. »Denn Rick wird ihn finden und einbuchten.«

Das Mädchen wirkte nicht so erleichtert, wie man hätte annehmen können. Lucy konnte sie verstehen. Sosehr sie ihren Vater auch fürchtete, er war ihr einziger Angehöriger. Auch wenn er in vielerlei Hinsicht ein Teufel war, so war er doch der Teufel, den sie kannte. Er war ihre Familie. Sein Blut floss in ihren Adern. Und das bedeutete etwas. Lucy wusste es genau.

»Wollen wir los? Ins Cottage?«, fragte Lucy.

»Willst du mich wirklich mitnehmen?«, fragte Natasha ungläubig. »Solange Dad frei rumläuft, ist das wahrscheinlich nicht besonders schlau.«

»Die Türen haben gute Schlösser«, sagte Lucy. »Und die Wände sind einen halben Meter dick.«

»Und bis dein Vater geschnappt ist«, mischte Hank sich ein, »kann ich im Jagdhaus übernachten.«

»Ehrlich?« Natasha klang erleichtert. »Lucy schwingt den Schläger, als wäre sie damit auf die Welt gekommen, aber wenn mein Dad das nächste Mal kommt, braucht sie vielleicht mehr als den Schläger.«

»Jedenfalls wenn es dir recht ist, Lucy.«

Die drei sahen sie an. Natasha hoffnungsvoll, Hank herausfordernd und Dolly schwanzwedelnd. Sie konnte auch ohne Hank auf Natasha und Dolly aufpassen. Sie war wachsam. Aber schließlich musste sie irgendwann schlafen, und außerdem ging es hier nicht um sie. Sie musste an das Kind denken. Sie würde nur irgendwie damit umgehen müssen, dass Hank auf demselben Flur schlief wie sie, dann wäre alles in Ordnung. »Na klar.«

»Er kann das gelbe Zimmer kriegen«, sagte Natasha.

Ach ja? Das mit der Verbindungstür zum rosa Zimmer. »Na klar.«

»Machen wir die Truhe auf, wenn wir zu Hause sind?«, fragte Natasha. »In der Schule wollen sie wissen, was drinnen ist. Ich habe versprochen, es ihnen morgen zu erzählen.«

»Mal sehen, wie es dir morgen geht. Es kann sein, dass du ein paar Tage zu Hause bleiben musst.«

»Was? Ich habe eine tolle Geschichte und eine echte Schlinge. Ich will unbedingt in die Schule.«

Hank grinste. »Hätte nicht für möglich gehalten, dass du mal darum bettelst.«

Natasha rieb sich den verletzten Arm. »Schade, dass du nicht da warst. Lucy hat ausgesehen wie Wonder Woman.«

Hank sah Lucy in aller Ruhe von oben bis unten an und fing an zu grinsen.

»Ganz so dramatisch war's auch wieder nicht«, sagte Lucy.

»Ich hätte viel dafür gegeben«, meinte Hank. »Der Sheriff hat mir erzählt, dass die Leute kein anderes Thema mehr haben.«

Sie spürte wieder, wie ihr warm wurde – wie immer, wenn er in der Nähe war. Ihr ganzer Körper heizte sich auf. Jetzt würden sie auch noch in benachbarten Zimmern schlafen. Wenn sie ihre Gefühle für Hank nicht in den Griff bekam, saß sie in der Tinte.

»Okay, genug. Zeit, dass Natasha nach Hause kommt«, sagte Lucy.

»Jawohl«, sagte Hank laut, doch beim Hinausgehen flüsterte er ihr zu: »Ich kann's kaum erwarten herauszufinden, wo du dein Lasso der Wahrheit versteckt hast.«

Kapitel 21
BETH

5. Juni 1988

Beth kommt eine halbe Stunde zu spät, und als sie die massive Tür hinter sich schließt, erkennt sie, dass Mrs B verärgert ist. Die alte Frau hat neulich gesagt, Unpünktlichkeit sei genauso schlimm wie Stehlen. *Zeit ist unser kostbarster Besitz*, oder irgendeinen Unsinn in der Richtung.

Ihr ist flau, und sie hat entsetzliche Kopfschmerzen, aber sie versucht, beides beiseitezuschieben. Was in diesem Augenblick wohl in Paris oder in Nashville los war? Bestimmt lebten Leute in Großstädten einfach glücklichere und aufregendere Leben.

Beth betritt den Salon. »Hey Mrs B. Ich könnte mich mit dem Verkehr rausreden. Leider gibt es hier keinen.«

Die alte Frau trägt ein blassgrünes Strickkleid mit Dreiviertelärmeln und einem passenden Gürtel. Und ihre Elfenbeinbrosche natürlich, wie immer. Ihr Haar trägt sie wieder in einem Dutt. Beth hat es neulich Nacht versucht nachzumachen, aber ihre langen blonden Haare lösten sich immer wieder.

Beth schiebt sich mit zitternden Händen eine Strähne hinters Ohr und durchwühlt die Kameratasche nach dem

Mikrofon. Sie ist froh, dass sie heute das Interview mit Mrs B hat. Sie ist ein Lichtblick in einer Welt, die immer verwirrender wird.

»Was ist denn mit dir los, Kind?«, fragt Mrs B.

Beth sieht sie nicht an, weil sie vermutet, dass ihr die Angst ins Gesicht geschrieben steht. »Es ist mir peinlich, dass ich mich verspätet habe. Das ist alles.«

»Du bist ganz blass.«

»Ich bin immer ziemlich kalkig, selbst im Sommer.«

»Du siehst verstört aus.«

»Ja, weil ich zu spät gekommen bin und weil ich weiß, dass Sie das nicht ausstehen können.«

Die alte Frau schnaubt. »Mach mir doch nichts vor. Also, was ist?«

Beths Frustration siegt. »Das mit Noah hat nicht geklappt. Er hat mir einen Korb gegeben. Wussten Sie, dass er seine Freundin geheiratet hat? Und dreimal dürfen Sie raten. Ja, genau, sie ist schwanger.« Beth zuckt die Achseln. »Und ich dachte, sie wird dick.«

»Das mit dem Baby wusste ich nicht. Noahs Vater und Großvater sind Ehrenmänner, und er ist auch ein guter Junge. Seine Freundin gefällt mir.« Sie hebt eine ihrer zarten grauen Augenbrauen. »Ich habe dir doch gesagt, dass er mit Nancy liiert ist.«

»Ach, es war dumm von mir. Aber ich brauchte mal was Nettes zur Abwechslung.« Sie grinst übertrieben. »Und was wäre Noahs Kind dann im Verhältnis zu Ihnen? Ihr Urgroß … – ja, was eigentlich?«

»Mein Großneffe«, sagt die alte Frau.

»Wieder ein Baby fürs Cottage. Sie mögen Babys, oder?«

Beth fragt sich, warum sie ausgerechnet über Babys schwafelt, als sie die Kamera aufs Stativ stellt. Manchmal wünscht sie sich, die alte Dame wäre ihre Großmutter oder eine andere

Verwandte. Es wäre tröstlich, wenn sie ihr Dinge anvertrauen könnte. Aber wenn sie der alten Frau jetzt erzählt, wie sie gerade ihr Leben versaut, wäre Mrs B enttäuscht von ihr. Und Beth würde es bereuen. Das könnte sie nicht auch noch ertragen.

»Wo ist dein Vater, Beth?«

»Auf See. Er kommt in ein paar Wochen nach Hause.«

»Mit wem wohnst du zusammen?«

»Ich wohne allein, seit ich fünfzehn bin. Mir geht es gut damit.«

»Und was ist das da an deinem Handgelenk? Ein blauer Fleck?«

Beth wirft einen Blick auf den violetten Ring um ihr Handgelenk und zieht den Ärmel herunter. »Das ist nichts. Mir geht es gut. Wir sollten anfangen, wenn wir heute noch etwas aufnehmen wollen. Mrs Reynolds ist schon sehr gespannt. Sie meint, ich würde ihre Erwartungen übertreffen.«

Mrs B lässt sich nicht abbringen. »Niemand darf solche Spuren auf deinen Armen hinterlassen, Elizabeth.«

»Es war ein Unfall.« Und irgendwie stimmt das auch. Wenn Beth gewusst hätte, dass ihn ein einziger Witz so in Rage bringen würde, hätte sie sich zurückgehalten. »Sehen Sie mich nicht so an.«

»Wie denn?«

»So enttäuscht.«

»Ich bekomme mehr mit, als du denkst. Du hältst mich für eine einfältige alte Frau. Aber ich bin jetzt fast hundert Jahre alt, und ich erkenne genau, was ein Unfall ist und was nicht.«

Mrs B macht den Eindruck, als wollte sie Beth mit weiteren Lebensweisheiten kommen. Beth will sie nicht hören. Wie soll diese reiche alte Frau irgendetwas wissen? Sie lebt in diesem riesigen Haus und hat alles Geld der Welt. Schlimme Dinge passieren solchen Leuten nicht.

Beth drückt auf Aufnahme und sagt: »Kamera läuft.«

* * *

CLAIRE

Oktober 1916

Robert war nach New York aufgebrochen, um sich von dort nach Europa einzuschiffen. Claire war froh über seine Abreise. Als sie sich den Abschiedskuss gaben, sahen sie ihre eigenen Gefühle in den Augen des anderen gespiegelt. Ihre impulsive Heirat war ein schrecklicher Fehler gewesen. Sie wusste, wie sehr Robert sich vor der Reaktion seines Vaters fürchtete, und sie konnte ihm nicht vergeben, dass er sich geweigert hatte, Victorias Baby zu adoptieren.

Kaum war er abgefahren, ging sie nach oben zu Victoria. Eigentlich wollten sie in einer Woche nach New York zurückkehren, aber Victoria lag immer noch mit hohem Fieber im Bett.

Den Rest des Tages verbrachte Claire an ihrer Seite, legte ihr kalte Wickel auf und gab ihr Pfefferminztee zu trinken, um das Fieber zu senken.

Dann brach Victoria der Schweiß aus, und ihr Blick wurde wieder klar. Doch sie war schwach und lag still zusammengerollt auf einer Seite. Mrs Buchanan konnte noch so viele Telegramme schicken, Victoria war einfach noch nicht in der Lage zu reisen.

Als Victoria endlich genesen war, verließen Claire die Kräfte. Erst nahm sie an, sie hätte sich bei Victoria angesteckt. Doch dann wurde ihr klar, dass sie schwanger war.

Die Zugfahrt nach Norden zog sich endlos hin. Claires Rockbund zwickte, und Victoria, die Claires Heirat mit ihrem Bruder missbilligte, sagte auf der ganzen Reise kein einziges Wort. Und Claire stand die Auseinandersetzung mit den Buchanans bevor.

Die Luft war klar und kühl, als sie in der Upper West Side aus der Kutsche stiegen. Die Residenz der Buchanans war im französischen Stil gehalten und beherbergte eine große Kunstsammlung, die bis in die Zeit Louis XV. zurückreichte. Sie hatte drei Aufzüge, acht gigantische Kamine, einen großen Bankettsaal und einen überdachten Swimmingpool. Hinter der Villa erstreckte sich eine Grünfläche von der Größe eines städtischen Parks mit Formschnitthecken, einem Fischteich und mehreren Fontänen. An der Chesapeake Bay stieß die bescheidene Bezeichnung *Cottage* auf Unverständnis, doch im Verhältnis zu dieser Residenz war das Jagdhaus der Buchanans eine Hütte.

Claire hatte das Haus immer durch den Dienstboteneingang an der Rückseite betreten, und jetzt musste sie den Drang bekämpfen, es wieder zu tun. Sie hielt sich ein Taschentuch gegen die aufsteigende Übelkeit an den Mund, hob den Kopf und folgte Victoria die Treppe hinauf.

Sie wollte gerade klopfen, da wurde die Tür aufgerissen und Edward stand vor ihr. Ihr Cousin war kein besonders gut aussehender Mann, und seine Figur konnte mit der Kunst seines Schneiders nicht mithalten, aber sein Strahlen verriet, wie sehr er Victoria vermisst hatte.

Normalerweise scheuchte sie ihn fort, wenn er sie wie ein Schoßhund anhimmelte, aber diesmal nahm sie ihn in die Arme. »Ich habe dich vermisst, Edward.«

Er erwiderte ihre Umarmung. Doch dann sah er Claire hinter Victoria stehen. Die Liebe, die eben noch sein Gesicht verklärt hatte, wich einem mitleidigen Blick. »Claire.«

»Mr Edward.«

»Sie werden im Arbeitszimmer erwartet.«

»Selbstverständlich.«

Er nahm Victoria bei der Hand und führte sie ins Arbeitszimmer, einen großen Raum mit deckenhohen Regalen voller ledergebundener Bücher. Über einem grauen

Marmorkamin hing das Porträt von Victorias Großvater, und auf dem Parkett lag ein handgewebter türkischer Teppich in Rot- und Blautönen. Mr Buchanan stand neben seiner Frau, die auf einem gepolsterten burgunderroten Sessel saß.

»Daddy«, sagte Victoria und ging quer durchs Zimmer auf ihren Vater zu.

Er nahm sie in den Arm und drückte ihr einen zärtlichen Kuss auf die Stirn. »Ich habe gehört, dass es dir nicht gut ging.«

»Ja, deswegen konnten wir nicht früher nach Hause kommen.«

»Wir haben uns Sorgen gemacht.«

Ihr Vater hielt sie ein Stück auf Abstand, prüfte ihre Figur und lächelte. »Edward und du, ihr lasst euch erst mal etwas zu essen geben. Kind, du bist zu dünn. Die Köchin hat dir all deine Lieblingsspeisen gekocht.«

»Ja, Daddy«, sagte sie.

Victoria hakte sich bei Edward unter. Jetzt war Claire mit zwei Menschen allein, die seit sechzehn Jahren zu ihrem Alltag gehörten. Doch ihre neue Beziehung machte Fremde aus ihnen.

Mr Buchanan umrundete einen großen Schreibtisch aus Mahagoni und setzte sich. Mrs Buchanan schloss die Tür. »Sie haben sich vorbildlich um Victoria gekümmert. Dafür bin ich Ihnen dankbar und deswegen sind Sie jetzt hier.«

Er behandelte sie wie eine Bedienstete. Er ignorierte das Hochzeitsgelöbnis und das wachsende Baby in ihrem Bauch. »Sie ist jung und kräftig. Ich glaube, dass sie sich vollkommen erholt hat«, sagte Claire.

»Gut.«

»Sie haben Roberts Telegramm über unsere Heirat erhalten?«, fragte sie.

Er blickte auf die Papiere vor sich. »So ist es. Ich habe ein Dokument zur Annullierung der Ehe aufsetzen lassen.«

»Annullierung?«, fragte sie.

»Sie glauben doch nicht, dass ich Robert diese lächerliche Rebellion durchgehen lasse? In meinen Augen hat er wieder einmal Unordnung hinterlassen. Und ich räume wie immer auf.« Er tauchte die Spitze seines Federhalters in ein Tintenfass. »Ich entschädige Sie.«

»Wir sind rechtmäßig verheiratet«, brachte Claire hervor. »Und bevor Sie fortfahren, sollten Sie wissen, dass ich Ihr *nächstes* Enkelkind erwarte.«

Das kleine Wort zerschnitt die Luft zwischen ihnen. Wenn Mr Buchanan freundlicher gewesen wäre, oder wenn Victoria ein Wort des Dankes für die Pflege der letzten Monate hätte fallen lassen, hätte sie es sich vielleicht anders überlegt. Oder wenn sie sich besser gefühlt, oder wenn Robert neben ihr gestanden hätte, oder wenn Jimmy noch am Leben gewesen wäre. Oder, oder, oder. Aber all das war nicht der Fall. Und sie konnte es sich nicht leisten, unterwürfig zu sein. Wenn sie ihre beste Karte jetzt nicht ausspielte, würde sie nie wieder eine Chance bekommen.

Mrs Buchanan stand auf und musterte Claires Brüste und ihren Bauch. Kopfschüttelnd sah sie ihren Ehemann an.

»Woher weiß ich, dass es Roberts Kind ist?«, konterte der alte Mann.

»Es ist von Robert. Hören Sie sich in Cape Hudson um. Alle Leute werden bezeugen, dass ich nur in der Gesellschaft von Mrs Latimer gesehen wurde.«

»Ich könnte Zeugen auftreiben, die etwas anderes aussagen.«

»Ja, in der Tat. Aber ich könnte Zeugen auftreiben, die etwas über das Baby wissen, das Victoria vor fünf Wochen zur Welt gebracht hat. Edward hätte keine Schwierigkeiten, den kleinen Jungen zu finden.« Sie spielte mit dem Feuer, aber sie ahnte, dass die Angst ihres Schwiegervaters vor dem Skandal so groß war, dass er dem Kind nichts antun würde.

Mr Buchanan pfefferte den Federhalter auf den Schreibtisch. Schwarze Tintenkleckse verteilten sich auf dem Dokument. »Was wollen Sie?«

Diese Welt, *deren Welt*, würde nie die ihre sein. Und das wünschte sie sich auch gar nicht. »Ich will ins Jagdhaus zurückkehren. Übertragen Sie das Haus urkundlich auf meinen Namen und richten Sie einen treuhänderischen Fonds ein, damit mir genug für mein Kind und mich zum Leben bleibt.«

»Vergessen Sie Ihren Gatten nicht. Er gehört dazu.«

»Selbstverständlich.«

Er öffnete eine Schatulle, zählte Geld ab und legte das Bündel auf den Rand des Schreibtisches. »Gut. Nehmen Sie das Geld und verschwinden Sie. Ich werde Ihnen morgen die entsprechenden Papiere ins Hotel kommen lassen.«

Sie machte auf dem Absatz kehrt und hoffte inständig, dass sie sich nicht auf den Teppich würde übergeben müssen. Mrs Buchanan stand bereits an der geöffneten Tür. Ihr Blick war freundlich, doch die Haltung ihres Kinns ließ ihre Entschlossenheit erahnen.

Claire verließ das Haus durch die Eingangstür und betete darum, dass Robert und sie ein gutes Leben erwartete.

* * *

Robert trat seinen Militärdienst nie an. Das letzte halbe Jahr hatte er zur Genesung von der Grippe im Haus eines Freundes in Baltimore verbracht.

Es war Anfang April und bitterkalt, als er aus dem Zug stieg. Er hatte die Krawatte gelockert und die Kappe auf den Hinterkopf geschoben. Bei den meisten Männern hätte Claire sich nichts weiter bei diesem nachlässigen Aufzug gedacht, aber bei Robert schon. Er hatte immer großen Wert auf seine Erscheinung gelegt.

Sie eilte so schnell, wie es ihr Bauch zuließ, auf ihn zu und umarmte ihn. Er erwiderte ihre Umarmung zögerlich. »Du riechst gut«, sagte er dann aber und vergrub sein Gesicht in ihrer Ellenbeuge. »Ich habe im letzten halben Jahr nur Krankheitsgeruch um mich gehabt.«

Sie küsste ihn auf die Wange und wünschte sich, wenigstens etwas Aufregung zu verspüren. Doch sie hatte seiner Ankunft besorgt entgegengesehen. »Ich bin froh, dass du wieder zu Hause bist«, sagte sie.

Als Mann und Frau waren sie sich fremd. In den letzten einsamen Monaten war die Hoffnung in ihr aufgekeimt, dass sie ihn nach der Geburt des Babys vielleicht begehren würde, so wie sie schon einmal einen Mann begehrt hatte.

»Zu Hause. Tja, so muss ich das jetzt wohl nennen.« Er sah sich auf der kleinen Bahnstation um, und dann blickte er sie dermaßen unwillig an, dass es sie wie ein Schlag ins Gesicht traf.

Sie lächelte und distanzierte sich innerlich von seiner Enttäuschung. »Ich weiß, wie hart es für dich gewesen sein muss, so lange krank zu sein. Aber bei der salzhaltigen Luft wirst du sicherlich bald wieder ganz bei Kräften sein.«

Sie gingen auf die wartende Kutsche zu. Er half ihr hinein und setzte sich neben sie. Ein junger Bediensteter aus dem Jagdhaus fuhr sie heim. Sie schwiegen, jeder in seine Sorgen vertieft.

Als sie ankamen, half Robert ihr aus der Kutsche. Sie ging langsam und schwerfällig hinein. Mrs Latimer, dünner und grauer geworden, begrüßte ihn. »Willkommen, Mr Buchanan.«

»Danke«, sagte er. »Ich würde mich jetzt gern ausruhen. Claire, bringst du mir ein Glas Bourbon nach oben?«

»Bist du sicher, dass du etwas trinken möchtest?«, fragte sie. »Du bist krank gewesen.«

»Ich war nie sicherer.« Er streifte die Jacke ab, reichte sie ihr und ging hinauf.

Mrs Latimer nahm sie Claire ab. »Sei vorsichtig«, sagte sie kopfschüttelnd. »Er wird versuchen, die Schuld für sein Unglück auf dich abzuwälzen.«

Claire hörte, wie er oben die Tür zuzog. »Er hat um meine Hand angehalten. Ich erwarte sein Kind.«

»Und du bist der Grund für seine Verbannung aus New York.«

Sie legte die Hände auf ihren gewölbten Bauch. »Ich habe nur versucht, sein Kind zu schützen.«

»Ja, das weiß ich.« Mrs Latimer prüfte die Jackentaschen, wie sie es immer tat, wenn einer der Herren nach Hause kam. In der rechten Brusttasche fand sich ein leerer Flachmann. »Sei bloß vorsichtig«, wiederholte sie.

»Bitte machen Sie ihm ein Sandwich. Ich bringe es ihm dann hoch.«

Mrs Latimer verschwand in der Küche, und Claire goss den verbliebenen Rest Bourbon in eine Karaffe. Nun, wo weder die Buchanans noch ihre Jagdgäste das Haus bevölkerten, wurden Luxusgüter, die in der Vergangenheit fast täglich angeliefert worden waren, nicht mehr aufgefüllt. Mr Buchanan hatte ihr zwar das Haus übertragen und die Mittel zur Instandhaltung treuhänderisch angelegt, aber das Geld zum Unterhalt langte nur für die einfachsten Dinge des täglichen Bedarfs.

Als das Sandwich fertig war, ging Claire mit dem Tablett nach oben. Sie klopfte an die Tür des blauen Zimmers und trat ein.

Robert stand am Fenster und starrte auf die Bucht mit dem Leuchtturm hinaus. Er hatte die Hände in den Taschen vergraben und Krawatte, Weste und Hemd ausgezogen. Er war so abgemagert, dass sich seine Rippen unter dem Unterhemd abzeichneten.

»Warum hast du das Angebot meines Vaters nicht angenommen?«, fragte er.

»Wir sind nach Recht und Gesetz verheiratet und erwarten ein Kind.«

»Ja. So. Ist. Es.«

»Tut es dir leid, dass ich nicht in die Annullierung eingewilligt habe? Und mit dem Geld verschwunden bin?«

Er drehte sich um, ging zu ihr und drückte ihr die Hände auf die Schultern. Sie waren seit der Hochzeitsnacht viel rauer geworden. Und seine Berührung war kräftig und fordernd, ohne jede Spur von Werbung.

Ehemänner sollten ihre Frauen begehren. Ihr Vater hatte ihre Mutter geliebt. Sie hatte ihr Leben gegeben, um ihm die Söhne zu schenken, die er sich gewünscht hatte. Doch als Robert die Bluse von ihrer Schulter zerrte und ihre nackte Haut küsste, verspürte sie keine Liebe, sondern Hass.

Bei seinem nassen Kuss durchliefen sie Wellen von Angst, nicht von Begehren. Er legte seine Hände auf ihre Brüste und kniff sie so schmerzhaft in die Brustwarzen, dass sie sich ihm entzog.

»Vielleicht ist es jetzt nicht die beste Zeit, Robert«, sagte sie.

Seine schwieligen Finger schlossen sich wie Fesseln um ihr Handgelenk. »Wie kannst du mich abweisen? Du hast dich doch für mich entschieden. Und dafür ein Vermögen abgelehnt.«

Sie entwand sich seinem Griff. »Was hat sich denn verändert? Ich dachte, ich schütze unsere Ehe. Und dass du das auch wolltest.«

»Du bist meine Frau. Ich bin dein Mann. Und das kann ich von dir erwarten, richtig?«

»Du bist jetzt so anders.«

Er öffnete den Hosenknopf. In den Tagen nach ihrer Hochzeit hatten sie sich diskret und zurückhaltend geliebt. Sie hatte ihn noch nie nackt gesehen, und sie war alles andere als erpicht darauf.

Er umfasste ihren Bauch und schubste sie so hart gegen die Wand, dass ihre Wange gegen den Putz schrammte.

In ihrem Kopf pulsierte ein heller Schmerz. »Lass das! Unsere Wiedervereinigung sollte zärtlich sein!«

Mit seinen rauen Händen zerrte er ihr Kleid hoch und ihre Unterwäsche hinunter und presste sich gegen sie. Als sie sich weigerte, die Beine zu spreizen, stieß er ihr das Knie dazwischen und zwang ihre Oberschenkel auseinander. Sie war nicht bereit für ihn, sein erster Versuch, in sie einzudringen, scheiterte. Als sie versuchte, sich von der Wand wegzustemmen, drückte er ihr seinen Unterarm so fest auf den Nacken, dass sie sich kaum noch bewegen konnte. Dieses Mal rechnete er mit ihrem Widerstand. Er stieß mit solcher Gewalt in sie hinein, dass ihre Haut riss.

Sie schrie auf und ließ ihren Tränen freien Lauf. »Was ist in dich gefahren?«

»Willst du wissen, warum ich dich geheiratet habe?«, sagte er und stieß wieder zu. Sie hatte die Augen geschlossen und setzte alles daran, ihren Körper weicher werden zu lassen.

»Weil ich wütend auf meinen Vater war. Er hatte mich zum Militärdienst gezwungen. Er hat gesagt, das Militär würde schon einen echten Mann aus mir machen.« Er rammte sie brutal. »Und wenn ich zurückkäme, wäre ich ihm dankbar, dann würde ich die richtige Frau heiraten und mich seiner Führung im Geschäftsleben anvertrauen.« Robert packte ihre Hüften und riss ihr mit den Fingernägeln die Haut auf. »Ich habe die Frau gefunden, die am unpassendsten von allen war. Ich wollte ihm eine Lektion erteilen.«

Sie wimmerte unter seinen Stößen, bis er endlich kehlige Laute ausstieß und seine Brust auf ihren Rücken sackte. Ihre Tränen fielen auf den Boden. Er atmete heftig. »Er wurde so wütend, als ich ihm erst das von Victoria und dann das mit dir erzählt habe, dass ich dachte, er bekommt einen Herzinfarkt.«

Er packte ihre Haare und riss ihren Kopf herum, um ihr verweintes Gesicht sehen zu können. »Er hat mich angefleht, dich gehen zu lassen. Ich hab ihm gesagt, er soll dir genug Geld geben, und wenn ich aus Europa zurückkäme, könnten wir neu anfangen. Aber du hast das Geld nicht genommen. Und deswegen sind wir jetzt hier, deswegen sind wir beide jetzt in diesem Gefängnis eingesperrt.«

Er trat zurück, zog die Hose hoch und ging ans Fenster, um sich einen Drink einzugießen. Sie drehte sich um. Sein Blick war grausam. Er weidete sich an ihrem Anblick, an ihren roten Augen, der zerschrammten Wange und den violett anlaufenden Prellungen.

In den nächsten sechs Wochen war sie nie mit ihm allein. Er blieb in seinem Zimmer und trank. Sie schlief hinter verschlossener Tür mit einem Küchenmesser unter dem Kopfkissen.

Claire war fast im neunten Monat, als sie erfuhr, dass ein anderer Mann zurückkehrte. Jimmy Latimer.

Er hatte die Explosion und den Untergang seines Schiffes überlebt und sich in der Karibik von seinen Verletzungen erholt. Aber sie sollte bald entdecken, dass auch er nicht mehr der Mann war, den sie gekannt hatte.

Kapitel 22

LUCY

18. Januar 2018

Lucy ging nach oben, um Natasha Gute Nacht zu sagen.

»Du warst so cool heute!«, sagte Natasha schlaftrunken.

»Wäre ich nur rechtzeitig da gewesen!«

Natasha fielen die Augen zu. »Versprich mir, dass ihr die Truhe nicht ohne mich aufmacht«, sagte sie mit halb geschlossenen Lidern.

»Versprochen.«

Natasha nahm Lucys Hand und drückte sie mit überraschender Kraft. »Wirklich?«

»Wirklich.«

Lucy zog die Bettdecke über Natashas Schultern. Sie wollte ihr mehr versprechen als die Sache mit der Truhe. Sie wollte ihr versprechen, dass alles gut werden würde. Aber das durfte sie nicht.

In der Küche roch es nach Kaffee. Hank hatte sich mit gerunzelter Stirn über einen Stapel Papiere gebeugt.

»Alles in Ordnung?« Sie ging zum Kühlschrank und holte Milch heraus.

»Unterlagen für die Bank. Ich habe morgen früh einen Termin.«

»Erzählst du mir, was du vorgehabt hast, bevor ich aufgetaucht bin?«

»Ich hatte vor, eine Siedlung an der Bucht zu bauen. Das bisschen Land, das sonst noch direkt an der Bucht liegt, ist entweder zu teuer oder zugebaut. Damit hätte ich auch Arbeitsplätze geschaffen. Das Land ist ideal für eine Mischnutzung, weil die Bucht dort sehr tief ist. Wenn wir mehr Wein anbauen, können wir auch einen Winzer anstellen. Wenn das Weingut gut läuft, ist es auch gut für die ganze Gegend.«

»Ich habe das Weingut noch gar nicht richtig gesehen.«

»In dieser Jahreszeit gibt es auch nicht so viel zu sehen. Aber ich zeige es dir jederzeit gern.« Er schüttelte den Kopf. »Nicht alle Leute hier sind für Veränderungen zu haben. Aber ohne Wachstum geht es nicht. Das Land wird seit Kolonialzeiten besiedelt – jetzt sind nur noch wenige junge Familien übrig geblieben. Und die brauchen Jobs. Das Projekt würde ihnen welche bieten.«

»Damit gehst du ein großes Risiko ein.«

»Stimmt.« Die Kaffeemaschine gurgelte. Als der Kaffee durchgelaufen war, goss er ihnen zwei Becher ein.

Sie gab die Milch hinzu und dachte daran, ihm etwas mehr einzuschenken. »Und warum willst du das alles machen?«

»Weil ich hier aufgewachsen bin. Aber was ich vorhabe, ist so hochgradig ineinander verzahnt, dass ich mir kaum Fehler leisten kann.«

Sie nahm einen Schluck Kaffee. Er machte ihn so stark wie sie. »Auf mich wirkst du wie jemand, der seine Pläne auch umsetzt.«

»Na, dann habe ich ja Grund zu hoffen.«

»Du musst hier übrigens nicht übernachten. Ich komme auch so klar.«

Langsam setzte er den Becher ab. »Ich habe es zugesagt, also mache ich es auch.«

Sie musste sich eingestehen, dass sie froh darüber war. Und das war ein Warnzeichen. »Vor allem, wo du morgen den Termin hast.«

»Ich stehe immer früh auf. Soll ich die Truhe jetzt öffnen?« Damit beendete er die Diskussion.

»Ich habe Natasha hoch und heilig versprochen, auf sie zu warten. Sie will unbedingt dabei sein.«

»Alles klar.«

»Was ist mit Brian?«

»Er weiß genau, dass er jetzt für längere Zeit ins Gefängnis muss. Und das macht ihn gefährlich«, sagte er. »Du bist erst seit ein paar Tagen hier, aber du hast dir schon Freunde gemacht«, setzte er mit einem spöttischen Lächeln nach.

Sie lachte. »Als ich das Haus gesehen habe, habe ich mir das Leben hier etwas romantischer vorgestellt. Jetzt ist da dieser durchgedrehte Typ, der hinter mir her ist, in meinem Brunnen liegt ein Skelett und im Haus spukt es. Und dann müsste da irgendwo noch mein Vater sein, der große Unbekannte.«

In seinen Augen funkelte es. »Leben in der Kleinstadt.«

»Aber du musst zugeben, dass da einiges zusammenkommt. Andererseits gefällt es mir hier. Die Ruhe ist eine Abwechslung für mich – und die Umgebung ist wunderschön.«

»Wie weit bist du mit den Videos gekommen?«

»Es ist nur noch eins übrig. Wenn Mrs B etwas über meinen Vater wissen sollte, dann wird es Zeit. Sonst bleibt mir nur, von jedem Mann hier die DNA testen zu lassen.«

Hank krempelte die Ärmel hoch. Sie sah, dass er eine alte goldene Armbanduhr trug. »Was war deine Mutter für ein Mensch?«

»Beth war eine gute Seele, und sie hat mich geliebt. Aber sie hat nie eingesehen, warum sie sauber machen sollte, wenn es sowieso gleich wieder dreckig wurde. Mit dem Kochen hatte sie es auch nicht so. Was von ihr bleibt, sind ihre Countrysongs.«

»Hatte sie Erfolg?«

»Als sie jung war schon. Aber sie hat nie einen Preis gewonnen oder eine Auszeichnung bekommen. Ich will auch nicht vorgeben, als wäre alles wunderbar gewesen. Ein paar Jahre hatten wir kaum etwas miteinander zu tun. Vor sechs Jahren bin ich bei der Kunstakademie angenommen worden, aber ich konnte das Studium nicht finanzieren. Und sie fand, es wäre sowieso nur Zeitverschwendung. Ich war so wütend auf sie, dass ich den Kontakt mehr oder weniger abgebrochen hatte. Wir hatten uns noch nicht versöhnt, als sie krank wurde. Trotzdem hat sie mich angerufen, und ich bin gekommen. Am Ende haben wir das alles hinter uns gelassen und waren uns wieder nah. Einmal hat sie sogar gesagt, sie könne dem Krebs gar nicht richtig böse sein, denn ohne ihn hätten wir vielleicht nie mehr zueinandergefunden.«

»Das tut mir leid.«

»Ich finde es wirklich bewundernswert, wie dir deine Familie und die Gegend am Herzen liegen«, wechselte sie das Thema. »Ich bin froh, dass ich ein kleines bisschen zur Umsetzung deiner Pläne beitragen konnte.«

»Mehr als ein kleines bisschen.«

»Ich würde gern mehr tun.«

Er sah sie ruhig an, nahm ihr den Becher ab und stellte ihn neben seinen. Dann umfasste er ihr Gesicht und küsste sie.

»Bist du dir mit deinem Vater ganz sicher?«, fragte sie und trat etwas zurück.

»Absolut.«

Eine Nacht mit Hank konnte lässig auf der Liste ihrer zehn größten Fehler landen. Sie begehrte ihn so sehr, dass sie die warnenden Stimmen überhörte.

Als er sie bei der Hand nahm und schweigend nach oben führte, gab sie ihren Widerstand auf. Es gab genügend Stufen, auf denen die Vernunft sich zu Wort hätte melden können. Aber außer dem Knarzen der Holzstufen war nichts zu hören.

Er führte sie in ihr rosafarbenes Zimmer. Das Mondlicht schien auf ihr ungemachtes Bett.

Er küsste sie wieder und ließ seine Fingerspitzen über ihr Schlüsselbein zum obersten Knopf der Bluse wandern, spielte mit ihm und öffnete ihn ganz langsam. Dann sah er sie forschend an. »Bist du dir sicher?«

»Wenn ich mir sicher sein wollte, müsste ich lange warten.«

Unter dem nächsten geöffneten Knopf kamen die Spitzen ihres BHs zum Vorschein. Er streichelte ihre Brüste und umschloss sie sanft.

»Nein, im Ernst, ich bin mir sicher.«

Sie fasste die Bluse am Saum und zog sie sich über den Kopf. Er half ihr dabei. Das Mondlicht schimmerte auf ihren Brüsten. Als er sich hinunterbeugte und sie mit Küssen bedeckte, verschlug es ihr fast den Atem.

Sie zog sich weiter aus. Er ließ den Blick nicht von ihr, als er seine Sachen abstreifte. Sie legte sich nackt aufs Bett, wartend. Er stand am Fußende, beugte sich herab und glitt langsam über sie.

Sie strich über die festen Muskeln seiner Oberschenkel und spürte, wie ihre Körper sich aufluden.

Und als sie sich wieder küssten, löste sich alles außerhalb des Zimmers auf. Es gab nur noch sie beide.

Ihre Lust steigerte sich so sehr, dass sie schnell zum Höhepunkt gekommen wäre. Aber er war ein langsamer und geduldiger Liebhaber, und er nahm sich Zeit, sie zu erregen, sie fast bis an den Rand zu bringen und dann doch wieder innezuhalten. Als sie glaubte, es nicht mehr aushalten zu können, begann sie, dasselbe Spiel mit ihm zu spielen. Sie verlor jedes Zeitgefühl, es gab nur noch diesen erotischen Tanz, dieses Geben und Nehmen, bis es irgendwann unausweichlich war und sie zusammen in den Abgrund taumelten.

* * *

19. Januar 2018

Als Lucy aufwachte, strahlte die Morgensonne in ihr Zimmer. Vom Flur her waren leichte Schritte zu hören. Sie setzte sich auf und warf einen Blick neben sich, aber da war nur noch der Abdruck von Hanks Körper. Er musste so leise aufgestanden sein, dass sie nicht gehört hatte, wie er zu seinem Termin aufbrach.

Ihr wurde bewusst, dass sie immer noch nackt war, und sie sprang aus dem Bett und in ihre Sachen hinein. Als Natasha in der Tür erschien, zog sie gerade den Reißverschluss ihrer Jeans hoch.

»Ist Hank hiergeblieben?«, fragte Natasha.

Sie räusperte sich, fischte ein Haargummi aus der Hosentasche und band es sich um die Haare. »Ja, ist er.«

»Sein Bett ist gemacht.«

»Du kennst doch Hank. Er ist ein Ordnungsfanatiker.«

»Ja, stimmt, das sieht ihm ähnlich. Hey, wollen wir frühstücken? Ich sterbe vor Hunger.«

»Klar. Wie geht es deinem Arm?«

Sie bewegte die Finger. »Gut. Habt ihr die Truhe aufgemacht?«

»Ich habe dir doch versprochen, dass wir auf dich warten.«

»Wo ist Hank?«

»In Norfolk. Bei einem Termin mit Investoren.«

Natasha rieb sich den Arm und zuckte zusammen, als sie ihr Handgelenk streifte. »Irgendwas Neues von meinem Dad?«

In der letzten Nacht hatte Lucy das erste Mal seit Langem gut geschlafen. »Nicht, dass ich wüsste.«

Natasha warf ihr einen besorgten Blick zu. »Lass dich nicht täuschen. Er ist irgendwo da draußen, und er wird Schwierigkeiten machen.«

Sie nahm die Hand des Mädchens. »Keine Angst, Hank und ich, wir halten ihn in Schach.«

Sie legte den Kopf zur Seite. »Hört sich an, als wärt ihr ein Team.«

Natasha hatte eine feine Beobachtungsgabe. Ihre Folgerung beunruhigte Lucy zu ihrer eigenen Überraschung nicht besonders. »Kann sein, kann aber auch nicht sein.«

»Wann kommt er wieder?«

»Heute Abend.«

»Cool.«

»Soll ich dir beim Anziehen helfen?«

»Geht leider nicht. Dann würdest du ja meinen BH sehen.«

»Eilmeldung. Hab schon mal einen gesehen.« Natashas Miene erinnerte Lucy daran, wie sie sich im selben Alter geschämt hatte. »Und wenn ich verspreche, nicht hinzusehen?«

»Schwörst du es?«

»Ich schwöre. Außerdem bin ich genauso ausgestattet wie du.«

»Deine sind viel größer als meine. In meiner Klasse gibt es auch Mädchen mit so großen. Meine sind winzig.«

»Waren meine auch, als ich so alt war wie du.«

»Wirklich?«

»Wirklich. Ich wette, sie werden später genau richtig für dich sein.«

Sie gingen hinüber ins andere Zimmer, Natasha verschloss die Tür, drehte sich um und zog das Oberteil aus. Mit dem Blick zur Decke hielt Lucy Natasha das T-Shirt auf, sodass sie mit dem verletzten Arm zuerst reinschlüpfen konnte. Natasha stöhnte und ächzte, aber dann hatte sie es geschafft. Fehlte nur noch die Schlinge.

Natasha zerrte das T-Shirt ganz hinunter. »Du hast wirklich nicht geguckt?«

Lucy kreuzte Zeige- und Mittelfinger. »Nein, wirklich nicht. Fertig fürs Frühstück?«

»Ich bin am Verhungern.«

»Gut. Und danach bringe ich dich in die Schule.« Lucy holte die Bürste, den Festiger und einen Stirnreif. Natasha drehte sich um und ließ Lucy ihre Haare frisieren, als hätten sie es schon immer so gemacht.

Nach dem Frühstück brachten Lucy und Dolly Natasha zur Schule. Lucy beobachtete, wie Natasha ein paar Mitschülerinnen stolz ihre Schlinge vorführte. Eine Lehrerin kam dazu, winkte zu Lucy hinüber und dann waren sie alle im Schulgebäude verschwunden.

Lucy hielt beim Laden an und kaufte Brot und Milch, dann fuhr sie zurück zum Cottage.

Der Himmel war klar, die Sonne wärmte schon. Lucy wollte raus. Beim Leuchtturm war sie schon gewesen, also würde sie das Bootshaus erforschen, in dem Jimmy zuletzt gewohnt hatte. Sie nahm die Taschenlampe und alle Schlüssel, die Hank ihr gegeben hatte. Einer würde wohl passen.

Aus den Videos wusste sie, dass das Bootshaus auf halbem Weg zum Leuchtturm lag, dort, wo sich der Weg gabelte. Claire hatte in einem Video gesagt, dass man es vom Weg aus nicht sehen konnte, weil es hinter dichten Büschen versteckt lag. Lucy machte sich mit Dolly auf den Weg und genoss die warmen Sonnenstrahlen auf ihrem Gesicht.

Dann sah sie vor sich die Gabelung. Der linke Pfad führte zum Leuchtturm, also musste der rechte zum Bootshaus gehen. Dolly wartete darauf, welchen Lucy nehmen würde, und rannte dann voran. Zwei Wasservögel flatterten auf, denen Dolly bellend auf der Spur blieb.

Vor einiger Zeit mussten die Büsche am Wegesrand beschnitten worden sein, aber mittlerweile wucherten sie wieder über den Pfad. Lucy drückte vorsichtig einen dornigen Ast vor einer Biegung des Weges zur Seite, und als sie aufsah, stand sie vor dem Bootshaus.

Das Gebäude war größer, als sie erwartet hatte. Es war lang gezogen und sah fast wie ein Einfamilienhaus aus. In der salzhaltigen Luft war die weiße Farbe hellgrau geworden. Die unteren Fenster und die Eingangstür waren mit Läden gesichert. An der Seite verliefen große Schiebetüren durch das Wasser.

Lucy bemühte sich vergeblich, zwei Schlüssel von dem großen Bund in das verrostete Vorhängeschloss zu stecken. Erst der dritte ging hinein, und nachdem sie ihn etwas gedreht und am Schloss gerüttelt hatte, sprang es tatsächlich auf.

Sie befestigte den Karabiner an Dollys Halsband, klickte die Taschenlampe an und stemmte sich gegen die Tür. »Auf geht's, Dolly!«

Der Strahl der Taschenlampe glitt über das Wasser. Darüber waren Flaschenzüge für Boote angebracht, die fast vollständig von dicken Spinnweben bedeckt waren. An der hinteren Wand hing verloren eine alte Rettungsweste.

Links von ihr befand sich eine steile Treppe. Sie testete die erste Stufe mit einem kräftigen Tritt. Als sie standhielt, tastete sie sich vorsichtig hinauf. Oben drang etwas Sonnenlicht durch die salzgestreiften Fenster herein. Neben einem schmiedeeisernen Terrassentisch und den dazu passenden Stühlen stand ein Stapel aus Holzkisten. Keine Spur von Jimmys Möbeln, dem Bett oder dem Schreibtisch.

Aus dem Fenster konnte man den Leuchtturm und dahinter das Cottage sehen. Wie oft hatte sich Jimmy hier wohl noch vor Sonnenaufgang seine Jägerkluft angezogen und dabei an das

Wetter, die Unterstände und die reichen alten Männer gedacht, die ihm so gern folgten?

Als sie sich wieder umdrehte, warfen die schräg einfallenden Lichtstrahlen einen Schatten über ein loses Brett bei der Tür. Neugierig kniete sie sich hin und zog die Planke hoch. Sie leuchtete mit der Taschenlampe in die Vertiefung und entdeckte unter Spinnweben ein in alte Zeitungen gewickeltes Päckchen.

Sie schob den Ärmel hoch und zog es heraus. Dann klopfte sie die dicke Staubschicht und die Spinnweben von dem kleinen Päckchen und wischte sich die Finger an der Hose ab.

Als sie das Päckchen auswickelte, kam eine goldene Taschenuhr zum Vorschein, auf deren Rückseite der Name Robert Buchanan eingraviert war. »Was hat Roberts Uhr hier zu suchen?«, murmelte sie halblaut.

Sie strich mit dem Finger über die kostbare Taschenuhr und begann, sich Sorgen zu machen. Nach allem, was sie über ihn wusste, konnte Jimmy kein Dieb gewesen sein. Aber was hatte es dann mit der Uhr auf sich?

Die Zeitung, in die sie eingewickelt war, war der *Virginian-Pilot* aus Norfolk von 1917. Es gab Werbung für Möbel und für eine Salbe, die einfach alles kurierte. Darunter kurze Meldungen über gestohlene Hühner, ein von Unbekannten eingeschlagenes Fenster und einen vermissten Mann aus dem Ort. Die Ermittlungen im Fall eines seit Januar 1916 Vermissten wurden eingestellt.

Sie starrte auf die Uhr und den Zeitungsbericht und dachte an die Knochen im Brunnen. Ihre Kopfhaut kribbelte, sie hatte das Gefühl, jemand stände hinter ihr.

Dolly winselte.

»Ist ja gut«, beschwichtigte Lucy sie leise, wickelte die Uhr wieder ein und steckte sie in die Tasche. »Machen wir, dass wir hier rauskommen!«

Vorsichtig stieg sie die Treppe hinunter, schloss ab und ging hinter Dolly zurück zum Haus. Megans roter Pick-up war auf der Einfahrt geparkt. Sie stand auf der Veranda und hielt eine große Rolle unter dem Arm.

»Hallo«, rief Megan.

»Hi«, begrüßte Lucy sie lächelnd.

»Es tut mir wirklich leid, dass ich bei der Trauerfeier nur so kurz geblieben bin«, sagte sie. »Aber der Friedhof ist im Moment noch zu viel für mich.« Dolly war auf sie zugelaufen, und Megan streichelte ihr liebevoll über den Kopf.

»Du musst dich wirklich nicht entschuldigen.«

»Ich hab gehofft, dass du das sagen würdest. Ich möchte dir nämlich was zeigen.«

»Gern.« Lucy schloss auf und wischte Dolly mit einem Handtuch trocken, bevor sie sie laufen ließ. »Es ist bestimmt schon lange her, dass Hunde oder Kinder über die alten Dielen gelaufen sind. Ich kann das Haus fast stöhnen hören.«

Megan lachte, zog den Mantel aus und hängte ihn an die Garderobe. »Das Haus wartet vor allem schon lange auf jemanden, der hier Leben reinbringt.«

»Und das wäre ich?«

Megan zog eine Augenbraue hoch. »Oder vielleicht wir.«

»Auf mir scheinen ziemlich viele Hoffnungen zu ruhen.« Sie ging voran in die Küche und setzte Kaffee auf. »Ich musste mir nie viele Gedanken machen, ob ich etwas in den Sand setze, weil nie viel davon abhing. Aber jetzt könnte ein Fehler nicht nur mir, sondern vielen anderen teuer zu stehen kommen.«

Megan machte ein besorgtes Gesicht. »Oje! Und jetzt komme ich auch noch mit einem Anliegen zu dir.«

»Spuck's ruhig aus. Ein paar Wackersteine mehr oder weniger machen jetzt auch keinen Unterschied mehr.«

»Wie wäre es mit einem Stück Kuchen?«

»Ist es so schlimm?«

Megan lachte. »Nach etwas Zucker und Fett sieht die Welt doch gleich ganz anders aus.«

»Dem will ich nicht widersprechen«, sagte Lucy und deckte den Tisch.

Megan tat den Kuchen auf, und Lucy goss den Kaffee ein.

Megan wartete, bis Lucy etwas Kuchen gegessen hatte, bevor sie loslegte. »Ich habe mit der Idee gespielt, eine Bäckerei aufzumachen, aber wie soll ich als Alleinerziehende einen Sechzehn-Stunden-Tag stemmen?«

»Stimmt. Für meine Mutter war es auch immer schwer.«

Megan strich sich eine Haarsträhne aus dem Gesicht. »Vor ein paar Jahren hatte ich großes Interesse an dem Cottage und habe Samuel Löcher in den Bauch gefragt. Er war sehr freundlich und hat mir alles gesagt, was er wusste. Schließlich habe ich ihm meine Abschlussarbeit vorbeigebracht und ihn gefragt, ob er das Haus nicht renovieren lassen will. Wollte er nicht. Aber ich bin und bleibe Optimistin. Ich hatte Pläne gezeichnet, eine Kostenanalyse erstellt und was sonst noch so dazugehört. Das ist alles schon ein paar Jahre alt, aber immer noch aktuell.« Sie rollte die Pläne auseinander und strich sie sorgfältig glatt.

»Hat Hank die schon gesehen?«

»Unsere Diskussion über das Cottage war eher theoretisch, mit vielen Wenn und Aber.« Sie beugte sich über die Pläne. »Ich will diesen Job unbedingt. Wenn ich ein Projekt wie dieses Haus hätte, wäre es *das* Plus in einer späteren Bewerbungsmappe.«

Der Hund ihrer Mutter, eine neunundneunzigprozentige Waise, ein Typ mit Zukunftsvisionen für die Region – alle schienen sie zu brauchen. Und jetzt kam auch noch eine werdende Mutter dazu. Als Lucy drei Jahre alt war, hatte sie mit ihrer Mutter in einer Wohnung ohne Heizung gelebt. Ihre Mutter hatte so viele Decken auf sie gelegt, dass sie sich kaum bewegen konnte und kaum noch Luft bekam. Aber selbst den

Kopf rauszustrecken, kam nicht infrage, es war einfach zu kalt dafür. »Kann ich es mir überlegen?«

In Megans Augen loderte ein Hoffnungsfunke auf. »Ja, klar.«

»Ich habe nicht zugesagt.«

»Aber du hast auch nicht Nein gesagt. Lassen wir es dabei.«

Lucy aß etwas Kuchen und suchte nach einem Gesprächsthema, das nichts mit dem Haus zu tun hatte. »Du bist aus Richmond hergezogen? Ich habe gehört, dass es da sehr schön sein soll.«

»Ja, eine tolle Stadt. Ich fahre auch gern hin und besuche die Familie meines verstorbenen Verlobten.«

»Sie freuen sich bestimmt auf das Baby.« Lucy traute sich nicht, nach dem Verlobten zu fragen.

»Und wie.« Sie stöhnte. »Sie wollen, dass ich zu ihnen ziehe, damit sie mich mit dem Baby unterstützen können.«

»Das ist aber großzügig.«

»Stimmt.« Megan spießte eine Kirsche auf die Gabel.

»Aber …?«

»Sie wissen alles besser. Und wenn ich zu ihnen ziehe, wird alles so gemacht, wie sie es wollen. Aber es ist mein Baby, und ich ziehe es so auf, wie ich will.«

»Verständlich.«

»Mein Verlobter liegt auf dem Friedhof der Jessups. Er war Marinepilot und kam bei einem Auslandseinsatz ums Leben.«

Scott Jessup, dessen Grabstein sie gesehen hatte. »Das tut mir leid.«

Megan war eine Weile still, dann sagte sie: »Kann ich dich was fragen? Wie war es für dich mit einer alleinerziehenden Mutter?«

»Ich kannte ja nichts anderes. Es war nicht schlimm, aber auch nicht immer einfach. Ein Vater wäre toll gewesen.«

»Du hast deinen Vater vermisst?«

»Ja, sicher. Ich war immer irgendwie anders, weil ich keinen Vater hatte. Und bei Schulveranstaltungen hat er mir besonders gefehlt.«

»Hast du mittlerweile etwas über deinen Vater erfahren?«, fragte Megan.

»Meine Mutter hat sich mit vielen Typen eingelassen. Es gibt reichlich Kandidaten. Bisher scheidet nur Noah Garrison aus.«

Megan hob die Hände. »Wenn du bleibst, wird irgendjemand früher oder später aus dem Nähkästchen plaudern.«

»Kann sein. Kann aber auch sein, dass es besser wäre, wenn ich es nicht herausfinde.«

* * *

Lucy war zehn Minuten zu früh an der Schule. Der Baseballschläger lag neben ihr, Dolly war sprungbereit. Als Natasha einstieg, war sie voller Energie, und in der Viertelstunde zum Cottage plapperte sie munter über ihre Schlinge und Jimmys ungeöffnete Truhe. Alle Kinder fieberten mit. Und eine Mutter habe Cupcakes gebacken, weil ihr Sohn Geburtstag hatte.

Lucy parkte vor dem Kücheneingang. Natasha und Dolly sprangen die Stufen hoch. Lucy ließ sie hinein und legte Handtasche und Schlüssel ab. Sie machte Natasha ein Sandwich und für sich selbst Kaffee.

»Es waren Schokoladen-Cupcakes«, sagte Natasha und rutschte auf den Hocker an der Kücheninsel. »Sie haben gut geschmeckt, aber längst nicht so gut wie dein Schokoladenkuchen.«

»Hat deine Mom auch Cupcakes für dich gebacken?«

»Sie war keine große Bäckerin, sie hat immer die Fertigmischungen genommen. Aber die waren auch gut.«

»Wann hast du Geburtstag?«

»Am ersten Juni.« Natasha spielte geistesabwesend mit Megans Zeichnungen. »Was ist das?«

Eine weitere Verpflichtung. »Ach, nur irgendwelche Pläne«, sagte Lucy und rollte sie zusammen. »Erzähl mir was von deiner Mom. Ich habe dauernd nur über Beth gesprochen, von deiner Mom weiß ich fast nichts.«

»Es spricht auch niemand mehr von ihr«, sagte Natasha leise.

»Aber ich möchte etwas über sie erfahren.«

Das Gesicht des Mädchens wurde weich. »Sie war lieb. Sie hatte eine sanfte Stimme, und sie mochte Schokoladenkuchen.«

»Wie sah sie aus?«

»Ihre Haut war etwas dunkler als meine. Und sie war groß. In der Schule war sie Sprinterin, aber wenn wir um die Wette gelaufen sind, habe ich sie immer geschlagen.« Sie steckte einen Kartoffelchip in den Mund. »Klar, sie hat mich gewinnen lassen.«

»Weil es ihr Spaß gemacht hat, dich gewinnen zu sehen«, sagte Lucy.

»Kann sein.«

Lucy trank ihren Kaffee. »Wie hieß sie?«

»Grace.«

»Leben deine Großeltern noch?«

»Versuchst du mich loszuwerden?«, fragte Natasha.

»Nein, ich versuche nur, etwas über die Leute aus der Gegend zu erfahren und über die Geschichte und so.«

Natasha pulte die Rinde von ihrem Sandwich. »Sie sind gestorben, als ich zwei war. Bei einem Brand. Mom hat gesagt, dass sie nie darüber weggekommen ist. Und dann hatte sie nur noch Dad und mich.«

»Das tut mir leid.«

»Solange sie am Leben war, lief alles ganz gut. Sie konnte Dad immer beruhigen, und wenn er ein paar Tage verschwand, war sie ja da.«

»Sie ist an Krebs gestorben?« Lucy konnte die Worte inzwischen aussprechen, ohne dass ihre Stimme brach. Aber es tat weh, und das würde vielleicht immer so bleiben.

»Ja. Vor zwei Jahren.« Natasha legte den Rest des Sandwichs auf den Teller und wischte sich die Hände an der Serviette ab. »Ich vermisse sie jeden Tag.«

»Das kann ich mir vorstellen.«

»Vermisst du deine Mom auch?«

»Ja, sicher. Sie war kein einfacher Mensch, aber ich habe sie geliebt. Mir war nicht klar, wie sehr ich an ihr gehangen habe, bis sie gegangen ist.« Sie trank noch etwas Kaffee. »Was ist mit deinem Dad? Wie haben sich deine Eltern kennengelernt?«

»Sie hat als Pflegerin gearbeitet, er war Bauarbeiter. Er war gerade vom College geflogen. Sie haben sich in einer Bar kennengelernt. Sie hat gesagt, er sei charmant gewesen und konnte sie zum Lachen bringen. Und dann waren sie auch schon verheiratet. Warum fragst du?«

»Ich will keine alten Wunden aufreißen. Ich würde nur gern besser verstehen, warum dein Vater so geworden ist.«

»Meine Mom hat immer gesagt, er könnte nichts dafür, dass er so fies war. Sein Vater war auch fies zu ihm. Aber darüber wusste sie nichts Genaues.«

Als Lucy klein war, hatte sich Beth auf mehrere dubiose Typen eingelassen. Sie hatte sich zwar immer bemüht, das, was hinter verschlossenen Türen vorging, vor Lucy geheim zu halten, aber Lucy hatte trotzdem gemerkt, wenn es Beth nicht gut ging oder wenn sie blaue Flecke überschminkte. Beth hatte allerdings auch nette Freunde gehabt. Tim, den Müllwagenfahrer zum Beispiel, oder Joey, der bei Aufnahmen im Tonstudio die Gitarrenbegleitung übernahm. Und Alex, der schon viermal verheiratet gewesen war und Beth zu Ehefrau Nummer fünf machen wollte.

Sie hatten ihre Höhen und Tiefen gehabt, aber Beth hatte immer ihr Bestes gegeben, um Lucy zu beschützen. Vielleicht war das der Grund gewesen, warum sie Cape Hudson verlassen hatte. Vielleicht hatte sie Angst gehabt.

Vor einem Typen wie Brian. Er war mit Beth zur Schule gegangen. Er hatte Football gespielt – Beth hatte einen Football-Spieler in einem Video erwähnt. Er hätte Beth die blauen Flecke zufügen können.

Brian Willard.

Ihr Vater.

Himmel!

Grund genug abzuhauen. Denn er wäre immer hier, und er würde ihr immer Schwierigkeiten machen.

Wenn sie ihre DNA mit Natashas abgleichen ließ, wüsste sie, ob Brian ihr Vater und Natasha ihre Halbschwester war. Und wenn sie ihre echte, lebende Verwandte war, könnte sie das alleinige Sorgerecht bekommen.

Verdammt! Sie hatte keine Ahnung, wie man ein Kind erzog. Ihr einziges Rollenmodell hatte es so gut gemacht, wie sie konnte, aber das war nicht das Leben, was ihr für Natasha vorschwebte.

Was als kurze Reise begonnen hatte, um Beths Asche nach Hause zu bringen, hatte so viele Wendungen genommen, dass Lucy sich fragte, ob sie je wieder den Weg nach Nashville finden würde.

»Du siehst aus, als würdest du dir Sorgen machen«, sagte Natasha.

»Ich denke nur nach.«

»Mach dir keine Sorgen um meinen Dad. Inzwischen glaube ich, dass er den Ball erst mal flach halten wird, weil er weiß, dass er es vermasselt hat und nicht ins Gefängnis will. Vielleicht ist er sogar geflohen.«

»Glaubst du das wirklich?«

»Eigentlich nicht. Er hat zu viel Interesse an diesem Haus.«

»Am Cottage?«

»Ja. Er wollte immer hier reinkommen. Er hat gesagt, es gäbe keinen Grund, warum das Haus leer stehen sollte, wenn Leute wie er im Wohnwagen lebten. Er hat ein paar Mal versucht einzubrechen, aber Mr Jessup hat es gut gesichert.«

»Du bist trotzdem reingekommen.«

»Nur als Dad weg war. Und ich habe ihm auch nie erzählt, dass ich durch das Kellerfenster passe.«

»Warum nicht?«

»Er hätte hier nicht einfach nur gewohnt, sondern nach und nach alles verkauft, was nicht niet- und nagelfest ist. Er hat hier vor Urzeiten gearbeitet, und er mochte Mrs B nicht.«

»Und dein Großvater hat auch hier gearbeitet?«

»Ja. Er hat sich irgendwann in den Sechzigerjahren um den Rasen gekümmert. Dad hat Mrs B immer ›die Königin‹ genannt. Er meinte, sie würde sich für was Besseres halten, nur weil ihr das Cottage gehört.«

»Den Eindruck hatte ich überhaupt nicht. Zu Beth ist sie auf den Videos wirklich freundlich, ohne irgendwie vornehm zu tun.«

Natasha biss in ihr Sandwich. »Genau. Ich finde sie auch cool.«

Dolly spitzte die Ohren, und kurz darauf hörten sie ein Motorgeräusch und das Zuknallen einer Autotür. Lucy folgte dem Hund, der schon mit wedelndem Schwanz an der Haustür stand, und sah Hank durch das Seitenfenster hindurch auf der Veranda stehen. Hitze stieg ihr in die Wangen. Auf einmal kam es ihr dumm vor, diesem Leben den Rücken zuzukehren.

Lächelnd schloss sie die Tür auf. Er trug den dunklen Anzug mit gelockerter Krawatte.

»Wie war dein Termin?«

»Es ging.« Er beugte sich vor und küsste sie leicht auf die Lippen. »Rick sagt, dass Brian spurlos verschwunden ist.«

»Hier war er jedenfalls nicht.«

»Hast du etwas Neues aus den Videos erfahren?«

»Nein.« Das Wort war ihr rausgerutscht, weil sie sich nach allen Seiten absichern wollte. Wenn Hank vermutete, dass sie Natashas Halbschwester wäre, dann würde er darauf bestehen, dass sie blieb. Das bedeutete, Nashville, ihre Freunde und ihr altes Leben aufzugeben. Und so sehr ihr die beiden ans Herz gewachsen waren, so sehr fürchtete sie Verpflichtungen. Jobs, Uni und Beziehungen hatten bei ihr nie länger als ein paar Monate gedauert, und selten hatte sie den Verlust länger betrauert, als sie brauchte, um ein paar Whiskeys runterzukippen. Aber wenn sie diese beiden enttäuschte, dann würde sie mehr als Whiskey brauchen, um sich reinzuwaschen.

»Hast du die Truhe geöffnet?« Hank musterte sie, als ahnte er, dass etwas nicht stimmte.

Sie brachte ein Lächeln zustande. »Wir haben auf dich gewartet.«

»Machst du mir ein Sandwich? Dann hole ich mein Werkzeug aus dem Wagen.«

»Super.« Sie war dankbar für diese kleine Aufgabe, die ihr etwas Zeit verschaffte.

»Hey, war das Hank?« Natasha kam aus der Küche. »Wohin geht er?«

»Nur sein Werkzeug holen. Wenn er was gegessen hat, macht er die Truhe auf.«

»Cool!«

Sie schnitt gerade das Schinkensandwich durch, als er mit einem ledernen Werkzeuggürtel in der Küche auftauchte. Er legte das Jackett ab und hängte es sorgsam über eine Stuhllehne.

»Wir haben schon auf dich gewartet«, sagte Natasha.

»Ich hab's gehört.«

Natasha stellte ihm eine kalte Limo hin.

»Danke.«

»Klar. Immer wieder gern. Du bist der Mann der Stunde!«

Er lachte und krempelte sich die Ärmel hoch. Lucy starrte wie hypnotisiert auf seine Hände. Dann riss sie sich zusammen. »Worum ging es eigentlich bei dem Termin in der Bank?«

»Um das Bauvorhaben. Es war ein Treffen mit potenziellen Investoren.«

»Und du hast ihnen von mir erzählt, stimmt's?«

»Stimmt.« Er biss in das Sandwich und kaute lange darauf herum. Anscheinend suchte er nach den richtigen Worten.

»Und was haben sie gesagt?«

Die Limo zischte beim Öffnen. »Aus der Ecke hatten sie nicht mit einem Problem gerechnet.«

»Kann ich mir vorstellen.« Sie fragte sich, ob sie sich im Cottage je wie zu Hause fühlen könnte. »Und wie hast du es ihnen verkauft?«

»Können wir vielleicht später darüber sprechen? Wenn wir unter uns sind.«

»Du willst mich ausschließen«, bemerkte Natasha.

»Stimmt, Kleine. Weil das eine Sache zwischen Lucy und mir ist.«

»Aber ich bin fast erwachsen.«

»Nicht so erwachsen, wie du denkst«, konterte er.

Während die beiden sich unterhielten, schlug Lucys Stimmung um. War Hank in ihrem Namen Verpflichtungen eingegangen? Oder hatte er ihnen versichert, dass sie sowieso nicht bleiben würde? Oder hatte er ihnen garantiert, dass sie mit allem einverstanden sein würde? Hatte er für die letzte Nacht vielleicht ein ganz anderes Motiv gehabt?

Lucy wollte daran glauben, dass Hank ein gradliniger Typ war, den sie beim Wort nehmen konnte. Aber sie hatte unendlich viele Drinks in einer Stadt ausgeschenkt, in der Abmachungen und Versprechen so schnell gebrochen wurden, wie sie eingegangen wurden. An ihren Schläfen begann es, dumpf zu pochen.

Hank stellte seinen Teller ins Spülbecken. »Seid ihr bereit? Wollen wir die Truhe öffnen?«

Nein. Sie war nicht bereit. Sie hätte ihn am liebsten hinausgezerrt und die Sache unter vier Augen mit ihm geklärt. Zum Teufel, was war da in Norfolk los gewesen?

Aber Natasha war so aufgeregt, dass sie ihre Fragen für sich behielt. »Na gut, legen wir los.«

Hank sah sie aufmerksam an. Er musste ihre Verstimmung bemerkt haben. Er erlaubte Natasha, ihn bei der Hand ins Wohnzimmer zu ziehen, wo die Truhe jetzt schon seit zwei Tagen stand. Dolly folgte ihnen, sodass Lucy mit ihren Zweifeln alleine blieb.

Sie nahm sich Zeit beim Spülen der Kaffeebecher.

»Luciii! Komm endlich!«, rief Natasha.

Sie ging ins Wohnzimmer hinüber, wo die beiden die zerschrammte Truhe anstarrten.

»Ich möchte sie nicht kaputt machen«, sagte Hank. »Ohne Schlüssel bleibt mir nichts anderes übrig, als die Scharniere abzuschrauben.«

»Okay«, sagte sie.

Er nahm einen elektrischen Schraubenzieher und wählte die passende Größe für den Aufsatz. Gleich darauf war das Surren des Motors zu hören.

Natasha saß vollkommen gebannt im Schneidersitz und verfolgte jede Handbewegung. Das Mädchen wollte so sehr zu jemandem gehören, dass Lucy klar wurde: Egal, wie ihre Auseinandersetzung mit Hank über das Cottage ausgehen mochte, sie würde einen DNA-Test machen lassen. Und wenn keine Verwandtschaft zwischen Natasha und ihr bestand, tja, dann würde sie sich trotzdem bemühen, das Sorgerecht für sie zu bekommen.

Eine Weile später ruckelte Hank am letzten Scharnier, das den Deckel mit der Truhe verband. Dann legte er das Werkzeug beiseite und fragte Natasha mit todernstem Gesicht: »Bist du sicher, dass du hineinsehen willst?«

Das Mädchen stöhnte. »Jaaaa!«

»Lucy, bist du bereit?«

Nein, sie war nicht bereit für die Lawine, die auf sie zurollte. »Mach sie auf«, sagte sie.

Kapitel 23

BETH

12. Juni 1988

Am Morgen hat Beth sich dreimal übergeben. Sie würde am liebsten beim Quick Mart einen Schwangerschaftstest kaufen, aber wenn sie das tat, wissen alle, auch *er*, dass sie vielleicht schwanger ist. In Norfolk gibt es eine Klinik, in der sie einen zuverlässigen Test machen lassen kann. Sie leiht sich das Auto ihres Nachbarn, der natürlich fragt, wofür sie es haben will. Sie flunkert ihn an, dass Mrs B sie gebeten hat, Stoffmuster abzuholen. Er gibt ihr die Schlüssel und warnt sie vor dem Berufsverkehr. Sie solle spätestens um zwei zurückfahren, denn um kurz vor drei, wenn die Schicht auf dem Marinestützpunkt zu Ende ist, seien die Straßen dicht.

Sie lässt den Test machen, und als er »positiv« anzeigt, spricht die Krankenschwester mit ihr über die »Optionen«.

Wenigstens ist sie vor den Staus zurück.

Mrs B schiebt den Rollator sehr langsam über den Parkettboden des großen Zimmers. Sie sieht blass aus. Grace, ihre junge Betreuerin, geht direkt hinter ihr. Mrs B hat Beth bei ihrem letzten Besuch erzählt, dass Grace erst in der neunten

Klasse ist. Sie ist still, hält sich im Hintergrund und sieht für den Schwesternkittel viel zu jung aus.

Mrs B trägt ein blassrosa Kostüm. Mittlerweile kann Beth erkennen, dass es von Yves Saint Laurent sein muss. Es ist fast unmöglich, Zeit mit Mrs B zu verbringen, ohne ihre bevorzugten Marken kennenzulernen. Ihre Accessoires sind echte Perlen und die Elfenbeinbrosche. Dazu trägt sie schlichte, aber sehr teuer aussehende beigefarbene Schuhe mit Blockabsätzen.

Beth hilft Grace, Mrs B in den Stuhl zu setzen. Es ist ihr siebtes Treffen, und sie haben eine Art Routine entwickelt. Beth befestigt die Kamera auf dem Stativ und richtet das Mikrofon aus. Mrs B überprüft ihren ohnehin perfekt aufgetragenen Lippenstift in einem kleinen Taschenspiegel.

Nachdem sich die Tür hinter Grace geschlossen hat, sagt Beth: »Sie haben mir nie erzählt, wer der Vater von Victorias Baby war.«

»Das stimmt«, sagt Mrs B. »Ich habe damals versprochen, ihn nie preiszugeben, und daran habe ich mich gehalten.«

»Warum haben Sie es versprochen?« Die meisten Menschen, die Beth kennt, geben Versprechen leichtfertig und nutzen sie oft für einen vorläufigen Waffenstillstand. Beth ist sich bewusst, dass sie es auch nicht so genau nimmt, aber sie hat sich geschworen, dass sie ihrem Kind gegenüber ehrlich sein wird. Irgendwie.

»Mein Mann Robert hätte das Kind bestraft. Und wenn ich irgendetwas gelernt habe, als ich bei den Buchanans aufgewachsen bin, dann, wie man Geheimnisse für sich behält.«

»Können Sie es mir jetzt verraten? Es ist mehr als siebzig Jahre her.«

Mrs B schweigt einen Moment. Dann sagt sie: »Die Zeit ändert nichts daran, dass ich mein Wort gegeben habe.«

»Haben Sie sich auch schon einmal schlecht gefühlt, weil Sie ein Geheimnis bewahrt haben?«

Die alte Dame sieht sie aufmerksam an. Fällt ihr auf, dass Beth blasser ist und ihre Brüste größer geworden sind? Bis jetzt lassen sich die Anzeichen noch gut verbergen, aber das wird sich bald ändern.

Mrs B spielt mit ihrer Brosche. »Wenn ein Geheimnis dazu dient, ein Kind zu schützen, dann ist es ein notwendiges Übel.«

* * *

CLAIRE

16. Mai 1917

Robert war vor ein paar Tagen nach Norfolk aufgebrochen, angeblich eine Geschäftsreise, aber Claire war es gleich, solange er nur weg war. Seit dem Abend seiner Wiederkehr hatte er sich in seinem Zimmer verbarrikadiert. Sie hatte seinem Vater ein Telegramm geschickt, um ihn darüber zu informieren, dass Robert wieder in Cape Hudson war und dass es ihm nicht gut ging. Mr Buchanan Senior reagierte nicht darauf.

Die Falle, in die sie so bedenkenlos hineingestolpert war, hatte sich über ihr geschlossen. Ihre Hoffnungen hatten sich zerschlagen. Die Dunkelheit rückte von allen Seiten an sie heran. Aber dann riss die Wolkendecke plötzlich auf, wie nach jedem Unwetter. Mrs Latimer erhielt eine Nachricht.

Ein Lehrling kam aus dem Ort angerannt und rief aufgeregt: »Jimmy Latimer lebt!«

»Was?« Das Baby in Claires Bauch führte einen kleinen Tanz auf.

»Er lebt. Die Nachricht ist eben per Telegramm eingetroffen.«

Mrs Latimer sank auf einen Stuhl und wischte sich mit der Schürze die Tränen ab. »Bist du sicher, Junge? Bist du wirklich ganz sicher?«

»Ja, Madam. Der Mann im Telegrafenamt hat es doppelt und dreifach geprüft.«

»Wann kommt er an?«, fragte Claire.

»Heute Nachmittag. Er will, dass seine Mutter ihn abholt.«

Mrs Latimer weinte. »Natürlich hole ich ihn ab.«

Claire strich mit den Handflächen über ihren Bauch. Sie hatte Jimmy vor über einem Jahr das letzte Mal gesehen. Er würde sie für eine treulose Seele halten, weil sie nicht auf ihn gewartet hatte. Und er hatte recht. Sie hatte sich nur noch mit ihrer Trauer beschäftigt, und jetzt musste sie den Preis dafür zahlen.

»Ist er verletzt?«, fragte Mrs Latimer.

»Davon steht nichts im Telegramm«, sagte der Junge. »Nur, dass er kommt.«

Als er gegangen war, saßen sie wie versteinert in der Küche. »Es kann nicht stimmen«, brachte Mrs Latimer nach einer Weile hervor.

Claire legte ihr die Hand auf die Schulter. »Es wäre ein Wunder.«

»Und ich werde nie wieder um ein anderes beten.« Sie fuhr sich mit zitternden Händen durch die Haare. »Ich muss mich fertig machen. Ich muss irgendwie in die Stadt kommen.«

»Ich rufe einen der Jungen, der Sie mit der Kutsche hinbringt.«

»Kann ich Jimmy im Bootshaus einquartieren?«

»Ja, natürlich.« Robert würde später wahrscheinlich Theater machen, aber darüber könnte sie sich dann Sorgen machen.

Die nächsten beiden Stunden verbrachten sie mit Vorbereitungen. Mrs Latimer machte sich zurecht, und Claire ging hinüber ins Bootshaus, fegte den staubigen Boden und bezog das Bett neu.

Um drei Uhr winkte sie Mrs Latimer hinterher, die mit geröteten Wangen überglücklich auf die Kutsche kletterte. Für Claire gab es nichts zu tun, als zu warten.

Zwei Stunden später kehrte Mrs Latimer zurück. Ihr Gesicht war aschfahl, ihre Hände zitterten.

»Haben Sie Jimmy denn nicht abgeholt?«, fragte Claire besorgt.

»Doch«, sagte Mrs Latimer weinend.

»Aber … was ist los?« Claire musste sie auf dem Weg ins Haus stützen.

»Wie kann die Welt zu einem guten Menschen so grausam sein?«

»Was meinen Sie?« Sie schenkte Mrs Latimer einen Brandy ein und setzte sich neben sie.

»Er ist nicht mehr derselbe.«

»Was ist passiert?«

»Ich kann nicht darüber sprechen.« Ihre Stimme brach. Claire begleitete sie in ihr Zimmer im zweiten Stock und machte sich auf den Weg zu Jimmy.

Der Wind war stürmisch und kalt. Sie schlug den Mantel enger um sich, während sie den Sandpfad hinuntereilte und sich einredete, dass es so schlimm auch wieder nicht sein könne. Doch zugleich wappnete sie sich.

Das Baby war schwer. Bei jedem Schritt betete sie darum, dass es Mrs Latimer einfach nicht schaffte, eine Verletzung ihres Sohnes, welcher Art sie auch sein mochte, zu ertragen.

Der Saum ihres Kleides streifte das hohe Gras vor dem Bootshaus. Mit der Hand auf der Klinke hielt sie noch einmal inne, um ihre aufgepeitschten Nerven zu beruhigen. Sie strich sich über die Haare und hoffte inständig, dass er nicht schlecht von ihr dachte, weil sie nicht auf ihn gewartet hatte.

Drinnen wurde gehämmert. Sie stellte sich vor, wie Jimmy mit seinen breiten Schultern den Hammer schwang, und trotz ihrer fortgeschrittenen Schwangerschaft zog sich ihr Leib vor Verlangen zusammen.

Sie befeuchtete ihre Lippen.

Sie hatte ihm so viel zu erzählen.

Sie klopfte an die Tür, aber es tat sich nichts. Das Hämmern ging unverwandt weiter, und sie war zu ungeduldig, um noch einmal anzuklopfen. Sie drückte die Klinke hinunter und trat ein.

Das Erdgeschoss des Bootshauses wurde durch das Licht erhellt, das durch die geöffneten Türen über dem Wasser hineinfiel. Von der Decke hing ein Ruderboot an einem Flaschenzug, dessen Rumpf mit Seepocken übersät war. Rettungswesten, Angelruten und Taue hingen an den Wänden.

Die Hammerschläge waren so kraftvoll, dass die Planken vibrierten und eine Staubwolke in der Luft lag.

Sie wickelte den Mantel enger um sich. Plötzlich schämte sie sich für ihre birnenförmige Gestalt. Auch nach ihrer Hochzeit hatte sie von Jimmys Wiederkehr geträumt, aber immer, wenn sie sich zusammen mit ihm gesehen hatte, war sie schlank und trug ihr burgunderrotes Lieblingskleid.

Sie erklomm die dunkle Treppe und tastete sich seitlich an den unbehauenen Brettern entlang. Mit jedem Schritt wurde sie nervöser. Natürlich hatte Jimmy den Untergang des Schiffes überlebt. Er war ein ausgezeichneter Schwimmer, und niemand war ausdauernder als er. Er hatte ein gutes und treues Herz, und Gott hatte ihn sicherlich aus gutem Grund gerettet. Sie würde mit der Situation umgehen können.

Als Claire oben ankam, sah sie ihn in der Ecke stehen, mit dem Rücken zu ihr. Er trug eine metallgraue Hose, einen engen schwarzen Gürtel und immer noch die abgetragenen Stiefel, die sie so gut kannte. Er war im Unterhemd. Sie konnte den Blick nicht von seinen muskulösen Schultern nehmen, an denen sie sich in ihrer leidenschaftlichen Liebesnacht festgehalten hatte. Seine vollen blonden Haare fielen ihm über die Schultern.

Er hob den rechten Arm und ließ den Hammer auf einen verbogenen Ruderhaken hinuntersausen.

Klang. Klang. Klang.

Sie träumte davon, wie sich diese Arme um sie schlossen. Wenn sie die Nachricht seines Überlebens nur früher erreicht hätte! Sie hätte auf ihn gewartet. Sie hätte ihn genommen.

Dann spürte er ihre Anwesenheit. Sein Hammer hielt mitten in der Bewegung inne, bis er ihn kurz darauf sinken ließ. Seine Rückenmuskeln verhärteten sich.

»Was willst du?«, fragte Jimmy, ohne sich umzudrehen.

Seine Stimme war hart. Einen Augenblick lang war sie nicht sicher, ob es überhaupt Jimmys Stimme war.

»Jimmy«, sagte sie. »Ich bin's, Claire.«

Er umfasste den Griff des Hammers enger. »Geh weg, Claire.«

Die Zurückweisung war so unangebracht, dass sie meinte, sich verhört zu haben. »Jimmy, *ich* bin's, Claire.«

»Ich habe es auch beim ersten Mal verstanden.« Er drehte sich nicht um, aber er stand noch aufrechter, die Schultern straff zurückgenommen.

Unter ihren Füßen knarrten die Bretter, als sie auf ihn zuging. Sie war ihm so nah, dass sie seinen Geruch zusammen mit der salzigen Luft einatmete. Hinter ihm stand die Pritsche, die er vor Jahren gezimmert hatte. Daneben eine alte Truhe, auf der ein Stapel Bücher und ein in Leder gebundenes Tagebuch lagen.

»Geh weg, Claire.«

Sie legte die Hand auf ihren Bauch. »Du wirst von meiner Heirat gehört haben.«

»Ja.«

»Ich dachte, du wärst gestorben.«

Er starrte weiter vor sich hin, schweigend, ohne sich zu ihr umzudrehen. Sein Gesicht lag im Schatten seiner langen, dicken Haare. »Es ist gut so.«

Sie wollte ihm sagen, dass nichts gut war. Dass es ein tragischer Fehler gewesen war. Und was für Sorgen sie sich machte, dass ihr Hass auf ihren Ehemann das Kind in ihrem Leib vergiftete. Als hätte das Baby ihre Gedanken gelesen, trat es heftig gegen die Bauchwand. Aber sie schwieg, wenn auch eher aus Scham als aus Loyalität. Sie wollte ihn nicht wissen lassen, wie sehr sie ihren Mann fürchtete und verachtete.

»Willst du dich nicht wenigstens umdrehen?«

»Nein.«

Tränen stiegen ihr in die Augen. »Bin ich so ein schlechter Mensch, dass du mich noch nicht einmal ansehen willst, Jimmy?«

»Geh weg, Claire.«

Das hatte sie, bei allem, was sie miteinander verband, nicht verdient. Sie hatte ihm ihre Unschuld gegeben. Sie hatte sein Geheimnis bewahrt, um ihn zu schützen. Selbst als Robert zudringlich wurde, selbst als er sie schlug, hatte sie Jimmy nicht verraten.

Der Ärger, der in ihr aufstieg, war stärker als ihre Traurigkeit und ihre Scham. Sie ging zu ihm und legte ihm die Hand auf die Schulter. Er zuckte zusammen.

»Ich lasse nicht zu, dass du mich achtlos wegwirfst. Wir haben uns geliebt!«

Langsam legte er den Hammer auf den Tisch neben sich. Dann drehte er sich ebenso langsam um.

Sie konnte die Vorfreude kaum noch ertragen. Wie viele Nächte hatte sie von seinem männlichen, schönen Gesicht geträumt?

Doch all diese Träume explodierten, als er sich ihr ganz zuwandte. Die rechte Seite seines Gesichtes war nur noch ein verwüstetes rosafarbenes Narbengewebe. Die Hälfte der Nase und das Auge fehlten.

Sie taumelte rückwärts, unfähig, einen entsetzten Schrei zu unterdrücken. Sie spürte seinen Schmerz. Dies war der Mann ihrer Träume. Abscheu und Entsetzen überkamen sie in heftigen Schüben. Sie schämte sich für ihre Reaktion, aber sie konnte nichts dagegen tun.

Als sie noch einen Schritt zurückwich, stolperte sie über ihren langen Saum. Reflexhaft griff er nach ihr, aber sie wich ihm aus und fing sich wieder. Die Wände des Bootshauses rückten an sie heran. Und die Luft lastete mit ihrem fauligen Geruch schwer auf ihr.

Mit der einen Hand umfasste sie ihren Bauch, mit der anderen fuhr sie an der Wand entlang, als sie die Treppe hinunterstürmte. Sie rannte hinaus in den Sonnenschein, sog die frische Luft tief in ihre Lungen und versuchte, das Bild dieser entsetzlichen Verstümmelung aus ihrem Kopf zu bekommen. Ihr Jimmy! Der Mann, den sie im Bootshaus gesehen hatte, hatte mehr Ähnlichkeit mit einem Dämon als mit einem Menschen.

Kapitel 24

LUCY

19. Januar 2018

Natasha zappelte, als Hank den Deckel vorsichtig von der Truhe hob und beiseitelegte. Auch Lucy war jetzt aufgeregt und ging näher heran, um nichts zu verpassen. Obenauf lag eine ordentlich gefaltete blaue Wolldecke. Sie roch muffig und war an den Rändern von Motten zerfressen.

Lucy kniete sich vor die Truhe und nahm die kratzige Decke heraus. Darunter befand sich eine merkwürdige Ansammlung verschiedener Gegenstände. Ein Kompass, ein Rasiermesser, eine Rasierschale, ein Elfenbeinkamm und Schachfiguren aus Walknochen. Ein Buch von Robert Frost und eines von Robert Appleton.

Lucy nahm eine Schachfigur in die Hand und bewunderte die minutiösen spiralförmigen Einkerbungen. »In meinem Zimmer gibt es eine Bürste und einen Kamm, die genauso verziert sind.«

»Das nennt man Beinschnitzerei«, sagte Hank. »Damit haben sich die Seemänner die Zeit vertrieben, und manchmal haben sie die Sachen in den Häfen verkauft. Sieht aus, als hätte Jimmy ein besonderes Talent gehabt.«

Natasha hielt ein weißes Pferd in die Höhe. »Guckt mal, ein Springer.«

»Spielst du Schach?«, fragte Lucy.

»Nicht oft, aber es macht mir Spaß.«

»Ich spiele auch gern. Habe ich manchmal in den Bars gemacht, wenn nichts los war. Wer mich geschlagen hat, dem habe ich einen ausgegeben.«

»Und? Wie viele Drinks waren es?«, fragte Hank.

»Na ja, ein paar schon.«

»Sieht ganz so aus, als hättest du viele verborgene Talente«, sagte Hank.

Es klang eine Zärtlichkeit in seinen Worten an, die sie auf der Haut zu spüren meinte. »Natasha, dann spielen wir mal, ja?«, sagte sie nervös.

»Cool.«

Zwischen den Schachfiguren lag ein Armband aus Makramee. »Das ist ein Seemannsarmband. Wenn sie Seil brauchten, knüpften sie es wieder auf.«

»Wie viel Freizeit hatte er wohl?«, fragte Lucy.

»Als Kapitän nicht besonders viel. Er hatte die alleinige Verantwortung für das Schiff, die Ladung und die Männer. Und zwar in der Reihenfolge«, sagte Hank.

Unter drei sorgfältig zusammengelegten Hemden fand sich ein kleiner Bilderrahmen mit dem Foto einer Frau inmitten ihrer fünf Söhne. Die ältesten drei, die bereits aus der Pubertät heraus sein mussten, waren groß und schlaksig und hatten sommersprossige Gesichter. Ein kleiner Junge mit schwarzen Haaren und dunklen Augen schmiegte sich an seine Mutter, die ein Kleinkind mit einem dicken blonden Haarschopf in den Armen hielt und lächelte. Sie wirkte robust und war nicht unbedingt schön, aber ihr liebenswürdiges Strahlen nahm einen ganz für sie ein.

Auf der Rückseite stand: Sally Jessup und ihre Söhne, 1920. »Die älteren drei sind die Hedricks. Der Junge mit den dunklen Haaren ist Aaron, und der Jüngste muss mein Großvater Samuel sein.«

Sie reichte Hank das Foto, der es genau betrachtete. »Das kommt zeitlich hin. Samuel war fast einhundertzwei, als er letzten Sommer gestorben ist. Er war auch Kapitän der Handelsmarine«, sagte er. »Er war schon Mitte fünfzig, als er geheiratet hat und deine Mutter zur Welt kam. Doch selbst dann war er meistens auf See.«

»Beth hat mir erzählt, dass sie als Kind viel auf sich gestellt war. Wahrscheinlich hat es sie deswegen nie gestört, viel Zeit allein zu verbringen.« Lucy legte den Kopf zur Seite. »Ich habe in der Zeitung ein Bild von Jimmy Latimer gesehen. Samuel sieht ihm unglaublich ähnlich«, sagte sie nachdenklich. So viele Jahre hatte sie nicht gewusst, woher sie kam und von wem sie abstammte. Sie dachte wieder an die Hausaufgabe, die Zeichnung des Familienstammbaums. Wie peinlich ihr der eine Ast gewesen war!

»Dann wäre dieser Typ, dieser James, dein Urgroßvater?«, fragte Natasha.

»Vielleicht. Aber warum war Samuel bei den Jessups?«, sagte Lucy halblaut.

»Glaubst du, Mrs B war Samuels richtige Mutter?«, fragte Natasha.

»Das kann eigentlich nicht sein«, sagte Lucy. »Mrs B hat ein paar Tage vor seiner Geburt geheiratet, und ich habe das Bild von ihr an ihrem Hochzeitstag gesehen. Darauf hatte sie eine schmale Taille.« Lucy konnte sich an den auffälligen Augen des kleinen Jungen nicht sattsehen. »Samuel wurde im Herbst 1916 geboren. In der Zeit war Mrs B mit Victoria im Cottage.«

»Dann wäre Victoria Samuels Mutter?«, sagte Hank nachdenklich.

Das ergab Sinn. »Und James sein Vater. Die Geburt des Kindes wäre genau die Art von Geheimnis, das eine wohlhabende Familie gut gehütet hätte«, sagte Lucy.

»Victoria hat später meinen Urgroßvater geheiratet, Edward Garrison, einen reichen New Yorker Finanzier. Und sie ist nie mehr nach Cape Hudson zurückgekommen«, sagte Hank.

Natasha nahm das Foto, betrachtete Samuels Gesicht und verglich es mit Lucys. »Das heißt, Lucy ist mit James Latimer verwandt.«

»Ja, wahrscheinlich«, sagte Lucy und wandte sich an Hank: »Gab es in deiner Familie Gerüchte in der Art?«

»Darüber, dass Victoria ein uneheliches Kind hatte? Nie. Aber über so etwas hätte man damals auch nicht gesprochen.«

Dolly streckte sich und ging zur Tür. Von dort drehte sie sich um und sah sie mitleiderregend an, als wollte sie sagen: Kümmert sich hier eigentlich keiner um mich?

Natasha stand auf. »Ich hab's kapiert, Dolly.«

»Willst du wirklich mit ihr raus?«, fragte Lucy. »Was ist mit deinem Arm?«

Natasha wackelte mit den Fingern. »Ist schon viel besser. Und Dolly hört gut auf mich.«

»Wenn sie Hasen jagt, rufst du uns, okay?«, sagte Hank. »Und bleib nah beim Haus. Ganz nah.«

»Mache ich.« Das Mädchen rannte hinaus.

»Wenn ich von Jimmy und Victoria abstamme und du von Edward und Victoria, was sind wir dann? Entfernte Cousins?« Lucy stand auf und ging ans Fenster. »Was gibt's heute sonst noch Spannendes?«

»Na ja, da wäre noch Brian. Er kann sich nicht ewig verstecken.«

»Und wenn er wieder auftaucht?«

»Er hat seine Bewährung verspielt. Höchstwahrscheinlich muss er ins Gefängnis. Er hat betrunken auf dem Schulgelände herumgepöbelt. Der Richter hat sich unmissverständlich ausgedrückt. Wenn Brian irgendwelche Schwierigkeiten macht, wenn er auch nur bei Rot über eine Ampel geht, fährt er wieder ein.«

Lucy sah zu, wie Natasha ein Stöckchen warf. Dolly rannte hinterher, schnupperte daran und sauste wieder davon.

»Dolly kann nicht apportieren«, sagte Lucy.

»Natasha wird es ihr schon beibringen«, sagte er.

Lucy wechselte das Thema. »Wie war dein Termin in Norfolk?«

»Darüber müssen wir reden.«

»Warum?«

Er hielt den Kopf gesenkt. »Ich bekomme den Kredit, aber nur, wenn du auch unterschreibst.«

»Ich?«

»Das Haus und das Land gehören dir. Ich bin nur Pächter. Sie brauchen schließlich Kreditsicherheit.«

»Du verlangst von mir, dass ich das einzige Zuhause, das ich je hatte, aufs Spiel setze?«

»Eine große Bitte, das ist mir klar. Aber ich riskiere alles, um den Ort überlebensfähig zu machen.«

Er wollte sie wahrscheinlich nicht in die Ecke drängen, aber es fühlte sich genauso an. »Und du erwartest, dass ich dasselbe tue? Warum sollte ich?«

»Ich habe nicht gedacht, dass es für dich so eine große Sache wäre. Lucy, ich bitte dich darum, ein Haus aufs Spiel zu setzen, von dem du noch nicht einmal sicher bist, dass du es haben willst.«

Sie hatte begonnen, das Cottage zu lieben, obwohl der Gedanke, hier Wurzeln zu schlagen, sie immer noch ängstigte. »Du hättest vor dem Treffen mit mir reden müssen.«

Verärgert sagte er: »Ich rede jetzt mit dir.«

»Du hast ihnen etwas an meiner Stelle versprochen. Wir haben uns keine Versprechungen gegeben.«

Er schloss für einen Moment die Augen. »Ich dachte, wir wären schon weiter. Ich dachte, du vertraust mir.«

Ja, es war fantastisch gewesen. Und genau das machte ihr Angst. »Tja, guter Punkt. Aber ich habe dir doch erzählt, dass mir nach all der Zeit hinter dem Tresen kaum noch jemand etwas weismachen kann. Und ich vermute mittlerweile, dass du weißt, wer mein Vater ist.«

Er schwieg.

Sie bohrte weiter. »Du weißt es, stimmt's?« Und dann sagte sie widerstrebend: »Es ist Brian, oder etwa nicht?«

Er blickte ihr in die Augen. »Ich war mir nicht sicher, aber es könnte tatsächlich stimmen.«

Frustration und Ärger wallten in ihr auf. »Und wie lange bist du dir schon nicht sicher?«

»Als ich im November mit deiner Mutter telefoniert habe, hat sie Brians Namen fallen gelassen. Aber sie hörte sich ziemlich durcheinander an, wahrscheinlich von den Schmerzmitteln. Mitten in unserem Gespräch schien sie zu glauben, wieder in die Highschool zu gehen.«

»Warum hast du mir das nicht gesagt?« Sie war verletzt.

»Ich wusste doch nicht, ob es stimmt. Und ehrlich, ich habe mir Sorgen gemacht, was er dir antun könnte, wenn er es herausfände.«

Obwohl sie das einsah, blieb der Schmerz. »Es wäre perfekt gewesen, um mich in die Flucht zu schlagen.«

»Und ebenso schäbig. Mrs B hat dir das Cottage vermacht. Es wäre nicht richtig, wenn deine Entscheidung davon beeinflusst gewesen wäre, dass Brian hinter dir her ist.« Er streckte die Hand nach ihr aus, aber sie wich zurück.

»Du hättest wenigstens mit mir über Brian sprechen müssen, bevor du mich in diese Kreditsache reingezogen hast.«

»Du hast gesagt, du würdest gern mehr tun, um zu helfen. Ich habe dich beim Wort genommen.«

»Aber das ist nicht fair.« Dolly bellte. Lucy sah durchs Fenster, wie sie Natasha im Kreis herumjagte.

»Fair? Wenn du Gerechtigkeit willst, hast du Pech. Megan hat ihren Verlobten begraben, als sie im zweiten Monat schwanger war. Ich habe seine sterblichen Überreste nach Hause überführt und seinen Sarg getragen. Ricks Leben liegt in Scherben. Und ist das Leben vielleicht gerecht mit Claire umgegangen? Nein, das Leben ist nun mal ungerecht, Lucy.«

Er schnappte sich sein Jackett und stürmte aus dem Zimmer.

Sie war allein im Haus und lauschte dem leiser werdenden Geräusch der Reifen auf dem Kies. Sie fuhr sich mit zitternden Händen durch die Haare, mehr über sich selbst verärgert als über Hank. Dann klingelte das Telefon, und sie ging in die Küche. »Hallo?«

»Lucy, hier ist der Sheriff. Es gibt was Neues im Fall Brian Willard. Er hat sich gestellt und ist hinter Schloss und Riegel.«

»Danke, dass Sie mich gleich angerufen haben.«

»Er will mit Ihnen sprechen.«

Kapitel 25

BETH

19. Juni 1988

Am Morgen musste Beth sich wieder übergeben. Schlimm genug, aber der Typ, mit dem sie zusammen ist, hat sie unter Druck gesetzt, Mrs B zu bestehlen. Er hat in Maryland zehn Riesen verspielt, und jetzt sind die Typen, von denen er sich das Geld geliehen hat, hinter ihm her. Deswegen bedrängt er Beth. Als sie sich weigert, sperrt er sie kurzerhand in den Schuppen hinter dem Wohnwagen seiner Eltern und legt Feuer an die Tür. Sie tritt die Wand ein und kriecht hustend hinaus. Er hat auf sie gewartet und versichert ihr kalt lächelnd, dass sie beim nächsten Mal nicht entkommen wird.

Für das antike Elfenbeinkästchen, das sie unauffällig in ihre Tasche gleiten lässt, kann sie in Norfolk bestimmt ein paar hundert Dollar bekommen.

Während sie die Kamera für ihr letztes Interview aufstellt, sitzt Mrs B ruhig in ihrem Sessel wie alle Male davor. Doch als sich ihre Blicke treffen, spürt Beth, dass die alte Frau sie durchschaut.

»Du bist schwanger«, sagt Mrs B schnörkellos.

Beth denkt an die Schatulle in ihrer Tasche und ist fast erleichtert. »Haben Sie den Röntgenblick, oder was?«

»Wenn eine Frau selbst ein Kind bekommen hat, erkennt sie die Zeichen.« Beth will etwas Ausweichendes sagen, aber Mrs B hebt ihre gekrümmte Hand. »Wer ist der Vater?«

Sie streitet es nicht mehr ab, sie ist außer sich vor Angst. »Was für eine Rolle spielt das? Ich bin mir nicht einmal sicher, ob ich es behalte.«

Mrs B streicht die Falten ihres Kleides glatt, bevor sie ihre Hände im Schoß faltet. »Was spricht dagegen?«

»Er hätte mich in der Hand. Er schwafelt von Heirat und Familie gründen. Er hat ja keine Ahnung. Ich gebe uns weniger als ein Jahr.«

Mit stählernem Ton fragt Mrs B: »Wie heißt er?«

»Brian Willard.«

»Sein Vater hat vor Jahren für mich gearbeitet. Er war faul und hat getrunken.«

»Brian hat Schwierigkeiten mit fiesen Typen, von denen er sich Geld geliehen hat.« Sie denkt an das Kästchen.

»Und deswegen hast du die Schatulle gestohlen?«

»Was?«

»Ich kenne dieses Zimmer in- und auswendig. Wenn sich auch nur eine Quaste an den Vorhängen um ein paar Zentimeter verschoben hat, fällt es mir auf. Eine meiner Schatullen fehlt.«

Verzweifelt platzt Beth heraus: »Ich muss unbedingt weg von hier. Ich muss so weit weg, wie es nur geht. Die Typen sind skrupellos. Einer von ihnen hat mir gedroht, dass er mich umbringt, wenn ich ihn nicht anrufe, falls Brian auftaucht.«

»Und du willst das Baby nicht?«

Jetzt fließen ihr die Tränen ungehindert über die Wangen. »Eigentlich will ich es. Aber das Kind ist verloren, wenn ich hierbleibe.«

»Ich gebe dir Geld, damit du weggehen kannst.«

»Was?«

»Ich gebe dir Geld. Dann kannst du nach Nashville ziehen, deinen Träumen hinterherjagen und dein Kind großziehen. Weder Brian noch die Geldeintreiber werden dich dort aufspüren.«

»Das würden Sie für mich tun? Warum?«

»Eine Frau sollte ihr Kind in Frieden aufziehen dürfen. Ich bin gut darin, Geheimnisse zu wahren.«

Beth zieht die Schatulle aus der Tasche und stellt sie auf das Tischchen.

»Dass du ausgerechnet den Kompass genommen hast! Er war immer eins meiner Lieblingsstücke. Behalte ihn. Bring ihn wieder, wenn du bereit bist zurückzukommen. Oder gib ihn deinem Kind mit, wenn es zurückkommt.«

Beth wendet sich zur Tür, ohne sich die Mühe zu machen, die Kamera einzupacken. »Mein Kind wird nicht zurückkommen.«

* * *

CLAIRE

17. Mai 1917

Die Geburt setzte in den frühen Morgenstunden nach ihrem Wiedersehen bei Jimmy ein. Mrs Latimer schickte nach der Hebamme, die die meisten Babys hier in der Gegend auf die Welt geholt hatte, auch ihres. Robert war noch immer in Norfolk, und sie sandte einen Jungen zum Telegrafenamt, um ihn zu benachrichtigen.

Die Wehen schickten Wellen aus Schmerz durch Claires Körper, schienen sie zu zerreißen und zu vernichten. Mrs Latimer hielt ihre Hand, während eine Bedienstete frische

Tücher zurechtlegte. Claire wusste, dass sie diese unerträglichen Schmerzen verdient hatte. Sie war grausam gewesen – zu dem Mann, der ihr das Leben gerettet hatte und der sie liebte. Er hatte ihre Zuneigung gebraucht, und sie hatte ihn im Stich gelassen.

»Ich hätte ihn nicht zurückstoßen dürfen, Mrs Latimer. Ich hätte mich nicht fürchten dürfen.«

Die ältere Frau legte ihr einen feuchten Wickel auf die Stirn. »Ich habe mich selbst so erschrocken, dass mir die Luft weggeblieben ist, Kind.«

»Aber Sie sind nicht weggelaufen.«

»Er weiß, dass du ihn lieb hast.«

»Ich hätte seine Verletzung übersehen und ihn annehmen müssen, wie er ist. Jetzt schickt Gott mir die gerechte Strafe.«

Je länger die Wehen andauerten, desto schwächer wurde sie. Ihr Verstand benebelte sich. Was für eine Vergeltung wäre passender, als wenn Gott ihr ein Kind gab, bei dessen Anblick die Menschen die Flucht ergriffen?

Zwanzig Stunden nachdem die Wehen eingesetzt hatten, war die Hebamme immer noch nicht zu finden. Claire litt unter akuter Luftnot, und sie war so erschöpft, dass sie sich nicht mehr aufsetzen konnte. Die Frauen um sie herum begannen zu tuscheln. Claire war dabei, diesen Kampf zu verlieren. Sie und ihr Baby würden sterben.

Wie aus großer Ferne hörte sie, dass Mrs Latimer alle Frauen hinausschickte. Als der Schatten eines Mannes auftauchte, verstummten ihre Widerworte und sie entfernten sich eilig.

»Na gut, Claire«, sagte Mrs Latimer. »Zeit, dass das Baby kommt. Wir machen es zusammen. Komm, auf mit dir!«

»Ich kann nicht.«

Sie wurde von hinten mit starken Armen umfasst, während Mrs Latimer ihr das Nachthemd herunterzog. Dann wurde sie aus dem Bett gehoben und in der Luft gehalten. Sie schrie und trat um sich, aber derjenige, der sie in die Höhe hielt, hatte Bärenkräfte. Durch den Nebel aus Schmerzen sah sie auf die Hände hinab. Sie erwartete Roberts, aber das waren nicht seine Hände. Sie kannte sie. Sie hatten sie voller Liebe und Zärtlichkeit berührt. Es waren Jimmys.

Und dann griff Mrs Latimer in sie hinein. Claire hatte geglaubt, die Schmerzen ließen sich nicht mehr steigern, aber in diesem Moment fühlte sie sich, als würde ihr Körper entzweigerissen.

»Pressen«, befahl Jimmy.

»Ich kann nicht mehr«, flüsterte sie.

»Jetzt! Los!«

Sie holte tief Luft und wappnete sich für die nächste Wehe. Als sie kam, vergrub sie ihre Nägel in seinen Unterarmen und presste, so stark sie konnte.

Und dann rauschte das Baby in einer Welle aus Blut und Fruchtwasser aus ihr heraus. Noch ein paar Sekunden hing sie an Jimmys starken Armen. Mrs Latimer wischte dem Baby mit dem gebogenen Zeigefinger den Mund aus, hielt es an den Füßen hoch und klopfte ihm auf den Rücken. Claire verschwamm alles vor Augen. Im Zimmer breitete sich eine unheimliche Stille aus. Gott hatte ihr ein missgestaltetes Baby geschickt. Oder ein totes.

Dann kam der Moment der Erlösung. Ein kräftiger Schrei.

»Es ist ein Junge, ein starker Junge!«, rief Mrs Latimer.

Als Claire später erwachte, lag das Baby friedlich schlafend neben ihr im Bett. Mrs Latimer beugte sich freudestrahlend über das Kind.

»Ist wirklich alles in Ordnung mit ihm?«, flüsterte Claire.

Mrs Latimer richtete sich auf. »Er ist gesund und munter«, sagte sie. »Und du hast dich wacker geschlagen.«

»Ohne Sie und Jimmy hätte ich es nicht geschafft.«

Mrs Latimer schüttelte den Kopf und strich Claire eine Locke aus der Stirn. »Ohne mich, meinst du. Jimmy war gar nicht da.«

»Aber ich habe ihn doch gehört!«

»Nein«, sagte sie und zog die Decke hoch. »Da täuschst du dich, Kind. Und du darfst nie wieder darüber sprechen. Hast du mich verstanden?«

Sie schloss die Augen. »Ja.«

* * *

Zwei Tage später kam Robert zurück. Er war so begeistert über die Geburt seines Sohnes, dass er ihr einen Neuanfang versprach. Selbst das Trinken wollte er sein lassen. Doch schlechte Gewohnheiten lassen sich nicht so leicht besiegen. Sie warten auf den richtigen Augenblick, in dem Frustration, Zweifel und Versuchung zusammenkommen, und dann schlagen sie zu.

Als das Baby fünf Wochen alt war, beschloss Robert, nach New York zu fahren, um seinem Vater die Nachricht persönlich zu überbringen. Er war sicher, dass die Ankunft des Jungen, Robert Junior, den Bruch kitten würde.

Claire war froh, dass er wegfuhr. Sie ertrug seine Gegenwart kaum noch, und wenn er sich über die Wiege beugte, musste sie sich zusammennehmen, um ihn nicht schreiend zu vertreiben.

Zwei Tage nach seiner Abreise nahm Claire all ihren Mut zusammen, um Jimmy zu besuchen. Sie vertraute Mrs Latimer das Baby an, wickelte sich einen Schal um den Kopf und machte sich auf zum Bootshaus. Sie hatte Jimmy nach der Geburt des Kindes nicht mehr wiedergesehen, und sie musste ihm sagen, wie leid es ihr tat, wie sie sich nach seiner Wiederkehr verhalten hatte. Sie wollte, dass er ihr vergab.

Er saß im Obergeschoss des Bootshauses mit dem Rücken zu ihr am Fenster und schnitzte an einer kleinen Figur.

»Jimmy«, sagte sie.

Seine Schultern spannten sich an, aber er drehte sich nicht um.

»Es tut mir so leid. Ich hätte mich nicht abwenden dürfen.«

»Vergeben und vergessen, Claire. Und jetzt geh, bitte.«

»Jimmy, ich werde mich nie wieder von dir abwenden.«

Er starrte hinaus auf die Bucht. Dann schüttelte er nur stumm den Kopf.

Sie ging zu ihm hinüber und berührte ihn an der Schulter. Er zuckte zusammen, aber er schickte sie nicht noch einmal weg. Sie streichelte die gute Seite seines Gesichts. Jimmy war in dieser versehrten Hülle gefangen. So wie sie in ihrer Ehe gefangen war.

Dann hob sie die andere Hand und strich an der verletzten Seite entlang. Quer über seine Schläfe verlief eine tiefe Narbe. Er saß stockstarr, die Hände zu Fäusten geballt.

Sie umrundete ihn, um ihn anzusehen, aber er senkte den Kopf. »Tu das nicht, Claire.«

Sie hob sein Gesicht und sah sich seine Verletzungen an. Den Schaden, den der Krieg verursacht hatte. Tränen stiegen ihr in die Augen, als sie an den stolzen jungen Mann dachte, der so lebenshungrig gewesen war, so bereit, es mit der Welt aufzunehmen. Sie beugte sich vor und küsste ihn auf den Mund.

Er starrte sie bewegungslos an.

»Wie kommt es, dass sich das Leben immer zwischen uns stellt, Jimmy?«

»Es spielt keine Rolle mehr.«

Sie umfasste sein Gesicht mit beiden Händen und küsste ihn wieder. »Doch, das tut es.«

Sie beugte den Oberkörper zurück und öffnete den Knopf ihres Mieders. Ihre Brüste waren schwer und voller Milch, die in ihr Unterhemd lief. Sie nahm seine Hand und drückte sie gegen ihren Busen. Ein paar lange Sekunden blieb er so, vollkommen reglos, das Gesicht zu Boden gesenkt.

Sie drängte sich an ihn, sie sehnte sich so sehr nach seiner Berührung. Und dann konnte er sich nicht mehr zurückhalten, bedeckte ihre zarte weiße Haut mit Küssen, stöhnte vor Freude und Lust. Danach hatte sie sich verzehrt. Sie hob ihre Röcke und setzte sich rittlings auf ihn.

Er sah sie an, öffnete seine Hose und befreite sich. Sie hob sich leicht an und ließ sich dann auf ihm nieder.

Er vergrub seine Finger in ihrem Rücken, während sie sich an seinen Schultern festhielt und ihn ganz in sich aufnahm. Keiner von ihnen dachte an die Welt außerhalb dieser vier Wände. Es gab nur noch sie beide. Sie tauchte ein in ihr Verlangen, überließ sich dem Wirbelwind, der sie schließlich beide an den Rand brachte.

Als sie hinunterfielen, schloss sie ihn fest in die Arme und schmiegte ihr Gesicht an seinen Hals. »Ich liebe dich«, flüsterte sie.

Er strich ihr mit zwei Fingern zärtlich über die Lippen.

»Ich komme morgen Nacht wieder«, sagte sie.

»Tu das nicht.«

»Ich lasse dich nicht im Stich.«

»Versprich nichts. Geh nach Hause, bevor der Sturm da ist. Leb dein Leben.«

Sie küsste ihn fest auf die Lippen. »Ich liebe dich.«

* * *

Als Claire auf dem sandigen Pfad zum Cottage eilte, zuckten die ersten Blitze über den Himmel. Es war schwül, und dicke Regentropfen fielen hinab. Jimmy hatte sie vor dem herannahenden Gewitter gewarnt, aber sie hatte ihm nicht glauben wollen.

Ihre Brüste waren schwer, und als Claire an ihr Baby dachte, begannen sie zu ziehen. So sehr sie ihren Mann hasste, so sehr liebte sie ihren Sohn. Er war perfekt. Sie würde alles tun, um ihn zu beschützen.

Als sie das Haus betrat, sah sie Roberts schwarzen Mantel an der Garderobe hängen.

»Mrs Latimer?«, rief sie.

Aber statt einer Antwort war nur das Weinen ihres Babys zu hören. Sie eilte die Treppe hinauf. Als sie ihr Zimmer betrat, prasselte ein Feuer im Kamin. Robert stand über der Wiege.

»Ich habe sie weggeschickt.« Er berührte den Fuß des Babys. »Was für zerbrechliche kleine Dinger sie doch sind«, sagte er und richtete sich auf.

»Robert. Ich habe dich erst nächste Woche erwartet.«

Er drehte sich zu ihr um, und seine Mundwinkel verzogen sich zu einem fiesen Grinsen. »Ganz offensichtlich.«

Er umklammerte den Hals einer fast leeren Whiskeyflasche. »Ist ja klar, dass du dich mit dem Personal gemein machst. Gleich und gleich gesellt sich gern.«

Sie stand sehr still, und ihr wurde bewusst, dass es im Haus, abgesehen vom Weinen ihres Sohns, gespenstisch ruhig war. Robert hatte alle Dienstboten weggeschickt. »Warst du bei deinem Vater in New York?«

»Ja.« Er kippte Whiskey in sich hinein. In dem schwachen elektrischen Licht sah sie einen blauen Fleck auf seiner Wange. Er war geschlagen worden, und sie fragte sich, ob das sein Vater gewesen sein konnte. »Du bist verletzt.«

Er kam mit zwei großen Schritten auf sie zu und schlug ihr mit dem Handrücken auf den Mund. Sie schmeckte Blut. Schmerzen schossen durch ihren Kopf. »Jetzt bist du auch verletzt. Betrachte es als Botschaft von meinem Vater.«

Sie bekam keine Luft, und die Dielen schwankten unter ihren Füßen. »Was ist in New York passiert?«

Robert genehmigte sich noch einen großen Schluck aus der Flasche und beugte sich wieder über die Wiege. »Er ist gar nicht von mir, stimmt's?«

Vollkommen entgeistert riss sie die Augen auf. Sie sah die Dunkelheit in seinem Blick und erkannte die schiere Gewalt, die sich dahinter zusammenbraute. »Natürlich ist er von dir.«

»Lügnerin.«

Diesmal schlug er so hart zu, dass sie über den Boden schlitterte, und trat ihr mit seinem schweren Stiefel in den Bauch. »Ihr beide hängt mir wie Sträflingskugeln am Bein. Euretwegen bin ich auf dieser Müllhalde gestrandet. Und kann sonst nirgends hin.«

Sie kämpfte gegen die Schmerzen an, als er sich der Wiege näherte. Denn ihr wurde bewusst, dass er kein unschuldiges Kind vor sich sah, sondern nur ein Hindernis, das den Weg zur Gnade seines Vaters blockierte. Ihr wurde klar, dass er sie beide töten würde. Er würde den Makel von Frau und Kind ausmerzen, sich aus dem Exil befreien und zu seinem früheren Leben in Glanz und Gloria zurückkehren. So wie Victoria es getan hatte.

Aber sie konnte und würde nicht zulassen, dass er dem Baby etwas antat. Sie rappelte sich hoch und stolperte zu dem kleinen Beistelltisch.

»Die Bucht schluckt viele Geheimnisse«, sagte er. »Viele Menschen sind schon in ihr verschwunden. Wer weiß, wer ihr bei diesem Gewitter zum Opfer fällt.«

Robert war schlau, und er hatte sich mit Sicherheit schon eine Geschichte zurechtgelegt. In der Ferne grollte Donner, und der Wind heulte ums Haus. Er hatte das Gewitter abgepasst. Vielleicht war er gar nicht nach New York gefahren, sondern hatte irgendwo an der Küste auf diese Gelegenheit gewartet.

Sie wusste jetzt, was er vorhatte. Und danach würde er sagen, seine Frau hätte das Wetter verkannt und sei in die offene Bucht hinausgerudert. Es war ihr ja schon einmal passiert. Gott allein wusste, warum sie den Jungen mitgenommen hatte. Wahrscheinlich hatte sie der Zustand von Jimmy in den Wahnsinn getrieben.

Das Baby schrie. Und sie meinte zu hören, wie er die möglichen Szenarien mit seiner ruhigen Stimme durchspielte.

Mit beiden Händen packte sie den Kerzenständer, der auf dem Beistelltischchen stand. Er war aus Silber und hatte eine schwere, achteckige Basis. Sie musste ihn mit dem ersten Schlag richtig erwischen. Sie hatte nur diesen einen Schlag, und wenn sie ihn verfehlte, brauchte sie nicht auf Vergebung zu hoffen.

Als er die Hand nach dem Kind ausstreckte, schlug sie mit ihrer geballten Kraft zu. Die Metallbasis krachte so hart gegen seinen Schädelknochen, dass ihr von der Wucht des Aufpralls Schmerzen die Arme hochzogen. Er taumelte rückwärts und klammerte sich haltsuchend am Kaminsims fest. Dann tastete er seinen Hinterkopf ab, und als er das Blut an seinen Händen sah, machte er so ein dümmliches Gesicht, dass sie fast gelacht hätte.

»Dafür wirst du im Gefängnis schmoren«, sagte er. Er schloss die Augen, als würde ihm schwindelig, und sank auf die Knie. »Und deinen Bastard siehst du nie wieder.«

Als sie diesmal zum Schlag ausholte, schossen ihr Dutzende von Bildern durch den Kopf. Die blutige Kante des Kerzenständers traf ihn an der Schläfe. Seine Augäpfel rollten in den Kopf zurück, und er fiel flach auf den Boden.

In ihren Ohren klingelte es, und durch ihre Glieder zog eine klamme Kälte. Einen Moment lang gab es nur Robert und sie – und das Schrillen in ihren Ohren.

Doch dann drangen die Schreie ihres Sohns zu ihr durch und brachten sie in die Gegenwart zurück.

Sie ließ den Kerzenständer fallen und wischte sich das Blut am Rock ab. Dann nahm sie ihr Baby in die Arme, knöpfte die Bluse auf und drückte seinen Mund gegen ihre Brust. Es war sofort still. In ihrem Kopf pochte es, und die Aussicht auf ein Schicksal, das dem Roberts in seiner Düsterkeit nur wenig nachstand, verursachte ihr Übelkeit. Sie schaffte es gerade noch auf wackeligen Beinen bis zum Schaukelstuhl.

Später hob sie den Blick vom geliebten Gesicht ihres Sohnes und starrte auf die Pfütze Blut, die sich um den Leichnam ihres Mannes bildete. Sie wusste nicht, wie viel Zeit vergangen war. Als das Baby satt war, ging sie zum Fenster hinüber und blickte auf das aufgewühlte Wasser der Bucht. Es konnte einen Mann verschlucken. Aber es konnte ihn auch wieder ausspucken.

Von unten hörte sie Mrs Latimer rufen. Sie drückte das Baby an sich und ging zur Treppe.

Mrs Latimer hielt eine Laterne in der Hand, die ihr besorgtes Gesicht beleuchtete. Dann entdeckte sie das Blut auf Claires Rock. »Was hat er dir angetan?«, fragte sie ängstlich.

»Es spielt keine Rolle mehr.«

»Doch, das tut es.«

»Ich brauche Hilfe.« Claires Stimme klang ruhig und wie aus weiter Ferne.

»Wo ist Mr Robert?«

»Oben.«

Mrs Latimer fasste Claires Rocksaum. »Du bist ja voller Blut. Was hat er getan?«

»Es ist nicht nur mein Blut.«

Mrs Latimer riss die Augen auf. »Was hast du mit ihm gemacht?«

»Ich habe ihn erschlagen. Er ist tot.«

Grimmige Entschlossenheit lag in Mrs Latimers blassblauen Augen. »Ist sonst noch jemand im Haus?«

»Nein. Er hat sie alle weggeschickt. Er hatte vor, das Baby und mich umzubringen.«

»Bleib, wo du bist. Beweg dich nicht von der Stelle.«

Kapitel 26

LUCY

20. Januar 2018

Lucy konnte nicht schlafen. Jedes Mal, wenn sie wegdriftete, schreckten sie Gedanken an Hank, das Land und ihren Vater auf. Nachdem sie bis vier Uhr morgens an die Decke gestarrt hatte, hielt sie es im Bett nicht mehr aus. Sie stand auf, zog sich an und ging mit Dolly in die Küche hinunter, wo sie sich einen Kaffee machte.

Nach der zweiten Tasse verstand sie immer noch nicht, warum sie sich so über Hank oder vielleicht auch über sich selbst ärgerte. Sie machte sich daran, drei Dutzend Schokoladen-Cupcakes zu backen, und als sie abgekühlt waren, überzog sie sie mit Glasur.

Sie wusste nicht, wie viele Kinder in Natashas Klasse waren, aber falls etwas übrig blieb, würde der Rest ins Lehrerzimmer wandern.

Als Natasha aufwachte, waren die Cupcakes fertig und verpackt. Natasha war begeistert, wenn sie Lucy auch erklärte, dass sie keinen Geburtstag hatte. Wobei, setzte sie schnell nach, man nicht unbedingt Geburtstag haben musste, um welche mitbringen zu dürfen.

Als Lucy sie vor der Schule absetzte, sah sie, wie Natasha das Gebäck stolz vor sich hertrug.

»Jetzt fahren wir zu meinem Dad, Dolly. Dad! Ich kann nicht glauben, dass Brian mein Dad ist.«

Sie fuhr zum Gefängnis und nahm Dolly zur moralischen Unterstützung mit. Als sie das Büro des Sheriffs betrat, sah Rick von seinem Papierstapel auf. »Lucy, wie geht es Ihnen? Alles in Ordnung?«

»Ja, danke. Kann ich zu Brian?«

»Ja, er ist schon wach. Ich habe ihm vor einer Weile sein Frühstück gebracht.«

Er öffnete eine große Tür hinter sich. »Er ist in der letzten Zelle rechts. Sie können sich mit ihm durch das Gitter hindurch unterhalten, aber ich muss in der Nähe bleiben.«

»Klar. Verständlich.«

Auf dem Weg zur Zelle wischte Lucy sich die Hände an der Jeans ab und fragte sich, warum sie so verdammt nervös war. Brian saß vornübergebeugt auf der Pritsche und hielt den Kopf in den Händen. »Brian?«

Er richtete sich auf. Seine Augen waren blutunterlaufen, aber sein Blick war klar. Er wirkte tatsächlich nüchtern.

»Ich habe nicht gedacht, dass du wirklich kommst.« Er stand etwas wackelig auf und humpelte zur Tür. Bei jedem zweiten Schritt zuckte er zusammen.

Rick war am Eingang zum Zellentrakt stehen geblieben, um ihnen etwas Privatsphäre zu ermöglichen. Doch auch von dort konnte er mit anhören, was sie sagten.

»Ich bin auch nach Cape Hudson gekommen, um herauszufinden, wer mein Vater ist. Wie's aussieht, war ich erfolgreich.«

»Bestimmt eine wahnsinnige Enttäuschung.«

»Beth hat mir so viele verschiedene Geschichten über meine angeblichen Väter erzählt, dass ich ihr schließlich gar nichts mehr geglaubt habe.«

»Ich war nicht immer so. Als ich jung war, war ich sogar ziemlich vielversprechend.«

»Und warum sagst du mir das?«

»Weiß ich auch nicht genau. Wahrscheinlich weil ich finde, dass du mehr als meinen Namen über mich wissen solltest.«

Es wäre eine Übertreibung gewesen zu sagen, dass sie Mitleid mit ihm gehabt hätte. Aber was sie auch hören mochte, Gutes oder Schlechtes, sie wollte ihn verstehen. »Was ist zwischen Beth und dir gewesen? Warum hast du sie verletzt?«

Er schloss kopfschüttelnd die Augen. »Zwischen uns ist alles immer sofort eskaliert. Wenn ich Benzin war, war sie das Streichholz.«

»Auf den Videos mit Mrs B hatte sie blaue Flecken an den Handgelenken.«

»Wir waren nicht gut füreinander.« Er kratzte sich am Kopf. »Hat deine Mutter dir je etwas über mich erzählt, als du klein warst?«

»Nie. Sie dachte sich immer wieder neue Geschichten aus – für sich selbst genauso wie für mich.«

Er verlagerte das Gewicht auf das rechte Bein und verzog vor Schmerz das Gesicht.

»Ich habe gehört, dass du einen Autounfall hattest, bei dem dein Knie kaputt gegangen ist.«

Er kratzte sich durch die dichten grauen Bartstoppeln am Kinn. »Genau gesagt, war es kein Unfall. Das habe ich nur allen erzählt. Und ich habe das und alles, was danach kam, Beth zu verdanken.«

Sie hatte den Impuls, ihre Mutter zu verteidigen. »Du machst meine Mutter für alles verantwortlich? Warum?«

»Manchmal bin ich in die Casinos nach Maryland rüber, um Spaß zu haben und ein bisschen Dampf abzulassen, aber vor allem, um zu wetten. Die Leute, mit denen ich da abhing, wussten genau, dass ich Geld hatte. Ich war Leistungssportler und sollte ein Stipendium fürs College bekommen, weil sie mich in der Football-Mannschaft haben wollten.« Er schüttelte den Kopf. »Willst du wirklich mehr über deinen Vater erfahren? Ist keine schöne Geschichte.«

Er sagte das ohne Prahlerei. Sie vermutete, dass es schwer für ihn war, seinen Ärger im Zaum zu halten, wenn er daran dachte, was aus ihm hätte werden können. »Doch, erzähl es mir.«

»Ich hatte zehn Riesen Schulden und steckte in echten Schwierigkeiten. Der Casinomanager schlug mir einen Deal vor: Wenn ich im Herbst im College war und die ersten Football-Spiele begannen, sollte ich den Spielverlauf für ihre Wetten manipulieren. Dafür wollte er meine Schulden streichen und mir sogar monatlich was draufzahlen. Ich war naiv und verzweifelt, also habe ich mich darauf eingelassen.«

»Und dann?«

»Beth war stinksauer, weil ich nicht mit ihr mitgehen wollte, und nannte mich ein egoistisches Arschloch. Und dann wurde ich stinksauer. Ich habe sie angeschrien, dass sie und ihr Balg keinen Cent von mir kriegen würden.« Er stockte. Es schien ihm schwerzufallen, das alles laut auszusprechen. »Wie ich schon gesagt habe, bei uns beiden eskalierte der Streit immer sehr schnell. Und ich war brutal.«

»Du wusstest also, dass sie schwanger war?«

»Ja. Zum Teufel, ich wollte sie sogar heiraten, aber sie hat Nein gesagt. Hat mir erklärt, sie würde nicht in diesem Nest auf mich warten, während ich als Football-Star aufs College gehen würde.« Er raufte sich die Haare. »Beth zu lieben war wie eine Sucht. Ich konnte nicht mit ihr, aber auch nicht ohne sie leben.«

Sie hatte sich oft ausgemalt, wie es wohl wäre, wenn sie ihren Vater fand. Aber ein schlimmeres Szenarium als dieses hätte sie sich kaum vorstellen können. »Und was hat das alles mit deinem Knie zu tun?«

»Beth hat den Casinomanager angerufen und ihm gesagt, dass ich ihn angelogen hätte. Ich würde mich nie und nimmer darauf einlassen, Football-Spiele zu manipulieren. Ein paar Tage darauf sind ein paar Schlägertypen aufgekreuzt und haben mir dreißig Tage Zeit gegeben, um die zehn Riesen aufzutreiben. Ich habe auch was zusammengekriegt, aber nicht alles. Und dann habe ich einen Fehler gemacht. Ich habe gedroht, zu den Bullen zu gehen. Als ich am selben Nachmittag eine Straße überquert habe, kamen sie in einem Auto wie aus dem Nichts. Sie haben mich zum Krüppel gefahren.« Er machte eine Pause. »Danach ist alles den Bach runtergegangen. Das Bein war gebrochen. Das Stipendium war weg. Das bedeutete, dass ich das College vergessen konnte. Mein Knie ist nie richtig geheilt, ich habe immer Schmerzen. Ich habe mein Selbstmitleid in Alkohol ertränkt. Und so bin ich zum Trinker geworden.«

»Auf einem Video sagt Beth zu Mrs B, dass sie gar nichts anderes machen konnte, als sie von den Typen bedroht wurde.«

Er schüttelte den Kopf. »Doch, sie hätte was anderes machen können.«

»Ich weiß nicht, was ich dazu sagen soll. Soll ich dir das jetzt einfach so abnehmen?«

»Ich bitte dich um nichts. Schon gar nicht um Vergebung. Ich wollte nur, dass du dir meine Seite der Geschichte anhörst.«

»Okay.« Sie hatte keine Ahnung, ob er ihr die Wahrheit sagte. Auf jeden Fall hatte er zum ersten Mal etwas Menschliches an sich.

»Ich werde meine Zeit hier absitzen müssen. Die Bewährung habe ich vergeigt, als ich in der Öffentlichkeit betrunken auf dem Schulgelände aufgetaucht bin. Schätze mal, zwei Jahre werden es bestimmt.« Er umfasste die Gitterstäbe. »Kümmere dich um Natasha für mich. Ich unterschreibe alles, was dafür notwendig ist. Sie ist besser bei dir aufgehoben. Du bist nicht wie Beth oder ich. Du bist besser als wir.«

»Ich kümmere mich um Natasha.«

Er versuchte, ihr zu danken, aber seine Stimme stockte.

»Pass auf dich auf, Brian.«

Er ließ das Gitter los und trat zurück. »Mache ich doch immer.«

Lucy verließ das Gefängnis und fuhr mit Dolly zum Strand. Als sie am Ufer waren, ließ sie den Hund laufen und dachte darüber nach, was Brian ihr erzählt hatte. Sie war sich nicht sicher, ob sie ihn überhaupt mochte. Sie rechnete ihm aber hoch an, dass er sich der Polizei gestellt hatte und ihr das Sorgerecht für Natasha übertragen wollte.

Er hatte aufgehört wegzulaufen.

Und vielleicht war ihre Chance gekommen, dasselbe zu tun.

Sie rief nach Dolly und fuhr zu Hank. Oben im Haus brannte Licht. Sie parkte und ging hinein.

»Hank?«, rief sie.

Sie hörte Schritte über sich und dann erschien er oben an der Treppe. Sein Haar war feucht und sein Hemd frisch gebügelt, aber er hatte dunkle Ringe unter den Augen. »Ich wollte gerade zu dir kommen.«

»Du hast bestimmt gehört, dass Brian sich gestellt hat?«

»Ja, Rick hat mich gestern Abend angerufen.«

»Ich war eben bei ihm.«

Er kam herunter, machte aber keine Anstalten, sie zu umarmen. »Und wie war's?«

»Er hat mir seine Sicht der Dinge erzählt.«

»Hast du ihm geglaubt?«

»Komischerweise ja. Er hat mich auch gebeten, mich um Natasha zu kümmern.«

»Und?«

»Ich habe es ihm versprochen.«

»Das finde ich toll. Danke.«

»Bedank dich nicht zu früh. Du weißt, was für Erziehungsgenies meine Eltern waren. Könnte das Schlimmste für das Kind sein. Aber hey, sagt man nicht, dass man ein ganzes Dorf braucht, um ein Kind großzuziehen?«

»Wir lassen dich nicht allein.«

Sie nickte. Sie war immer noch dabei, alles zu verarbeiten.

»Das mit dem Kredit tut mir leid«, sagte er. »Ich habe jetzt gleich einen Termin bei der Bank. Ich werde ihnen sagen, dass ich dein Einverständnis nicht hätte voraussetzen dürfen.«

»Ich habe auch darüber nachgedacht. Aber da es so aussieht, als würde ich hierbleiben und die Verantwortung für ein Kind übernehmen, will ich auch nicht, dass die Stadt zugrunde geht. Ich unterschreibe es, ich will es nur vorher durchlesen.«

Er machte einen halben Schritt auf sie zu. »Bist du sicher? Es gibt dann kein Zurück mehr. Wir stecken dann alle beide mit dem Hals in der Schlinge. Für lange Zeit.«

Sie nahm seine Hand und strich über die Hornhaut auf seinen Ballen. »Vor Risiken habe ich keine Angst. Nur vor Geheimnissen. Beth hat ihr ganzes Leben welche vor mir gehabt. Und du hattest auch ein paar. Mit mir muss man offen und ehrlich sein.«

»Botschaft klar und deutlich angekommen.« Er zog sie sanft an sich heran.

Sie strich mit einem Finger über sein frisch rasiertes Kinn und küsste ihn auf den Mund.

»Willkommen in Cape Hudson, Lucy.«

Kapitel 27

MRS CATHERINE BUCHANAN

26. Juni 1988

Mrs B sitzt im Wohnzimmer und starrt die Kamera an. Sie wartet jetzt schon seit einer Stunde auf Beth. Das Mädchen kommt immer etwas zu spät, aber so eine Verspätung ist absurd. Sicherlich stürmt sie gleich mit einer albernen Geschichte über einen Jungen herein oder über eine Unterrichtsstunde, in der sie sich zu Tode gelangweilt hat. Oder sie beschwert sich über die Obsession ihres Vaters für die Geschichte des Ersten Weltkriegs. Das Mädchen ist in einem Augenblick klug und amüsant, im nächsten wild und rücksichtslos. Sie ist ihre eigene schlimmste Feindin, genau wie ihr Vater und ihre Großmutter Victoria vor ihr. Jimmys Besonnenheit hat sie nicht geerbt. Mrs B denkt an die Nacht zurück, in der sie das neugeborene Baby von Jimmy und Victoria in den Armen hielt. Damals braute sich ein Sturm zusammen, und es goss wie aus Kübeln. Als hätte der Himmel um dieses Kind geweint, von dem seine Mutter nichts wissen wollte und über das sein Vater nichts wissen durfte.

Als die Uhr viermal schlägt, begreift Mrs B, dass Beth ihr Angebot angenommen hat und mit ihrem ungeborenen Kind weggelaufen ist. Das Geld wird nicht ewig reichen, aber es wird ihr den

Start ermöglichen. Außerdem hat sie versprochen anzurufen, wenn sie sich irgendwo niedergelassen und das Kind bekommen hat.

»Ah, Jimmy«, sagt sie laut. »Du hast eine willensstarke Enkeltochter, und ich habe keinen Zweifel, dass sie ihrem Kind diese Eigenschaft vererbt. Bleibt zu hoffen, dass es etwas ausgeglichener sein wird als sie selbst.«

Ein leichter Luftzug streicht ihr über den Nacken. Jimmy ist ihr nah. Er ist ihr immer nah. Sie wohnen jetzt seit fast siebzig Jahren zusammen in diesem Haus.

Sie setzt die Brille auf und sieht sich die Kamera näher an. Beth hat immer auf den rechten Knopf neben dem Objektiv gedrückt, wenn die Aufnahme begann. Beth mag es vielleicht nicht aufgefallen sein, aber Mrs B hat immer genau aufgepasst.

Sie drückt auf den Knopf und müht sich, so schnell wie möglich an ihren Platz zurückzukehren. Sie zupft an ihrem Kragen, fährt sich noch einmal durch die Haare und befeuchtet die Lippen. Eine Frau ist nie zu alt, um eitel zu sein.

Und dann spricht sie.

* * *

CLAIRE

22. Juni 1917

Natürlich wusste Claire, dass sie dafür ins Gefängnis kommen würde. Eine arme Frau, die ihren reichen Mann umbringt, der dazu noch aus einer Familie mit besten Verbindungen kommt, wird immer bestraft. *In guten wie in schlechten Zeiten*, ging es ihr durch den Kopf. Und jetzt war es ihr Schicksal, die schlechten Zeiten zu ertragen.

Ihr Sohn hatte wieder zu weinen begonnen und suchte nach ihrer Brust, eher aus dem Bedürfnis nach Trost als nach Nahrung. Er dockte an und nuckelte, wobei er mit seinen kleinen Fäusten sanft gegen ihre Brust trommelte. Gleich darauf hörte er auf zu wimmern und wurde weich in ihren Armen.

Robert lag wie ein Stein zu ihren Füßen. Ein eisiger Hauch strich durch den Raum. Ihr graute davor, dass er von den Toten wiederauferstehen und aller Welt verkünden würde, was sie ihm angetan hatte. Ja, sein Vater würde ihr den Sohn wegnehmen und sie ins Gefängnis stecken lassen.

Hinter ihr erklangen Schritte. Ihre Angst wuchs. Sicherlich hatte Mrs Latimer den Sheriff geholt. Sie schloss das Baby noch enger in die Arme. Sie würde ihren Sohn zu den Jessups geben, denn er durfte auf keinen Fall bei den Buchanans aufwachsen. Wenn Mrs Latimer den ganzen Ort darauf einschwor, das Versteck des Kindes nicht preiszugeben, dann würden sich alle daran halten. Die Jessups waren gute Leute, und sie würden auch noch einen weiteren Jungen aufnehmen.

Doch bei dem Gedanken daran, ihr Kind weggeben zu müssen, stockte ihr der Atem.

Dann schickte sie sich in das Unvermeidliche, stand auf und drehte sich um. Jimmy und Mrs Latimer standen an der Tür. Sonst niemand.

Er machte keinen Versuch, sein Gesicht zu verstecken, und sie sah nicht weg. Er war ihr schöner Jimmy, egal, was geschehen war.

Als er ihre blau angeschwollene Wange sah, zogen sich seine Augenbrauen zusammen. Zornig ging er zu Robert, beugte sich über ihn und drückte ihm zwei Finger an die Halsschlagader. »Er ist tot.«

»Bist du sicher?«, fragte Claire.

»Ja, absolut. Gib meiner Mutter das Kind, Claire.«

»Warum?«, fragte sie. Sollte ausgerechnet Jimmy derjenige sein, der sie der Polizei auslieferte?

»Ich brauche deine Hilfe«, sagte er. »Mein rechter Arm ist nicht mehr so kräftig wie früher. Meine Mutter kümmert sich um deinen Sohn, hab keine Angst.«

Mrs Latimer ging zu Claire, die sich nicht dazu durchringen konnte, ihr Kind aus den Armen zu geben. »Komm, Kleine, gib ihn mir. Hilf Jimmy. Wir müssen die Sache in Ordnung bringen.«

Claire legte das Baby in Mrs Latimers Arme und küsste es auf das Köpfchen. »Vielen Dank, Mrs Latimer. Wenn ich nicht zurückkomme, bringen Sie ihn bitte zu den Jessups.«

»Du kommst zurück.«

»Warum helfen Sie mir? Sie wissen, was für Folgen es haben wird, wenn man uns erwischt.«

Mrs Latimer nahm Claires Hand. »Ich schulde dir Dank. Du bist die Einzige, die Jimmy ins Gesicht sieht. Dafür werde ich dir immer dankbar sein.« Eine Träne rollte ihr die Wange hinunter. »Geht an die Arbeit, ihr beiden. Ich mache hier sauber. Die anderen Dienstboten kommen morgen früh wieder.«

»Robert hatte doch alle nach Hause geschickt. Warum sind Sie nicht mit den anderen weggegangen?«

»Als ich Mr Robert gesehen habe, ahnte ich, dass er Schlimmes im Schilde führte. Deswegen habe ich nur so getan, als ginge ich weg, habe mich dann aber in die Küche geschlichen.«

Claire drückte der älteren Frau die Schulter, krempelte die Ärmel hoch und ging hinüber zum Leichnam ihres Ehemanns.

Jimmy fasste ihn unter den Schultern und Claire unter den Füßen, gemeinsam hoben sie ihn hoch. Robert hatte seit seiner Verbannung an die Bucht Gewicht verloren, aber er war merkwürdig schwer.

»Was sollen wir mit ihm machen?«, fragte sie.

»Wir tragen ihn die Hintertreppe runter.«

»Aber das Gewitter …«

»Es gibt uns Schutz. Bei diesem Wetter geht keiner vor die Tür.«

Sie nickte und biss die Zähne zusammen. Mit vereinten Kräften hievten sie den Leichnam die Treppe hinab. Claires Muskeln verkrampften sich, und ihre Lungen brannten, aber sie setzte einen Fuß vor den anderen. Sie durchquerten die Küche, und als sie schließlich am Hintereingang ankamen, rang sie erschöpft nach Luft.

Jimmy wandte sich zur Tür, doch sie nahm seine Hand, zog ihn an sich und küsste ihn. »Ich liebe dich«, sagte sie.

Er strich ihr zärtlich über die Wange. »Ich liebe dich auch, Claire. Ich hätte es schon damals erkennen müssen. Ich hätte die Sechzehnjährige heiraten sollen, die so wagemutig in die Bucht hinausgerudert ist.«

Sowie er die Tür öffnete, schlugen ihnen Wind und Regen entgegen. Ihr Rock war augenblicklich durchnässt und klebte ihr an den Beinen. Sie sah zu, wie der Regen das Blut von ihren Schuhen wusch. Sie zerrten Roberts Körper über den Rasen und hinunter zum Strand.

»Ich bin gleich wieder da«, rief Jimmy ihr in dem Wind fast unhörbar zu. »Warte solange!«

Sie sah ihm nach, wie er über den Sandpfad zum Bootshaus rannte. Sie schien eine Ewigkeit dort im Regen zu stehen. Bei jedem Donnerschlag zuckte sie erschrocken zusammen.

Schließlich hörte sie ein Motorgeräusch, und gleich darauf sah sie Jimmy in einem Boot um die kleine Landzunge zum Strand kommen.

Er sprang hinaus und kam mit energischen Schritten auf sie zu. Wieder hievten sie den schweren Leichnam hoch und ließen ihn dann ins Boot fallen. Sie kletterte sofort hinterher.

»Nein, Claire«, sagte Jimmy. »Ab hier übernehme ich.«

Sie umklammerte seine Hand. »Ich will dir helfen. Ich will nicht, dass du das alleine machst.«

»Nein. Du bleibst hier. Das ist meine Aufgabe.«

»Wohin bringst du ihn?«

»Mach dir darüber keine Gedanken. Geh zu deinem Sohn. Und kümmere dich um meine Mutter. Du bist jetzt alles, was sie hat.«

Ein Blitz zuckte über den Himmel und erleuchtete die aufgepeitschten Wellen. »Du kommst zurück?«

Er zögerte. »Ja, ich komme zurück.«

Sie küsste ihn und hielt ihre Hand zärtlich an die versehrte Seite seines Gesichts. »Du musst zurückkommen. Ich brauche dich.«

Er nickte. »Und ich brauche die Sicherheit, dass du in Frieden leben kannst.«

Zusammen schoben sie das Boot ins knietiefe Wasser. Er sprang hinein, zog an der Kordel und startete den Motor. Und dann fuhr er in die offene Bucht hinaus.

Claire stand am Ufer, bis die Dunkelheit das Boot verschluckt hatte.

* * *

MRS BUCHANAN

29. Juni 1988

Mrs B sieht direkt in die Kamera und spielt dabei mit der Elfenbeinbrosche. »Jimmy ist mitten in das Unwetter hineingefahren. Natürlich ist er nicht zurückgekommen. Robert und er verschwanden für alle Zeiten, und seine Mutter und ich reinigten das Haus von den Blutspuren.

Meine Geheimnisse sind auf den Grund der Bucht gesunken.«

Kapitel 28

LUCY

30. Januar 2018

Die DNA-Tests bestätigten Lucys Vermutung. Natasha und sie waren Halbschwestern, Brian Willard war ihr Vater. Die Sorgerechtsverhandlung lief glatt. Brian hatte ihr das Sorgerecht übertragen, so wie er es versprochen hatte, und als sie den Gerichtssaal verließ, hatte sie Mitgefühl mit ihm.

Sie wusste nicht, warum ihre Mutter ihr schließlich doch etwas von Cape Hudson erzählt hatte. Oder warum sie ihre Asche hier begraben haben wollte. Vielleicht hatte Beth gespürt, dass genug Zeit vergangen war. Vielleicht wollte sie sich Lucy gegenüber anständig verhalten, selbst wenn sie selbst sich der Wahrheit nicht stellen konnte. Daran wollte Lucy glauben – und das würde sie so lange tun, bis ihr jemand das Gegenteil bewies.

Lucy öffnete die Tür des Diners und setzte sich an den Tresen. Dolly legte sich zu ihren Füßen. Lucy brauchte die Speisekarte gar nicht erst aufzuklappen.

Arlene schenkte ihr grinsend Kaffee ein. »Du bist ja ganz schön geladen.«

Lucy tat Zucker in den Kaffee. »Das übliche Morgendrama.«

»Was war es denn heute?«

»Die Haare. Was die Friseuse mit ihren Haaren gemacht hat, kann sie nicht ausstehen. Unsere Flitterwochen sind vorbei«, stöhnte sie.

Arlene lachte. »Willkommen im Club der Eltern.«

Lucy trank einen Schluck Kaffee. »Gestern waren wir am Grab ihrer Mutter, und danach haben wir uns wieder Videos von Mrs B angesehen. Das wühlt sie jedes Mal auf.« Als Lucy herausgefunden hatte, dass die junge Pflegerin Natashas Mutter Grace war, hatte sie sie Natasha auf den Videos gezeigt. Natasha hatte geweint und sich die Szenen mit ihrer Mutter so oft angesehen, dass Lucy sie aus Angst, die Bänder könnten reißen, digitalisieren ließ. Sonst hätten sie beide verloren, was ihnen von ihren Müttern geblieben war.

Lucy machte sich Sorgen, dass sie ihrer Elternrolle vielleicht nicht gerecht wurde. »Natasha ist bei allen anderen so positiv und fröhlich. Aber wenn sie ihre Hausaufgaben machen soll, ist sie wie ein launischer Teenager und knallt mit den Türen.«

Arlene wischte den Tresen sauber. »Das Mädchen hat immer gelächelt und war immer hilfsbereit. Sie hat sich so verzweifelt nach Liebe gesehnt – und jetzt bekommt sie sie. Sie vertraut dir. Bei dir darf sie ihrer Frustration Luft machen. Glaub mir, das ist nur gesund.«

»Hoffentlich.«

»Du machst das wirklich gut. Wir sind alle stolz auf dich. Du bist mitten in ein verrücktes Leben hineingeraten, und du schlägst dich wacker.«

»Danke.«

»Also, was möchtest du?«

»Pfannkuchen zum Mitnehmen. Ich muss ein paar Sachen zusammenpacken. Megan will mit der Renovierung beginnen.«

Jedes Mal, wenn Megans Name fiel, machte Arlene ein besorgtes Gesicht. »Oje! Wie geht es ihr? Übernimmt sie sich auch nicht?«

»In vier Monaten ist es so weit, und sie hat Energie für sechs.« Lucy war klar, dass dieser Energieüberschuss auf Verzweiflung zurückzuführen war. Megan hatte bisher nur über Dinge gesprochen, die mit dem Haus zusammenhingen, aber Lucy hatte die Hoffnung, dass sie ihr bald ihr Herz ausschütten würde.

»Versuch einfach, sie etwas runterzubringen. So viel Herumwirbeln tut ihr nicht gut.«

»Wird gemacht.«

Ein paar Minuten später fuhr sie mitsamt den Pfannkuchen zum Cottage zurück. Bevor sie hineinging, nahm sie sich Zeit, um die Schönheit des großartigen Hauses zu bewundern. Dann drehte sie sich nach dem abgedeckten Brunnen um. Das gelbe Absperrband flatterte im Wind. Die Untersuchung der Knochen war noch nicht abgeschlossen. Sie hatte Rick von Robert Buchanans Uhr im Bootshaus erzählt und ihre Vermutung geäußert, dass das Skelett im Brunnen Roberts sein könnte. Vielleicht lagen seine Überreste doch nicht in der Bucht, sondern in dem Brunnen. Ein Seemann wie Jimmy kannte das Risiko, dass sein Leichnam mit der Flut angespült werden konnte, wenn er nicht weit genug mit ihm nach draußen fuhr und ihn zusätzlich beschwerte.

Ein Backenzahn war auf die DNA untersucht und mit derjenigen von Megans Vater James, Roberts Enkel, verglichen worden. Das Resultat war negativ. Daraufhin war Rick noch einmal in den Brunnen gestiegen und hatte im Schlick nach weiteren Indizien gesucht. Und tatsächlich hatte er einen Pokerchip gefunden. Auf den Videos war die Rede davon gewesen, dass Robert einen Streit mit einem Mann namens Franklin gehabt hatte. Mrs Reynolds hatte das Zeitungsarchiv durchforstet und herausgefunden, dass ein gewisser Kevin Franklin im Januar 1916 als vermisst gemeldet worden war. Der Clan der Franklins war berüchtigt fürs Glücksspiel und in den Zwanzigerjahren auch für Schwarzbrennerei. Ein Nachkomme war getestet worden, und dieses Mal fiel der Test positiv aus. Vielleicht hatte Robert Franklin umgebracht und seinen Leichnam in den Brunnen geworfen.

Das vertraute Rumpeln von Hanks Pick-up brachte Lucy in die Gegenwart zurück. Sie wandte sich vom Brunnen ab und sah ihm lächelnd entgegen. Gleich würden Megans Helfer die alten Möbel zur Restaurierung abholen, die bis zum Abschluss der Renovierung des Hauses ausgelagert werden sollten.

Hank kam mit langen, sicheren Schritten über den Rasen auf sie zu. Er trug ausgewaschene Jeans, Arbeitsstiefel und einen langärmeligen Pullover, weil er auf dem Weg zum Weinberg war. In ein paar Monaten kam der Frühling, und bis dahin gab es noch einiges zu tun.

Dolly rannte ihm bellend entgegen. Er kraulte sie zwischen den Ohren, dann kam er auf die Veranda und schloss Lucy in die Arme.

Er atmete den Duft ihrer Haare ein. »Du riechst nach Kuchen.«

»Mein neues Parfüm. Megan backt, wenn sie nervös ist.«

»Wie geht es ihr?«

»Sie ist mit Leidenschaft bei der Sache. Ich habe ihr ein Zimmer angeboten, solange sie an dem ehemaligen Gästehaus arbeitet, in dem Samuel gelebt hat.«

»Meinst du, sie nimmt dein Angebot an?«

»Ich glaube schon.«

Er zeichnete ihr Schlüsselbein mit dem Finger nach. »Du machst Kuchen richtig sexy.«

Sie lachte. »Du hast mir gar nicht richtig zugehört, oder?«

Er küsste sie. »Doch, jedes Wort.« Zwischen seinen Küssen sagte er: »Megan. Gästehaus. Kuchen. Renovierung.«

»Rick kreuzt dauernd auf, wenn sie hier ist. Ihm fällt immer wieder irgendeine Kleinigkeit zu den Knochen ein. Was läuft denn da zwischen den beiden?«

»Kann ich auch nicht sagen«, sagte Hank grinsend und ließ seine Hand um ihre Taille gleiten. »Was hast du jetzt vor?«

Allein die Frage erregte sie schon. »Sachen zusammenpacken.«

»Das hört sich ja nach Arbeit an.«

»Hey, meine Augen sind hier oben! Das mit der Finanzierung hat geklappt?«

»Ja. Im Frühjahr fangen wir an, das zusätzliche Land zu roden«, sagte er aufgeregt.

»Wow! Du bist bestimmt stolz.«

»Ehrlich und nur unter uns: Ich habe eine Heidenangst. Schließlich setze ich den Grundbesitz – deinen Grundbesitz – aufs Spiel.«

»Ganz oder gar nicht.«

Er drückte sie an sich. »Wenn du das sagst, glaube ich daran.«

»Ich auch.«

»Natasha ist in der Schule, stimmt's?«

»Bis halb vier.«

»Und Megan?«

»In der Stadt. Sie macht irgendwelche Besorgungen.« Das mit den Kisten konnte eigentlich warten. »Wolltest du nicht im Weinberg arbeiten?«

»Doch. Hat aber noch Zeit.«

»Ich muss eigentlich noch ein paar Sachen für die Möbelpacker zusammensuchen. Sie kommen in zwei Stunden.«

»Und wenn ich dir dabei helfe, hättest du dann jetzt vielleicht ein bisschen Zeit?«

»Vielleicht.« Ihre Hand lag an seiner Brust. Je länger sie in diesem Haus und an diesem Ort lebte, desto ausgeglichener wurde sie. Obwohl sie mehr zu tun hatte denn je, war die Erschöpfung verflogen, die ihr seit Langem zu schaffen machte. »Und was machen wir mit der Zeit?«

Er schob seine Hand unter ihren Pullover. Eine Welle der Erregung erfasste sie. »Ich hätte da so eine Idee.«

Sie lachte. »Ich glaube, die könnte mir gefallen.«

Apfelkuchen Cape Hudson

Für die Füllung
1 Esslöffel Maisstärke
½ Tasse weißer Zucker
½ Tasse brauner Zucker
7–8 Granny-Smith-Äpfel

Äpfel schälen und in dünne Scheiben schneiden. In einer Schüssel die Äpfel mit dem Zucker und der Maisstärke vermischen. Beiseitestellen.

Für den Teig
1 Tasse Butter, gekühlt und gewürfelt
½ Teelöffel Salz
3 Tassen Mehl
4–5 Esslöffel Eiswasser

Die gewürfelte Butter, das Salz und das Mehl in eine Küchenmaschine geben. Rühren, bis die Mischung feinkrümelig ist. Nach und nach einen Esslöffel Wasser nach dem anderen zugeben, bis der Teig eine Kugel bildet. Mindestens eine Stunde kühlen.

Die Hälfte des Teigs zu einem Kreis ausrollen und in eine gefettete Kuchenform geben. Den Saft der Äpfel abseihen und die Äpfel auf dem Boden auslegen. Die andere Hälfte des Teiges ausrollen, über die Füllung legen und andrücken. Zwei schmale Entlüftungsschlitze in die Oberseite schneiden. Im Backofen bei 220 Grad 15 Minuten backen. Die Hitze auf 175 Grad reduzieren und weitere 35–45 Minuten backen.

Lucys Schokoladenkuchen

Für den Kuchen
2 Tassen Zucker
1¾ Tassen Mehl
¾ Tasse holländischer Kakao
1½ Teelöffel Backpulver
1½ Teelöffel Natron
1 Teelöffel Salz
2 Eier
1 Tasse Milch oder Buttermilch
1 Esslöffel Espressopulver
½ Tasse Pflanzenöl
2 Teelöffel Vanille
1 Tasse heißes Wasser

Den Ofen auf 175 Grad vorheizen. Zucker, Mehl, Kakao, Backpulver, Natron und Salz mischen. Eier, Milch, Espressopulver, Öl und Vanille verrühren. Die flüssigen Zutaten dazugeben. Das heiße Wasser einrühren. 30–35 Minuten backen, bis ein hineingestochenes Messer sauber herauskommt.

Schokoladenglasur
½ Tasse weiche Butter
⅔ Tasse Kakao
3 Tassen Puderzucker
⅓ Tasse kalter Kaffee
1 Teelöffel Vanille

Die Butter schaumig rühren, dann Kakao, Puderzucker, Kaffee und Vanille dazugeben. Schlagen, bis die Masse glatt ist. Den Kuchen erst glasieren, wenn er vollständig abgekühlt ist.

43168574R00223

Printed in Poland
by Amazon Fulfillment
Poland Sp. z o.o., Wrocław